Robyn Carr:
Der Liebeshandel

Roman

Aus dem Amerikanischen übersetzt von Ute Vidal-Cabello

Knaur

Für Mary Tondorf-Dick, Verlegerin und Freundin,
die aus dem Schreiben mehr als ein Handwerk machte.

1

In Wirklichkeit war sie nicht viel größer als andere Frauen, es war lediglich ihre Körperhaltung, die sie größer erscheinen ließ. Dichtes braunes Haar umspielte ihre Schultern, eine Haarlocke schmeichelte vorwitzig ihre Wange. Sie hatte graublaue Augen. Normalerweise nicht der Frauentyp, der die Augen der Männer auf sich zog – sondern blauäugige Blondinen mit voller üppiger Figur. Dieses Mädchen jedoch war schmal und besaß lange, sehr feingliedrige Finger. Sie konnte nicht viel älter als siebzehn sein, wirkte allerdings so stolz und selbstbeherrscht wie eine erwachsene Frau. Rodney Prentiss besann sich. Er war im Gasthof eingekehrt, um zu essen und zu trinken. Tändeln war etwas für junge Stutzer, und nur alte Männer, die betrunken waren, stellten jungen Mädchen nach.
Die geschäftlichen Angelegenheiten, in denen er unterwegs gewesen war, waren nicht erfolgreich verlaufen. Der Gedanke quälte ihn, wie er dem jungen Lord, seinem Auftraggeber, den Mißerfolg erklären sollte. So hatte er sich vorgenommen, den Abend in einem ruhigen Gasthof zu verbringen, und dieser hier war ihm zunächst auch als solcher erschienen. Als er jedoch den Schankraum betrat, mußte er sogleich feststellen, daß er sich wohl geirrt hatte. Matrosen eines Schiffes, das vor kurzem in Southampton eingelaufen war, füllten das Gasthaus. Männer und Dirnen aus dem Ort hatten sich zu ihnen gesellt. Das Bier floß in Strömen, und wer nicht sang oder grölte, der prügelte sich.
Suchend hielt er nach dem Mädchen Ausschau, das er zuvor beobachtet hatte. Sie lehnte nicht weit von ihm entfernt an der Steinmauer neben dem Kamin und lauschte dem Lied eines jungen Sängers. Sie bewegte den Kopf im Rhythmus der Melodie, die Augen halb geschlossen. Es war offensichtlich, daß sie

mit ihren Gedanken meilenweit entfernt schien und nur das Lied, nicht aber den Anblick, die Geräusche und Gerüche ihrer häßlichen Umgebung wahrnahm. Rodney bemerkte am Arm des Mädchens eine große, blutunterlaufene Schwellung. Er überlegte stirnrunzelnd, was ihre Gedanken wohl so fesseln mochte.

Der Wirt des Gasthofes, ein untersetzter, kahlköpfiger Mann über fünfzig, ging quer durch die Menge zu Rodneys Tisch. Sein Gesicht war rot angelaufen; er rieb sich die Hände an einem Handtuch trocken. Einen Moment lang hielt er inne und schaute finster auf das Schankmädchen.

»Alice!« schnauzte er sie an.

Rodney sah das Mädchen beim Klang seines Namens zusammenzucken. Sie schaute auf den wütenden Wirt, zeigte jedoch keinerlei Anzeichen von Angst. Es schien, als sammle sie innerlich Kraft, während sie langsam zu ihm hinüberschlenderte. Sie bewegten sich in Richtung Küche und Ausschank aufeinander zu. Auch als er sie wegen ihrer Trägheit beschimpfte, beschleunigte sie ihren Gang nicht. Rodney beobachtete sie fasziniert. Sie bewegte sich leichtfüßig und mit fast majestätischer Haltung durch den Raum. Gekleidet war sie lediglich mit schlechtsitzenden Fetzen einer offensichtlich noch schlechteren Qualität als der, welche die anderen Schankmädchen trugen. Ihre Hände waren rissig und gerötet, und dennoch zeigte sie eine stolze Haltung. Die Rolle des Schankmädchens paßte nicht zu ihr. Rodney war sich andererseits auch nicht im klaren darüber, welche Rolle wohl zu ihr passen würde. Seiner Meinung nach war sie nicht der weibliche Typ, denn nichts an ihr erschien sanft oder nachgiebig. Als Mann hätte sie bestimmt einen guten Seemann oder Soldaten abgegeben. In ihren Gesichtszügen lag eine gewisse Entschlossenheit. Obwohl sie inmitten vieler Menschen stand, schien sie doch mit sich allein zu sein.

Er zuckte die Achseln und nahm einen tiefen Schluck. Ein Teller wurde so vor ihn hingeknallt, daß die Soße des Eintopfs über den Tellerrand auf den Tisch schwappte und einige Fettspritzer auch seine Reithose erreichten. Er beschwerte sich bei dem Schankmädchen. Es war das beste Paar Hosen, das er besaß.

»Ihr könnt beim Wirt zahlen, Sir«, sagte das Mädchen, das ihm das Essen gebracht hatte. »Freie Zimmer gibt's nich' mehr, aber Euer Pferd is' im Stall untergebracht. Arman' sagt, Ihr könnt bei ihm schlafen, wenn Ihr wollt.«

Rodney nickte geistesabwesend und betrachtete dabei das Mädchen, das ihn bediente, etwas genauer. Sie paßte an diesen Ort; nicht gerade eine Schönheit, aber auch nicht ausgesprochen häßlich. Sie war klein, vollbusig, ihr Gesicht wurde von kupferfarbenen Locken umrahmt, die Lippen glänzten und schenkten ihm ein offenes Lächeln. Er hatte sie schon vorher beobachtet und festgestellt, daß sie keinen unnötigen Abstand zwischen sich und den männlichen Gästen ließ.

»Das is' ein feiner Rock, Mylord«, stellte sie neugierig fest.

»Das Geschenk einer schönen Frau«, vertraute ihr Rodney an.

»Seid Ihr aus London, Mylord?« fragte sie. Rodney nickte und wartete auf ihre nächste Frage. »Ein Bote des Königs?«

Rodney schüttelte den Kopf. »Nein.«

»Habt Ihr ihn denn schon gesehen? Den König? Ich hab' ihn gesehen. Zwar nicht aus der Nähe, aber...«

»Du warst schon in London?«

»Ja, zur Krönung. Ich war damals noch sehr jung, und mein Pa hat dort Töpfe und Schüsseln verkauft. Meist an feine Leute. Die Töpfe und Schüsseln von mein' Pa sind die besten im Süden von England.«

Rodney lächelte das Mädchen an und versuchte, ihr Alter zu schätzen. Sie war sicher nicht viel älter als siebzehn, sah aber älter aus. Vielleicht machte das der Umgang im Gasthof aus, der sie älter erscheinen ließ.

»Seid Ihr 'n Adliger, Mylord?«

Er grinste sie an. Er wunderte sich, daß ihm das Mädchen diese Frage nicht schon früher gestellt hatte. Wenn die Kleider eines Mannes aus gutem Stoff und sein Hut mit einer Feder versehen waren und wenn er obendrein ein gutes Pferd besaß, so hielt man ihn oft für einen Adligen. Viele junge Frauen wollten das Landleben gerne gegen die Reize der Stadt eintauschen. Auch dieses lebhafte Mädchen würde bereitwilligst jede Lüge glauben.

»Gert!« schrie der Wirt von hinten.
»Ich hör's schon«, keifte sie zurück und wandte sich von Rodney ab.
In diesem Moment wurde ihm der Unterschied zwischen den beiden jungen Frauen klar. Das Mädchen mit dem Namen Gert war robust, zumindest schien sie recht schlagfertig und ebenso grob in ihrer Redeweise zu sein wie ihr Brotherr. Ein Schankmädchen mußte die schlechte Luft im Gastraum und die unflätigen Redensarten der Gäste aushalten können. Die andere, Alice, schien ihre Arbeit zu verabscheuen. Sie hatte kein Lächeln für die Gäste übrig und versuchte auch nicht, mit ihnen ins Gespräch zu kommen. Auch mußte ein Schankmädchen ertragen, ständig betatscht zu werden. Der kleinen drallen Dirne Gert schien das sogar zu gefallen.
Plötzlich wurde ihm klar, daß er über die Mädchen nachdachte, um sich von dem Fehlschlag seines Auftrages abzulenken. Charlotte Bellamy hatte ihm einen Strich durch die Rechnung gemacht, gerade als die Dinge anfingen, sich zu seinen Gunsten zu entwickeln.
Fergus Bellamy war nicht gerade steinreich gewesen, hatte aber doch ein ansehnliches Landgut westlich von London besessen. Bei der Geburt der Tochter Charlotte war seine Frau gestorben. Eine Zeitlang konnte Fergus seine Tochter mit Hilfe einer Amme und einer kleinen Anzahl von Bediensteten auf seinem Landsitz aufziehen. Doch dann eroberte Cromwell ganz England und schaffte es, die Adligen in alle Himmelsrichtungen zu zerstreuen. Fergus, ein treuer Royalist, floh in dieselbe Richtung wie Charles, der Prinz von Wales. Charlotte kam zu Fergus' Schwester, einer Frau, die viel älter und auch nicht so wohlhabend war wie Fergus. Dort blieb Charlotte all die Jahre bis zur Restauration, während Fergus an der Seite des jungen Charles kämpfte.
Nach elf Jahren Exil kehrte Charles nach England zurück, um den Thron wieder in Besitz zu nehmen. Fergus eilte nicht augenblicklich nach Hause zurück zu seiner Tochter, sondern sah sie nach der Krönung nur einige Male. Er hatte den König in einer Bittschrift ersucht, ihm die Familienländereien wieder zu-

zuweisen. Charles mußte in jener Zeit jedoch über so viele Eingaben entscheiden, daß Fergus' Petition nicht sofort bearbeitet werden konnte. Der König benötigte außerdem Zeit, um das Land wieder zu dem zu machen, was es einst gewesen war. Fergus starb, bevor er wieder in den Besitz seiner Ländereien gelangte.

Es gab da noch einen jungen Mann, der viele Jahre zusammen mit seiner Familie loyal an der Seite von Charles gekämpft hatte. Er gehörte – wie auch Lord Bellamy – nicht zu den reichsten Familien des Landes. Geoffrey Seavers hatte all die Jahre hindurch treu der Sache des Königs gedient und als einziger der Familie die harte Zeit des Exils und den Krieg überlebt. Er sollte für die großen Opfer, die er gebracht hatte, entschädigt werden. Für König Charles war es am einfachsten, ihm Land in den Kolonien, in Virginia, anzubieten. Seavers fand dieses Angebot wie viele junge Männer verlockend, aber ungenügend.

»Ich würde schon in die Kolonien gehen und dort einen Handelsstützpunkt gründen«, sagte er zum König. »Mein Traum wäre aber, Eurer Majestät zur See zu dienen, als Freibeuter und Kaufmann. Meine Fähigkeiten habe ich bereits unter Beweis gestellt.«

Die Erfüllung dieses Traumes entpuppte sich jedoch als langwierige Angelegenheit. Ohne Landbesitz in England verfügte Seavers nicht über das nötige Geld, um Schiffe kaufen oder eine Schiffsbesatzung bezahlen zu können.

Charles war nicht der Mann, der Seavers Fähigkeiten unterschätzte. Seavers hatte den Ruf eines ausgezeichneten Soldaten. Seit seiner Rückkehr nach England war er Kapitän unter Prinz Ruppert, und dieser hielt ihn für einen außergewöhnlichen Navigator. Sicher würde der junge Adlige mit entsprechender finanzieller Unterstützung der Krone in Zukunft viel Geld einbringen.

Gerade zu diesem Zeitpunkt hatte Charles ein leichtes Spiel. Als Charlotte Bellamy die väterlichen Ländereien erbte, besaß Seavers gerade ein Schiff und suchte nach einem Weg, seine weiteren Pläne, den Besitz einer ganzen Flotte, zu finanzieren.

Charlotte würde nun Mündel des Königs sein und Seavers ständig kommen und um Geld bitten. Ein Mann mit so wendigem und logischem Verstand wie König Charles sah die Lösung des Problems sofort. Er bot Seavers eine Braut an, Charlotte Bellamy. Sie besaß Ländereien und wahrscheinlich mehr Geld als Seavers fordern würde.
Rodney, ein langjähriger Freund der Familie, war seit der Restauration Geoffreys Diener und Ratgeber gewesen. Er sollte Charlotte vom Landsitz, auf dem sie aufgewachsen war, nach London geleiten, zu ihrer Hochzeit. Er sandte eine Nachricht voraus und reiste auf dem schnellsten Wege zu ihr. Als Rodney eintraf, war sie bereits weg. Sie war vor der geplanten Hochzeit geflohen.
Der Landsitz und Ort, an dem sie ihre Kindheit verbracht hatte, befand sich in einem ärmlichen Zustand. Das nahe gelegene Dorf befand sich kaum in einem besseren Zustand. Rodney fragte die Dorfbewohner nach dem Aufenthaltsort von Lady Charlotte. Sie konnten ihm allerdings nichts Genaues über ihren Verbleib sagen. Sie wußten nur, daß sie die Gegend mit einem angeblichen Adeligen aus London verlassen hatte. Natürlich hatte der vornehme Herr seinen Namen nicht genannt. Rodney hätte es sehr verwundert, wenn er wirklich von hoher Geburt gewesen sein sollte. Und die Beschreibung, die die Tante und die Dorfbewohner von Lady Charlotte geliefert hatten, konnte ebensogut auf jedes Landmädchen der Umgebung passen. Niemand anderer als Fergus Bellamy hätte sie wiedererkennen können – und der war tot.
Als sich Rodney im Schankraum des Ivy Vine umsah, konnte er sich das Schicksal von Charlotte Bellamy lebhaft vorstellen. In jedem Dorf gab es unzählige Mädchen, die darauf hofften, dem eintönigen Landleben entkommen zu können. Sie warteten darauf, daß ein Herzog oder Graf eines Tages zufällig durch ihr Dorf geritten käme, sie nach London mitnähme und ihnen dort ein Leben in Wohlstand und Muße böte. Einmal in der Stadt, landeten solche Mädchen meist rasch wieder auf der Straße. Und ihren Weg zurück nach Hause mußten sie dann alleine finden – falls sie überhaupt so lange durchhielten. Char-

lottes Zuhause war unsicher. Ihre alte Tante hatte nicht mehr lange zu leben und lag hilflos in dem verwahrlosten Landhaus. Es gab keine Bediensteten, die für sie sorgten, außer einer alten Waschfrau, die höchstens einmal wöchentlich nach ihr schaute. Geld zum Leben war auch fast keines mehr vorhanden.

Rodney schob sich den letzten Rest des Eintopfes zwischen die Zähne, entschlossen, im Stall einen weichen Haufen Heu für die Nacht zu suchen. Es schmerzte ihn, Geoffrey eine weitere Enttäuschung bereiten zu müssen. Geoffrey hatte während des Krieges, im Chaos der Restauration, nicht nur Mutter und Vater, sondern auch seine drei Brüder und eine Schwester verloren. Daß nun noch seine Braut davongelaufen war und er dadurch eventuell ein Vermögen verlieren würde, konnte das Faß zum Überlaufen bringen.

Rodney stand müde auf und schüttelte den Kopf über diese Gedanken. Auf dem Weg zum Wirt stieß er zufällig und gedankenverloren ziemlich heftig mit dem Mädchen Alice zusammen.

»Entschuldigen Sie, Sir«, sagte sie ruhig und ging an ihm vorbei.

Er beobachtete, wie sie ihr Tablett, das mit Bierkrügen und Bechern gefüllt war, durch den Schankraum trug. Ihr Anblick bot eine erfreuliche Abwechslung, und einen Moment lang wünschte er sich, noch mal jung zu sein.

Rodney stand gerade vor dem Wirt und zählte einige Münzen aus seiner Geldbörse in seine Hand, als er im Hintergrund des Raumes lautes Schreien und Lachen vernahm und sich umdrehte. Er sah einen Betrunkenen, der Alice, die sich wehrte, gegen die Wand drückte. Sie schlug mit den Füßen um sich und schrie. Einer der Bierkrüge war ihr vom Tablett gerutscht und hatte sich über ihren Rock und den Boden ergossen.

»Hilfst du dem Mädchen nicht?« fragte Rodney den Wirt.

»Sie sollen ihr ruhig ein bißchen die Federn stutzen«, antwortete er unfreundlich. »Diese Miß Hochnäsig!«

Rodney leerte die restlichen Münzen in seine Lederbörse zurück und befestigte sie wieder an seinem Gürtel. Dabei schaute

er den Wirt böse an. Dann drehte er sich um und bahnte sich langsam einen Weg durch die Menge.
Als Rodney den Schauplatz erreichte, wurde Alice gerade von einem der Männer mit grober Hand auf dessen Schoß heruntergedrückt. Mit der anderen nahm er den Bierkrug und setzte zum Trinken an, als Alice mit dem Ellenbogen zustieß, den Mann am Kinn traf und dieser das Bier verschüttete. Mit ärgerlichem Grunzen erhob er sich und stand plötzlich Auge in Auge Rodney gegenüber.
Rodney war nicht mehr der Jüngste, doch seine Größe, die kräftige Statur und sein wilder Blick hatten schon bei anderen Gelegenheiten den Mut eines Angreifers sinken lassen. Er verlagerte sein Gewicht und zog die Schultern etwas hoch. Dabei ballte er die Fäuste so zusammen, als wäre er jederzeit zu einem Kampf bereit. Er senkte seine Stimmlage und schaute dem Mann direkt in die Augen. »Laß das Mädchen los«, sagte er ruhig. Am Tisch wurde es für einen Moment still. »Sofort«, riet er ihm.
Rodney war darauf vorbereitet, seinen Worten Taten folgen zu lassen. Der Mann, der Alice festgehalten hatte, zuckte jedoch nur mit den Schultern und lockerte seinen Griff. Das Mädchen befreite sich, strich ihren nassen Rock zurecht und ging beinahe gleichgültig davon, ohne sich umzudrehen, ohne auf Rodney zu schauen. Er folgte ihr mit seinem Blick. Selbst jetzt noch schien sie sich ganz unter Kontrolle zu haben.

Der Abend war kühl und der Himmel klar. Alicia lehnte am Hauseck des Gasthofes und atmete tief durch. Sie versuchte, leise Sterne zu zählen. Sie wußte, sie hatte nur einen kurzen Moment lang Zeit, sich wieder zu sammeln. Und sie wollte nicht, daß Armand käme und sie wieder zur Arbeit rief. Er würde »Alice« schreien. Er weigerte sich ebenso wie die anderen Schankmädchen, sie mit ihrem richtigen Namen anzusprechen. »Alicia« würde sie ihn verbessern. Aber er würde nicht darauf achten.
Sie dachte an das Lied des jungen Sängers. Die Worte hatte sie schon wieder vergessen; doch erinnerte sie sich noch gut an die

Melodie. Sie pflückte einige Blätter von einem Busch und summte leise vor sich hin. Für einen Augenblick gab es keinen lauten Gasthof, keine Hände, die sie betatschten, und keine ungewisse Zukunft. Alicia besaß die Nacht, die Kälte, die frische Luft und eine einfache Melodie.
Ein leises Lachen, das hinter ihr ertönte, ließ sie abrupt herumfahren. In der Dunkelheit konnte sie sein Gesicht nicht deutlich erkennen. Aber sie wußte sofort, daß dort der Mann stand, der ihr kurz zuvor zu Hilfe gekommen war. Sie fühlte sich in seiner Gegenwart sicher.
»Ich bin Euch eigentlich hierher gefolgt, um Euch zu helfen, Eure Tränen zu trocknen«, sagte er mit einem leichten Schmunzeln in der Stimme.
»Und warum sollte ich weinen?« fragte sie.
»So manches Mädchen bräche in Tränen aus, wenn es so unfreundlich behandelt würde«, sagte er.
Sie lachte bei seiner Bemerkung. »Hier? Glaubt Ihr, es ist das erste Mal?«
»Mein Name ist Rodney Prentiss. Ich habe Euch im Schankraum beobachtet.«
»Ich heiße Alicia, Sir. Ich möchte mich für Eure Hilfe bedanken.«
»Alicia?« fragte er nachdenklich. »Der Wirt hat Euch anders gerufen.«
»Natürlich. Armand nennt mich nie bei meinem richtigen Namen.«
»Und warum nicht?«
»Weil es mir Freude bereiten könnte«, sagte sie achselzuckend.
»Ich erinnere mich nur an wenige Menschen, die ihn benutzten. Alice ist eben gebräuchlicher.«
»Aber es ist Euch wichtig...«
»Ja.«
Er runzelte die Stirn und schaute sie unverwandt an. Die Unergründlichkeit ihres Wesens fesselte ihn. »Erzählt mir, warum es für Euch so wichtig ist, schöne Alicia.«
»Es ist das einzige, was mir meine Eltern gaben und was ich noch besitze. Ich wurde in früher Kindheit von ihnen getrennt

und kann mich weder an meinen Vater noch an meine Mutter erinnern. Ich kam ohne persönlichen Besitz zu einer Familie, die mich aufnahm. Geblieben war mir nur mein Name. Deshalb werde ich ihn immer bewahren.«
»Und Eure Familie?«
»Ich nehme an, sie sind alle tot.«
»Das ist ein trauriger Gedanke! Und heute? Wen zählt Ihr heute zu Euren Angehörigen? Den Gastwirt?«
»Armand?« lachte sie. »O nein! Es ist nur so, daß die Familie, bei der ich jetzt lebe, mich im Sommer zu ihm schickt. Ich serviere Essen, Bier und erledige noch andere Hausarbeiten. Das Geld wird dringend benötigt. Jeden Sommer, seit ich zwölf geworden bin.«
»Die Familie, bei der Ihr lebt?«
»Dies ist bereits die vierte Familie, zu der ich gekommen bin. Oder die fünfte, da ich vor langer Zeit sicherlich einmal mit meinen richtigen Eltern zusammengelebt habe. Ich habe Schwierigkeiten, irgendeine dieser Familien als meine Angehörigen zu betrachten...«
»Ihr gehört nicht hierher«, sagte er entschieden.
Sie lachte leise. »Ich habe niemals irgendwohin gehört. Aber eines Tages werde ich meinen Platz finden. Es muß einen Ort geben, an den ich gehöre.«
»Ich selbst habe auch nach einem solchen Platz gesucht«, sagte Rodney, ebenfalls lachend. »Wart Ihr schon einmal in London?«
Ihr Gesicht schien sich bei dieser Frage zu verschließen. Gerade so, als hätte er sie mit dieser Frage beleidigt.
»Das ist nicht der Ort, den ich suche«, sagte sie.
Rodney wunderte sich über ihre Reaktion. Er fuhr sich mit der Hand durch den Nacken und kratzte sich.
»Eine weise Entscheidung, Mädchen. Ich selbst habe keine große Lust, dorthin zurückzukehren.«
»Ihr lebt in London?« fragte sie.
»Im Moment ja. Ich glaube aber nicht, daß ich für immer dort bleiben werde.«
»Seid Ihr ein Adeliger?«

»Ich?« lachte er. »Seemann, Soldat, Freund, Diener. Eigentlich bin ich jetzt mehr Diener und Freund, seit die Zeit des Kämpfens vorbei ist. Diener eines jungen Adeligen, der kein Geld besitzt.« Er schüttelte den Kopf. »Aber er ist ein guter Junge und stark. Es ist nur so, daß zur Zeit die Dinge nicht günstig für ihn laufen.«
»Meine Sympathie für Sie und Ihren jungen Lord, Sir«, sagte sie steif. »Ich für meinen Teil muß in den Schankraum zurück, bevor Armand mich mit einem Holzprügel holt.«
»Ihr könnt Euch sicherlich nicht wünschen, dorthin zurückzukehren.«
»Und wohin soll ich gehen?«
»Habt Ihr keine Angst?«
»Vor denen?« lachte sie. »Armand paßt auf, daß sie mir nicht zu sehr weh tun. Ein mißhandeltes Schankmädchen bedient nicht gut und läuft oft mit dem erstbesten Mann weg.«
»Ihr drückt Euch gewählt aus«, bemerkte er. »Ihr sprecht nicht wie ein Mädchen, das bei einfachen Leuten aufgewachsen ist, sondern wie jemand mit guter Erziehung.«
»Ich kann lesen«, antwortete sie stolz. »Obwohl es hier wenig zu lesen gibt«, setzte sie mit einem Achselzucken hinzu. »Und ich kann ein wenig rechnen. Die erste Familie, bei der ich wohnte, war gebildet, der Mann Lehrer. Aber ich konnte nicht lange bei ihnen bleiben. Sie hatten zu viele hungrige Mäuler zu füttern.« Es schien, als versinke sie für einen kurzen Moment in Melancholie. Als sie ihn ansah, leuchteten ihre Augen wieder auf. »Ich danke Euch. Es hat gut getan, mich zu erinnern.«
»Man sieht, daß es Euch heiter gestimmt hat.«
Ihr Lächeln war lieblich und aufrichtig. Es kam Rodney so vor, als hätte sie drinnen im Schankraum nicht gelächelt. Vielleicht war sie ihm deshalb so unscheinbar vorgekommen. Wenn sie jedoch lächelte, wirkte sie hübsch und anziehend, die einzig wirkliche Landschönheit, die er hier angetroffen hatte.
»Ich danke Euch nochmals, Sir«, sagte sie, hob ihren Rock und ging an ihm vorbei zur Tür des Gasthofes.
Rodney seufzte. Es hatte ihm besonderes Vergnügen bereitet, Alicia kennengelernt und mit ihr geplaudert zu haben. Er fand

sie erfrischend und durchaus fähig, ihr Leben zu meistern. Als er in den Stall kam, ging er zu seinem Pferd, streichelte ihm liebevoll den Hals und dachte dabei über die Frauen nach, deren Wege sich vor kurzem mit dem seinen gekreuzt hatten. Da war zum einen Charlotte, die mit ihrer Flucht gezeigt hatte, daß sie keinen vom König bestimmten und ausgewählten Ehemann wollte. Und die bettlägerige alte Tante, deren kaum hörbare Worte Rodneys Mitleid geweckt hatten. Sie erzählte von den Jahren, die sie mit dem streitlustigen und undankbaren Kind verbracht hatte. Und dann war da noch diese Alicia, ein heiteres und entschlossenes Mädchen von ansprechendem Aussehen. Ihr Los würde ein Leben in einer einfachen Hütte sein, ohne Abwechslung in ihrem eintönigen Tagesablauf.
Als er sein Haupt endlich auf dem Heu zur Ruhe legte, schienen Erschöpfung und Enttäuschung auf einmal über ihm zusammenzuschlagen. Noch bevor ihm die Augen zufielen, hatte er ein eigentümliches Gefühl. Die Frauen, denen er begegnet war – wenn auch im Falle von Charlotte nicht persönlich –, hatten nichts miteinander zu tun. Dennoch schienen sich ihre Schicksale auf eine seltsame und unbestimmte Art miteinander zu verflechten.

In dem Raum, einem umgebauten Dachboden, den ein schmales Fenster erleuchtete, befanden sich zwei Strohsäcke, eine Truhe und einige verstreut herumliegende Kleiderbündel. Ein getrockneter Strauß Maiglöckchen, der mit bunten Bändern umwickelt war, hing vom Dachbalken herab. Die Blumen waren so rasch vertrocknet wie der Traum, der sie gepflückt hatte. Vier Mädchen lagen auf den zwei Strohsäcken, ihre Körper eng nebeneinander ausgestreckt, um den schmalen Raum voll auszunutzen. Die Nacht war fast vorüber, die Morgendämmerung zog bereits herauf. Die Geräusche aus dem darunterliegenden Gastraum waren leise und unregelmäßig, und die Mädchen lagen erschöpft in dem unscheinbaren Raum.
Alicia hatte ihre Augen nicht geschlossen. Sie schaute zu den verwitterten Dachbalken hinauf. Ein Quieken, das sie schon öfter vernommen hatte, veranlaßte sie, ihre Augen umher-

schweifen zu lassen. Sie entdeckte eine Maus, die über den Dachbalken huschte. Das Leben war vorhersehbar. In der Dachstube gab es Mäuse, am Morgen wartete die Hausarbeit, und insgesamt konnte man sich nur auf wenige Dinge freuen.
Alicia besaß eine Erinnerung, die so unbestimmt war, daß sie beinahe wie ein Traum schien. Etwas, das aus dem hintersten Winkel ihres Gedächtnisses kam. Etwas, das ihr, seit sie ein kleines Mädchen gewesen war, in den Augenblicken vor dem Einschlafen Geborgenheit gegeben hatte. Sie erinnerte sich daran, daß der feingewebte Stoff weich und das Futter des Umhangs kuschelig warm gewesen war. Sie war immer glücklich gewesen, wenn sie diesen Umhang getragen hatte.
Die Erinnerung an diesen Umhang war mit der Erinnerung an das Gesicht einer Frau verbunden, ein Gesicht mit elfenbeinfarbener Haut, gütig, mit zärtlichen Augen und wunderschönem Haar. Die Frau trug eine Samtrobe, die so weich war, daß Alicia noch jetzt den Stoff an ihrer Wange fühlen konnte, wenn sie daran dachte. Und mit dem Gefühl des Stoffes an ihrer Wange spürte sie auch, wie Haare sie sanft streichelten, und sie hörte den Klang einer Frauenstimme: *»Du wirst wunderschön werden. Ich kann es kaum erwarten, es zu sehen...«*
»Aber ich bin nicht schön«, dachte Alicia mit einem Gefühl von Schuld und Verrat. »Sie wäre sehr enttäuscht gewesen.«
Alicia liebte es, sich vorzustellen, diese Frau wäre ihre Mutter. Aber in Wirklichkeit war es anders gewesen. Andere Frauen hatten sich in ihrer Kindheit um sie gekümmert und waren nett zu ihr gewesen, auch ohne verwandtschaftliche Bindungen.
Sie erinnerte sich auch an hohe, graue Steinmauern und an Böden in derselben Farbe. Da standen Bäume, doch sie war sich nicht sicher, ob sie um sie herumrannte und sich hinter ihnen versteckte, oder ob sie die Bäume von einer Kutsche oder einem Fenster aus betrachtete. Nichts, was sie seither gesehen hatte, ähnelte den Bildern ihrer Erinnerung.
Am deutlichsten erinnerte sie sich an einen Jungen mit Sommersprossen auf Nase und Wangen. Seine Augen hatten dieselbe hellblaue Farbe wie die der Frau. Er trug ein weißes Hemd und einen Anzug aus brauner Wolle, der reich verziert war. Er

achtete jedoch wenig auf seine Kleidung – nur sie konnte sich an zahlreiche Flicken erinnern. Seine Hände waren unbeholfen. Die Erinnerung an ihn war ebenfalls mit dem roten Umhang verbunden. Er hatte ihn ihr oft am Hals zugeknöpft und sie dabei ausgeschimpft.

»Nun halt schon still, du Mäuschen! Halt still, oder ich...!«

Sogar jetzt noch schauderte sie bei dem Gedanken daran, weil in seinem Schimpfen Liebe, in seiner Stimme ein Lachen gelegen hatte.

Sie hatte nicht mit ihm gespielt und wenn doch, so erinnerte sie sich nicht mehr daran. Einmal hatte er sie ganz fest in die Arme genommen, dann plötzlich losgelassen und sie mit seiner lachenden, schimpfenden Stimme fortgeschickt. »Nun geh schon und sei schön brav!«

Das war alles, an was sie sich erinnern konnte. Die nächsten Erinnerungen betrafen schon die Farm der Thatchers. Er war Lehrer, seine Frau hatte viele Babys und machte die Wäsche für die Lady des Herrenhauses. Diese Leute waren es gewesen, die ihr das wenige, was sie über sich wußte, erzählt hatten. Sie wurde in der Nähe des bescheidenen Hauses der Thatchers gefunden, zusammen mit einer Frau, die ihnen nur Alicias Vornamen nannte, nicht aber den Familiennamen oder ihren Geburtsort. Die Frau hatte einen schrecklichen Unfall erlitten. Sie hatte Schnittwunden am Kopf, ihr Arm war gebrochen. Bevor die Thatchers die arme Frau und das kleine Mädchen gefunden hatten, mußten Tage vergangen sein. Kurz danach starb die Frau. Alicia erinnerte sich nur noch daran, welche Kleidung sie an diesem Tag getragen hatte: ein weißes Höschen, das aus feinstem Leinen gefertigt und mit Spitzen versehen war. Es mußte das Kostbarste gewesen sein, das sie in ihrem ganzen bisherigen Leben besessen hatte, doch war es durch jene geheimnisvolle Reise und den Unfall verschmutzt und zerrissen worden. Einen roten Umhang gab es nicht.

Die Thatchers waren gut zu ihr und zogen sie auf wie ein eigenes Kind. Mr. Thatcher lehrte sie lesen und rechnen, als sie noch ein ganz kleiner Knirps war und ermutigte sie, ihn Vater zu nennen. Aber die Kinder im Haushalt wurden immer zahlreicher und die Kosten, sie aufzuziehen, zu hoch. Alicia kam zu Freunden in eine andere Grafschaft, die versprochen hatten, sich um sie zu kümmern.

Ihr Aufenthalt dort war nur von kurzer Dauer, da die Kosten ihres Unterhaltes bald mehr wogen als das Mitleid für das kleine Mädchen. Sie wurde einem Pärchen übergeben, das zufällig durch die Grafschaft reiste, die eigene Tochter verloren hatte und sich nun nach einem Ersatz sehnte. Zwei Jahre versuchte Alicia, den Platz ihrer Vorgängerin mit Leben zu füllen, aber die ständigen Vorwürfe zeigten, daß es ihr nicht gelungen war.

Osmond und Mae, das vierte Ehepaar, bei dem sie untergebracht wurde, äußerten wenigstens ehrlich ihre Bedürfnisse. Der Müller und seine Frau hatten bereits vier Söhne, die in der Mühle und auf den Feldern arbeiteten, aber es war niemand da, der der armen Mae im Haushalt half. Und so nahmen sie Alicia auf. Obwohl Mae recht freundlich zu ihr war, begriff Alicia bald, daß sie für Unterkunft und Essen zu arbeiten hatte.

Osmonds Bruder Armand war der Besitzer des Ivy Vine. Während der Sommermonate brauchte er dringend Hilfe. Alicia wurde zum Arbeiten hingeschickt, und das Geld, das sie verdiente, half Osmond, seine Mühle zu unterhalten und seine Söhne zu ernähren. Sie würde noch einen weiteren Sommer hierher zurückkehren, danach würde sie entweder einem Ortsansässigen zur Frau gegeben oder aufgefordert werden, das Haus zu verlassen und ihren eigenen Weg zu suchen.

Es machte ihr nichts aus, an einen Bauern verheiratet zu werden. Sie war überhaupt der Meinung, wenig für ein zufriedenes Leben zu benötigen. Sie hätte es zwar vorgezogen, lieber von einem Mann freiwillig erwählt, statt jemandem aufgedrängt zu werden, der dann für sie sorgen mußte, aber da bestand wenig Aussicht. Ohne Familie, Mitgift und, wie sie meinte, ohne gutes Aussehen hielt sie es für sehr schwierig, selbst einen Ehemann zu finden. Und wer immer dieser Ehemann wäre, er würde sie grün und blau schlagen, wenn er entdeckte, daß sie keine Jungfrau mehr war.

Sie hatte ihre Lektion schmerzhaft gelernt und würde nie wieder einen Traum für die sinnlichen Begierden eines Mannes aufs Spiel setzen. Im letzten Sommer mußte sie erkennen, daß Liebe schnell vergehen und auch sehr weh tun konnte. Der junge Lord Perry, ein Edelmann und gerade nach England zurückgekehrt, war auf seinem Weg nach London durch ihr Dorf geritten. Seine vornehme Kleidung, sein edles Pferd und seine wohlgefüllte Geldbörse weckten augenblicklich die Aufmerksamkeit aller Mädchen. Er jedoch richtete seinen Blick nur auf Alicia.

»Haben dir die jungen Männer schon einmal gesagt, daß du schön bist?« fragte er sie.

Sie wurde durch seine Frage verwirrt. »Nein«, antwortete sie ehrlich mit einer leisen, überraschten Stimme.

Er fing ihre Hand ein, und seine Augen lachten. »Sie haben dich alle nicht erkannt«, meinte er. »Entweder haben sie sich vor einer Heirat oder vor der Liebe gefürchtet. Du bist wunderschön.«

Diese Worte versetzten ihrem Herzen einen Stoß. Noch nie hatte ihr jemand gesagt, daß sie schön sei. Niemals vorher in ihrem Leben hatte sie Zuneigung erfahren. Selten genug kam es vor, daß man ihr Gefälligkeiten erwies. Und die Menschen, mit denen sie zusammenlebte, verachteten sie, hielten sie für eingebildet und überheblich. Sie besaß nur abgetragene Kleider, die nicht richtig paßten, und hatte keinerlei Schmuck zur Verschönerung ihres Äußeren. Auch fand sie selten Zeit, sich herauszuputzen. Die Schmeicheleien des Mannes verwirrten sie, und sie floh ohne ein Wort des Dankes.

Sie mußte jedoch mehrmals an seinen Tisch zurückkehren, um ihm das Essen zu servieren und seinen Krug zu füllen. Schon nach kürzester Zeit kannte er ihren Namen und sie den seinen. Etwas zwischen ihnen war geschehen, das ihren Herzschlag beschleunigte und ihr den klaren Verstand raubte.

Als er sein Mahl beendet hatte, griff er nach ihrer Hand und fragte: »Willst du dich für eine Minute zu mir setzen?«

»Armand wird mich schlagen, wenn er mich hier sitzen sieht«, vertraute sie ihm an. »Ich bin hier, um zu arbeiten und nicht, um unsere Gäste zu unterhalten.«

»Dich schlagen?« Lord Perry erschauderte. »Gott verdamm' mich, ich würde jeden Mann, der es wagt, Hand an dich zu legen, sofort töten. Du bist viel zu schön, um geschlagen zu werden.«

Alicia zuckte nur die Schultern. Jeder hier wurde geschlagen, wenn er eine Arbeit nicht erledigt hatte oder faul war. Ganz zu schweigen von den Prügeln, die man bekam, wenn man beim Stehlen erwischt wurde oder Eigentum von Gästen beschädigt hatte.

»Wann kannst du dann mit mir sprechen?« fragte er sie. »Ich würde gerne mit dir spazierengehen und dich näher kennenlernen.«

»Ich kann nicht weggehen«, beharrte sie. »Ich sagte es Euch doch schon, ich bin hier, um zu arbeiten.«

»Dann morgen?«

»Am frühen Morgen, wenn ich den Schankraum gesäubert habe, habe ich etwas Zeit für mich.«

»Dann ist es abgemacht«, verkündete er. »Ich bleibe noch eine weitere Nacht, und morgen kannst du mir die Umgebung zeigen.«

Dieser Spaziergang über die Landstraßen und durch die Wälder blieb ihr als ein zauberhaftes Erlebnis in Erinnerung. Erst vor kurzem war ihr aufgefallen, daß sie dabei nur über ihn geredet hatten. Sie war ihm deswegen nicht böse, denn was konnte ihn an einem Mädchen vom Land schon interessieren? Als er ihr sagte, daß er plane, eine weitere Nacht zu bleiben, um noch einmal mit ihr zusammen sein zu können, durchzuckte es sie vor Glück. Sie fand eine zweite Nacht hindurch keinen Schlaf. Visionen von Leidenschaft und Liebe verzehrten sie. In aller Eile erledigte sie die morgendlichen Arbeiten und stahl sich dann rasch aus dem Gasthof davon, bevor jemand Zeit hatte sie zu fragen, wohin sie gehe. Sie hatte wenig Angst davor, erwischt und bestraft zu werden. Der Spaziergang mit Lord Perry war ihr wichtiger als die Angst vor Armands Schlägen.

»Willst du auf dem Land bleiben und für irgendeinen Bauern eine Schar Kinder aufziehen?« fragte er.

»Ich glaube schon – wenn Ihr gegangen seid.«

»Aha!« Er lachte. »Dann glaubst du also, daß ich dich verlassen werde? Du bist dumm, Alicia, wenn du nicht gemerkt hast, daß ich dich liebe. Jetzt hast du mir sehr weh getan.«
Plötzlich blieb sie stehen und schaute zu ihm auf. »Ihr liebt mich?«
»Ich glaube, ich wußte es gleich, daß ich dich liebe. Und was habe ich jetzt getan, daß du mir nicht glaubst?«
»Mein Herr, ich kann es mir nicht vorstellen«, erwiderte sie tiefernst.
Er lachte sie an und versuchte ihre Stirn zu küssen. »Ich werde dich nach London mitnehmen und zu meiner Geliebten machen müssen!«
»London?« schrie sie da. »Um Eure Hure zu sein?«
Seine Augen wurden ernst, und sein Lächeln verschwand. »Vielleicht lebst du in einer Traumwelt, du kennst die Stadt nicht, Liebling. Dort sind schon einige Dirnen in angesehene Positionen aufgestiegen. So ist die Mätresse des Königs die wahre Herrscherin des Landes.«
»Culver Perry«, sagte sie ernst und eindringlich. »Wenn Ihr mich so sehr liebt, warum wollt Ihr dann, daß ich die Geliebte eines Mannes werde? Ich bin gut genug, ihm eine Ehefrau zu sein.«
»Es ist wahr, Alicia, du hast recht. Aber ich kann nicht jede Frau heiraten, die mir gefällt. Ich muß eine Tochter aus adligem Hause heiraten, um dem Familienbesitz weitere Ländereien hinzuzufügen. Wenn nicht, werden sie mich verstoßen und mir nicht einmal einen Hektar Land zum Bestellen überlassen. Aber sie können mich nicht daran hindern, dich auszuhalten. Ich kann dich in Samt und Seide kleiden, dir ein schönes Haus einrichten und dir all meine Liebe geben. Du hättest jegliche Annehmlichkeit.«
»Ich würde allein sein. Was ist das für eine Annehmlichkeit?«
»Wenn du das mußt, dann sage nein. Aber wie immer du dich entscheidest, ich habe mich verpflichtet, die Tochter des Grafen zu heiraten. Ich kann nicht zurück! Ich werde dich ohne Streit verlassen. Aber ich würde dich lieber mit mir nehmen, um etwas Freude in meinem Leben zu finden...«

Sie hätte gerne schöne Kleider und ein vornehmes Haus besessen. Außerdem pochte ihr Herz vor Freude bei dem Gedanken, daß er sie wollte – egal für was. Sie hatte das Gefühl, zu jemandem zu gehören, und nicht, jemandem aufgedrängt zu werden oder ihm zur Last zu fallen.

Sie gab seinem Drängen an einem Sommernachmittag nach. Auf einem Bett aus Gras in der Nähe eines Flüßchens wurde die Abmachung um den Preis ihrer Unschuld besiegelt, und er gab ihr das Versprechen, sie am nächsten Morgen mitzunehmen. Er schien sehr zufrieden zu sein, als er ihre Jungfräulichkeit entdeckte. Er befahl ihr, weiter ihrer Arbeit nachzugehen, als sei nichts Außergewöhnliches geschehen. Am nächsten Morgen würden sie noch vor dem Frühstück aufbrechen. Sie hatte seine Anordnungen genau befolgt.

Zunächst bedauerte Alicia den Verlust ihrer Jungfräulichkeit nicht. Es war das erste Mal gewesen, daß sie umarmt und geliebt worden war. In ihrem bisherigen Leben hatte sie nur einmal einen Kuß von einem Bauernburschen bekommen. Und als sie Culver Perrys muskulösen, sehnigen Körper auf ihrem eigenen spürte, konnte sie keinen klaren Gedanken mehr fassen. Dann folgte der Schmerz der Vereinigung, und schon war alles vorüber. Er hielt sie keinen Moment länger im Arm, sondern zog sofort seine Hosen an und forderte sie barsch auf, sich ebenfalls anzuziehen.

»Komm schon hoch, Mädchen! Wir können nicht den ganzen Tag im Wald verbringen.«

Alicia war sofort hellhörig geworden, wie sie es seit ihrer frühesten Kindheit gelernt hatte. Obwohl sie sich danach sehnte, nochmals von ihm berührt zu werden, verdrängte sie diesen Wunsch und suchte ihm mit ihrer Gehorsamkeit zu gefallen.

»Liebt Ihr mich, Lord Perry?« fragte sie ihn.

Er umfaßte ihre Brust mit einer Hand, und seine bezaubernden blauen Augen glänzten. »Du bist ein gutes Mädchen«, antwortete er. Zumindest bis zum nächsten Tag hielt sie ihre Frage damit für beantwortet.

Beim ersten Morgengrauen erwachte sie und suchte ihre Kleider zusammen. Sie zog sich rasch an, schlich leise zu seinem

Zimmer, erhielt aber keine Antwort auf ihr leises Klopfen. Drinnen fand sie nur ein leeres Bett und kein Anzeichen dafür, daß er es benutzt hätte. Sie lief in den Schankraum, fand aber auch dort niemanden. Mit einem bohrenden Schmerz im Magen, der ihr Übelkeit bereitete, ging sie zuletzt in den Stall. Dort fand sie nur den Stalljungen, der seine frühmorgendlichen Arbeiten verrichtete.

»Hat Lord Perry sein Pferd genommen, um Besorgungen zu machen?« fragte sie mit belegter Stimme.

»Der is' weg«, erwiderte der Junge. »Un' seine Sachen sin' mit ihm weg. Ohne 'n Schilling für Armand. Der Bursche is' abgehauen«, sagte er. Er fuhr fort, Heu in die Boxen zu werfen.

»Vielleicht kommt er zurück, um zu zahlen?«

Der Junge lachte laut auf. »Es sind immer die reichen Leute, die Armand betrügen. Verdammte Edelleute!«

Alicia fühlte ihr Herz jedesmal heftig und schmerzhaft schlagen, wenn sie sich an diesen Morgen erinnerte. Eine Zeitlang glaubte sie noch, daß er zu ihr zurückkehren werde, daß nur irgendeine standesgemäße Verpflichtung, von der sie nichts verstand, ihn gegen seinen Willen gezwungen hatte, sie zurückzulassen. Aber langsam mußte sie die Wahrheit erkennen. Er hatte sie belogen, um seine Wollust zu befriedigen. Er hatte niemals vorgehabt, seine Schwüre und Versprechungen zu erfüllen. Gott sei Dank hatte sie niemandem ihren Kummer anvertraut und war auch nicht schwanger geworden. Aber sie hatte etwas Teures verloren – und das war weitaus mehr als ihre Jungfernschaft. Sie hatte etwas Besonderes und Starkes gefühlt. Sie hatte vertraut und war betrogen worden. Die Hoffnung, daß er zurückkommen würde, um den angerichteten Schaden wiedergutzumachen, hegte sie lange in ihrem Herzen. Aber ein Dieb kehrt selten an den Ort der Tat zurück, um seine Schulden zu begleichen. Im Ivy Vine wartete mehr als eine Schuld auf ihre Begleichung.

Während Alicia einzuschlafen versuchte, fragte sie sich verzweifelt, ob es wohl in ihrem Leben jemals einen Menschen geben werde, der sie nicht nur für seine eigenen Zwecke ausnutzen würde.

Sie drehte sich zur Wand und versuchte ihre Gedanken wieder auf den sommersprossigen Jungen und den roten Umhang zu lenken. Eine Träne hing in ihren dunklen Wimpern. Sie zwang sich, an die grauen Steinmauern und die Frau mit den hellen Augen zu denken. Wo sind sie? fragte sie sich. Warum kann ich mich nicht besser an sie erinnern?
War das etwas, was sie in einem anderen Leben oder zu einer anderen Zeit erlebt hatte? Ihre Gedanken wirbelten durcheinander. Sie sah die Wände des Zimmers, spürte die Berührung des Mannes, sein störrisches Haar und die kräftigen Muskeln seiner Arme und seines Rückens... seine Lippen und den heißen Atem... seine Liebesbeteuerungen und Schwüre...
Und im Schlaf entfuhr ihr ein rauhes Schluchzen.

Die Frische des Morgens tat Alicia gut. Allein der Anblick der Morgensonne hatte schon belebende Wirkung. Obwohl ihr das Durcheinander, das im Schankraum vom vorangegangenen Abend zurückgeblieben war, nicht gefiel, machte es ihr dennoch Spaß, aufzuräumen und frische Kräuter auf den Boden zu streuen. Schon eine Stunde, nachdem sie aufgestanden war, hatte sie mehr als ihren Anteil an der Hausarbeit geleistet und konnte sich für eine Weile davonstehlen, um mit sich allein zu sein.
Die Leute, die eine Nacht im Gasthof verbrachten, standen gewöhnlich nicht mit dem ersten Sonnenstrahl auf. Als Alicia nach einer Weile wieder den Schankraum betrat und dort Rodney allein an einem der langen Tische sitzen sah, lachte sie still in sich hinein. Seine Größe war schon fast grotesk, seine Gesichtszüge kantig und unnachgiebig. Seine Haare, eine Mischung aus rostfarben schimmernden und grauen Strähnen, waren zurückgekämmt und im Nacken von einem Band zusammengehalten. In der Nacht zuvor hatte sie schon bemerkt, daß er, wenn er sich aufrichtete und seinen grimmigsten Blick auf andere Männer warf, die Leute ob seiner Größe und Ausstrahlung ganz schön einschüchtern konnte. Aber gleichzeitig hatte sie auch erkannt, daß im Herzen dieses ungehobelten Kerls gütige Zärtlichkeit herrschte.

»Guten Morgen, Sir«, sagte sie strahlend.
Er hob seinen Kopf und schaute sie über den Tisch hinweg an. Seine freundlichen Augen leuchteten, als er sie sah. »Auch Euch einen guten Morgen, Alicia. Ich muß gestehen, ich hatte nicht angenommen, Euch so früh hier anzutreffen, da Ihr doch zu so später Stunde erst zu Bett gekommen seid.«
»Ich mag den Morgen«, erzählte sie ihm. »Und Ihr wollt sicher etwas zum Essen. Hab' ich recht?«
»Eine große Portion, wenn es Euch recht ist. Und Milch, falls es welche gibt.«
Schon wenig später kehrte sie mit Eiern und Speck zurück und stellte den dampfenden Teller vor ihn hin. Brot und Honig standen schon auf dem Tisch. Rodney nahm ein Stück Brot, um damit und mit seinem Messer das Essen in den Mund zu befördern.
»Ich bringe noch Eure Milch«, versprach sie ihm und drehte sich um.
»Und bringt Euch selbst auch mit. Es würde mir sehr gefallen, Euch beim Essen anschauen zu können.«
»Aber Sir...«, protestierte sie.
»Kommt schon, Alicia, ich habe mehr als genug für die Übernachtung bezahlt und dafür einen Haufen Heu erhalten. Sicher werdet Ihr für eine Weile eure Hausarbeiten unterbrechen können, um mir Gesellschaft zu leisten.«
Sie dachte einen Moment lang nach und stellte fest, daß ihr das gefallen würde. Als sie schließlich zum Tisch zurückkehrte, brachte sie zwei Becher Milch mit und ließ sich gegenüber von Rodney nieder.
»Kehrt Ihr jetzt nach London zurück?« fragte sie.
»Das hatte ich gestern abend beim Schlafengehen noch vor, bin aber mit einem neuen Entschluß erwacht. Ich hatte die Aufgabe, meinem jungen edlen Freund eine Braut zuzuführen, doch als ich ihr Haus erreichte, war sie entflohen. Niemand weiß genau warum. Man weiß nur, daß sie fortgelaufen ist, weil ihr die Heirat, die der König geplant hat, nicht zugesagt hat.
Ich mag Lord Seavers die unerfreuliche Nachricht nicht über-

bringen. Deshalb habe ich mich entschlossen, in das Dorf, in dem sie lebte, zurückzukehren. Vielleicht kann ich eine Spur entdecken, die mich zu ihr hinführt.«

»Wie traurig. Hat Lord Seavers sie sehr geliebt?«

»Er hat sie überhaupt nicht geliebt«, sagte Rodney und schaufelte dabei noch mehr Essen in sich hinein. Er kaute und schluckte rasch. »Die Frau, Charlotte Bellamy, hatte ihr Vater in England zurückgelassen, als er Charles in die Verbannung gefolgt war. Ihr ganzes Leben lang hat man sie vernachlässigt. Ungefähr vor einem Jahr ist ihr Vater in London gestorben. Kurz danach wurden die Familienländereien wieder auf die Familie übertragen. Seither konnte sich Charlotte Bellamy vor Nachstellungen armer, aber kluger Männer am Hofe kaum retten und hatte keine Möglichkeit, diese Kerle zu prüfen.«

»Und Euer Herr? Ist er arm?«

»In gewisser Weise. Er hat einen guten Namen und viel für die Krone geleistet, doch ging sein gesamter Familienbesitz in den Wirren des Krieges verloren. Er ist der glückliche Mann, der die Hand der Lady gewann.«

Alicia seufzte und nippte an ihrer Tasse. Wenn sie nur auch wie die andere sein könnte! Von vielen begehrt. Egal, ob es nur das Geld wäre, das alle wollten: sie wäre eben ein Teil des Geschäftes.

»Ist sie vielleicht in einen anderen Mann verliebt?«

»Das ist möglich, aber nicht wahrscheinlich«, lachte er. »Die Leute, mit denen ich sprach, als ich auf der Suche nach ihr war, sagten, daß sie sehr resolut, manchmal ungestüm wie ein Wildschwein und sehr grausam zu jedem war, der ihr in die Quere kam. Ich glaube, Charles hat dieselben Berichte erhalten und war deshalb dankbar, daß die verwitwete Tante ihr nicht erlaubt hatte, nach Whitehall umzuziehen, während der König einen Ehemann für sie aussuchte.«

»Der Palast. Großer Gott, wie gerne würde ich ihn einmal sehen.«

»Dazu müßtet Ihr aber nach London gehen«, neckte sie Rodney, als er sich ihr Unbehagen bei dem Gedanken daran in der letzten Nacht vor Augen führte.

»Vielleicht sollte ich das, Sir. Wenn es mir genehm ist.«
»Wer gibt Euch solche Freiheiten, Mädchen?«
»Kein Mensch, Mylord. Aber jetzt muß ich wieder arbeiten, sonst lasse ich die anderen ja allein putzen.« Sie zuckte die Schultern und heuchelte mangelnde Besorgnis über etwas, das ihr seit langem schon angst machte. »In kurzer Zeit schon werde ich mein eigener Herr sein und entweder einen bettelarmen Bauern heiraten oder einfach vor die Türe gesetzt, um selbst für mich zu sorgen.«
»Wie das?«
»Ich habe keine Mitgift und keine Familie. Kein Mann wird um mich anhalten, und Osmond, der Müller, der mir in den letzten Jahren Unterkunft gewährte, wird eine erwachsene Frau nicht länger im Haus dulden.«
»Eine erwachsene Frau«, seufzte Rodney. »Ihr seid noch kaum trocken hinter den Ohren.«
Alicia richtete sich entrüstet auf. »Ich bin diesen Sommer fünfzehn geworden, wenn ich Euch darauf hinweisen darf.«
»Ha, genau wie ich vermutet habe. Noch ein Kind. Was werdet Ihr tun, wenn Ihr allein auf Euch gestellt seid?«
»Hundert verschiedene Sachen, wenn ich ehrliche Arbeit finden kann. Ich kann gut mit Geld umgehen, Sir, und es kostet mich nicht viel, mich am Leben zu erhalten.«
Rodney aß nun auch noch den Rest und leerte den Becher mit Milch.
»Ich werde mich auch nach einer ehrlichen Arbeit umschauen müssen, wenn ich meine Aufgabe nicht erfülle und die Braut nicht finde.«
»Warum fängt Euer junger Lord seine Braut nicht selbst ein? Es könnte doch sein, daß sie denkt, er sorgt sich nicht genug um sie und sich deshalb versteckt, bis er selbst kommt, sie zu suchen.«
Rodney lächelte insgeheim über diese Vorstellung. »Erstens, liebes Mädchen, gibt es da eine andere Liebe, die seine Zeit in Anspruch nimmt. Seine neueste Erwerbung, ein Schiff, das mit einer geborgten Mitgift bezahlt wird, ist fast fertig. Zweitens wäre es nicht angemessen, daß der Bräutigam die Braut selbst

holt. Und außerdem bin ich sicher, daß sich der junge Geoffrey noch mehr vor seinem Schicksal fürchtet als Charlotte Bellamy.«
Alicia erhob sich und schüttelte ihre Schürze aus. »Gut, ich wünsche Euch viel Glück, Sir. Aber, wenn sie so hinterhältig und häßlich ist, wie ihr sagt, ist Euer Herr Euch vielleicht dankbar, wenn Ihr sie nicht findet.«
»Er wird darüber nicht sehr erfreut sein, denn dann muß er das Schiff selbst bezahlen.«
Alicia drehte sich plötzlich um. Ein Gedanke durchfuhr sie. »Zuerst dachte ich, daß sie großes Glück hat, da viele Männer sie heiraten wollen. Jetzt glaube ich, daß es traurig für sie ist. Ihr Problem ähnelt dem meinen. Niemand wird sie aus Liebe nehmen, sondern sie nur ausnehmen.«
Rodney nickte zustimmend. »Der Hof ist ein Ort, an dem es viel Einsamkeit gibt, Mädchen. Dort kann man keinen Funken ehrlicher Zuneigung finden.«
»Dann bin wohl ich die Glückliche, nicht wahr, Sir? Mir wird so etwas wohl nicht widerfahren.«
Rodney kramte in seiner Geldbörse, die an seinem Gürtel hing. Er zog eine Goldmünze heraus und warf sie ihr zu. »Hier«, sagte er, als sie sie auffing. »Dafür, daß Ihr Euch meine Sorgen angehört habt.«
Sie lächelte strahlend und umklammerte die Münze fest mit der Hand. »Aber Sir, ich habe das Goldstück nicht verdient...«
»Sie ist nicht für den armen Bauern gedacht, wenn Ihr diesen Weg wählen solltet. Kauft Euch dafür etwas Besonderes für Euch selbst, Alicia.« Er ging hinter ihr durch die Türe. »Ich wette, Ihr habt Euch den Taler schon vor langer Zeit verdient.«
Sie hielt das Goldstück noch immer fest und beobachtete von der Tür aus, wie Rodney aufbrach. Er drehte sich noch einmal um und winkte ihr zu. Daß sie von ihm die Münze erhalten hatte, ließ ihr Herz höher schlagen. Sie hatte kein Opfer gebracht und war doch reichhaltig dafür belohnt worden, daß sie ausschließlich sie selbst gewesen war. Ein einfacher Besitz wurde zu einem großen Schatz.

Es war Montagmorgen, Alicias liebste Tageszeit unter der Woche. Der Tag, an dem die Mädchen nach getaner Hausarbeit ein Bad nehmen durften. Und das war die einzige Zeit, in der die Mädchen ohne schlimmere Folgen nur an sich denken konnten. Wenn sich eine von ihnen zu einem nachmittäglichen Spaziergang davonschlich, um allein zu sein oder mit ihrem Liebhaber umherzuschlendern, brüllte Armand herum, bis er ganz blau im Gesicht wurde. Es schien, daß der Gastwirt in jeder Minute des Tages genau wissen wollte, wo sie sich gerade aufhielten, ausgenommen in der kurzen Zeit, in der sie badeten.
Alicia war als letzte mit dem Baden dran. Dies hatte sich durch ein Komplott der anderen Mädchen so ergeben, um sie immer daran zu erinnern, daß sie keine Familie hatte und auch sonst keinem Menschen eng verbunden war. Sie wurde von den anderen Mädchen gemieden, da sie sich weigerte, ihnen ihre Geheimnisse anzuvertrauen. Und Alicias Art, sich so zu benehmen, als würde ihr es nichts ausmachen, daß die anderen sie ächteten, führte dazu, daß sie sie obendrein für hochmütig und eingebildet hielten.
Endlich war sie dran, und obwohl das Wasser schon kalt war und schmutzig von den Kleidern und den anderen Körpern, ließ sie sich genüßlich hineingleiten. Sogar in Osmonds Mühle war es ihr erlaubt worden, öfter zu baden als hier im Gasthof.
Alicia legte ihren Kopf auf den Rand des Zubers und schloß die Augen. Hinter ihren geschlossenen Augen gab es viel zu sehen, Visionen von Freiern, prächtigen Roben und Reichtum. Kein Geräusch war zu hören, nur eine seltsame Stille, die sie veranlaßte, die Augen zu öffnen.
Alle drei Mädchen standen in einiger Entfernung vor dem Badezuber, die Hände auf dem Rücken versteckt und lachten hämisch. Alicia runzelte die Stirn und schaute im Stall umher. Obwohl sie geholfen hatte, für die Mädchen, die vor ihr gebadet hatten, ein leinenes Handtuch und frische Kleider bereitzuhalten, lagen ihr eigenes Handtuch und ihre Kleidung in großer Entfernung vom Zuber über der Trennwand einer Pferdebox.
»Gert!« meinte sie. »Ich werde zu Eis gefrieren, wenn ich meine Kleider holen muß.«

Gert lächelte nur müde und spazierte mit einem Hauch von Überlegenheit durch die Stalltür. Mary und Sarah stürzten weniger vornehm hinterher und hielten sich kichernd die Hand vor den Mund.
»Mary! Sarah!« schrie Alicia. »Meine Kleider!« Aber die Stalltür fiel ins Schloß, und nur ein Pferd drehte sich um und schaute in ihre Richtung. »Ooooh, ihr hinterlistigen Schlampen«, zischte sie, nahm die Seife und schrubbte wütend ihre Arme und Schultern.
Draußen standen die drei, mit den Ohren an der Tür lauschend, und hörten vergnügt Alicias gedämpfte Flüche und den Klang von spritzendem Wasser. »Sie muß einen ganz schönen Spaziergang unternehmen, bis sie zu ihren Sachen kommt«, sagte Gert, stemmte die Hände in die Hüften und wackelte mit dem Hintern, um einen gezierten Gang zu imitieren.
»Verzeihung, meine Damen«, sagte plötzlich hinter ihnen eine männliche Stimme.
Wie auf Kommando drehten sich alle drei um und erblickten einen ungehobelten Kerl, der seinen Hut zog und vor die Brust hielt.
»Ich suche nach einem Schankmädchen, das Alicia heißt. Hat eine von euch sie gesehen?«
Gerts Augen zwinkerten. »Wie's der Zufall so will, Hochwohlgeboren, is' sie gerade da drin.« Sie deutete mit der Hand auf den Stall und eilte dann mit gerafften Röcken auf den Gasthof zu, gefolgt von den zwei kichernden Mädchen.
Rodney beobachtete ihre Flucht, drehte sich mit einem Achselzucken um und öffnete die Stalltür. Er starrte einen Moment lang auf Alicias schimmernde Nacktheit, die gerade heraussteigen wollte und aufrecht im Badezuber stand. Ihr Schrei war laut und durchdringend. Sie versuchte mit ihren Armen ihre Blößen zu bedecken.
In dem Moment, als Rodney seinen Fehler erkannte, knallte er die Türe zu. Er starrte Richtung Gasthof, wo die kichernden Mädchen um eine Ecke des Gebäudes spähten. Er drehte sich wieder um und sprach durch die Türe hindurch mit dem wütenden Mädchen.

»Verzeiht mir, Alicia, ich hatte keine Ahnung...« Er hörte auf zu sprechen und versuchte, ein Lachen zu unterdrücken. An die scherzhaften Spiele der Mädchen erinnerte er sich gerade noch aus seiner Jugendzeit. »Bitte entschuldigt, Alicia. Ich wurde grausam hereingelegt.«
Er dachte kurz daran, dem Mädchen hinter der Türe anzuvertrauen, daß er in seinem Leben schon eine oder auch zwei nackte Frauen gesehen hatte und daß sie bestimmt die Schönste von allen war. Aber er verwarf diese Idee sofort wieder, kratzte sich bei diesem Gedanken am Kinn und stellte fest, daß dies tatsächlich die Wahrheit war. Oh, Alicia hatte eine bezaubernde Figur. Geoffreys Wut auf ihn würde von kurzer Dauer sein.
»Alicia, liebes Kind, ich bin gekommen, Euch zu sehen, und ich bin in der Tat ärgerlich, daß ich so unhöflich...«
Die Tür wurde aufgerissen, und Alicia stand im Durchgang, mit tropfenden Haaren und bloßen Füßen. Sie hatte sich nur hastig ihre Bluse und den Rock über ihren nassen Körper geworfen. Das Feuer in ihren Augen ließ Rodney einen Schritt zurückweichen. Er gab ihr einen Moment Zeit, ihren Zorn abzukühlen. Alicia schaute hinter ihn und sich um, um zu sehen, ob sie die Schuldigen irgendwo entdecken konnte. Rodney bestärkte sie.
»Ja, sie sind verantwortlich dafür«, bestätigte er.
»Ich werde einen Weg finden, mit ihnen abzurechnen«, murmelte Alicia erbost.
Rodney verbeugte sich kunstvoll vor ihr. »Ich kann Euch eine Möglichkeit der Rache bieten. Wenn Ihr Euch meine Geschichte anhören wollt.«
Alicia verschränkte die Arme vor der Brust und lehnte sich an die Stalltür, um zuzuhören. Ihre Lippen waren zu einem Schmollmund zusammengezogen, ihre Augen schmal. Sie schien nicht sehr bereit zu sein, seinen Ausführungen zu folgen, so heftig waren immer noch Wut und Ärger.
»Erinnert Ihr Euch daran, daß ich Lord Seavers Braut finden und sie ihm überbringen wollte?« Alicia nickte. »Bei meiner Rückkehr zum heruntergekommenen Gut ihrer Tante mußte ich leider feststellen, daß die alte Frau gestorben war. Keine

Überraschung für mich, da sie sich schon bei meinem letzten Besuch sehr, sehr schlecht fühlte. Aber nun ist sie tatsächlich von uns gegangen, und scheinbar auch Charlotte, zum Teufel mit dem Weibsbild, endgültig verschwunden. Niemand konnte mir sagen, mit wem sie geflohen ist oder wie sie entkommen war. Ich habe wirklich ganze Arbeit geleistet, Mädchen. Ich habe im letzten Monat in jedem kleinen Dorf in der Umgebung des Hauses Nachforschungen angestellt, und keine Menschenseele hat sie gesehen.«

Alicia seufzte und stieß einen ihrer nackten Füße in den Dreck. »Was hat das alles mit mir zu tun?«

»Einen Augenblick noch, Jungfer Alicia. Charlotte Bellamy war von nobler Abstammung, fürwahr. Ihre Erbschaft ist aber nicht riesig, verglichen mit einigen anderen. Doch für diejenigen, die nicht an Wohlstand gewöhnt sind, bietet sie genug, um die drückendsten Verpflichtungen loszuwerden. Ihre Erziehung unterschied sich jedoch sehr von der der meisten hochgeborenen Damen. Ihre Tante, ein verklemmtes und schrulliges Fräulein, lebte von einer der bescheidenen Pensionen ihres Vaters. Sie zog das Mädchen auf, ohne einen Gedanken daran zu verschwenden, welche Erziehung einer Frau von adliger Herkunft angemessen sei. Ich bezweifle sehr, daß sie so gut lesen und rechnen konnte wie Ihr.«

»Und warum seid Ihr so sicher, daß ich es kann?« fragte sie ihn. »Niemand sonst glaubt, daß ich es kann.«

Rodney grinste nachsichtig. Offensichtlich konnte Alicia keinen Zusammenhang zwischen sich und der gespenstischen Charlotte entdecken. Aber der Zusammenhang wurde klar, als Rodney erklärte, daß er sich – niedergeschlagen bei dem Gedanken, Geoffrey erneut eine Enttäuschung bereiten zu müssen – gewünscht hatte, ihm ein Mädchen, so lieblich und lebhaft wie Alicia, mitbringen zu können.

Und warum nicht?

»Ich möchte Euch vorschlagen, Alicia, daß Ihr unter dem Decknamen Charlotte Bellamy mit mir nach London geht.«

Alicias Augen wurden rund und ungläubig. »Seid Ihr von Sinnen? Ich kenne dieses Mädchen doch nicht einmal.«

»Auch sonst kennt sie wohl niemand«, erklärte Rodney. »Kein Mensch in London hat sie je gesehen. Da gibt es zwar die Dorfbewohner, die sie beschreiben könnten, doch die werden kaum nach London reisen. Und selbst wenn sie es täten, so würde ihnen niemand Glauben schenken. Es wird unmöglich sein zu beweisen, daß Ihr *nicht* Charlotte Bellamy seid.«
»Ich soll mit Euch von hier weggehen und einen Namen benutzen, der nicht mein eigener ist, um einen vorwitzigen jungen Adeligen zu heiraten, der ruiniert ist und deshalb mehr Geld begehrt? Nur über meine Leiche, Sir. Laßt diesen Kerl doch selbst eine Braut finden. Ich lasse mich nicht noch einmal hin und her stoßen.«
»Der Kerl ist ein Mann über dreißig und hat über zwölf Jahre an der Seite Seiner Majestät wacker gekämpft. Er genießt ein hohes Ansehen und hat einen guten Namen, der ihm viele Türen öffnet. Und, Alicia, er ist durchaus ansehnlich.«
»Dann wird er doch keine Schwierigkeiten haben, ein williges Mädchen zu finden.«
Rodney nahm die Geldbörse vom Gürtel und holte einige Münzen heraus. Er zählte sie, tat die meisten in den Beutel zurück und streckte ihr den Beutel hin. »Für hundert Pfund?«
»Hundert Pfund?« wiederholte sie. Das war mehr Geld, als sie in ihrem ganzen bisherigen Leben verdient hatte. Das war beinahe der Wert eines ganzen Arbeitslebens, das sie noch vor sich hatte. »Hundert Pfund, um einen Mann zu heiraten? Er muß ein furchtbarer Teufel sein.«
»Hundert Pfund dafür, daß Ihr mit mir nach London kommt. Ich möchte Seine Lordschaft nicht täuschen. Wir erzählen ihm offen, daß Charlotte weggelaufen ist und nicht gefunden werden kann, aber daß Ihr ihre Stelle einnehmen könntet, ohne daß eine Seele den Tausch merkt.« Er zuckte die Achseln. »So wie ich das sehe, könnt Ihr beide da wieder herauskommen, indem Charlotte plötzlich stirbt. Geoffrey wäre dadurch frei, könnte sein Glück machen und sich eine Frau suchen. Und Ihr könntet danach tun, was Euch beliebt, solange Ihr es außerhalb von England – oder zumindest außerhalb von London tut. Ist Charlotte erst tot, wird rasch Gras über den ›Austausch‹ wachsen.«

»Und wenn Euer junger Lord nichts von alldem wissen will?« fragte sie.
»Dann nehmt Euer Gold und geht hin, wohin auch immer Ihr wollt.«
»Ich denke, Ihr seid arm? Wenn der Mann hundert Pfund zum Rausschmeißen hat, kann er nicht besonders notleidend sein.«
»Armut steht immer im Bezug zu den Ausgaben, Mädchen. Geoffrey ist zu arm, um eine Schiffsflotte zu kaufen, doch nicht so arm, daß er sich nicht vornehm kleiden und große Summen verspielen könnte. Er ist zu arm, um ein Landgut zu kaufen, das auch Dörfer der Gegend umfaßt, aber reich genug, um ein Haus in der Stadt und Ländereien in den Kolonien zu besitzen. Er kann Euch angemessen und bequem unterhalten, wenn er meinem Plan zustimmt. Mit Charlottes Erbe kann er auch zu seinen Schiffen kommen, und Ihr werdet einige nette Schmuckstücke bekommen, die Ihr im Theater tragen könnt.«
Alicia dachte über das nach, was er gesagt hatte. Sie schaute auf den Beutel mit Gold, schüttelte ihn ein bißchen und schaute dann argwöhnisch zu ihm hinüber.
»Und dieser junge Lord«, begann sie. »Ist er ein schlechter Mensch?«
»Er ist sehr halsstarrig, aber sein bisheriges fehlendes Glück hat ihn auch großzügig gegenüber Fehlern gemacht. Es gibt viele Frauen, die ihn haben wollen.«
Sie preßte ihre Lippen zusammen, und ihre Gereiztheit kam wieder zum Vorschein. Rodney gefiel es, dem Spiel ihrer Gefühle, das sich in ihrem Gesicht widerspiegelte, zu folgen. Er fand mit jedem Mal, als er sie sah, mehr Gefallen an ihrer natürlichen Schönheit, obwohl ihre Kleidung und Frisur wenig dazu beitrugen, diese besonders hervorzuheben. Die Sommersprossen der Jugend waren am Verblassen und wurden rasch durch ihre leuchtende, elfenbeinfarbene Haut mit einer zarten Röte ersetzt. Mit der entsprechenden Kleidung und Frisur konnte sie leicht zur gefeierten Schönheit Londons werden.
»Ihr werdet sehen, daß Geoffrey begehrenswert und aufrichtig

ist, und ich zweifle sehr daran, daß er jemals einer Frau etwas zuleide tun würde. Ich werde mich jederzeit in seiner Nähe aufhalten, um zu gewährleisten, daß er Euch in keiner Weise Schaden zufügen wird.«

»Wenn es herauskommt, können wir ins Gefängnis kommen?« fragte sie.

»Im schlimmsten Fall«, antwortete Rodney mit einem Lächeln. Er ahnte, daß er Erfolg haben könnte, wenn er nur ihren Sinn für Abenteuer anspräche. Das Leben hier auf dem Lande war vorhersehbar – Heirat eines armen Bauern oder das Dasein einer Spülmagd – und bot Alicias wachem Geist keine Befriedigung. London als Ort, an dem man vielleicht verlassen war oder abgeschoben wurde, reizte sie nicht. Aber London mit hundert Pfund in der Tasche, einem Titel und einem reichen Mann, der wenigstens eine Zeitlang für sie sorgen würde, war kein schlechter Tausch für ein Schankmädchen.

Sie rechnete sich die Sache schnell im Kopf durch: wenn sie sparsam haushaltete, würde das Geld für einen beachtlichen Zeitraum ausreichen. Zumindest so lange – wenn sie klug genug war –, um dann einen Mann mit Vermögen zu heiraten und sich dadurch ein ehrbares Leben zu sichern. Ein Leben, das mehr bot als nur endlose Not und Mühsal.

Sie lächelte gequält. »Und was sage ich Armand?«

»Sagt ihm, daß ihr nach London geht, um mit dem König zu tanzen.«

»Und wenn er wütend wird?«

»Schüttelt den Beutel mit Gold vor seinem Gesicht tüchtig und lacht ihn aus. Ihr besitzt nun die Macht, Mädchen. Nicht er.«

Mit diesen Worten hatte Rodney Prentiss ihr Vertrauen vollständig gewonnen. Die Tatsache, daß sie mit Culver Perry davonlaufen wollte, hatte er zum Anlaß genommen, sie zum Schweigen zu verpflichten. Erst später mußte sie feststellen, daß er nicht Armands Zorn fürchtete, sondern sich davonschleichen wollte, ohne die Schulden für seine Unterbringung zu begleichen, was er natürlich nicht bei Tageslicht tun konnte. Wenn er sie wirklich mitnehmen wollte, was machte es da schon aus, ob Armand wütend wurde oder nicht? Keiner würde

Lord Perry folgen, um sie zurückzufordern. Sie gehörte niemandem, nur sich selbst, und war viele Jahre lang überall, wo sie hinkam, nur eine unerwünschte Last gewesen.
»Wann wollt Ihr aufbrechen?« fragte sie.
»Es stehen schon zwei Pferde bereit. Wir werden nicht die ganze Nacht hindurch reiten, doch es wäre vernünftig, einen anderen Gasthof zu suchen.« Er hüstelte, räusperte sich und versuchte, dabei keine Miene zu verziehen. »Es könnte doch sein, daß wir hier nicht mehr willkommen sind.«
Alicia lächelte vergnügt. Ihre Augen leuchteten erregt. Sie hob den Beutel erneut hoch. »Er gehört mir, ganz egal, was geschieht? Schwört Ihr das?«
»Auf mein Wort. Holt schnell Eure Sachen. Lord Seavers wird mehr als nur ein bißchen beunruhigt sein.«
Alicia holte ihre Schuhe aus dem Stall und eilte dann auf den Gasthof zu. Ihre nackten Füße tappten eilig dahin. Sie hielt den Beutel mit den Münzen fest mit ihrer Faust umschlossen und verschwand im Gasthof, während Rodney gemächlich zu dem Platz schlenderte, an dem die Pferde bereitstanden. Dort hielt er sich auch noch auf, als die Türe des Gasthofes aufging und Alicia wieder erschien. Dicht hinter ihr sah er den rotgesichtigen Gastwirt, und hinter ihm entdeckte Rodney die Locken der drei anderen Mädchen mit ihren bunten Röcken. Rodneys runder kleiner Bauch hüpfte leicht, als er versuchte, sein lautes Lachen unter Kontrolle zu bekommen. Sicher waren die drei sofort zu Armand gerannt, als sie bemerkt hatten, daß Alicia ihre Habseligkeiten zusammensuchte, um wegzugehen.
»Undankbares Weibsbild«, tobte Armand. »Ich hab's ja immer gewußt, diese eingebildete Schlampe wird die erste sein, die wegläuft. Na gut, hau bloß ab, renn doch dem erstbesten Mann hinterher.«
Alicia grinste vergnügt, versuchte jedoch, einen gelassenen Eindruck zu machen. Als sich ihre Augen mit denen Rodneys trafen, spürte sie, daß er ihr Vergnügen teilte. Da konnte sie sich nicht mehr zurückhalten und begann lautstark zu lachen. Ihre Augen tanzten vor Freude. Sie gab Rodney ihr kleines Bündel mit Kleidern, das er auf dem Rücken ihres Reitpferdes befestigte.

»Hast du mal dran gedacht, daß du nichts von dem kriegen wirst, was er dir versprochen hat, Mädchen?« fragte Armand. »Hier verdienst du wenigstens 'n anständigen Lohn und hast 'n ehrbaren Platz, auf den du 'n Kopf zum Schlafen legen kannst.«

Alicia drehte sich um und schaute ihn an. Ihre Augen waren kalt und starr, als sie den untersetzten, fetten Mann nochmals musterte. »Ein Haufen Heu voller Ratten?« fragte sie ihn. »Und Lohn? Ihr gebt eurem Bruder Osmond das Geld – ich verdiene hier nichts. Und dieser großzügige Herr gesteht mir nicht einmal so viel von meinem Verdienst zu, daß ich mir einen Ballen Stoff kaufen kann. Hätte es nicht Mae und ihre abgelegten Kleider gegeben, wäre ich nackt herumgelaufen.«

»'s kostet was, so 'n Haushalt wie dem Osmond seinen durchzufüttern, aber er paßt wenigstens auf sein Zeug auf. Du wirst auf der Straße nach London niemand finden, der dich beschützt, Miss. Du wirst schon zurückgekrochen kommen un' mich als 'n Mann kennenlernen, der verzeihen kann.«

Bei diesen Worten wandte sich Rodney an Armand, seine Augen funkelten ärgerlich. »Ich habe den Schutz gesehen, den du diesem Mädchen, das unter deiner Aufsicht stand, gegeben hast. Du hast ruhig zugesehen, wie sie mißhandelt wurde und versucht, nur einen weiteren Krug mit Bier auf ihre Kosten zu verkaufen. In den Händen von Räubern würde es ihr wahrscheinlich besser ergehen.«

Armands Gesicht wurde noch röter, und er war drauf und dran, Rodney anzubrüllen. Aber dieser drehte ihm einfach den Rükken zu, um Alicia in den Sattel zu helfen. Hinter Armand konnte er Gerts schrilles Heulen hören. »Die karrt ihren vornehmen Arsch zum König, an sein' Hof. Das hat sie gesagt.« Ihre Stimme klang schrill. »Die will sich ja nur 'n feinen Lord schnappen ...«

Armand drehte sich plötzlich um und gab dem Mädchen eine Ohrfeige. Ihr Gekeife ging in ein lautes Heulen über, dann wurde sie ganz still.

»Du schuldest mir noch etwas, Miss Königlich. Ich hätt' während der Erntezeit ein Schankmädchen gebraucht. Aber da hat-

test du ja keine Zeit für 'ne ehrliche Arbeit. Hast dich lieber von ihm benutzen lassen. Und dann hat er dich fortgejagt, um sich 'ne andere zu nehmen. Ha, ich hab's schon gemerkt, daß du damals fast mit dem noblen Bastard fortgelaufen wärst. Aber der hat nur mit dir gespielt und ist auch noch abgehauen, ohne zu zahlen.«
Alicia hatte sich gerade im Sattel zurechtgesetzt, als diese Bemerkung kam. Sie richtete ihre Augen auf Armand. Ihre Lippen waren zu einem schmalen Strich zusammengepreßt. Sie starrte ihn wütend an. Hinter ihm hörte man das erstickte Kichern der anderen Mädchen.
»Du hast wohl geglaubt, ich hätt' nich' gesehen, was los war?« Er lachte laut und sarkastisch. »Ich hab's doch gesehen, wie du vor seiner Nase rumstolziert bist und damit gerechnet hast, daß er dich aus der Grafschaft fortbringt. Merk dir, Mädchen, Adlige verschwenden nicht mehr Zeit auf 'n Schankmädchen als notwendig is', sie auszuziehn und sie am Straßenrand zurückzulassen.«
Alicias Augen durchbohrten ihn. Sie scheute aber instinktiv davor zurück, zu zeigen, wie sehr es sie verletzte, daß man ihr diese Dummheit wieder vor Augen führte. Seit vielen Jahren war sie darin geübt vorzutäuschen, daß ihr die verletzenden Sticheleien der anderen nichts ausmachten. Auch Rodney schien die Bemerkung Armands geflissentlich überhört zu haben und drehte sich langsam um.
»Ja, da gibt es wohl eine unbeglichene Schuld, Mann. Und ich glaube fast, es ist die Schuld gegenüber diesem Mädchen hier, das dir den ganzen Sommer über brav gedient hat. Was schuldest du ihr für ihre Arbeit?«
»Ihr etwas schulden?« rief er aus.
»Ja. Ihren ›ehrlichen Lohn‹. Dein Bruder wird das Geld nicht mehr für ihren Unterhalt benötigen, da sie nun nicht mehr zu ihm zurückgehen wird.«
Alicia kniff die Augen fest zusammen, kämpfte gegen die Tränen an. Noch vor wenigen Minuten, als sie ihre paar Habseligkeiten zusammengepackt hatte, war sie voller Optimismus und Hoffnung gewesen, aber da hatte sie auch keinen Gedanken an

Culver Perry verschwendet. Erst als Armand sie mit ihrer Torheit von damals verhöhnte, bekam sie es mit der Angst zu tun. Bei dem Gedanken, das Dorf zusammen mit Rodney zu verlassen, stieg nun Besorgnis in ihr auf. Es bestand immerhin die Möglichkeit, daß dieser Mann ebensowenig vertrauenswürdig war wie Perry. Aber nun konnte sie nicht mehr zurück. Sie würde gehen, auch auf die Gefahr hin, in einem Straßengraben zurückgelassen zu werden. Sie würde schon selbst wieder auf die Beine kommen und für sich sorgen.
Rodney wollte gerade wieder anfangen, dagegen zu protestieren, daß Armand nicht zahlte, da hob Alicia ihre Hand, um ihn zurückzuhalten. »Keine unbeglichene Schuld, Armand«, sagte sie. »Nimm meinen Lohn als Gegenleistung für das, was du durch den Adeligen verloren hast, der nicht bezahlt hat.«
Rodney schaute sie stirnrunzelnd an. Dabei entdeckte er die Traurigkeit in ihren Gesichtszügen. Er zuckte die Schultern und bestieg sein Pferd. »Dann machen wir, daß wir fortkommen. Wir haben eh' lange genug über die Sache debattiert.«
Rodney ergriff mit seiner freien Hand die Zügel von Alicias Pferd, schnalzte mit der Zunge und gab seinem Gaul die Sporen. So brachen sie auf.
»Du wirst schon sehen, daß er seine Versprechungen nicht wahrmachen wird, Miss«, schrie Armand hinterher.
Alicia drängte die aufsteigenden Tränen zurück. Nur selten hatte man ihr Versprechungen gemacht. Eigentlich nur einmal, wie Armand sagte. Sie war eine Närrin gewesen. Man hatte sie benutzt und danach abgelegt wie alte Kleidung. Die Vorstellung, daß nun gerade ein Traum wahr werden sollte, war verflogen. Sie zwang sich, hart gegen sich selbst zu sein. Sie wollte ihre Chance auf jeden Fall nutzen und hoffte inständig, auf ihrem Weg etwas mehr zu erhalten als nur einen Dachboden mit Stroh und regelmäßige Prügel; hoffte, nicht benutzt zu werden oder ungeliebt zu sein.
»Beruhigt Euch, Jungfer Alicia«, sagte Rodney. »Ihr werdet mehr erreichen, als sich der Wirt je vorstellen kann.«
Sie lächelte dankbar beim Klang seiner beruhigenden Worte. Aber innerlich fürchtete sie, diese Reise könnte erst der Anfang

ihrer Schwierigkeiten sein. Seufzend nahm sie die Zügel ihres Pferdes selbst in die Hand und drängte es an seine Seite.

Alicia stand am Fenster des Gasthofes und schaute auf die dunkle Straße, die nur von einem schwachen Licht erleuchtet wurde, das aus der Schänke drang, die direkt unter ihrem Fenster lag, und von der Helligkeit, die durch die verhängten Fenster entlang der Straße schimmerte.

Ein lautes Krachen und gleich darauf ein Schrei ließen sie vor Schreck aufspringen. Sie rieb sich mit den Händen zitternd ihre Unterarme, teils weil es ihr kalt war, teils weil sie sich ein wenig fürchtete.

Die Reise nach London war ohne große Vorkommnisse verlaufen. Rodney hatte sich unterwegs aufmerksam um Verpflegung und Unterkunft gekümmert. An seiner Seite hatte sie bequem und ruhig reisen können. Die Nacht zuvor verbrachten sie allerdings in einer Herberge, die mit einem Gasthof nicht viel gemein hatte, auch wenn Zimmer an Reisende vermietet wurden. Sie waren am frühen Morgen, ohne etwas zu essen, aufgebrochen und schon vormittags in London angekommen. Rodney hatte ihr erklärt, sie wären der Stadt nahe genug gewesen, um sie ohne Übernachtung bequem an einem Tag zu erreichen. Doch hatte er es vorgezogen, mit ihr bei Tageslicht dort anzukommen.

Die Klugheit seines Entschlusses wurde ihr jetzt klar. Der Gasthof, in dem er sie untergebracht hatte, lag nahe am Kai und war schon am frühen Morgen schrecklich genug. Hätte sie abends durch den wüsten Schankraum unter ihr gehen müssen, wäre ihre Furcht so groß gewesen, daß sie niemals allein in diesem Zimmer geblieben wäre. Auch im Ivy Vine hatte sie Betrunkene und Schlägereien erlebt. Aber jener Krach, der nachts aus dem Schankraum auf dem Lande kam, war, verglichen mit einer normalen Londoner Schänke, überhaupt nichts gewesen.

Das Beste an diesem armseligen Raum war das erhöhte Bett, von dem ein Fuß durch einen ungehobelten Holzklotz ersetzt worden war. Es wackelte fürchterlich, als sie sich daraufsetzte. Doch trotz allem stellte es alle ihre bisherigen Schlafgelegenheiten in den Schatten. Außerdem standen noch ein Stuhl und ein Tisch im Zimmer. Letzteren benutzte man zum Essen, aber auch als Ablage für eine Waschschüssel, einen Wasserkrug und einen Kerzenstummel. Ein schmutziges, zerlumptes Handtuch hing über der leeren Waschschüssel. Seit Rodney sie vor mehreren Stunden verlassen hatte, waren ihr weder Wasser noch frische Tücher gebracht worden. Alicia ging zum Tisch und zupfte an dem filzigen Lumpen, der ihr zum Abtrocknen dienen sollte, falls sie überhaupt das Glück hätte, sich waschen zu können. »Euer großer Wohlstand bietet mir jeglichen Komfort, Mylord«, flüsterte sie in den leeren Raum hinein.

Ein gesprungener Spiegel ohne Rahmen hing an einem Nagel an der Wand. Sie schaute hinein, konnte sich aber kaum erkennen. Er gab nur ein sehr unklares Bild wieder, und sie konnte den Dreck in ihrem Gesicht, die Knoten in ihren Haaren und die Enttäuschung in ihren Augen kaum erkennen. So kniff sie die Augen etwas zusammen und schaute noch einmal genauer hin und berührte ihre langen Haare, die ihr zerzaust um die Schultern hingen. Etwas zum Kämmen wäre gut, dachte sie sehnsüchtig. Bürste oder Kamm würden ihr Aussehen wesentlich verbessern können. Im Gasthof hatte sie eine Bürste mit den anderen drei Mädchen geteilt. Obwohl sie die Bürste eigentlich hätte mitnehmen können, ohne daß es einer bemerkt hätte, wäre es ihr doch niemals in den Sinn gekommen, so etwas zu tun. Jetzt wünschte sie sich, manchmal doch gerissener und nicht so uneigennützig zu sein.

»Er wird nicht viel finden, was ihm Vergnügen bereitet«, sagte sie leise zu ihrem Spiegelbild. »Wenn er diese Hexe erblickt, wird er auf der Stelle auf und davon laufen.«

Schon vor einigen Stunden, als Rodney sie im Gasthof abgesetzt hatte, spürte Alicia eine dunkle Vorahnung, die ihr schwer auf den Magen geschlagen war. Er hatte ihr ein Essen servieren lassen und ihr erklärt, daß das Schiff seines jungen Herrn ganz in der Nähe liege und daß er rasch zu ihm eilen wolle, um ihm gleich die Neuigkeiten zu überbringen. »Ich hoffe, daß ich Lord Seavers mitbringen kann, damit er Euch baldmöglichst kennenlernt.« Die Angst hatte ihr den Appetit verdorben. So hatte sie keinen Bissen des guten Essens angerührt. Jetzt bereute sie das, weil sie plötzlich großen Hunger verspürte, die Essenszeit aber lange vorüber war. Rodney war schon seit Stunden fort.

Das Geräusch von zersplitterndem Glas versetzte sie wieder in Aufruhr. Diesmal eilte sie zum Bett, um die Lederbörse zu holen, in der sich all die Goldmünzen befanden. Es gab keinen Ort in dem praktisch leeren Raum, wo sie ihr Vermögen hätte verstecken können. Eine große Angst befiel Alicia, daß man sie an diesem Ort ausrauben und belästigen könne, solange sie allein war. Sie steckte die Börse zwischen ihre Kleider und versetzte dem Bündel einen unwilligen Fußtritt, da sie diesen Aufbewahrungsort für höchst unsicher hielt.

»Ein feiner Handel ist das«, zischte sie. »Die hundert Pfund werden mir viel nützen, wenn ich erschlagen auf der Straße liege.«

Das Geräusch eines Schlüssels im Schlüsselloch schien ihre übermäßige Angst zu bestätigen. Sie beobachtete voller Entsetzen die Tür. Das Klicken, Drehen, Knacken und Knirschen schien eine Ewigkeit zu dauern.

Währenddessen griff Alicia nach ihrem kleinen Bündel und wich zurück, verkroch sich in den hintersten Winkel des Raumes. Als die Tür endlich geöffnet wurde, war ihr sofort klar, warum es so lange gedauert hatte. Der Mann, der die Türe geöffnet hatte, konnte kaum noch gerade stehen und lehnte sich an den Türpfosten, um den nötigen Halt zu finden. Ein erster Gedanke durchzuckte sie: Wenn er nicht stehen kann, kann er mich auch nicht umbringen.

»Aha«, sagte der Mann, als er sie sah.

Sie wich noch weiter zurück, bis ihr Rücken gegen die Wand stieß.

»Ah ja«, sagte er mit einer schmierigen Stimme. »So, du bist das also. Du wirst ein hübsches Betthäschen abgeben, wenn wir dich erst mal saubergeschrubbt haben.«

Er trat ein, drehte sich nochmals zur Tür, um sie zu schließen.

Dann fing er an, innen am Schloß herumzufummeln. Alicias Herz begann unbarmherzig laut zu klopfen, als sie sah, wie er versuchte, sie beide in dem Raum einzuschließen. Der Versuch, die Tür abzuschließen, dauerte mindestens so lange, wie es gedauert hatte, sie aufzuschließen. Als er sich wieder ihr zuwandte, lag in seinem Gesicht ein siegesgewisses Lächeln. Das Grinsen wirkte nicht bösartig, eher kindisch. Trotz allem fiel ihr auf, daß er elegant gekleidet war und sehr hübsch aussah. Mutter Gottes, betete sie lautlos, bin ich jetzt vielleicht noch dankbar, daß es kein wüstes Monster ist, das mich da überfällt und ausraubt?

Er steckte den Schlüssel in seine Jackentasche und musterte sie von oben bis unten. Sein Grinsen verschwand langsam und machte einem ungläubigen Ausdruck Platz. »Bei Gott, woher kommst du denn und wer, um Christi Himmels willen, ist denn deine Schneiderin?«

Alicias Augenbrauen zogen sich zu einem Strich zusammen. Dann machte sich ein Ausdruck der Fassungslosigkeit in ihrem Gesicht breit, als ihr klar wurde, daß sie in ihrem ganzen Elend auch noch beleidigt wurde.

»Sogar deine Schuhe...«, setzte er erneut an und hielt dann plötzlich inne, um lautstark zu rülpsen. Er schluckte und versuchte wieder Haltung zu gewinnen. »Sogar deine Schuhe sind wertloser Plunder. Hast du Schweine gehütet, bevor du hierhergekommen bist?«

»Laßt mich sofort allein«, sagte sie ruhig. »Geht fort.«

»Aber ich kann nicht, Mädchen«, sagte er und breitete seine Arme in gespielter Hilflosigkeit aus. »Das Schicksal hat uns zusammengebracht, und wir sind bestimmt... mmmh... wir sind füreinander bestimmt... du und ich.« Er schüttelte heftig seinen Kopf, und sein sandfarbenes Haar wurde herumgewirbelt wie das Stroh auf dem Dach bei Sturm. »Wir brauchen einander.«

»Rührt mich nicht an«, bat sie ihn. Dabei preßte sie ihr Bündel fest an die Brust und versuchte verzweifelt, gleichsam mit der Wand zu verschmelzen.

»Keine Angst«, sagte er und zog eine Grimasse. »Meine Güte,

ich wäre nicht hier, wäre es Teil des Handels, dich zu berühren, bevor du ein Bad genommen hast. Es ist schlimm genug, dich anschauen zu müssen.«

»Dann geht«, beharrte sie lauthals.

Aber er schenkte ihr keine Aufmerksamkeit. Er sah sie sich noch einmal genau an und zog erneut eine Grimasse. Warum, so fragte sie sich, hatte er sich bemüht, in ihr Zimmer einzudringen, wenn er sie so unappetitlich fand? Konnte er möglicherweise von der hohen Geldsumme wissen, die sie bei sich hatte? Sie fragte sich, ob sie, als sie im Schankraum gegessen hatte, ihre Besorgnis um das Geld so offensichtlich zur Schau gestellt hatte, daß man bemerkte, daß sich in dem sorgfältig gehüteten Kleiderbündel etwas Wertvolles befinden mußte?

Und dieser hier war wohl ein erfolgreicher Dieb, so folgerte sie rasch, da er schöne Kleider trug und sich gewählt ausdrückte. Er überfiel und beraubte sicher nur reiche Leute.

»Das wirst du nicht schaffen«, sagte er undeutlich und schüttelte erneut den Kopf. »Ich weiß nicht, wie du das machen willst. Kein Benehmen, in dreckige Fetzen gekleidet und seit ewigen Zeiten nicht mehr gewaschen.«

Alicia richtete sich ein wenig auf. So bitter notwendig war es nicht, daß sie ein Bad nahm, auch wenn das letzte schon etliche Tage zurücklag. Sie war überzeugt, daß sie nicht unangenehm roch. Aber dann fiel ihr der Gestank ein, der ihr entgegengekommen war, als sie das Zimmer betreten hatte. Ihr wurde klar, daß er annahm, sie sei die Ursache dafür. Großer Gott, dachte sie, jetzt beschäftigen mich sogar noch die Beleidigungen eines Diebes!

Er machte einige Schritte auf sie zu, wobei er gefährlich schwankte. Alicia tastete sich an der Wand entlang und wich in eine sicherere Ecke aus. Sie konnte sich ausmalen, daß es ihn ungeheure Mühe kosten würde, sie zu fassen. Seine Wahrnehmungsfähigkeit war getrübt, und der viele Likör hatte seine Bewegungen verlangsamt. »Komm her, du Weibsbild«, schnauzte er sie an.

Alicia erreichte mit einem schnellen Sprung die andere Seite des Zimmers, wobei sie keine Schwierigkeiten hatte, ihm auszuweichen. Erneut bewegte er sich vorwärts, ein dümmliches Grinsen im Gesicht, die Augen beinahe zu Schlitzen zusammengekniffen in dem Bemühen, die Dinge etwas klarer zu sehen. Alicia blieb ruhig stehen und ließ ihn näher herankommen, bevor sie ihren Platz verließ. Aber dieses Mal überraschte sie ihr betrunkener Angreifer mit einem geschickten und schnellen Sprung. Er fing sie mit seinen Armen auf, die sich stark anfühlten, aber durch die Trunkenheit unbeholfen agierten. Als sie versuchte sich loszureißen, mußte sie ihr Kleiderbündel fallen lassen.

»Halt doch still, Mädchen«, befahl er ihr. »Zappel nicht so, damit ich dich anschauen kann. Ich kann dich ja gar nicht klar erkennen.«

»Laßt mich los«, preßte sie zwischen ihren zusammengebissenen Zähnen hervor.

»Wie können wir uns gegenseitig kennenlernen, wenn du mich bekämpfst?« Er stieß ein Lachen hervor, das sich jedoch wie betrunkenes Gekichere anhörte. »Wenn du stillhältst, lasse ich dich los«, bot er ihr an.

Sie hörte sofort auf, sich zu wehren, stand ganz still und nickte leicht mit dem Kopf. Er ließ seine Arme sinken, worauf sie sofort außer Reichweite und auf die andere Seite des Tisches eilte, um diesen als Barriere zwischen sich und dem Angreifer zu haben.

»Verdammtes Weib«, murmelte er und drehte sich im Kreis, um die entwischte Beute ausfindig zu machen. »Mach mich nicht zornig«, warnte er sie, und sein Lächeln verschwand.

»Rührt mich nicht an, oder ich schreie«, gab sie zurück.

»Schrei nur«, forderte er sie auf. »Ich bin sicher, daß die Schloßwache dann sofort angerannt kommt. Und nun benimm dich, oder muß ich dich erst übers Knie legen?«

Während er diese letzte Drohung ausstieß, schwankte er wieder leicht, und sie erkannte, daß er so betrunken war, daß sie ihm mit ein bißchen Glück entkommen konnte. Und, obwohl sie seine Kraft fürchtete, war sie doch eher ärgerlich als ängstlich.

»Wenn Ihr Hand an mich legt, töte ich Euch.«

»Mich töten, so? Ich sehe schon, ich bin für diese Arbeit wie geschaffen. Ich werde dir die Röcke hochziehen und deinem verdammten Hintern ein oder zwei Schläge verpassen. Komm jetzt endlich her.«
»Niemals. Geh sofort raus.«
»Hexe«, murmelte er, rieb sich seinen Nacken und schaute umher, als wisse er nicht mehr, wozu er eigentlich diesen Raum betreten hatte. »Also dann, machen wir es auf deine Art... kämpfen wir.« Er stolperte auf sie zu und packte den Tisch auf seiner Seite. Dabei waren seine Augen ganz geöffnet und fixierten sie mit einem starren Blick, in dem feste Entschlossenheit lag. Alicias Mund öffnete sich leicht und ihre Angst kehrte zurück. Als er im Begriff stand, den Tisch zwischen ihnen tatsächlich wegzuziehen, ergriff sie den Krug am Henkel und ohne langes Zögern schlug sie ihn mit aller Kraft auf seinem Kopf entzwei. Der irdene Krug zersprang sofort und die Scherben fielen um ihn herum zu Boden.
Seine Augen wurden groß und rund, bevor sie zufielen und er zu Boden sank. Sie starrte ihn einen Moment lang an, noch immer den Griff des Kruges in der Hand. Er sah nicht besonders tot aus, doch ihr erster Gedanke war, daß sie ihn umgebracht hatte. Es schien, als würde er friedlich schlafen. Ein Zug der Zufriedenheit ruhte auf Augen und Mund wie eine warme Decke.
Ah, er war wirklich hübsch.
Ein hübscher Idiot, wiederholte sie ärgerlich. Für das, was er tun wollte, hatte er diesen Schlag auf den Kopf aber tausendfach verdient.
An der Tür klopfte es plötzlich, und Alicias Augen wandten sich rasch von der schlafenden Gestalt am Boden in Richtung des Klopfens. Ihr Herz schlug wieder schneller, denn jetzt saß sie in der Falle. Keinen Moment lang glaubte sie, das Gesetz übertreten zu haben, nur weil sie sich verteidigt hatte. Doch nahm sie auch nicht an, man ließe sie so einfach ungestraft entkommen. Denn immerhin hatte sie einen Mann verwundet. Seine Kleidung war vornehm, daraus konnte man schließen, daß er vielleicht eine hochgestellte Persönlichkeit war, mit dem ausgefal-

lenen Hobby, Frauen zu überfallen und auszurauben. Vielleicht tat er es nicht, um seinen Lebensunterhalt damit zu verdienen.

Wieder klopfte es. Ihre Augen begannen sich mit Tränen zu füllen. Niemand konnte ihr helfen. »Zum Teufel mit dem Dummkopf«, murmelte sie schweratmend. »Er hat doch versprochen, in der Nähe zu bleiben.«

Im selben Moment, als sie an Rodney dachte, hörte sie seine Stimme draußen vor der Tür. »Alicia?« fragte er durch die Tür.

Sie rannte schnell hin und versuchte zu öffnen, dankbar dafür, daß er es war, der draußen vor der Tür stand. Sie ließ ihren Tränen freien Lauf und rüttelte an der Türklinke, als ihr einfiel, daß der Angreifer ja den Schlüssel sorgsam in seiner Tasche verstaut hatte. Sie lief zu dem bewußtlosen Mann zurück und durchsuchte fieberhaft seine Jacke, bis sie den Schlüssel endlich fand. Obwohl sie nüchtern war, brauchte sie fast ebenso lange wie der Eindringling, um die Tür aufzusperren. Sie schaute den Mann über ihre Schulter hinweg stirnrunzelnd an, denn es hatte nicht den Anschein gehabt, als würde die Tür klemmen. Sie hatte angenommen, seine Trunkenheit sei der Grund dafür gewesen, daß er so lange gebraucht hatte.

Rodney trug ein Tablett mit Essen in der Hand, das er beinahe fallen ließ, als er die Gestalt am Boden erblickte. Alicia bemerkte zum ersten Mal, seit sie ihn kannte, einen Ausdruck der Angst in seinem Gesicht. »Was ist passiert?« flüsterte er, als er den zerbrochenen Krug und den bewußtlosen Mann betrachtete.

»Er ist beinahe so bewußtlos vom Alkohol wie von dem Schlag auf den Kopf«, sagte Alicia ruhig. »Er hatte die Absicht, etwas Abscheuliches zu tun.«

Rodney schüttelte den Kopf und schlug die Tür zu, bevor er das Tablett auf dem Tisch absetzte. Er kniete sich neben dem bewußtlosen Mann nieder, hob seine Augenlider an und untersuchte seinen Kopf.

»Ich habe geglaubt, Hungers zu sterben und jetzt, da Ihr etwas zu Essen gebracht habt, bezweifle ich, ob ich einen Bissen hinunterkriege. Wo seid Ihr gewesen?«

»Die meiste Zeit im Schankraum drunten, um Lord Seavers Eure Anwesenheit zu erklären. Er hatte schon einiges getrunken, aber als ich ihn verließ, befand er sich keineswegs in einem so jämmerlichen Zustand.«
»Ich hatte Angst, daß dieser Mann mir mein Geld wegnehmen würde«, erklärte Alicia, noch immer unsicher, was sie in dieser Situation nun tun sollte.
»Er hätte Euch Euer Geld bestimmt nicht weggenommen, Mädchen. Dies ist der Mann, von dem Ihr es erhalten habt: Geoffrey Seavers.«
»Großer Gott«, seufzte Alicia und sank schwer auf den Stuhl neben dem Tisch nieder. Das erklärte auch die Beleidigungen. Er hatte sie unter die Lupe nehmen wollen, um zu sehen, ob sie für die geplante Rolle überhaupt geeignet sein würde. Und seinen Reaktionen nach zu schließen hatte sie seinen Ansprüchen nicht genügt. Sie seufzte leise und wandte ihre Augen von dem bewußtlosen Mann ab. »Ich fürchte, ich werde mit der nächsten Kutsche zurückfahren müssen.«
»Wenn wir Glück haben, wird er sich nicht mehr so genau erinnern«, sagte Rodney und erhob sich. »Ihr sagtet, daß er ziemlich betrunken war?«
»Nicht so sehr, Sir. Er konnte noch aufrecht stehen, ohne sich an der Wand anzulehnen.«
Rodney kämpfte mit sich, um nicht laut zu lachen. »Ich nehme kaum an, daß Ihr ihn so einfach zu Boden hättet schlagen können, wenn er noch fähig gewesen wäre zu laufen.«
»Seid da nicht zu sicher«, sagte sie gequält. Sie machte eine Kopfbewegung in seine Richtung. »Ist er oft betrunken?«
»Selten. Ich sollte es erklären. Er war nicht gerade . . . äh . . . erfreut über die Umstände.«
»Dann will er nichts von mir wissen?«
»Ich glaube, er wird nicht darum herumkommen. Er ist eben fast zu ehrlich, und darin liegt das Problem. Die Krone um eine Erbschaft zu berauben, paßt nicht zu diesem Mann. Er ist im Moment einer der treuesten Mannen, die Charles hat.«
»Ihr irrt Euch, Sir«, sagte sie sehr ruhig. »Er fand mich sowieso nicht gut genug. Er hat es gesagt.«

Rodney stand da und musterte sie. Alicia hatte die Augen niedergeschlagen und schaute auf Seavers, betrachtete aufmerksam sein Gesicht, und ihr Herz machte einen kleinen Sprung. Sein Benehmen hatte ihr zwar nicht gefallen, doch eigentlich hatte es sie mehr erheitert denn erschreckt. Hinter dem dichten Haar, dessen Farbe sie an Sand oder ein Weizenfeld erinnerte, hatten seine Augen freundlich hervorgeschaut, von dichten schwarzen Wimpern gesäumt, und grün schimmernd. Sie hatten vor Überraschung, Vergnügen und Wut gefunkelt, und das alles in der kurzen Zeitspanne, in der er sie mit seinen starken Armen festgehalten hatte. Und seine Arme, wenngleich auch etwas unbeholfen bei der Umarmung, waren keineswegs grausam oder unachtsam, sondern männlich und zärtlich. Außer von den Betrunkenen, die sie festgehalten hatten, als sie noch im Ivy Vine bediente, war sie nur noch einmal von starken Armen gehalten worden... von den forschen und harten Armen des Culver Perry, der mindestens die Größe des Lords hatte, vielleicht sogar noch größer war, doch dessen Gesicht und Körper nicht annähernd so jugendlich und ansehnlich gewirkt hatten.

Dieser Mann dort, so dachte sie, gefiel ihr in vieler Hinsicht. Er war groß und stark und gefiel ihr, obwohl er sich weder nett noch geduldig gezeigt hatte. Sie konnte sich auch nicht sicher sein, daß er nicht ungehobelt und grausam war. Vielleicht konnte man ja mit ihm auskommen, wenn er nicht mit Alkohol abgefüllt war... vielleicht konnte man ihn sogar gern haben.

Ihre Lippen verzogen sich zu einem kleinen Lächeln, und sie fühlte, wie ihr die Tränen in die Augen stiegen. Wie es wohl sein würde, von so einem Mann geliebt zu werden?

»Hat er Euch weh getan, Jungfer Alicia?« fragte Rodney sanft.

»Nein«, flüsterte sie. »Aber es ist die Wahrheit, daß er sagte, er wolle mich nicht für seinen Handel.« Sie schaute auf, direkt in Rodneys freundliche Augen, während ihre eigenen voller Traurigkeit überflossen. »Er hat gesagt, daß ich es auf keinen Fall schaffe.«

»Da hat wohl mehr das Bier gesprochen als der Mann. Die Umstände haben ihn etwas verwirrt, doch er ist nicht der Mann, der einer Frau vorsätzlich weh tut. Auch nicht einer Frau, die ihm nicht gefällt.« An der Art und Weise, wie sie ihre Augen niederschlug, konnte Rodney erkennen, daß es ihr nicht so einfach gelang, ihre Enttäuschung beiseite zu schieben. Sie hatte die Hoffnung aufgegeben, an dem Handel noch beteiligt zu sein. »Ihr habt Euer Herz an ein schönes Heim und elegante Kleider gehängt.«

Alicia sah wieder zu ihm auf; einen Augenblick lang erwiderte sie nichts. Als sie über die Bemerkung nachdachte, erinnerte sie sich daran, daß sie mit ihren hundert Pfund mehr für Unterkunft und Kleidung ausgeben konnte, als sie es jemals als Frau eines Bauern würde tun können. Das würde ihr auch niemand nehmen. Doch daß sie nun erneut zurückgestoßen wurde, das hatte ihre Seele sehr verletzt. In ihrem kurzen Leben war sie schon zu oft zurückgewiesen worden.

Sie besaß seit frühester Jugend die Fähigkeit, über sich selbst zu lachen. Er war betrunken und anmaßend in ihr Zimmer getorkelt. Sie hatte ihn für einen Verbrecher gehalten. Lediglich die Tatsache, daß er sie für den Handel ungeeignet hielt, hatte sie wirklich verletzt. Als sie das Geschehene in ihrer Erinnerung noch einmal durchlebte, erkannte sie, daß sie keine große Angst vor ihm gehabt hatte, sondern eher seinen Beleidigungen ausgewichen war. Anscheinend hatte er sie sofort in seinen Bann gezogen. Manchmal verstand sie sich selbst nicht. Ein Betrunkener, der sich abscheulich und gefühllos benommen hatte. War sie am Ende gar ein wenig in ihn verliebt?

Der bewußtlose Mann gab ein leises Stöhnen von sich. »Ja«, erwiderte sie Rodney. »Ich habe große Hoffnungen auf die Reichtümer gesetzt, die Ihr mir versprochen habt.«

Rodney Prentiss runzelte vorsichtig die Stirn. Ihre Antwort klang nicht gerade überzeugend. Er dachte über ihr Verhalten nach. Es paßte so gar nicht zu seiner Vorstellung über ihren Stolz. Insgeheim hatte er den Verdacht, daß sich Geoffrey in das Herz des Mädchens eingeschlichen hatte, obwohl er sich so ungehobelt und daneben benommen hatte.

Rodney ging zu dem stöhnenden Mann und ließ sich neben ihm

nieder, um ihn genau zu betrachten. Über seine Schulter hinweg beobachtete er Alicia. »Eßt etwas, Mädchen, und habt ein wenig Geduld mit meinem tölpelhaften Herrn. Das Spiel ist noch nicht vorüber.«

Mit einem Seufzer nahm sie das Besteck und starrte auf den Teller mit dem Eintopf.

»Wenn Ihr erst einmal anständig gekleidet seid und Euch ein wenig zurechtgemacht habt, dann wird er uns beiden für diese Geschichte sehr dankbar sein, da wette ich mit Euch.«

Sie kaute gedankenvoll an einem Bissen herum. Dann schluckte sie, legte das Messer zurück auf den Tisch und schaute Rodney ernst an. In ihren Augen fand er kein Anzeichen von Trübsal mehr, nur noch reuevolle Einsicht. »Ich bin ein dummes Mädchen, Sir. Ich habe lange Zeit gehofft, eines Tages jemanden zu treffen, den meine ärmliche Kleidung und das Fehlen eines legitimen Familiennamens nicht stören würden – der mich trotzdem akzeptieren würde.« Sie zuckte mit den Schultern und griff nach ihrem Weinglas. »Ich nehme an, daß ich dadurch gezeigt habe, wie dumm ich bin.«

»Noch ist das Spiel nicht zu Ende«, antwortete Rodney.

In einem anderen Teil der Stadt, nicht weit von dem Ort entfernt, an dem Alicia darauf wartete, den Handel abzuschließen, lief eine andere junge Frau in einem gemieteten Zimmer, das über einem Bekleidungsgeschäft lag, nervös auf und ab. Ihre Bewegungen waren heftiger als die Alicias, ihr Äußeres eleganter. Obwohl sie sich alleine in dem Zimmer befand, zuckte sie nicht bei jedem Klang, der von unten heraufdrang, zusammen. Sie war lediglich besorgt, nichts zu essen und zu trinken zu bekommen, und ihr Ärger wuchs.

Beim Geräusch von Schritten auf der Treppe begann sich ihr Gesicht in hoffnungsvoller Vorfreude zu verändern. Die unverschlossene Tür wurde geöffnet, und ein Seufzer der Erleichterung entschlüpfte ihr. Der große, gutaussehende Mann knallte ihr einen Korb vor die Füße.

Ihre rundliche Hand griff gierig danach. Wortlos durchwühlte die Frau den Korb und beförderte aus seinem Inneren Brot,

Fleisch, Käse und Wein ans Tageslicht. Sie benützte weder Tischdecke noch Geschirr, sondern biß einfach ein großes Stück von dem Käse ab und leerte ein ganzes Glas Wein aus der halbvollen Flasche in einem Zug. Ihre gierigen Bewegungen entlockten dem Mann eine Grimasse.

»Es ist keine einfache Aufgabe, Euch gut im Futter zu halten«, spöttelte er.

Obwohl ihr Mund voll war und ein wenig Wein über ihr Kinn herabfloß, wartete sie nicht mit ihrer Antwort. »Ihr versorgt mich überhaupt nicht gut, Mylord. Nehmt Euch in acht mit Euren Beschwerden, sonst werde ich meinen Mund nicht halten.«

»Ihr wißt, wie Ihr mich zum Schweigen bringen könnt. Solche Züge hätte ich nicht an Euch vermutet.«

Sie lachte und ihre dunklen Locken tanzten dabei hin und her. »Ich bin darauf bedacht, es mir so gut wie möglich gehen zu lassen. Das ist alles. Niemand, außer Euch, mein erhabener Lord, wird mir etwas schenken.«

»Ihr seid dabei, auf diese Art und Weise ein großes Geschäft zu machen. Ein weitaus größeres, als wenn Ihr Seavers geheiratet hättet. Es ist für jedermann in London ein offenes Geheimnis, daß er wegen seiner Schiffe die Hand in Eure Geldbörse bekommen wollte. Innerhalb von sechs Monaten hätte er Euch zu einer Bettlerin mit Titel gemacht.«

Sie schluckte einen Bissen hinunter, der beinahe zu groß für ihre Kehle war, und ein Ausdruck des Unwillens zeigte sich auf ihrem Gesicht. Sie unterbrach ihr Mahl nicht, um ihm zu antworten, aber ihr Gesichtsausdruck verriet deutlich, daß sie mit diesem Schicksal nicht zufrieden gewesen wäre.

»Ich denke, daß die Zeit für uns arbeitet und daß wir einen Weg finden werden, den König dazu zu bringen, seine Heiratspläne für Euch zu ändern, ohne daß wir ihn kränken. Ich befürchte, daß er im Moment nicht sehr gut auf Euch zu sprechen ist. Wenn Seavers' Mann Euch nicht finden kann, werden sie alle annehmen, daß Ihr vor der geplanten Verlobung davongelaufen seid. Wir werden eine noch bessere Geschichte erfinden, und so könnt Ihr seinen Zorn dämpfen und vielleicht sogar

seine Aufmerksamkeit auf einen anderen Bewerber um Eure Hand lenken.« Er unterbrach seine Rede und schaute sie an. Er lächelte blöde und schüttelte den Kopf. »Madam? Habt Ihr mir überhaupt zugehört?«
»Ich habe, Culver. Habe ich es Euch noch nicht gesagt, daß ich Euch heiraten werde, wenn es der König erlaubt?«
»Ja, Madam, das habt Ihr getan. Und ich zähle auf Euch, laßt Euch also von den Höflingen nicht den Kopf verdrehen. Sie versuchen mit einer Menge wohlklingender Worte, solchen reizvollen Jungfern, wie Ihr eine seid, schön zu tun.«
Ihre Augen wurden schmal, als sie ihn betrachtete. »Auch Ihr versucht, mir mit dem einen oder anderen Wort schön zu tun, Lord Perry. Wenn Ihr mir vertraut, so habe ich keinen Zweifel, daß Ihr mir auch genügend Zuneigung entgegenbringt. Und ich werde mein Schicksal in Eure Hände legen. Aber nur so lange, bis Ihr mich eines Besseren belehrt.« Sie lachte, und man sah die Reste des Fleisches zwischen ihren Zähnen hängen, was den Anblick ihres Lächelns nicht gerade verschönerte. »Ich glaube, alles wird gutgehen, Lord Perry. Solange Ihr mich nicht belügt.«
»Warum sollte ich Euch belügen? Wenn Ihr eines Tages an den Hof kommt, könnt Ihr jeden darüber reden hören, daß Seavers alles darangesetzt hat, seine Schiffe zu finanzieren. Und ich? Ich habe Euch ehrlich gesagt, daß ich Geld benötige, um meinen Einfluß bei Hof zurückzugewinnen, aber ich habe nicht vor, es zu verschwenden – ich will es nur besitzen, des Einflusses wegen. Und denkt daran, Charlotte, Ihr könnt mir zwar großen Schaden zufügen, wenn Ihr die Wahrheit über unsere Verbindung ausplaudert. Aber damit schadet Ihr Euch selbst am meisten. Charles ist nicht verpflichtet, Euch Eure Ländereien zurückzugeben.«
»Ich werde unseren Plan nicht vereiteln, mein Lieber«, sagte sie mit einem schiefen Lächeln.
»Gut. Dann sind wir uns einig.«
»Bleibt Ihr über Nacht hier?« fragte sie ihn.
»So gerne ich das tun würde, es geht nicht. Ich habe noch eine Menge zu erledigen, bevor ich mich zur Ruhe begebe. Und au-

ßerdem möchte ich nicht, daß mich irgend jemand bei Euch sieht, bevor es uns gelungen ist, Seavers endgültig aus dem Rennen zu schlagen.«
»Was für Geschäfte müßt Ihr erledigen? Handelt es sich dabei um eine andere Frau?«
Er lächelte zynisch. »Ich setze zwar auf Euer Vermögen, Charlotte, aber es gibt eine Menge anderer Dinge, die ich tun kann, mein Los zu verbessern, bevor wir die Ringe tauschen.«
Er machte eine Pause und schaute sie durchdringend an und zwang sich zu lächeln. Er fühlte sich nicht gerade zu ihr hingezogen, doch würde es ihm keine großen Schwierigkeiten bereiten, im Tausch gegen eine große Menge Geldes ein paar Jahre neben ihr liegen zu müssen. »Ich werde entweder später, wenn Ihr schon zu Bett gegangen seid, oder morgen früh noch einmal kommen und Euch Euer Essen bringen. Und denkt daran, daß Ihr das Zimmer nicht verlassen dürft.«
»Wie Ihr auch, Mylord, werde ich dahin gehen, wo es mir paßt. Ich hätte nicht gedacht, daß Ihr so verzweifelt seid, und Eure Gunstbezeigungen verkauft. Mit wem schlaft Ihr und was für einen Titel hat sie?«
Lord Perry runzelte die Stirn. »Ich habe nicht gesagt, daß ich mit jemanden schlafe, Lady Charlotte.«
»Nein, das habt Ihr nicht. Und es ist mir auch egal, zu welcher Frau Ihr geht, aber glaubt nicht, mich betrügen zu können. Ich werde es mir von Euch schriftlich geben lassen, daß mein Geld mir gehört. Und wenn wir erst einmal verheiratet sind, und ich den Namen Perry trage, wird jeder von uns das tun und lassen können, was ihm gefällt. Ich werde schon aufpassen, daß mein Erbe nicht auf dem Ozean verschwindet. Aber wenn es mir gefallen sollte, ein bißchen auszugehen und umherzuschlendern, dann werde ich das tun.« Sie biß erneut ein großes Stück Fleisch ab und kaute es gierig. »Ihr besitzt mich nicht, Culver, und werdet es niemals tun. Und wenn Ihr anfangt, Euch so zu benehmen, als würde ich Euch gehören, dann werde ich Seiner Majestät erzählen, daß Ihr mich gekidnappt und geschlagen habt, und daß ich Eure Anordnungen nur aus Angst um mein Leben befolgt habe.«

Culver Perry beobachtete sie, als sie sich auf dem einzigen Stuhl im Zimmer niederließ, um ihr Mahl zu beenden. Sie kümmerte sich nicht um sein Kommen und Gehen, solange er sie mit genügend Essen versorgte und regelmäßig ihr Bett besuchte. Sein Plan, Seavers das Bellamy-Erbe zu stehlen, war viel zu reizvoll gewesen. So hatte er zu spät gemerkt, daß Charlotte genauso verschlagen war, wie er selbst.
Doch in jedem Sturm gab es ein helles Licht. »Wenigstens verstehen wir uns, Madam. Laßt uns also aufpassen, daß kein anderer uns ebensogut versteht.«
»Das ist nur gerecht, Mylord«, sagte sie, den Mund voller Essen. Er lächelte sie an, drehte sich um und verließ erleichtert das Zimmer.

Alicia wurde durch ein Geräusch, ein Stöhnen, geweckt. Sie setzte sich im Bett auf und bemerkte Geoffrey, der dabei war, sich von seinem Schlafplatz auf dem Boden zu erheben. Er warf die Decke, die ihn eingehüllt hatte, beiseite und setzte sich auf, um seinen Kopf zu reiben. Als er sich vorsichtig im Zimmer umsah, erblickte er Alicia, die noch immer angezogen auf dem schmalen Bett saß. Rodney hatte sich zum Schlafen ebenfalls auf den Boden gelegt. Seavers konnte nicht wissen, daß Alicia Rodney nicht erlaubt hatte, sie mit Geoffrey alleine zu lassen. Sie hatten sich beide in Kleidern schlafen gelegt und versuchten, so wenig wie möglich Notiz von Geoffreys bewußtlosem Zustand zu nehmen.
Mit einem ergreifenden Laut, der anzeigte, daß er sich steif und krank fühlte, erhob sich Seavers auf seine zitternden, zittrigen Beine. Er nahm all seine Kraft zusammen und bewegte sich, ohne sich umzudrehen, in Richtung Tür, eine Hand auf seinen Magen gepreßt. Nach dem Klang seiner Fußtritte zu urteilen, wurde er allmählich schneller, als er den Gang entlang und die Stufen hinabeilte.
»Wie Ihr seht«, sagte Alicia, »ist er nicht gestorben. Aber ich wette mit Euch, daß er die letzte Nacht bedauert.«
Rodney versuchte auf die Füße zu kommen, das Alter und die Härte des Bodens halfen ihm nicht gerade dabei. »Ich für mei-

nen Teil bin froh darüber, daß er einen Kater hat. Er wird den Alkohol und nicht Euch für den Zustand seines Kopfes verantwortlich machen.«
Rodney ging zur Tür, legte aber zuvor den Schlüssel auf den Tisch. »Schließt Euch ein, während ich mich um Seine Lordschaft kümmere. Ich werde dafür sorgen, daß etwas für Euer Wohlergehen getan wird, bevor Ihr erneut mit meinem jungen Freund zusammentrefft.«
Ein reichhaltiges Mahl war die erste Annehmlichkeit, die folgte. Das müde aussehende, ungekämmte Mädchen, das Alicia das Essen brachte, drückte auf Alicias Gemüt. Sogleich fragte sie sich, ob sie so ein Leben jemals wieder ertragen könnte. Es war das erste Mal seit ihrer Kindheit, daß man sie bedient hatte, statt selbst von früh bis spät in die Nacht hinein arbeiten zu müssen.
Als sie ihr Mahl beendet hatte, ging sie im Zimmer auf und ab und wartete darauf, Rodney wiederzusehen. Statt dessen wurden ihr, nachdem es wieder geklopft hatte, eine schwere Badewanne aus Messing und Eimer, gefüllt mit heißem Wasser, gebracht. Kurz darauf kam ein Paket mit wohlriechender Seife, großen Handtüchern aus Leinen, einem weichen Schwamm und einer Bürste.
Ein Bad in sauberem, heißem Wasser – das erste, das sie genießen konnte, seit sie Osmonds Haus verlassen hatte – trug viel zu ihrem seelischen und körperlichen Wohlbefinden bei. Später saß sie, in ein Handtuch gewickelt, auf dem Stuhl und bürstete ihr nasses Haar.
Sie wurde in ihrem Tun durch ein erneutes Klopfen unterbrochen. »Wer ist da?«
»Geoffrey Seavers, Madam. Kann ich hereinkommen?«
»Ihr werdet warten müssen, Mylord. Ich habe gerade erst die Badewanne verlassen.«
»Stellt Euch hinter die Türe und laßt mich herein. Ich habe Euch ein Kleid und Schuhe mitgebracht.« Er machte eine Pause und räusperte sich. »Ich werde Euch nicht anschauen.«
Alicia dachte einen Moment lang nach, legte dann die Bürste auf den Tisch und nahm den Schlüssel. Sie kämpfte eine Weile

mit dem Schloß, und als die Tür sich knarrend öffnete, erinnerte sie ihn sehr ruhig an sein Versprechen. »Wenn Ihr das Kleid aufs Bett legen und dann das Zimmer verlassen würdet, wäre ich Euch sehr dankbar.«
Sie hielt das Handtuch fest, das sie umhüllte, und betrachtete seinen Rücken, während er auf das Bett zuging. Sein straff nach hinten gekämmtes Haar wurde im Nacken von einem Band zusammengehalten. Er hatte eine neue Jacke angezogen. Seine Beine kamen nur langsam und zögernd voran; er schien sich unbehaglich zu fühlen. Schließlich legte er das große Paket auf dem Bett ab, öffnete es behutsam, nahm ein kostbar aussehendes Kleid aus dem Karton und legte es auf das Bett. Dann folgten die teuer aussehenden Schuhe, die er neben das Kleid stellte.
Er räusperte sich, drehte sich aber nicht um. »Man hat mir gesagt, ich hätte letzten Abend einen fürchterlichen Narren aus mir gemacht und Euch zudem erschreckt.« Er räusperte sich erneut. »Verzeiht bitte.«
»Und mir tut es leid, daß ich eine solche Enttäuschung für Euch war«, antwortete sie mit ruhiger Stimme.
Plötzlich drehte sich Geoffrey um, und sie schnappte erschreckt nach Luft. Das Handtuch bedeckte sie fast bis zum Boden, doch das brachte sie nicht in Verlegenheit. Sie hatte nur nicht erwartet, daß er sich umdrehen würde. Als er seinen Fehler bemerkte, schlug er sofort seine Augenlider nieder und schaute entschlossen zu Boden.
»Ich muß Euch nochmals um Verzeihung bitten, Madam. Ich habe unüberlegt gehandelt. Es ist nur, ich konnte mich nicht an Euer Gesicht erinnern, und Eure Stimme hat mich überrascht.«
»Was ist an meiner Stimme so überraschend?« fragte sie streng.
»Sie ist sanft«, sagte er, noch immer zu Boden blickend. »Und wohltönend. Anders als ich es erwartet habe.«
»Gut, dann bin ich also Eurer Meinung nach nicht völlig unakzeptabel«, entgegnete sie.
Geoffrey steckte die Hände in die Jackentasche und hob lang-

sam die Augen. Alicia schnappte diesmal nicht nach Luft und griff auch nicht nach dem Handtuch, da seine Bewegung bedächtig war. Sie hätte genug Zeit gehabt, ihm zu sagen, daß er sie nicht anschauen solle, aber sie wollte seine Augen sehen. Obwohl sie letzte Nacht nur wenig Alkohol getrunken hatte, konnte sie sich am frühen Morgen nicht mehr genau an sein Gesicht erinnern.

Seavers Erinnerung dagegen war ziemlich verschwommen. Er konnte im Geist nicht mehr genau zwischen den schmutzigen, kränklichen Schankmädchen von unten und dem Mädchen, das Rodney mitgebracht hatte, unterscheiden. Beiden Frauen war er in der Nacht zuvor begegnet. Er war es gewesen, der sich um das Bad, die Seife und die Kleider gekümmert hatte. Doch konnte er das Durcheinander in seinem Kopf nicht ordnen, ohne ihr Gesicht gesehen zu haben. Das Gesicht, in das er jetzt blickte, war bezaubernd. Ihr Haar hing in dunklen, nassen Locken über Schulter und Rücken, und ihr Gesicht hatte einen sauberen, frischen Glanz. Schmale Finger hielten das Handtuch über der Brust zusammen. Durch das Wasser, das von ihren Haaren herabtropfte, naß geworden, zeichnete das Handtuch die Form ihres Körpers nach, anstatt sie zu verhüllen. Es gefiel ihm außerordentlich, was er da sah. »Ganz im Gegenteil, Alicia«, sagte er rauh.

Er räusperte sich und begann in dem kleinen Zimmer auf und ab zu gehen.

»Zuerst müßt Ihr alles lernen, was wir über die Bellamys wissen, Alicia. Das wird nicht allzuviel Zeit in Anspruch nehmen. Durch einen Kurier wurde bereits ein Brief an den König gesandt, in dem man erklärt, daß sich Eure Ankunft am Hofe verzögert, da Ihr am Begräbnis Eurer gerade verstorbenen Tante teilnehmen mußtet. Wenn Ihr dann noch einige Kleider ausgesucht habt, werdet Ihr Räume in Whitehall beziehen und dann wird unsere Verlobung verkündet. Ich glaube, so könnte das ablaufen.«

Sie nickte bei seinen Worten, von denen sie nur die Hälfte verstand, die Augen fest auf ihn gerichtet. Jetzt, da sie ihn wieder vor Augen hatte, kam ihre Erinnerung klar und deutlich zurück. Seine grünen Augen glitzerten und tanzten vor Freude, während die dichten Augenbrauen ihm einen Zug der Strenge verliehen. Er war wirklich gutaussehend, und in nüchternem Zustand hatte seine Stimme einen gefälligen, angenehmen Klang.

»Braucht Ihr noch irgend etwas von mir?« fragte er.

»Nein, Mylord«, sagte sie.

»Dann werde ich Euch jetzt verlassen, damit Ihr Euch zurechtmachen könnt. Wir werden das Abendessen gemeinsam einnehmen, wenn es Euch beliebt.«

»Sehr wohl, Mylord«, antwortete sie.

Er verließ den Raum und machte die Türe hinter sich zu. Alicia starrte auf die Tür und bewegte sich leicht, in Gedanken sah sie noch sein Gesicht und hörte seine Stimme. Plötzlich wurde die Türe noch einmal aufgerissen, sie zuckte erneut erschreckt zusammen. »Schließt die Türe ab, Madam. Ich möchte nicht, daß Euch jetzt noch etwas passiert.«

»Ja, Mylord«, sagte sie wieder. Die Tür schloß sich, und sie tat, was er ihr befohlen hatte. Dann starrte sie wieder in die Richtung, in die er gegangen war. Langsam breitete sich ein Lächeln auf ihrem Gesicht aus. »Ja, Mylord«, wiederholte sie und ihre Augen begannen vor Freude zu strahlen. »O ja, Mylord!«

Das Leben von Charlotte Bellamy mußte sehr eintönig verlaufen sein, befand Alicia. Geoffrey Seavers saß ihr am schmalen Tisch in ihrem Zimmer im Gasthof gegenüber und erzählte ihr alles, was er über die junge Frau wußte. Sie war in dem kleinen Bauerndorf aufgewachsen, hatte kaum eine Erziehung genossen, außer dem Wenigen, das sie von ihrer Tante gelernt hatte, und nur wenige Freundinnen gehabt. Sie war völlig unbekannt gewesen, bis man entdeckt hatte, daß sie eine Erbschaft erwartete.

Seavers hatte es sich zur Aufgabe gemacht, mit den wenigen Männern zu sprechen, die Fergus Bellamy, während er in den Diensten der Krone stand, näher gekannt haben. Er erkundigte sich nach dem Ruf des Edelmannes und hoffte auf diese Weise, mehr über die Frau, die er im Begriff stand zu heiraten, in Erfahrung zu bringen. Doch er erhielt auf seine Fragen nur sehr unzulängliche Antworten. Fergus hatte äußerst selten über seine Tochter gesprochen und sie nicht nach London gebracht, um sie in den Kreis seiner Freunde einzuführen. Es schien fast so, als hätte Fergus die Existenz einer Tochter nur dazu benützt, die Wiedererlangung seiner Güter, die ihm seiner Meinung nach wohl zustanden, zu beschleunigen. So gesehen, war der Zeitpunkt seines Todes schlecht gewählt, da er durch sein plötzliches Ableben nicht mehr die Möglichkeit hatte, die Früchte seines Besitzes zu genießen.

»Wenig genug, an das ich mich erinnern muß«, ließ Alicia schulterzuckend verlauten, als Geoffrey seinen Bericht beendet hatte.

»Stimmt, es ist nur wenig, aber es würde sich gut machen, wenn Ihr regelmäßig und mit einer gewissen Trauer versucht, Euch an Euren Vater zu erinnern.«

»Und die Tante?« fragte sie.

»Aus dem, was Rodney in Erfahrung brachte, kann man schließen, daß sie von Charlotte nicht besonders angetan war. Die beiden hatten sich wohl nicht besonders viel Zuneigung entgegengebracht. Es erscheint mir daher unnötig, die Tante zu oft zu erwähnen.« Er schaute sie über die kurze Distanz hinweg an und nickte einmal mit dem Kopf. »Ihr werdet Euch an den Namen gewöhnen müssen. Bei aller Hochachtung, die ich Euch entgegenbringe, werde ich Euch von nun an mit Charlotte anreden. Auch in den Augenblicken, in denen wir alleine sind.«

»Wenn wir alleine sind, Mylord? Ich glaube nicht, daß es viele solche Momente geben wird.« Geoffreys Gesichtsausdruck wurde verlegen, nicht wegen ihrer Bemerkung, sondern weil er scheinbar nicht wußte, was er ihr darauf antworten sollte. »Ich habe die Sache so verstanden, daß ich die Rolle der Charlotte spielen soll, nicht aber, daß ich Charlotte sein soll.«

»Wir werden gemeinsame Zimmer haben müssen«, sagte er. »Das werdet Ihr sicher verstehen.«

Alicia schaute ihm schweigend in die Augen. Sie wollte seinen Zorn nicht herausfordern. Aber sie wollte ihn auch nicht in dem Glauben lassen, daß jeder Wunsch, den er äußerte, von ihr wie von einer Sklavin erfüllt wurde. Sie durchschaute seine Absichten – und hatte eigene.

»Ich hoffe, daß Ihr darauf eingestellt seid, die Rolle meiner Frau zu spielen, Alicia. Vor den Augen der anderen müßt Ihr Euch hingebungsvoll meinen Bedürfnissen widmen und von meinem starken Arm abhängig zeigen. Es ist deshalb unbedingt erforderlich, daß wir gemeinsame Räume haben. Und sei es nur der neugierigen Bediensteten zuliebe.«

»Ich werde die Rolle zu Eurer Zufriedenheit spielen, Lord Seavers, aber erwartet Ihr nicht ein bißchen zuviel? Soll ich die Rolle, die ich spiele, auch leben, oder soll ich einfach nur gut spielen?«

Geoffrey lächelte träge. Er lehnte sich gemütlich zurück, während er ihr Gesicht erforschte. »Meine Geschäfte werden mich daran hindern, viel Zeit mit Euch zu verbringen. Die Augenblicke, die wir allein miteinander verbringen, fürchte ich, sind gezählt. Ich bezweifle, Euch mit meiner Anwesenheit zu ermüden.«

»Und wie läßt sich das damit vereinbaren, daß die Sache ›Liebesheirat‹ erscheinen soll?« fragte sie unschuldig.

Seine Augen verdunkelten sich etwas. »Es ist allgemein bekannt, daß diese Ehe nicht aus Liebe, sondern aufgrund der Erbschaft geschlossen wird. Dennoch glaube ich, daß es für uns beide von Vorteil wäre, unseren Beobachtern – wenn wir erst als Mann und Frau zusammenleben – zu zeigen, daß es eine gewisse Zuneigung zwischen uns gibt.« Er beugte sich etwas nach vorn. »Ich bin kein Mann, den man an sich binden kann, Alicia. Nicht zum jetzigen Zeitpunkt meines Lebens. Mein Vorsatz ist, frei und ungebunden zu bleiben. Verliebt Euch deshalb besser nicht in mich, Ihr würdet darunter leiden.«

»Ihr macht Euch grundlos Sorgen«, erwiderte sie herausfordernd.

»Ihr seid noch sehr jung, meine Liebe«, sagte er in einem herablassenden Tonfall. »Ich nehme an, Ihr träumt von Liebe, einem Schloß und vielen Kindern, und vielleicht werdet Ihr das irgendwann auch bekommen, aber –«

»Ich träume von einer Menge Arbeit als Gegenleistung für meine Unabhängigkeit und von hundert Pfund, Lord Seavers. Das ist alles.«
»Dann solltet Ihr Euch darauf einrichten, mir ungefähr ein Jahr Eures Lebens zur Verfügung zu stehen, Madam. Dafür werde ich Euch dann helfen, einen neuen Wohnsitz und eine neue Identität zu finden.«
»Das ist gut so, Geoffrey«, sagte sie. Seine Augen funkelten beim Klang seines Vornamens leicht, eine Reaktion, die sie hervorzurufen gehofft hatte. »Der Vorname, Geoffrey. Ihr solltet Euch daran gewöhnen, daß ich ihn benutze. Auch in den Momenten, in denen wir alleine sind.«
Seine Augenbrauen zogen sich etwas zusammen; er antwortete mit einem kurzen Lächeln. Ja, sie hatte eine schnelle Auffassungsgabe. Schnell genug, um in diese Maskerade ohne Schwierigkeiten schlüpfen zu können. Er bewunderte sie dafür, daß sie ihre eigenen Interessen wahrte, aber irgend etwas in ihm sträubte sich dagegen, ihr völlig zu vertrauen. Vielleicht konnte ihre Treue durch ein verlockenderes Abkommen erkauft werden. Im Geiste beschloß er, ein wachsames Auge auf sie zu haben.
Die Zeit, die Geoffrey mit ihr verbrachte, war kurz bemessen, doch kümmerte er sich darum, daß sie in dem Gasthof nicht ohne Schutz blieb. Wenn er sie selbst nicht begleiten konnte, wann immer sie den Gasthof verließ, so war Rodney bei ihr. Er erlaubte ihr nur kurze Spaziergänge, um sich bewegen und frische Luft schnappen zu können, und das nur in Begleitung. Die Mahlzeiten wurden ihr aufs Zimmer gebracht. Wenn die Sonne unterging und die Männer in der Schänke unten laut und unternehmungslustig wurden, war Rodney da und verbrachte die Nacht bei ihr.
Es kostete nur wenig Mühe, Alicia eine gewählte Ausdrucksweise beizubringen, da allgemein bekannt war, daß sich Charlotte erst an das Leben bei Hofe gewöhnen müsse. Im Gegenteil, Charlotte hätte sich wahrscheinlich nicht so gut eingefügt. Alicia konnte sich nicht nur gewählt ausdrücken, sondern verfügte zudem über eine ausgeprägte Geschicklichkeit, sich

schnell in einer neuen Situation zurechtzufinden. Obwohl niemand wußte, was Charlotte wohl persönlich besaß, so konnte man doch annehmen, daß ihre Tante zumindest dafür gesorgt hatte, daß ihr für ihre Reise nach London einige unauffällige Kleider und Schuhe zur Verfügung standen. Es dauerte nur vier Tage, diese Dinge und andere, die zu der Ausstattung einer Dame gehörten, zu besorgen. Dann brachen sie auf – diesmal, um die Stadt zu verlassen.
Am frühen Morgen, noch bevor die Sonne aufgegangen war, bestiegen Alicia und Rodney zwei Pferde und ritten aus London heraus Richtung Süden, um einen anderen Gasthof aufzusuchen. Das Gepäck, das sie am Sattel festgebunden hatten, war nicht besonders umfangreich, darum kamen sie schneller voran. Nach einer kurzen Nacht in irgendeinem Landgasthof, stellten sie ihre Pferde unter und warteten dann auf eine Kutsche in Richtung London. Eine überzeugende Geschichte, die sie sich für den Kutscher ausgedacht hatten, zeigte auch sofort Wirkung. Rodney erklärte, daß er Charlotte nach Whitehall bringen müsse, wo sie König Charles als Mündel übergeben werden soll. Nun sei ihre Kutsche kaputtgegangen, und es würde Tage dauern, bis man sie repariert habe. Der nette Kutscher bot sofort an, sie direkt zum Palast zu fahren.
Alicia war überzeugt gewesen, genügend vorbereitet zu sein, vor allem deshalb, da sie tagelang alles durchgesprochen und immer wieder durchgekaut hatten. Aber das war gewesen, bevor sie Whitehall gesehen hatte, einen riesigen Palast, der sich, von ihrem kleinen Kutschenfenster aus besehen, über Meilen zu erstrecken schien. Sie hatte ein flaues Gefühl im Magen und glaubte einen Moment lang, bei lebendigem Leibe von dem Palast, den Menschen und dem Plan verschlungen zu werden.
Rodney sprang aus der Kutsche und half dem Kutscher, das Gepäck abzuladen. »Mylady«, drängte er, vor der Kutsche stehend. Die Tür war offen, doch Alicia bewegte sich nicht. »Lady?« fragte er. Er schaute in das Innere der Kutsche und entdeckte sie zurückgelehnt in ihrem Sitz kauernd, die Hände im Schoß verschränkt, den Blick starr auf die gegenüberliegende Bank geheftet. Bisher hatte sie keinerlei Furcht oder Be-

sorgnis gezeigt. Er erkannte sofort, was er nun tun mußte. Er legte seine Hand leicht auf die ihre und schob sich in ihr Blickfeld. »Lady Charlotte«, drängte er sanft. »Wir sind angekommen.« Und mit leiser Stimme fügte er hinzu: »Ich werde Euch nicht einfach verlassen, und ich verspreche Euch, daß alles gutgehen wird.«

Mit einem tiefen Atemzug bereitete sie sich innerlich darauf vor, auszusteigen, wobei sie sich auf Rodneys zuverlässige Hand stützte. Ihr Zittern wurde von seiner starken Hand aufgefangen, die ihr behilflich war. Ihre Knie drohten nachzugeben, als sie endlich vor dem Palast stand. Doch wie es ihr Rodney versprochen hatte, überließ er sie nicht ihrer Schwäche. Er zog ihre Hand in seine Armbeuge und gewährte ihr einen kurzen Augenblick, um das riesige Gebäude zu betrachten und um ihre Haltung wiederzufinden.

Alicia hatte keine Ahnung, von welcher Seite sie den Palast betraten. Wilde Vorstellungen überkamen sie, daß auf der anderen Seite der Doppeltür, vor der sie nun standen, eine riesige Halle läge und ein übergroßer König am Ende dieser Halle auf einem erhöhten Platz säße. Was sie deutlich wahrnahm, waren die verschiedenen, vornehm gekleideten Gentlemen, die sich auf den umherstehenden Sofas räkelten und mit zwei elegant gekleideten jungen Frauen schäkerten. Im Vergleich zu deren Roben waren die feinsten Kleider, die sie in ihrem Leben je besessen hatte und nun trug, nur Fetzen. Sie war am Morgen schon so früh aufgestanden, um ihre Haare zu richten, da der Gebrauch von Bändern und Haarnadeln ungewohnt für sie war. Aber an den modernen und kunstvoll drapierten Frisuren der Ladies mußte sie erkennen, daß sie tatsächlich nur eine Landpomeranze war. Mit zitternder Hand berührte sie unsicher ihre Locken, die ihr noch vor kurzem sehr reizvoll erschienen waren.

Ihre Augen trafen sich mit Rodneys. Sie spürte plötzlich Schmerzen im Rücken und in den Beinen, und eine Angst lähmte sie, Whitehall zu betreten. Seine Augen waren warm und beruhigend, sein Mund strahlte ein zuversichtliches Lächeln aus. Er gab der Hand in seiner Armbeuge einen leichten

Klaps und machte einen mutigen Schritt vorwärts. Er wollte nicht länger zögern, damit sie aus Angst vor dem Unbekannten nicht die Besinnung verlor.

Alicia hatte erwartet, daß ihr die Höflinge, die an der Tür standen, den Rücken zukehren würden, wenn sie vorbeiginge, so gering war ihre Selbstachtung in diesem Augenblick. Aber zu ihrer Überraschung schwangen sie ihre befederten Hüte und begrüßten sie mit Verbeugungen.

Rodney verbeugte sich ebenfalls. »Auf Anordnung Seiner Majestät bringe ich hier Lady Charlotte«, verkündete er laut. »Kann mir irgend jemand den Weg zu ihren Räumen weisen?«

Ein gutaussehender junger Mann antwortete ohne Zögern. »Ich weiß selber nicht, wo sie untergebracht ist, Sir, aber ihre Ankunft ist bereits allgemeiner Gesprächsstoff. Die Wachen werden es wissen und können Euch dorthin geleiten.« Dann verbeugte er sich erneut und sprach Alicia an. »Willkommen Mylady, Euer Diener.«

Alicia lächelte nervös und atmete einen Moment lang normal. Die Freundlichkeit, die ihr entgegengebracht wurde, nahm ihr etwas von ihrer Angst, die jedoch sogleich zurückkehrte, als sie bemerkte, daß eines der jungen Mädchen hinter ihrem Fächer mit einer anderen über sie tuschelte. Das Kichern der Mädchen klang in ihren Ohren unmäßig laut. Sie würde hier, wie schon im Ivy Vine und auch anderswo, von den jungen Frauen gemieden und verachtet werden. Ihr Herz begann erneut zu flattern. Den jungen Mann, der freundlich zu ihr gewesen war, lächelte sie an und nickte ihm zu.

Im Inneren des Palastes betraten sie zunächst eine große, geräumige Galerie, jedoch keine Halle. Sie sah geschäftige Diener, träge Wachen und Hunde, die auf dem Boden lagen. Der Kutscher glotzte blöd und pfiff erstaunt, als er mit dem Gepäck hereinkam, so daß Alicias Starren nicht weiter auffiel. Nachdem verschiedene Leute, die gleich bei der Türe standen, gefragt worden waren, machte sich ein uniformierter Lakai auf den Weg, herauszufinden, wo Alicia hingebracht werden sollte. Rodney und Alicia wurden wartend zurückgelassen und

beobachteten ihrerseits die Leute, die ohne ein Nicken oder ein Grußwort an ihnen vorbeigingen.
Rodney begann gerade, sich darüber zu ärgern, daß sie so lange warten mußten, als sich ein Diener näherte. Es war nicht der Mann, den sie geschickt hatten, sondern ein anderer und anders gekleidet. Er blieb stehen, musterte die beiden von oben bis unten und lächelte affektiert, als er das abgenutzte Gepäck sah. Er schaute Rodney fragend an. »Lady Charlotte Bellamy?«
Das ungehobelte Benehmen des Mannes ließ Rodneys Augen aufblitzen. Er atmete tief durch und richtete sich zu seiner vollen Größe auf. Auch wenn sie bei Hofe noch nicht vorgestellt worden war, so war sie doch die einzige Frau, die sich im Raum befand. Rodney wußte nicht, ob sein Ärger vornehmlich aus dem Wunsch erwuchs, Alicia persönlich zu verteidigen, oder ob er sich über die Verletzung der Umgangsformen oder die Respektlosigkeit gegenüber einer jungen Erbin ärgerte. »Ich bin Lady Charlottes Begleitung, Mann. *Dies* ist Lady Charlotte.« Er nahm Alicias Hand, als wolle er sie vorstellen, wobei er ihr mit seinen Augen deutete, daß er ein solch ungehöriges Benehmen nicht noch einmal zulassen werde.
»Wenn Ihr mir bitte folgen würdet, Madam.«
Sie durchquerten scheinbar endlose Korridore und Galerien. Alicias Schuhe klapperten über das Parkett, und der Kutscher, der ihnen folgte, gab immer wieder erstaunte Laute von sich. Zunächst versuchte sie, sich den Weg, den sie zurücklegten, einzuprägen, aus Furcht, allein niemals wieder aus diesem Labyrinth herauszufinden. Sie gab es jedoch schon nach wenigen Minuten auf und folgte einfach blind. Am Eingang zu den Räumen, die sie bewohnen würde, angekommen, drehte sich Rodney zu dem Bediensteten um und fragte, ob der König über die Ankunft von Lady Charlotte informiert sei. Der Lakai nickte kurz und ließ sie stehen.
Im Vergleich dazu, wie hochgestellte Persönlichkeiten und Lehensleute in Whitehall lebten, waren die Räumlichkeiten, die Alicia zugewiesen worden waren, gering bemessen. Doch einem einfachen Mädchen vom Lande mußten sie wie ein Schloß

erscheinen. Sieben wunderschön eingerichtete Zimmer lagen vor ihren Augen. Ihre Möbel umfaßten auch ein Himmelbett im Schlafzimmer, einen riesigen Ankleidespiegel und schwere Damastvorhänge. In zwei Räumen befanden sich Teppiche, ein Luxus, den sie niemals zuvor gekannt hatte. Der Glanz, der vom Eßtisch ausging, erschütterte sie, und der Anblick des gepolsterten Sessels vor dem Kamin nahm ihr den Atem. Nie zuvor in ihrem Leben hatte sie einen solchen Reichtum gesehen.
Rodney folgte ihr schweigend von Zimmer zu Zimmer, nachdem er den gaffenden Kutscher verabschiedet hatte. Sie konnte nicht einmal lächeln, so überwältigt war sie. Sie ging vom Fenster zur Tür, von der Kommode zum Tisch, wobei sie alles berührte und ausprobierte. Es war anzunehmen, daß Alicia nicht einmal wußte, wozu all diese Räume benutzt wurden. Für sie selbst hatte es in ihrem Leben wohl nie Unterhaltung gegeben; sie hatte lediglich der Unterhaltung der Männer, denen sie in der Schänke das Bier brachte, gedient.
Rodney bemerkte, daß man versäumt hatte, zumindest die wichtigsten Dinge, die Alicia benötigen würde, bereitzustellen, als ihre Räume hergerichtet worden waren.
»Wenn Ihr Euch etwas eingerichtet habt, Madam, werde ich eine Zofe für Euch suchen müssen.«
»Eine Zofe?« fragte sie.
»Ich bin sicher, daß Ihr über kurz oder lang mehrere Diener benötigen werdet. Für den Augenblick genügt eine Zofe. Aber die braucht Ihr sofort.«
»Soll sie hier saubermachen?«
Rodney lachte leise. »Sie wird Euch beim Ankleiden helfen, Eure Haare frisieren, Euch Eure Mahlzeiten bringen und Euch begleiten, wann immer Ihr ausgeht. Eine Art Gesellschafterin, Madam. Wenn ich Glück habe, finde ich eine Frau, die schon als Zofe bei einer hochgestellten Dame gearbeitet hat.«
Es dauerte einige Augenblicke, bis Alicia begriff. Dann sagte sie lächelnd: »Das ist eine Stellung, die ich immer gerne gehabt hätte.«
Rodney konnte beim Anblick der Freude, die aus Alicias Gesicht leuchtete, ein Grinsen nicht mehr zurückhalten. Er be-

trachtete die schmale Gestalt, die vor ihm stand, das Erstaunen in ihren Augen und ihre natürliche Haltung. Und er wußte, daß es richtig gewesen war, sie auszuwählen. »Ich denke, Mylady, daß die Zukunft etwas Besseres für Euch bereithält, und nicht eine Stellung als Zofe.«
»Lieber Rodney«, sagte sie weich. »Ihr erhofft Euch so viel für mich, Ihr habt so viel Güte und Geduld mit mir... aber laßt Euch daran erinnern, daß sich das nicht sehr von dem unterscheidet, was ich immer schon gekannt habe? Ich war ständig auf dem Weg von einem Leben in ein neues, versuchte mich, für eine kurze Zeit, so gut ich konnte, an einem Ort einzuleben, um dann schon wieder an den nächsten Ort weiterziehen zu müssen. Die Menschen, die ich kennengelernt hatte, mußte ich zurücklassen, da sie nicht mit mir gingen. Ich sah die Räume, in denen ich geschlafen habe, niemals wieder, und die Kleider, die ich trug, gab man mir, um sie mir dann wieder wegzunehmen.« Sie deutet mit der Hand auf die wunderschöne Einrichtung. »Es ist überwältigend, Sir, aber es gehört nicht mir, und ich werde es nicht sehr lange benutzen dürfen.« Sie streckte ihre Hand aus und berührte die seine. »Es stimmt mich traurig, daß ihr nur für kurze Zeit mein Freund sein werdet. Es wird mir sehr schwerfallen, Euch Lebewohl zu sagen.«
»Madam, ich glaube, es ist noch ein bißchen zu früh, um schon von Abschied zu sprechen.«
Das Staunen verschwand aus ihren Augen und mit einem Blick voller Traurigkeit antwortete sie ihm. »Aber ich darf es keinen Moment lang vergessen, lieber Freund, daß dies nicht ewig dauern wird. Ich darf nicht zulassen, daß ich mein Herz zu sehr daran hänge...«
Bevor sie den Satz beenden konnte, wurde sie von einem lauten Klopfen an der Tür unterbrochen. Rodney schaute hin, doch ging er nicht gleich zur Tür, um herauszufinden, wer davor stand, sondern wollte das, was sie im Begriff gewesen war, ihm anzuvertrauen, zu Ende hören. Sich an Reichtum gewöhnen? fragte er sich. Sein Herz an die kostbar eingerichteten Zimmer hängen? An die Bediensteten? Oder an Lord Seavers?
»Die Tür, Rodney«, sagte sie. »Soll ich öffnen?«

»Laßt mich das machen, Madam«, erwiderte er und ging zur Tür. Alicia folgte ihm, neugierig auf den Besucher. Doch es war derselbe Lakai, der sie schon hierher geleitet hatte. »Seine Majestät hat noch viele Verpflichtungen und bittet Euch deshalb, es Euch solange bequem zu machen, bis er Euch aufsuchen kann, um Euch persönlich zu begrüßen.«
»Meine Herrin wäre gerne bereit, ihrerseits den König aufzusuchen«, bot Rodney an. Alicia lauschte gespannt, die höfischen Manieren erstaunten sie. Sicher würde es ihr gefallen, den König aufzusuchen, doch wäre es ihr niemals in den Sinn gekommen, dies auszusprechen.
»Er hat keine Zeit, die Lady jetzt zu empfangen, und Ihr werdet Euch unter Umständen lange Zeit gedulden müssen«, antwortete der Lakai. »Nützt die Zeit, die Euch zur Verfügung steht. Er wird kommen, sobald er seine Termine erledigt hat.«
Als der Mann gegangen und die Tür wieder verschlossen war, sah Rodney Alicia fragend an. »Was wolltet Ihr vorher sagen, Madam?«
Sie lachte kurz. »Gerade habe ich vernommen, daß der König mich empfangen wird, und da erwartet Ihr von mir, daß ich mich daran erinnere, was ich vorher sagen wollte?«
»Ich verstehe, Madam. Ihr werdet einige Dinge benötigen, die ich für Euch holen lassen kann. Wenn Ihr einen Moment allein zurecht kommt, werde ich sie besorgen.«
»Wird Lord Seavers bald kommen?«
»Ich glaube nicht, Mylady. Seht Ihr, er kennt Euch doch noch gar nicht.«
Ein seltsamer, fast siegesgewisser Ausdruck flog über ihr Gesicht. Sie ließ ihren Blick flüchtig im Zimmer umherschweifen und ein Lächeln spielte um ihren Mund. »Das stimmt. Er kennt mich noch nicht.«
Rodney dachte über diese Äußerung nach und rief sich die Worte ins Gedächtnis zurück, die sie kurz zuvor geäußert hatte. Ihre Erklärung, daß sie sich nicht erlauben werde, sich an das alles hier zu gewöhnen – Zuneigung für diese Menschen zu empfinden. Irgend etwas ging in ihrem Kopf vor, und Rodney vermutete, daß sie sich größere Hoffnungen machte, als sie

nach außen hin zugab. Er erkannte, daß es wohl nicht die eleganten Möbel oder die angesehene Stellung waren, die sie sich sichern wollte. Vielleicht suchte diese junge Frau, die hier vor ihm stand und einer noch nicht voll erblühten Rose glich, die Liebe eines Mannes und die Verbindung, die daraus entstehen könnte.

»Ich nehme an, daß er Euch formell vorgestellt wird«, sagte Rodney, unfähig, ein verschmitztes Lächeln zu unterdrücken. Alicia schaute ihn an, zeigte keinerlei Regung und sagte auch nichts. »Strengt Euch nicht zu sehr an«, riet er ihr verständnisvoll.

»Mein Herr«, erwiderte sie empört und versuchte, ihre geheimen Sehnsüchte so gut wie möglich vor Rodney zu verbergen, was ihr aber nur ungenügend gelang. »Ich versichere Euch, daß ich mich bemühen werde, mein *Bestes* zu geben.«

»Ich bin Lord Seavers Diener, Madam, und er zählt auf meine Loyalität. Aber es gibt da etwas, was ich Euch gerne sagen möchte: Ich werde ihn weder hintergehen noch belügen, aber wann immer Ihr meine Hilfe braucht, bin ich auch Euer gehorsamer Diener.«

Alicia wurde es ganz leicht ums Herz, als ihr eine solche väterliche Fürsorge widerfuhr, eine Fürsorge, die sie vorher nicht gekannt hatte. »Ich versichere Euch, Sir, meine einzige Absicht ist es, Lord Seavers genauso treu zu dienen, wie Ihr es tut.«

Rodney nickte und brach dann auf. Alicia nutzte die Zeit, um in ihrer prächtigen, neuen Wohnung herumzuschlendern, die kostbaren Bezüge der Sitzmöbel zu berühren und jeden Raum in seiner ganzen Länge, Breite und Höhe zu erfassen. Sie unterbrach ihren Rundgang schließlich vor dem Frisiertisch in ihrem neuen großen Schlafzimmer. Sie löste die Haarnadeln aus ihrer Frisur und ließ ihre schimmernden Locken auf die Schultern fallen. Sie wußte, daß es an ihrem Äußeren noch einiges zu feilen gab, doch was sie jetzt in ihrem Spiegelbild erblickte – und diesmal war es kein blinder Spiegel, der ihren Anblick verzerrt wiedergab –, gefiel ihr. Sie würde die anderen Hofdamen genau beobachten und von ihnen lernen, wie man das Beste aus seinem Typ machte.

Sie lächelte ihrem Spiegelbild zu – rosige Wangen, die Lippen leicht geschminkt und das saubere, glänzende Haar, das ihr in dichten Locken auf die Schultern fiel. Man würde sicher zugeben müssen, daß Charlotte Bellamy ein hübsches Gesicht besaß und mit der entsprechenden Kleidung auch ihre gute Figur besser zur Geltung kam.
»Jeder nimmt an, daß dies eine Vernunftehe wird.« Sie lächelte, seufzte tief und schaute sich in ihre blaugrauen Augen. »Verliebt Euch nicht in mich, Lord Seavers. Ihr werdet danach nicht mehr derselbe sein.«

Die Gemächer in Whitehall wurden zu einem einsamen Ort, da Alicia meist allein war. Rodney kam und ging, um sie mit Essen, Getränken und Neuigkeiten zu versorgen. Zwei Tage vergingen ohne Nachricht vom König, und Alicia verließ aus Angst, daß er in ihrer Abwesenheit kommen könnte, ihre Räume nicht. Rodney schien es nicht zu gefallen, sie gänzlich ohne Schutz zurückzulassen, aber für ihr Wohlergehen mußten viele Dinge besorgt werden. Er verbrachte täglich einige Stunden nur damit, dafür zu sorgen, daß sie etwas zu essen bekam, und um wenigstens eine Dienerin für sie zu finden.
In einem solchen Augenblick, da man sie wieder alleine in ihren Gemächern zurückgelassen hatte, klopfte jemand an ihre Tür. Obwohl es schon spät war, öffnete sie, ohne zu zögern, da noch niemand ihre Gemächer betreten hatte, der ihr irgend etwas Böses hätte antun wollen. Ihr Besucher fing an, sie auszuschimpfen. »In Teufels Namen, Madam, habt Ihr keine Wache zu Eurem Schutz hier? Ich hätte weiß Gott wer sein können.«
Sie schaute den hochgewachsenen, massigen Mann mit der dichten, dunklen Perücke erstaunt an. Seine Stimme klang streng, doch schwang auch versteckte Heiterkeit mit. Obwohl seine Augen dunkel und befehlend dreinschauten und seine vollen Lippen unnachgiebig zusammengepreßt waren, reagierte Alicia nicht ängstlich. Sie fühlte sich in seiner Gegenwart sicher.
»Wer seid Ihr denn?« fragte sie, die Türe noch immer in der Hand.

»Ich bin Charles und im Moment Euer Vormund.«
Sie schnappte nach Luft, ließ die offene Tür los und wich langsam zurück. Sie schlug die Hand vor den Mund und raffte dann mit beiden Händen ihre Röcke zusammen, um in einen tiefen Hofknicks zu sinken. Ohne diesen zu vollenden, schaute sie erneut auf Charles, verunsichert durch seine eher ungezwungene Kleidung und das Fehlen von Robe und Zepter. »Großer Gott, Ihr seid Charles?«
Er grinste leise und trat ohne weitere Förmlichkeiten ein. »Ich bin hier als König bekannt, meine Liebe«, sagte er und drehte sich um, um die Türe zu schließen. »Ich hoffe, ich komme Euch nicht ungelegen, ich –« Als er sich ihr erneut zuwandte, sah er gerade, wie sie ihren Hofknicks beendete. »Steht auf, Madam, bevor ihr Euch wehtut.«
Aus dieser Stellung wieder aufzustehen, war für Alicia fast so schwierig, wie diese Stellung einzunehmen. Sie war nicht an die schwere Kleidung gewöhnt, auch nicht an die Unterröcke, die die adligen Damen trugen. Bevor sie eine ›Adlige‹ geworden war, hatte sie nur andere Bewegungen gekannt: In gebeugter Haltung zu putzen oder schwere Dinge hin und her zu schleppen. Eine Hand kam ihr rasch zur Hilfe. »Danke schön, Sir«, sagte sie.
»Sire«, verbesserte er sie. »Oder ›Eure Majestät‹, oder eben eine andere angemessene Anrede, die Ihr benutzen wollt.«
»Ja, Sire«, murmelte sie.
»Nicht so sehr wegen mir, meine Liebe, aber ich vermute, daß Euch da draußen jeder genau beobachten wird, begierig darauf, Euch für jeden Verstoß gegen die Etikette mit Steinen zu bewerfen.«
»Du meine Güte«, flüsterte sie. »Sire«, setzte sie verspätet hinzu.
Charles lachte vor sich hin. »Ich weiß schon, ich mache Euch etwas nervös. Nennt mich Charles und laßt uns endlich irgendwo Platz nehmen. Ich bin den ganzen Tag über herumgerannt.«
Sie stand da, starrte ihn an und versuchte sich verzweifelt daran zu erinnern, was sie sagen, wie und wohin sie ihn führen

mußte. Vor allem versuchte sie, sich an all das zu erinnern, was ihr über die Bellamys erzählt worden war.

Charles deutete mit der Hand in Richtung des Salons und schaute sie ungeduldig an. »Madam?« sagte er fragend.

»Verzeiht mir, Sire«, sagte sie atemlos. »Bitte...« Sie ging durch den Salon bis zu Sofa und Sessel, die sich vor dem Kamin gegenüberstanden. Er verharrte einen Augenblick lang, nachdem er das Zimmer betreten hatte, und betrachtete beide Sitzgelegenheiten.

»Wo wollt Ihr Euch hinsetzen?« fragte er sie.

Sie überlegte einen Moment und entschied sich dann für den Sessel, da er bequemer war. »Bitte nehmt Ihr den Sessel«, sagte sie rasch.

Charles setzte sich in den Sessel, damit auch sie Platz nehmen konnte und schaute sie dann an. »Ich sehe, mein Urteil war diesmal richtig, meine Liebe. Ich hatte mich dafür entschieden, Euch zunächst in privatem Rahmen zu treffen, anstatt Euch bei Hofe vorstellen zu lassen. Ich habe mir schon gedacht, daß das alles etwas ungewohnt für Euch sein würde.« Sie rutschte unruhig auf der Kante des Sofas hin und her und folgte jedem seiner Worte genau. »Ich hoffe, Ihr beruhigt Euch bald. Ich bin zu müde, um Euch noch länger beim Zittern zuzuschauen. Ich schwöre Euch, daß ich zumindest in den letzten vierzehn Tagen kein junges Mädchen umgebracht habe.«

Sie atmete tief durch, um das aufgeregte Flattern ihres Herzens zu bändigen. Insgeheim war sie sich nicht sicher, ob sein Versuch, lustig zu sein, wirklich ein reiner Scherz sein sollte. Sie kannte ihn nicht, wußte kaum etwas über ihn, aber wenn überhaupt irgend jemand ein Mädchen töten konnte, weil es zitterte, dann war es der König.

»Ich dachte eigentlich, Euer Haar sei rot«, bemerkte Charles. »Und ich habe gehört, daß Ihr... ähm, gut genährt seid.«

»Gehört?« wiederholte sie.

»Ja, von Eurem Vater. Er sprach von Zeit zu Zeit über Euch, immer wenn er Gesuche wegen seiner Ländereien einreichte. Ich weiß, daß er Euch nicht oft sah, aber er beschrieb Euch, wenngleich von üppiger Gestalt, so doch wunderschön.«

Alicia betrachtete nervös ihre Hände. »Welcher Vater hält seine Tochter nicht für schön, Sire«, sagte sie ruhig.
»Es ist mir nun klar, daß er sehr bescheiden gewesen sein muß. So, seid Ihr nun bereit, die Bekanntschaft Eures Bräutigams zu machen?«
»Ja, Sire.«
»Er ist außerordentlich hübsch. Die Frauen halten ihn für einen Spitzbuben, da er sie wesentlich weniger zu brauchen scheint, als wir anderen. Was sind wir Männer doch für seltsame Geschöpfe, die ganze Zeit auf der Jagd und darauf aus, Widerstand zu finden. Ha, er ist den Frauen sehr erfolgreich entwischt, wie man Euch sicher schon erzählt hat.«
»Ich habe noch mit niemandem gesprochen, Sire«, sagte sie ein wenig zu schnell.
»Ich hatte gehofft, daß sein Diener, dieses riesige alte Schlachtroß – wie war doch sein Name – Euch gegenüber seinen Herrn in den höchsten Tönen loben würde.«
»O ja, Sire«, erwiderte sie. »Rodney, Sire. Er sagte mir, Lord Seavers sei sehr gutaussehend.«
»Unglücklicherweise erwartet Lord Seavers, daß ihr eher häßlich seid. Es gibt eine oder zwei Personen, die angeben, kurz nach meiner Rückkehr Eure Bekanntschaft gemacht zu haben. Ihre Beschreibung war nicht gerade erfreulich. Aber das war wohl vor längerer Zeit, und damals wart Ihr auch noch viel jünger. Es scheint mir, daß sich Frauen sehr viel stärker verändern, wenn sie erwachsen werden. Ihr müßt Euch entweder sehr verändert haben, oder ich habe nur das Geschwätz von neidischen Zungen vernommen.«
»Neidisch auf mich, Sire?« fragte sie unschuldig.
»Madam, Euer Wohlstand ist nicht überwältigend, aber er hat doch einige Aufmerksamkeit auf sich gezogen, da es eine Anzahl von Männern bei Hofe gibt, die weniger besitzen. Und daß ein König auf Euer Erbe aufpaßt, scheint die Sache noch interessanter zu machen.«
»Vielen Dank, Sire. Es ist sehr nett von Euch, daß Ihr Euch darum kümmert.«
»Dankt mir nicht zu früh, Madam. Wenn Seavers fähig ist,

auch nur die Hälfte von dem zu verwirklichen, was er plant, dann werde ich für meine Mühen reichlich belohnt werden.«
Ihre Aufmerksamkeit war sofort geweckt. »Sire, was plant er denn?«
»Ein Handelsunternehmen, Mylady. Er hat vor, einen Handel zur See aufzubauen, zunächst nur mit einem Schiff. Ich habe es kürzlich besichtigt. Es ist Euer Pech, daß ich das Recht habe, eine Heirat für Euch zu arrangieren. Ich habe eine Heirat mit Seavers arrangiert, da ich der Überzeugung bin, daß diesem Mann alles, was er anpackt, auch gelingt.« Er lehnte sich in seinem Sessel zurück und betrachtete sie eingehend. Seine dunklen, trägen Augen musterten ihr Gesicht, und sie fühlte, wie sie unter seinem intensiven Blick verglühte. »Ich habe Eure Erbschaft für Euch eingesetzt, Lady Charlotte. Und bevor Ihr Euch durch diese Tatsachen beleidigt fühlt, laßt mich Euch versichern, daß ich in der Vergangenheit ein sehr guter Spieler gewesen bin. Ich glaube, ich kann ebensogut wie Ihr einen Joker in einem Spiel setzen. Wahrscheinlich sogar besser.«
»Ich bin zufrieden, Sire«, sagte sie nachgiebig. Sie hatte nun zumindest einen Anhaltspunkt dafür, warum die echte Charlotte geflohen war. Sie mochte bei dem Gedanken an die Situation, in die sie die freundliche Fürsorge des Königs bringen konnte, hysterisch geworden sein. Seavers hätte ein ekelhaftes, verlogenes, altes Scheusal sein können.
Aber er war es nicht. Und Alicia ahnte, daß der König seine Karten weise ausgespielt hatte.
»Ich werde sehen, daß Ihr ihn möglichst bald kennenlernen könnt. Ich werde ihn Euch übermorgen in meinen Gemächern vorstellen. Es werden viele Gäste da sein, diejenigen, die ich immer einlade. Mylady Castlemaine wird die Gastgeberin sein. Gibt es etwas, das Ihr benötigt, solange Ihr noch auf ihn warten müßt?«
»Ich weiß nicht«, sagte Alicia ehrlich. Und wiederum setzte sie hinzu, »Sire.«
»Da wäre die Kleidung. Habt Ihr etwas Passendes anzuziehen?«
Sie senkte die Augen. »Ich bin mir nicht sicher.«

»Ich werde Euch jemanden schicken, der Euch bei der Auswahl der Kleider behilflich ist. Habt Ihr Diener und eine Kutsche mitgebracht?«
»Nein, Sire. Nur mich selbst.«
»Herrgott noch mal, Ihr seid *wirklich* arm gewesen.« Er kratzte sich am Kinn. »Ich vermute, Fergus hat so wenig wie möglich für Euch getan. Ich werde Euch auch jemanden schicken, der Euch bei der Einstellung von Personal behilflich ist.«
»Das ist sehr großzügig von Euch, Sire.«
»Da Ihr mein Mündel seid, ist es meine Verpflichtung, Euch zu helfen. Das Geld, das ich für Euch ausgeben werde, wird allerdings von den Einnahmen aus Euren Ländereien abgezweigt. Und zwar bevor Seavers beginnt, alles auszugeben, was, wie ich vermute, schon bald nach Eurer Hochzeit der Fall sein wird. Wann wollt Ihr, daß Eure Hochzeit stattfindet, Madam?«
»Wann immer es Euch genehm ist, Sire«, antwortete sie.
»In einer Woche? Oder in einem Monat?«
»Ich... ich...« Sie stellte ihr Gestammel ein und schüttelte nur verwundert ihren Kopf.
»Natürlich. Ihr wollt ihn Euch erst ansehen, bevor Ihr eine Antwort gebt. Sehr gut.« Charles erhob sich, und auch Alicia schnellte hoch. »Wir werden wieder darüber sprechen, wenn Ihr Euren Verlobten kennengelernt habt. Aber ich flehe Euch an, wartet nicht zu lange mit der Hochzeit. Die Klatschbasen würden die Zeit des Wartens nicht überstehen.«
»Ja, Sire.«
Er eilte rasch zur Tür, ohne sich umzudrehen. Dort angelangt, wandte er sich, den Türgriff bereits in der Hand, ihr noch einmal zu und schaute sie an. Nachdenklich runzelte er die Stirn. Sie schaute Fergus überhaupt nicht ähnlich, doch dafür war er sehr dankbar. Er fragte sich einen Augenblick lang, ob sie am Hof alte Bekannte finden würde. Schnell kam er zu dem Schluß, daß dies nicht der Fall sein würde, da niemand sie kannte, er selbst eingeschlossen. Dann veränderte sich sein Gesichtsausdruck plötzlich, und er grinste spitzbübisch. »Oh, Ihr werdet sie alle sehr enttäuschen, Madam.«
Ihre Augen wurden ängstlich. »Warum, Sire?« fragte sie heftig.

»Ihr seid wirklich sehr hübsch«, erwiderte er mit einem Achselzucken. »Dafür werden sie Euch hassen. Zumindest die Frauen.« Er grinste wieder und öffnete die Tür. »Die Männer werden Seavers hassen.« Er ging durch die Tür hinaus. »Ich werde nicht weit weg sein, wenn es wirklich Ärger gibt«, sagte er. »Gute Nacht, Madam.« Und die Tür schloß sich.

Alicia schaute in ihren Gemächern herum. »Der König«, sagte sie laut vor sich hin. »Du lieber Himmel. Der König ist der Meinung, daß ich hübsch bin.« Ihre Mundwinkel zogen sich langsam nach oben. Ein dünnes, nervöses Lachen entschlüpfte ihr. Ihr fiel ein, daß er ihre Kleider und Diener mit dem Geld aus der Erbschaft bezahlen würde, die Geoffrey sich so hart erkämpft hatte. Sie lachte wieder. »Vielleicht in einem Monat, Sire«, sagte sie mit gespielter Unschuld. Sie lachte ungehemmt, und eine fröhliche Weise ging ihr durch den Kopf. Sie hob ihre Röcke hoch und begann leichtfüßig durch die Zimmer zu tanzen.

In der Kapitänskajüte auf der *Patrina* befanden sich eine Schlafkoje, ein großer Tisch und ein Stuhl, an den Wänden Bücherregale, einige übereinander gestapelte Kisten und ein Abteil, das als Speiseraum diente. Inmitten von Pergamentrollen mit Aufzeichnungen und Plänen, die über den Tisch verstreut lagen, stand ein Tablett mit Essen, das fast nicht angerührt war. Hinter dem Tisch befand sich ein kleines Gestell mit einer Schüssel voll Wasser darauf. Auf der Schüssel stand ein Spiegel, der gegen die Wand gelehnt war. Geoffrey Seavers schaute in den Spiegel und versuchte, sich eine Perücke aufzusetzen.

Die Tür der Kajüte öffnete sich und Rodney, eine Jacke aus dunkelblauem Samt über den Arm, trat ein. Die Jacke war mit glitzernden Knöpfen geschmückt. Geoffrey schaute über die Schulter und betrachtete das Kleidungsstück voller Gram. Er gefiel sich am besten, wenn er ohne Hemd und Schmuck auf den Planken seines Schiffes stand und hart arbeitete. Der Pomp des höfischen Lebens behagte ihm gar nicht.

»Der Schneider hatte die Jacke trotz der knappen Zeit befriedigend fertiggestellt«, sagte Rodney entschuldigend.

»Das sind Charles' Vorstellungen von Spaß«, murrte Geoffrey. »Er liebt es, uns wie Puppen nach seinem Willen tanzen zu lassen, und die Zuneigung, die wir füreinander fühlen, auf die Probe zu stellen.« Er blickte finster in den Spiegel und richtete die Perücke erneut. »Er würde sich köstlich amüsieren, wüßte er, daß ich die Bekanntschaft eines Schankmädchens machen werde.«
»Sicher würde es Seiner Majestät großen Spaß bereiten«, lachte Rodney. »Und ich hätte eine bessere Meinung von Charles, wenn er es wüßte. Doch genug davon«, meinte der Diener und brachte die Jacke. »Ich denke, es wird einfacher für Euch, wenn Ihr seht, daß sich das einfache Schankmädchen von vorher ganz schön verändert hat.«
»Kleidung und Manieren sind nützlich, doch ändern sie nicht die Person, die sich ihrer bedient. Ich bete nur, daß sie die Klatschbasen überzeugen kann, sonst werde ich mich sehr schnell auf hoher See befinden, aber ohne eigene Flotte.« Er drehte sich um, schlüpfte in die Jacke und lächelte. »Der Bau des nächsten Schiffes geht gut voran – genau nach den von mir angefertigten Plänen.«
»Das habe ich schon bemerkt«, erwiderte Rodney. »Ich hoffe, daß der Bau ohne Hindernisse fortgesetzt werden kann.«
»Und warum sollte dies nicht der Fall sein? Die Vorstellung ist heute abend, die Verlobung wird verkündet und öffentlich bekanntgemacht, und die Heirat wird bald folgen. Charles kann nicht mehr lange auf dem Land und den Steuern hocken bleiben. Die Waren und Bediensteten müssen bezahlt werden.«
»Wißt Ihr eigentlich, daß Preston heute abend kommen wird?« fragte Rodney.
Geoffrey grinste auf Rodneys Frage. »Seine Ankunft ist zeitlich so gut abgestimmt, daß ich fast schon glaube, daß er es geplant hat. Zum Teufel mit dem Schurken, er ist nur hier, um über mein Mißgeschick zu lachen.«
»Er ist hier, um die Geschäfte für seinen Vater zu erledigen«, korrigierte Rodney.
»Das ist nur ein Vorwand«, beharrte Geoffrey.
Preston Tilden, ein langjähriger Freund Geoffreys, hatte Eng-

land während der Regierungszeit Cromwells zusammen mit seiner Familie verlassen, um in Amerika ein neues Leben aufzubauen. In den Briefen an Seavers berichtete er von einer dichten Wildnis, die erst gerodet werden mußte, von Sklaven, die gekauft werden mußten, um die nicht endenwollende Arbeit zu bewältigen, von Mangel an Nahrung und Waren und von zahlreichen Abenteuern, die die Familie erlebt hatte. Aber die Tildens hatten Erfolg gehabt. Mit der Hilfe von fünf Söhnen und genügend Geld hatten sie sich auf einem Stück Land in Virginia ein schönes Zuhause aufgebaut. Die Einkünfte der Familie kamen aus Mühlen, die sie betrieben, aus der Landwirtschaft, der Schiffahrt und dem Handel mit anderen Ländern. Geoffrey war ebenfalls ein Stück Land in diesem neuen, unzivilisierten Kontinent jenseits des Ozeans angeboten worden, doch hatte er sich entschieden, sein Glück in England zu versuchen. Er beneidete Preston um seinen Erfolg, wußte aber, daß dieser ohne die finanzielle Sicherheit und ohne die große Zahl der Familienmitglieder immer noch Bäume fällen würde.
Preston war der jüngste von den fünf Söhnen. Er und Geoffrey waren beinahe gleich alt, Preston nur zwei Jahre jünger. Schon ihre Väter waren lange Zeit Nachbarn und Freunde gewesen, und die Familien hatten über Jahre hinweg eine enge Verbindung zueinander gehalten.
Obwohl es nicht ungewöhnlich war, daß Schiffe der Tildens im Hafen einliefen, kam die Ankunft Prestons für Geoffrey völlig überraschend. Rodney hatte ihm die Nachricht, daß Preston selbst dieses Schiff der Tildens befehligte, schon früh am Tag überbracht. Geoffrey hatte seinen Drang unterdrücken müssen, zu dem einlaufenden Schiff hinauszuschwimmen, um Preston zu treffen. Der Anblick seines Freundes, der ihm vom Bug des Schiffes aus zugewinkt hatte, ließ in ihm Erinnerungen an gemeinsam bestandene Abenteuer, Boxkämpfe um die Liebe einer Frau oder an das Lachen in durchzechten Nächten aufsteigen. Preston in der Nähe zu wissen verminderte seine Ängste, ob der Traum seines Lebens, eine Schiffsflotte zu besitzen, oder seine gefährliche Verlobung gutgehen würden.
Als Preston auf der *Patrina* eintraf, brachte er Wein und ein

Stück Käse mit. Er stürmte laut lachend in Geoffreys Kabine. »Sieh da, der Bräutigam«, stichelte er.
Geoffrey blickte finster drein und beäugte mißmutig die Sachen, die Preston mitgebracht hatte. »Wir können später einen trinken, wenn diese Tortur zu Ende ist.«
Preston wandte sich an Rodney. »Er wirkt nicht gerade wie ein verliebter Mann, oder?«
»Und du willst wissen, wie ein verliebter Mann wirkt?« fragte Geoffrey, bevor Rodney antworten konnte.
Preston stellte Käse und Wein auf den Tisch und betrachtete das Tablett mit dem unberührten Essen, das immer noch dort stand. »Aha, das sieht schon eher danach aus.« Er grinste. »Keinen Hunger, schlechte Laune... tja, vielleicht gibt es für diesen Menschen doch noch Hoffnung.«
»Ich habe dieses Weibsstück noch nicht gesehen.«
»So, ein Weibsstück ist sie. Großer Gott, du wirst wegen dieser Beleidigung noch in der Gosse landen, sollte es jemand hören.«
»Die Lady«, verbesserte Geoffrey. »Ich habe nichts Gutes über sie gehört. Es ist lediglich ihre Mitgift, die mich interessiert.«
»Das ist immerhin etwas«, räumte Preston ein. »Na ja, welchen Verdruß auch immer sie dir bereiten wird, versuche ruhig und gelassen darauf zu reagieren, da sie dir sonst von einem Edelmann mit besseren Manieren entführt wird.«
»Ich merke schon, du hast deine Lektion gut gelernt«, lachte Geoffrey. »Erinnere dich an den Freund, der mit dir geritten und gesegelt ist – und der gesehen hat, wie du mit den Frauen gespielt und sie dann weggeworfen hast.«
»Ah, aber jetzt habe ich eine Ehefrau.«
Geoffrey schaute ihn erstaunt an. »Eine Ehefrau? Bist du von allen guten Geistern verlassen, so früh zu heiraten? Deine Familie ist doch reich genug.«
Preston lachte gutgelaunt. »Ein niedliches Füchslein hat meinen Weg gekreuzt und mich gelehrt, wann man tändeln kann und wann die Zeit reif ist, eine Ehe einzugehen. Sie mag die Spielereien, die am Hof üblich sind, nicht.«
»Und so hat sie dich gefangen.« Geoffrey lächelte. »Zu guter Letzt bist du also Ehemann geworden.«

»Ja, Ehemann. Und, gerade als ich im Aufbruch begriffen war, vertraute mir Brianna noch an, daß sie mir im nächsten Sommer ein Kind schenken wird. Unser erstes.«

Geoffrey nahm sein Glas. »Dann ist es an der Zeit, darauf anzustoßen. Auf deine Dynastie.«

Rodney schaute sich in der vollgestopften Kajüte nach weiteren Gläsern um, und Wein wurde eingeschenkt.

»Ich habe als letzter von uns Geschwistern geheiratet«, sagte Preston. »Und obwohl die Tilden-Männer sich oft auf hoher See befinden, ist die Familie deshalb nicht klein geblieben. Wir scheinen den Dreh gefunden zu haben, gebärfreudige Frauen zu heiraten, die meine Eltern jedes Jahr mit neuen Enkeln beglücken.« Er erhob sein Glas und trank, vor Gerührtheit seufzend. Geoffrey betrachtete das Gesicht seines Freundes. Erfüllung schien daraus zu sprechen. Er verspürte aufs neue Neid.

»Es wird notwendig sein, dem Haus einen neuen Anbau hinzuzufügen«, bemerkte Preston.

»Du hast dein Glück gemacht, Preston«, sagte Geoffrey. »Ich wünschte mir glauben zu können, daß meine Zukunft ebenso viel Gutes auch für mich bereithält.«

Preston seufzte tief. »Ich hasse es, meinen guten Ruf zu zerstören. Aber ganz ehrlich gesagt, Reichtum bedeutet mir heute nicht mehr so viel wie früher. Brianna hat mich über den Wert der Frauen aufgeklärt, was ich früher nicht wußte.« Er erhob in einem stillen Prost sein Glas auf sie. »Ich wünsche dir viel Glück, alter Freund. Ich hoffe, deine Ehe bringt dir auch viel Gutes.«

»Ich bezweifle, daß das möglich sein wird. Während du deine Fesseln wohlwollend betrachtest, hat es keinen Reiz für mich, an jemand gebunden zu sein.« Geoffrey nahm einen tiefen Schluck Wein aus seinem Glas. Seine Augen glitzerten, als er seinen Freund wieder anschaute. »Ich werde es überleben, wenn sie keine Xanthippe ist. Aber ich sage dir, ich sehe da nicht die große Liebe wachsen. Es ist eine einträgliche Verbindung. Das ist aber auch alles.«

»Dann genieße eben dein Unglück.« Preston zuckte die Schultern. »Es scheint mir, daß du es darauf anlegst.«

»Das ist auch meine Meinung, Sir«, warf Rodney ein. »Ich glaube, er benimmt sich wie ein verzogener, störrischer Junge. Lady Charlotte ist schön und liebenswürdig.«
Geoffrey lächelte nur abweisend. Es gab nur wenig an dem Mädchen, das ihm mißfiel, doch der Gedanke, daß diese Verbindung ihn glücklich machen könnte, war ihm noch nicht gekommen. Er überschlug im Geiste, wieviel Geld und Zeit ihm zur Verfügung stehen würden. Auch Geoffrey wünschte sich das, was Preston besaß. Land, ein ausreichendes Einkommen, eine Familie. Diese Heiratsfarce würde ihm wenigstens dazu verhelfen, den Grundstock für ein Schiffsunternehmen zu legen. Und sie bedeutete für ihn ein weiteres Jahr in seinem Leben, einen zeitlich begrenzten Zustand, der erst beendet werden mußte, bevor er eine wirkliche Familie gründen konnte. Er fühlte, daß es noch ein weiter Weg sein würde, bis er all das besäße, was Preston bereits hatte.
»Ich habe gerade daran gedacht«, sagte Preston gedankenversunken, »daß meine kleine Schwester eine gute Partie für dich gewesen wäre, hätte sie den Krieg überlebt.«
»Das Kind, das gestorben ist, als du noch jung warst?« fragte Geoffrey.
»Genau. Ich hoffe, etwas mehr über ihren rätselhaften Tod in Erfahrung bringen zu können. Sie verschwand, als meine Eltern sie zu meiner Tante schickten. Alle Bemühungen, sie ausfindig zu machen, scheiterten. Das war damals eine gefährliche Zeit. Ganz England lag mit sich selbst im Krieg. Sie kann unmöglich überlebt haben…«
Geoffrey wurde ernst. Als sein Vater und sein Bruder starben, übernahm er die Verantwortung für seine Schwester und seine Mutter. Sooft er an sie dachte, überkam ihn ein Gefühl des Versagens, da beide innerhalb eines Jahres gestorben waren. Seine Schwester Andrea, die mit dem geckenhaften Höfling Culver Perry verlobt gewesen war, kam ganz plötzlich bei einem Ausritt ums Leben. Bald nach Andreas Tod war seine Mutter krank geworden. Er glaubte, sie wollte nicht mehr weiterleben, da sie, außer Geoffrey, ihre ganze Familie verloren hatte.

»Du hattest einige Jahre Zeit, um über den Verlust hinwegzukommen«, sagte Geoffrey bitter.
»Ja, mein Freund«, antwortete Preston mitleidig. »Und es war sehr ungeschickt von mir, an dem Abend, an dem du deine Braut kennenlernen wirst, das Gespräch auf unsere beiden Schwestern zu bringen. Verzeih mir.«
»Hast du eine Ahnung, wer sich so unermüdlich um die Hand von Lady Charlotte bemüht hat?« fragte Geoffrey seinen Freund.
Preston sah den zornigen Glanz in Geoffreys Augen und ahnte, warum. »Ich hörte, daß Perry auf der Suche nach einer reichen, bekannten Braut ist. Ich bin überrascht, daß er deinen Zorn überlebt hat.«
»Ich bin sicher, als er um Andreas Hand anhielt, glaubte er, daß unserer Familie in großem Umfang Geld und Land zurückerstattet würde. Er hat ihr zu gut den Hof gemacht – aber sie zu wenig geliebt.« Er schüttete den Rest seines Weines hinunter und knallte das Glas auf den Tisch. »Ich habe bei ihm niemals eine Träne gesehen.«
»Culver Perry kann dir nun nichts mehr wegnehmen«, bemerkte Preston listig. »Es sei denn, du Dummkopf läßt das, was dir gehört, unbewacht.«
Geoffreys Augen glühten vor Haß, als er seinen Freund anschaute. »Sollte er mir den geringsten Grund dazu geben, werde ich ihn töten. Ich hasse den Mann mehr, als ich mir zugestehen dürfte.«
Geoffrey zerrte an seiner Jacke herum und atmete tief durch bei dem Versuch, die leidenschaftlichen Gefühle, die ihn bedrängten, zum Schweigen zu bringen. Sogar Rodney verharrte schweigend, und auch Preston wagte nicht, noch eine Bemerkung fallen zu lassen. Geoffrey hatte schon zu vieles, was ihm lieb und teuer gewesen war, verloren. Wenn Perry wenigstens um den Verlust seiner Verlobten getrauert hätte, hätte Geoffrey ihm vielleicht verziehen. Aber jener begann sofort wieder, jede bereitwillige Dame bei Hofe zu umwerben, eingeschlossen alte, verwitwete Baronessen, die geneigt waren, sich Schmeicheleien anzuhören und deren Geldbeutel nicht leer waren.

»Dieser Einfaltspinsel würde die Stute des Königs heiraten, wenn sie nur prächtig genug gesattelt wäre«, sagte Geoffrey bissig.
»Der Name Perry gilt noch immer etwas in England, da sein Bruder über Land und Einfluß verfügt. Aber soviel ich weiß, besteht keine familiäre Zuneigung zwischen den beiden, und Perry erhält nichts von dem Reichtum seines Bruders«, bemerkte Preston. »Obwohl ich dem Mann nicht viel zutraue, wäre es gut für dich, immer daran zu denken, daß er gut aussieht und recht zuvorkommend sein kann. Paß auf, daß er nicht einfach erobert, was du schon glaubst zu haben.«
»Das wird er nicht«, versprach Geoffrey. »Diesmal glaube ich, habe ich ihn aus dem Felde geschlagen. Lady Charlotte wird mich heiraten.«

Die Galerien in Whitehall wirkten kalt und dunkel, die Vorhänge wurden durch den Luftzug leicht hin und her bewegt. Lord Seavers und Preston Tilden legten ein gutes Stück Wegs bis zu den Gemächern von Barbara Palmers, Lady Castlemaine, zurück. Sie gingen schweigend nebeneinander, nur der Klang ihrer schweren, eiligen Tritte hallte durch die Gänge.
Lady Castlemaine erkannte Seavers sofort wieder, da sie einoder zweimal mit ihm geflirtet hatte. Es gab keinen Grund anzunehmen, daß sie ernsthaft an einer kleinen Affäre mit ihm interessiert gewesen wäre. Außerdem war es allgemein bekannt, daß sie die Mätresse des Königs war, und man spielte nicht einfach mit ihr. Dennoch hatte Seavers ihre Aufmerksamkeit bereitwilligst als eine Art Kompliment akzeptiert, vor allem als er merkte, daß es für die Behandlung seines Falles bei König Charles nicht von Nachteil war, in ihrer Gunst zu stehen. Und niemand, am allerwenigsten Geoffrey, war erstaunt darüber, daß Barbara Palmer bei dem festlichen Ereignis, in dessen Verlauf Lady Charlotte Lord Seavers vorgestellt werden sollte, die Rolle der Gastgeberin übernommen hatte.
Lady Castlemaine benützte ihre Liaison mit Charles dazu, sich elegante Möbel für die weitläufigen Räume, die sie bewohnte, zu beschaffen. Die Geschenke der Männer, die einen Gefallen

vom König erbitten wollten, schmückten die Wände und Tische ihrer Gemächer, und die Schmuckstücke, die sie von ihren Verehrern erhalten hatte, funkelten an ihrem Hals und ihren Handgelenken. Preston und Geoffrey wurden von einem Bediensteten eingelassen und angekündigt. Es dauerte nur einen kleinen Moment, bis Barabara sich zwischen sie stellte und sie begrüßte. Ihre Hand berührte kurz die Kette, die sie um den Hals trug: eine Ansammlung kleiner Diamanten, die einen schimmernden Saphir umgaben. Geoffrey lächelte, und ein leichtes Erröten überzog sein Gesicht. Er hatte Lady Castlemaine die Halskette geschenkt, aber angenommen, daß sie unter all den anderen kostbaren Geschenken untergegangen wäre. Offensichtlich trug sie die Kette und lenkte mit ihrer Handbewegung seine Augen darauf, um ihr Bündnis zu bekräftigen.

Seavers hatte nicht so viel Erfahrung im Umgang mit Frauen, wie viele anzunehmen schienen. Tatsächlich verursachten ihm solche aufdringlichen Frauen wie beispielsweise Barbara ein flaues Gefühl im Magen. Aber wie das Schicksal so spielt, machte ihn seine Art, sich in sich selbst zurückzuziehen oder nicht auf ihr kokettes Verhalten einzugehen, für die Frauen nur noch begehrenswerter. Keine schien seine Scheu begreifen zu wollen. Sein zurückhaltendes Wesen zog sie an wie Honig die Bienen.

Er versuchte, sich nach außen hin stark zu geben, war sich aber nicht sicher, ob er die Situation zu seiner Zufriedenheit durchstehen würde.

Wenn es eine Frau gab, die ihn in die Ecke treiben konnte, dann war es Lady Castlemaine.

»Mylords«, schnurrte sie und machte eine Verbeugung, bei der ihre runden Brüste drohten, das Kleid zu sprengen. Die Tatsache, daß sie ein Kind erwartete, beeinträchtigte ihre Sinnlichkeit in keinster Weise. Beide Männer stellten im Geiste fest, daß Charles, was Frauen betraf, wirklich einen ausgezeichneten Geschmack besaß.

Geoffrey streckte seine Hand aus und ergriff die ihre. »Lady Castlemaine«, sagte er mit ruhiger, kontrollierter Stimme.

Dem äußeren Anschein nach waren sie alte Freunde, die erfreut waren, sich wiederzusehen. Er küßte ihr die Hand und bemerkte, als er seinen Kopf wieder aufrichtete, daß sie ihre Augen auf Preston geheftet hatte. »Erlaubt mir, Euch Preston Tilden vorzustellen, der gerade in London eingetroffen ist. Prestons Vater, Lord Tilden, hat sein Haus in Virginia, in den amerikanischen Kolonien errichtet. Preston ist Geschäftsmann.«

»Angenehm«, sagte Barbara kühl. »Dann ist Eure Familie also im Handel tätig«, sagte sie, um Klarheit zu gewinnen. Daß ein Krämer sich erlaubte, ohne ausdrückliche Einladung auf ihrer Gesellschaft zu erscheinen, das war eine Beleidigung.

»Im großen und ganzen, Mylady«, erwiderte Preston ruhig.

Geoffrey bot Barbara seinen Arm an, und sie gingen, Preston im Gefolge, zu den anderen Gästen, die im Salon und im Speisezimmer warteten. Als sie einige Schritte gegangen waren, neigte Geoffrey seinen Kopf der Gastgeberin zu und flüsterte ihr ins Ohr. »Seine Familie ist sehr reich. Außerordentlich reich.«

Ein schwaches Leuchten erschien in Barbaras Augen. Sie blickte über ihre Schulter, um den jungen Gast erneut prüfend zu mustern. Mit einem Händler zu speisen, war nicht sehr verlockend. Handelte es sich dabei aber um einen sehr reichen Händler, der obendrein auch noch aus einer adligen Familie stammte, so brachte einen das nicht in Verlegenheit. »Tilden, habt Ihr gesagt. Es scheint, daß ich mich an einen Lord Tilden erinnere...«

»Vielleicht, Mylady«, antwortete Preston. »Obwohl ich meinen würde, daß Ihr damals noch ein kleines Kind gewesen sein müßt, als meine Eltern England verließen.«

Bei diesen Worten erschien ein breites Lächeln in Barbaras Gesicht. Jugend war die kostbarste Ware von ganz London. Obwohl erst Anfang Zwanzig, fürchtete Barbara das Älterwerden mehr als alles andere. In dieser Beziehung war sie auch nicht anders als die anderen Hofdamen.

Charles stand in einer Ecke mit Buckingham zusammen. Einige Höflinge schlenderten gelangweilt und schon halb betrunken hin und her. Die anwesenden Damen bewegten ihre Fächer auf und ab und lobten in den höchsten Tönen die Schmuckstücke und Kleider der anderen. Geoffrey versuchte, sich unauffällig im Raum umzusehen, um einen Blick auf Alicia werfen zu können.

Charles schaute über die Schulter und erblickte Geoffrey. Ihre Augen trafen sich kurz. Charles lächelte wissend und wandte sich George Villiers zu, um ihm etwas zuzuflüstern. Dann drehte er sich plötzlich um und kam auf Seavers zu.

Geoffrey kannte den König kaum. Als er Charles das erste Mal gesehen hatte, war es ihm kalt den Rücken heruntergelaufen, da der König zu diesem Zeitpunkt Geoffreys Zukunft völlig in der Hand hatte. In jedem Augenblick konnte er seinen Entschluß, der jungen Frau ihr Erbe über eine Heirat mit ihm zukommen zu lassen, wieder ändern. Er nahm sich zusammen und erinnerte sich der höfischen Manieren. Er war ein Mann, den das Vorhandensein von Regeln beruhigte. Ein großer Teil dieses Gefühls rührte daher, daß man Regeln auch brechen und Verfehlungen verschweigen konnte. In seinem tiefsten Inneren jedoch warf es ihn jedesmal aus der Bahn, wenn er gelogen oder irgend etwas verheimlicht hatte.

Er gebot seinen Gedanken Einhalt und verbeugte sich tief.

»Sire.«

»Ihr seid zweifellos begierig, die Bekanntschaft Eurer zukünftigen Braut zu machen«, zog ihn Charles auf.

»Ist sie hier, Sire?« fragte Geoffrey.

Charles fuhr sich durch den Bart. Ein Lächeln spielte um seine Mundwinkel, und seine Augen leuchteten schadenfroh. »Ich habe mich ein bißchen um die Angelegenheit gekümmert«, gestand er ruhig.

»Das habe ich mir schon gedacht«, platzte Geoffrey unüberlegt heraus.

Charles zeigte sich nicht beleidigt, sondern eher erstaunt. »Es will mir scheinen, daß die ganze Welt mich mehr durchschaut, als mir lieb ist. So, so. Die Wahrheit ist jedoch, daß ich mich nicht daran erinnern kann, daß mir ein Geheimnis jemals mehr Spaß bereitet hätte.«

Geoffreys Gesicht verdüsterte sich etwas, und seine Augen

wurden schmal. Er haßte es, fragen zu müssen. »Ein Geheimnis, Sire?«
»Ja, jeder – besser gesagt, jeder außer Euch – hat mich gefragt, wie mir Lady Charlotte gefallen hat. Obwohl ich sie nicht eingesperrt habe, lebte sie die ganze Zeit über völlig zurückgezogen in ihren Räumen, um sich auf heute abend vorzubereiten.«
»Das ist für mich keine überraschende Nachricht, Eure Majestät«, erwiderte Geoffrey schlecht gelaunt.
Charles lachte schallend und lenkte dadurch die Aufmerksamkeit der Umstehenden auf sich und Geoffrey. »Nicht um eine Katastrophe zu verhindern, Seavers. Das Mädchen kam ohne Diener, ohne entsprechende Kleidung und ohne zu wissen, wie man sich am Hof zu benehmen hat. Ihr wurdet gewarnt, daß sie ihre Jugend nicht in Wohlstand verbracht und auch keine Erziehung erhalten hat, obwohl sie jetzt eine Erbschaft machen wird. Sie hat diese Zeit benötigt, um sich vorzubereiten.«
»Soll ich Euch also dafür dankbar sein, daß Ihr ihr geholfen habt, sich an Whitehall zu gewöhnen?«
»Ich denke nicht, Seavers. Ich bat Lady Castlemaine darum, einen ihrer Bediensteten zu schicken, damit er sich um die Bedürfnisse von Lady Charlotte kümmere. Barbara selbst hat sich dann um Lady Charlotte gekümmert.« Charles räusperte sich. »Eure junge Braut ist nun mit Personal, einer entsprechenden Garderobe, einer Kutsche und anderen Kleinigkeiten ausgestattet.«
»Ich weiß das zu würdigen, in der Tat, Sire. Ich wußte nicht, daß ihre Ausstattung so ärmlich war.«
»Das war überhaupt kein Problem. Lady Charlotte kann sich das jetzt leisten.«
Charles beobachtete, wie das Lächeln aus Seavers Gesicht verschwand. Als Seavers im Geist die Kosten für Alicias Ausstattung überschlug, fühlte er sich bei dem Gedanken an das Loch, das dadurch in seiner Geldbörse entstand, so schlecht, als habe man ihm ein Messer in den Bauch gestoßen. Seine Pupillen verengten sich, als er sich fragte, ob die Ausgaben den Kosten für die Ausstattung eines gesamten Schiffes entsprächen.

Würde überhaupt noch etwas für seine geschäftlichen Vorhaben übrigbleiben?
»Ich wollte Euch nicht damit belasten, für Mylady so viel tun zu müssen, daß Ihr keine Zeit mehr für Eure eigenen Angelegenheiten habt«, sagte Charles und versuchte seine Belustigung über die Todesqualen, die Geoffrey erlitt, zu verbergen. Charles interessierte sich normalerweise nicht für die Kleidung und Erziehung der Damen am Hof. Er war jedoch in diesem Fall zu dem Schluß gekommen, daß Lady Charlotte ohne sein Eingreifen niemals passend eingekleidet worden wäre. Sie wäre ein gefundenes Fressen für den Hofklatsch geworden. Er wußte, daß sie sie mit ihrer gnadenlosen Kritik in die Knie gezwungen hätten. Er übertrug Lady Castlemaine die Aufgabe, sie mit allem, was für eine Lady notwendig war, auszustatten. Barbara hatte gehandelt, wie er es von ihr erwartet hatte. Charlotte war nun Barbaras Liebling und ihre Schöpfung.
»Zieht keinen Schmollmund«, sagte Charles zu Geoffrey. Geoffrey richtete sich auf, verletzt darüber, daß er wie ein kleines Kind zurechtgewiesen wurde. »Seid mir lieber dankbar dafür, daß ich Barbara beauftragt habe«, flüsterte er ihm zu. »Ich hätte auch die Königin fragen können.«
Geoffrey nickte zustimmend. Er bewunderte viele von Catherines Qualitäten, und er bemitleidete sie in mancher Hinsicht. Doch es war die Wahrheit, daß sie, was Mode betraf, gänzlich versagte. Was konnte man auch mehr von einer Frau erwarten, vor der sich die Mätressen des Ehemannes ständig frech zur Schau stellten?
Geoffrey blickte über seine Schulter und sah, daß Barbara noch immer freundschaftlich mit Preston plauderte, wobei sie ihren Fächer über ihrem üppigen Busen auf und ab bewegte. Catherine verfügte über politische Verbindungen und den Titel, der notwendig war, um Charles zu heiraten. Barbara Palmer besaß die sinnliche Ausstrahlung und Leidenschaft, die immer ein gewisses Lächeln um die Lippen des Königs spielen ließ. Seavers hatte zwar Mitleid mit Catherine, er leugnete jedoch nicht, daß Charles Barbara tatsächlich benötigte.
Aber er hatte auch gehört, daß der König allmählich von Barba-

ras Reizen genug hatte. Frances Stewart, eine Schönheit, die erst vor kurzem an den Hof gekommen war, zog den König in ihren Bann. Sie flirtete heftig mit ihm und verteidigte zugleich verzweifelt ihre Jungfräulichkeit.

So war das Leben am Hof: eine Nacht, einen Monat oder vielleicht sogar ein paar Jahre mit einer Person verbringen, ohne irgendwelche Verbindlichkeiten einzugehen. Charles selbst hatte diese Maßstäbe gesetzt. Und wer würde schon gegen das Verhalten eines Königs Einwände erheben?

»Danke schön, Sire«, murmelte er, obwohl er keine Dankbarkeit verspürte. »Wann wird Mylady eintreffen?«

»Ich habe bereits nach ihr geschickt, da Ihr ja nun auch hier seid«, antwortete er und ging von Seavers zu Barbara hinüber, um die Bekanntschaft von Preston zu machen.

Seavers blieb allein stehen, er hatte keine Lust, sich mit jemandem zu unterhalten. Charles hatte in dem Spiel das Steuer fest in der Hand. Er hielt die Frau bis zum letzten Moment versteckt und stellte dann beide auf eine Bühne, damit jeder innerhalb einer Meile sein Gesicht beobachten konnte, wenn sie eintrat und anschließend hinausposaunen konnte, daß ein großer Teil ihres Vermögens dafür ausgegeben worden war, sie ihrem neuen Rang entsprechend einzukleiden.

Ich will verdammt sein, dachte Seavers, wenn er nicht wie mit einer Marionette mit mir spielt. Habt Euren Spaß daran, Sire, solange ihr könnt. Es wird nicht lange dauern, und ich verlasse diese –

Er unterbrach seinen Gedankengang, als er die Ankündigung des Türstehers hörte, bei der sich alle Köpfe zum Eingang drehten. »Lady Charlotte Bellamy.«

Von dort aus betrachtet, wo er stand, schien es nicht so, als sei dies jene Frau von damals. Vielleicht hatte Charles selbst eine Hochstaplerin gefunden. Aber ein zweiter Blick bestätigte ihm, daß sie es sein mußte. Sie war so exquisit gekleidet und frisiert, daß sie mit den schönsten Frauen am Hof in Konkurrenz treten konnte.

Ihre Robe aus lila und purpurrotem Samt lag im Mieder und an der Taille eng an und fiel in anmutigen Falten zu Boden. Ihre schmale Figur und ihre langen schlanken Arme ließen sie wie eine Tänzerin aussehen. An ihren Handgelenken glitzerten Armbänder, und an ihrem Hals erstrahlten kostbare Steine. Über einem Arm trug sie einen schwarzen Fuchspelz, den ihr ein Lakai rasch abnahm. Ihr Kleid war tief ausgeschnitten, und ihre vollen, runden Brüste hoben und senkten sich bei jedem Atemzug anmutig.

Es war tatsächlich ihr Gesicht, so viel begriff er noch, obwohl er schon befürchtete, verrückt geworden zu sein. Im Unterschied zu vorher war ihr Haar vollkommen frisiert, mit kleinen, schimmernden Edelsteinen, die da und dort zwischen den Lokken festgesteckt waren. Und in dieser Umgebung erschien ihr Benehmen so anders. Sie wirkte größer, beinahe gebieterisch, jede ihrer Bewegungen war gelassen und selbstsicher. Als sich der König ihr näherte, empfing sie ihn mit einem natürlichen Lächeln, bei dem ihre weißen Zähne aufblitzten. Ihre lebendigen Augen leuchteten angeregt.

In dem Moment, da Geoffrey ihre gesamte Erscheinung in sich aufgenommen hatte, seufzte er inbrünstig. Sie war mehr als schön: sie war überwältigend. Er versuchte, sich an das Schankmädchen zu erinnern, das er getroffen hatte: ein schmächtiges, ungekämmtes, braunhaariges Mädchen. Er hatte sie für hübsch gehalten, aber nicht geahnt, daß sie sich derart entfalten könnte.

Aber es waren nicht allein die Kleider, so versicherte er sich. Es lag etwas in ihrem Verhalten, wodurch sie sich grundsätzlich von dem Schankmädchen in dem Gasthof unterschied. Er hatte gesehen, wie sie damals schwerfällig neben Rodney die Kutsche bestiegen hatte, und nun sah er sie am Arm des Königs durch den Raum schweben. Ihr Lächeln war weich und lieblich, als sie die Seufzer der Höflinge vernahm, an denen sie vorbeischritt, und es schien, daß es ihr genausoviel Spaß bereitete, daß von den Hofdamen keine Bemerkungen kamen. In der Tat war die einzige Frau im Raum, die sie wohlwollend betrachtete, Barbara Palmer, und das auch nur, weil sie an der Schönheit des Mädchens mitgewirkt hatte.

Charles stand vor ihm, sein Mündel am Arm. »Nach Eurem Ausdruck zu schließen, Seavers, scheint Ihr erfreut zu sein.«

Geoffrey schüttelte sich und nahm ihre Hand, um einen Handkuß darauf zu plazieren. »Ihr Diener, Madam«, murmelte er.
»Es gibt eine Menge Leute, die begierig sind, Euch kennenzulernen, Madam«, erzählte ihr Charles. »Ich denke, Seavers kann Euch den anderen vorstellen. Wenn Ihr mich entschuldigt.«
»Mit Vergnügen, Eure Majestät«, sagte sie in einem fröhlichen Ton.
»Ich werde die Verlobung nach dem Essen bekanntgeben und hoffe, daß Ihr mir das Heiratsdatum bald mitteilen werdet.«
»Ich bin sicher, daß wir bald ein Datum festlegen können«, erklärte Seavers.
»Ich denke, es wird nicht allzu lang dauern, bis ich den Bräutigam kennengelernt habe, Eure Majestät«, sagte Alicia.
»Habe ich Euch nicht versprochen, daß Ihr all die Zeit haben werdet, die Ihr benötigt?« fragte sie Charles. Sie nickte, so als ob sie ein langes Gespräch über diese Angelegenheit geführt hätten.
Gerade als Seavers versuchte, ein Stirnrunzeln zu verbergen, verließ sie Charles. Obwohl sie nicht allein waren, standen sie doch weit genug von den anderen entfernt, um ein paar leise Worte wechseln zu können.
»Ihr habt Euch ziemlich verändert, Mylady«, flüsterte er.
»Dasselbe könnte ich von Euch sagen«, erwiderte sie.
Er war geschockt und glaubte, sich verhört zu haben. Er versuchte sich daran zu erinnern, was er getragen hatte, als sie das letzte Mal miteinander gesprochen hatten. Er kam nicht drauf, da seine äußere Aufmachung meist sehr ungefällig war.
»Wir sollten den König nicht im ungewissen lassen, nicht wahr, Madam? Ich denke, die Heirat kann sehr bald stattfinden.«
»Laßt uns heute abend nicht darüber entscheiden, Mylord. Bitte. Ich bin nur daran interessiert, Euch besser kennenzulernen.«
»Madam«, preßte er heraus, bereit, weiterzudiskutieren. Aber gerade als er fortfahren wollte, bemerkte er, daß ihm die herumstehenden Kavaliere keine Zeit dazu lassen würden. Und er

konnte sie verstehen, da er sich eingestehen mußte, wirklich vom Glück begünstigt zu sein.

Er machte sie mit verschiedenen Leuten bekannt und wurde allmählich aus dem dichten Kreis herausgedrängt, den neugierige Beobachter um sie herum gebildet hatten. Hinter ihm erklang die Stimme seines Freundes. »Ich würde gerne *jetzt* noch einmal deine erbärmlichen Vorurteile hören«, flüsterte Preston.

Geoffrey sagte nichts. Er starrte eifersüchtig auf die Rücken der Lords und Ladies, die seine Verlobte umringten.

»Welch ein Jammer, daß du ein so großes Opfer bringen mußt. Armer Teufel, sie besitzt nur Geld, Schönheit und, soweit ich es beurteilen kann, ein angenehmes Wesen.«

Geoffrey drehte sich um und starrte seinen Freund an.

Alicia kam nicht dazu, bei jeder Vorstellung ihr einstudiertes Lächeln und Neigen des Kopfes anzuwenden. Sie wurde von der Aufregung um sie herum und den Komplimenten mitgerissen, und das ihr eigene, fröhliche Wesen kam allmählich an die Oberfläche. Hätte sie den Unterschied zwischen der einstudierten Begrüßung, die sie vor dem Spiegel geübt hatte, und der Schönheit, die von ihrer schlichten Freude ausging, sehen können, hätte sie sich selbst nicht wiedererkannt.

Erst als eine bekannte Stimme an ihr Ohr drang, wurde ihr Selbstvertrauen erschüttert. »Eure Schönheit übertrifft alle Erzählungen von Euch, die an den Hof gelangt sind.«

Ihre Augen weiteten sich. Sie versuchte, ein erschrockenes Keuchen zu unterdrücken, als sie Perrys Stimme erkannte und in seine glitzernden, blauen Augen blickte. Der Zorn, den sie dort erblickte, drohte sie zu zerschmettern. Sie versuchte zu lächeln. »Vielen Dank, Mylord«, murmelte sie.

Seine Stimme klang leise und drohend. »Es ist mir ein Rätsel, wie Ihr das geschafft habt.«

Alicia warf einen raschen Blick in die Runde, um zu sehen, wer mitgehört haben könnte. Einige Höflinge und Hofdamen befanden sich in der Nähe, aber über ihrem Gelächter und Geschnatter blieben Perrys Worte unbemerkt.

»Wie bitte?« stieß sie atemlos und voller Angst hervor. Was sie zuallerletzt wollte, war, daß er seine Worte wiederholte, aber sie fühlte sich völlig verloren. Ihre schlimmste Befürchtung hatte sich bewahrheitet. Sie hatte es geahnt, daß sie als Schankmädchen, das Perry letzten Sommer verführt hatte, entlarvt werden würde – hier, am Hofe des Königs.

»Wenn Ihr ein bißchen Verstand besitzt, Madam, dann flieht. Am besten, Ihr geht außer Landes, bevor ein Tag um ist.«

Alicia stand wie zu einer Salzsäule erstarrt da. Sie zeigte keine Reaktion, starrte ihn nur ängstlich an.

»Ich *kenne* Charlotte Bellamy, Madam. Ihr geht einen unheilvollen Weg. Es wird nur eine Sache der Zeit sein, bis Seavers herausfindet, daß Ihr ihn betrogen habt.«

Alicia atmete tief durch und schaute an Perry vorbei zu Geoffrey, der mit einem anderen Mann zusammenstand. Sie entschied sich schnell: sie würde eher mit Pauken und Trompeten untergehen, als unbemerkt zu versinken und in Vergessenheit zu geraten. »Was wollt Ihr *damit* sagen?« fragte sie mit alldem Mut, den sie aufbringen konnte.

Perry zwang sich der Umstehenden wegen zu lächeln. Er nahm ihre Hand in die seine, als wolle er ihr einen Handkuß geben. »Wenn ich wüßte, wer Ihr seid und woher Ihr kommt, ich würde Euch heute abend entlarven!« Der Klang seines Lachens erschreckte sie. »Aber leider habe ich nicht den Wunsch, Seavers auch noch zu *helfen*. Flieht, Madam, bevor auf Eurer Liste von Verbrechen auch noch die Sünde erscheint, Lord Seavers zu heiraten.«

Alicia hörte sich lachen, doch es klang nur wie ein entferntes Geräusch in ihren Ohren. Er hatte sie nicht erkannt! Er *kannte* Charlotte Bellamy, obwohl niemand sonst sie kannte... aber er erinnerte sich nicht an die Frau, die er verführt hatte, mit der er gelegen und die er verlassen hatte.

Plötzlich befand sich Geoffrey an ihrer Seite und runzelte beunruhigt die Stirn. »Ihr habt meine Verlobte kennengelernt, Lord Perry?«

»Endlich«, lächelte Perry geziert und wandte seinen wütenden Blick Seavers zu. »Ihr seid glücklich zu schätzen, sie ist sehr schön«, sagte er. Aus den Stimmen beider Männer klang deutlich Mißfallen heraus.

Alicia befürchtete, zu Boden zu sinken. Das einzige, was sie noch auf den Füßen hielt, war der schützende Arm um ihre Taille. Aber nicht nur sie stand unter Spannung. Sie spürte, daß Geoffreys Armmuskeln sich verkrampft hatten und sah den Ärger in Perrys Gesichtszügen. Plötzlich wurde ihr bewußt, daß diese Situation nur noch wenig mit ihr zu tun hatte.
»Ich stimme Euch natürlich zu«, erklärte Geoffrey.
Alicia lehnte sich an Geoffrey an, ohne es zu merken. Perry nickte wiederum, entschuldigte sich und verschwand in der Menge.
»Seid Ihr in Ordnung, Madam?« fragte Geoffrey. Sie sah zu ihm auf und bemerkte, daß er nicht sie anschaute, sondern in die Richtung blickte, in die Perry verschwunden war.
»Dieser Mann«, sagte sie mit zitternder Stimme. »Er hat mich erschreckt.«
»Nehmt Euch in acht vor Culver Perry, Madam. Er ist ein Lügner und schlechter Mensch.«
»Ist es möglich, daß er etwas *weiß?*« flüsterte sie.
Sein Blick flog zu ihren Augen. »Er weiß etwas über Euren Reichtum. Er hat sich sehr um Eure Hand bemüht.«
Sie fühlte, wie sie leicht schwankte.
»Madam, benötigt Ihr einen Stuhl?« fragte sie Geoffrey.
»Ist er eine bedeutende Persönlichkeit?« fragte sie angstvoll.
»Perry? Er besitzt nur wenig Einfluß am Hof. Glücklicherweise noch weniger als ich. Wenn er Euch Versprechungen gemacht hat, so laßt Euch warnen, er wird sie nicht einhalten.«
»Das weiß ich«, sagte sie, und ihre Stimme klang, als sei sie weit weg. Er erinnerte sich *nicht* an sie! Er war neben ihr gelegen, hatte ihr seine Liebe geschworen und sie doch so rasch vergessen! Plötzlich verschwand die Furcht vor ihm fast völlig und machte einem tiefen Haß gegenüber diesem Mann Platz. Sie entschied sich, später nach einem Ausweg zu suchen. Wenn nicht, um Lord Seavers zu helfen, dann zumindest, um Lord Perry zu schaden.
Sie schaute Geoffrey an. »Dieser Mann ist äußerst gewöhnlich und hassenswert«, sagte sie.

»Ihr seid sehr scharfsinnig, Charlotte«, erwiderte Geoffrey. Seine Augen hatten noch immer einen argwöhnischen, drohenden Glanz. Obwohl Alicia nicht wußte, warum, so erkannte sie doch, daß Geoffrey Perry mindestens ebensosehr haßte, wie sie es tat. »In der Tat, sehr scharfsinnig.«

6

Der Abendwind, der wie ein Atemhauch durch das geöffnete Fenster hereinströmte, bewegte leicht den schäbigen Vorhang. Die Flamme der einzigen Kerze im Raum flackerte ein wenig. Auf das leise Murmeln einer Männerstimme folgte das laute Kichern einer Frau und dann ein frohlockendes Lachen.

»Herrjeh, mein Herr. Ihr macht aber Scherze mit 'nem Mädchen«, sagte die Frauenstimme, als die schwere Bettdecke etwas gehoben wurde.

»Großer Gott, ich meine es ernst«, entgegnete er.

Das Schlagen einer Türe und schwere Fußtritte auf der Treppe ließen die beiden aufhorchen. Charlotte fuhr sich mit ihrer Hand nervös durch die Locken und preßte mit der anderen die Decke an ihre Brust.

»Ist das der Mann, der dich hier eingeschlossen hält«, fragte ihr Partner angsterfüllt.

»Mist, er hat doch gesagt, daß er einige Stunden fortbleibt«, erwiderte sie schweratmend.

»Ich hoffe, er verhaut dir deinen hübschen Hintern und nicht den meinen«, sagte der Mann, sprang eilig aus dem Bett und suchte seine Hosen.

»Das is' vielleicht 'ne Liebe«, sagte Charlotte böse. »Noch vor einem Moment willst du mir die Welt zu Füßen legen, und im nächsten verkaufst du mich wegen ein paar Schlägen.« Sie warf sich quer über das Bett und streckte die Hand nach ihrem einfachen Gewand aus, das inmitten angebissener Äpfel und Apfelsinenschalen am Boden lag. Sie gab ihm einen Schubs. »Du Laffe«, schimpfte sie. »Ich hoffe, er bricht dir das Genick.«

Die Tür flog krachend auf, und der Eindringling ging rasch zur

Kerze, um an ihrer Flamme ein weiteres Licht anzuzünden. Es schien, als habe er den Mann, der damit kämpfte, in seine Hosen zu kommen, das zerwühlte Bett und die nackte Frau erst zu dem Zeitpunkt wahrgenommen, als das Zimmer besser beleuchtet war. »Wie ich sehe, hast du dich prächtig amüsiert«, sagte Perry, und betrachtete das zerzauste Liebespärchen.
»Mach keine Scherereien, Liebling«, sagte Charlotte leichthin und schlüpfte in ihr Gewand. »Er geht schon.«
Als sie sich aufrichtete und Culver Perry ins Gesicht blickte, wich sie vor dem zornigen Glanz in seinen Augen einen Schritt zurück. Seine Fäuste waren geballt, und sein Gesicht wurde ganz rot. »Ich hatte Euch befohlen, niemanden hereinzulassen.«
»Er geht doch schon, Mylord«, sagte Charlotte mit leicht zitternder Stimme. »Ich werde es nicht wieder tun.«
Perrys Blick war fest auf Charlotte gerichtet. Diese Gelegenheit nutzte der Mann, um seine restlichen Kleider – Schuhe, Hemd, Strümpfe und Jacke – zusammenzuraffen und vorsichtig in Richtung Tür zu gehen.
»Ihr findet in jedem Rinnstein einen Deckhengst, nicht wahr, meine Liebe?« sagte er mit unheilvollem höhnischem Lachen. Plötzlich packte er den jungen Mann am Genick und stieß ihn durch die offene Tür hinaus. »Hat es sich gelohnt?« fragte er den zitternden Burschen.
»Nein, Mylord – ich meine, ich weiß nicht...«
»Dann komm niemals mehr hierher, ist das klar? Wenn ich dich noch einmal hier im Umkreis einer Meile erblicke, dann schlage ich dich tot.«
»Ja, Mylord«, antwortete er ängstlich.
Perry gab ihm noch einen Stoß und warf ihn mit einem festen Tritt in den Hintern die Treppe hinunter. Im Fallen verlor der Bursche seine Kleider, die auf der Treppe verstreut liegenblieben. Ohne nachzusehen, ob der Junge den Sturz überlebt hatte, ging Perry ins Zimmer zurück und knallte die Tür zu.
»Ich hätte nie gedacht, daß du dich darüber so aufregen würdest, Liebling«, sagte Charlotte vorsichtig.
Perry ging rasch zu einer Karaffe mit Brandy, die ausschließ-

lich zu seinem eigenen Gebrauch dastand und goß sich einen kräftigen Schluck in ein schmutziges Glas. Er schüttete den Alkohol noch schneller in sich hinein als sonst, stieß einen Fluch aus und wandte sich Charlotte zu.

»Es interessiert mich einen Dreck, ob du eine Hure bist. Aber es paßt mir nicht, daß du deine Zeit in Kneipen verbringst und fremde Männer mit nach Hause schleppst. Weiß er, wer du bist?«

»Natürlich nicht. Ich hab' ihm erzählt, daß ich festgehalten werde.« Sie lachte plötzlich. »Immerhin habe ich dich damals angesprochen, nicht wahr, mein Schatz?«

Das Glas kam wie ein Blitz durch die Luft geschossen und zersprang klirrend hinter ihr an der Wand. Charlotte duckte sich vor dem Geschoß und tauchte mit erschrockenen Augen wieder auf.

»Ihr verdammten Huren seid doch alle gleich«, tobte er. »Du wärst sicher nackt durch die Straßen gezogen, wenn ich dich nicht aus diesem heruntergekommenen Bauernhaus, in dem du aufgewachsen bist, herausgeholt und hierhergebracht hätte.«

»Da irrt Ihr Euch aber, mein Herr«, sagte sie wütend. »Ich hatte immer noch Lord Seavers.«

»Du irrst dich, du Weibsstück«, schrie er sie an. »Seavers ist heute abend in Whitehall seiner Braut vorgestellt worden. Der Lady Charlotte Bellamy, einer wunderschönen, eleganten Frau. Er mußte keinen roten Heller ausgeben, um deinen Anspruch auf deines Vaters Erbe zu bekommen.«

»Was?« fragte sie entgeistert.

»Heute abend war eine Frau anwesend, die geheimnisvolle Braut: angeblich die Tochter von Fergus Bellamy.« Er kam auf sie zu, packte sie am Arm und starrte ihr in die Augen. »Sag mir ehrlich: war Fergus Bellamy dein Vater, oder bist du nur ein Bauernmädchen, das mir etwas vorspielt?«

»Ich *bin* Charlotte Bellamy«, beharrte sie. »Das *wißt* Ihr sehr gut.«

Er ließ sie plötzlich los. »Ja, in dieser Hinsicht konntest du mich nicht betrügen. Ich war ja dort und habe mit eigenen Augen gesehen, wo und wie du gelebt hast.« Er wendete sich von ihr ab und redete vor sich hin, ohne sie zu beachten. »Dann ist es so, wie ich mir es gedacht habe. Seavers konnte seine Braut nicht finden und hat eine Hochstaplerin überredet, deine Rolle zu spielen.«

»Verdammt noch mal, aber nicht mehr lange«, schrie sie wütend. »Ob es dir gefällt oder nicht, ich werde nicht zulassen, daß so ein Weibsbild das Geld meines Vaters bekommt. Ich werde dem König –«

»Du wirst niemandem etwas erzählen«, brüllte er. Er betrachtete sie, von ihren zerzausten Haaren bis hinunter zu ihren schmutzigen Füßen. »Was glaubst du denn? Daß du so einfach in das Schlafgemach des Königs stolzieren kannst und ihm weismachen, du seist die Erbin und mit mir zusammen hierhergekommen, um Seavers die Erbschaft abzuluchsen? Charles würde dich nur auslachen, wenn eine so schmutzige Hure diese Erbschaft beanspruchen würde.« Er ergriff wieder die Karaffe mit Brandy und nahm einen tiefen Zug. »Du scheinst nicht zu verstehen, mein Liebling. Lady Charlotte war in Whitehall ein voller Erfolg. Sie ist schön und scheint von edler Herkunft zu sein.«

»Mein Gott, von edler Herkunft«, lachte Charlotte. »Bei dem Stall, in dem ich aufgewachsen bin?«

»Es ist aber so«, erwiderte er. »Sie haben sie akzeptiert. Und ich kann dich nicht so einfach vorstellen, ohne mit Charles großen Ärger zu bekommen.« Er atmete tief durch und versuchte, seinen Zorn und seine Enttäuschung abzukühlen. »Wir müssen einen anderen Weg finden, um Seavers hereinzulegen. Wenn wir ein bißchen nachhelfen, stolpert er vielleicht sogar über seine eigenen Lügen.«

Alicia saß vor ihrem Frisiertisch im Schlafzimmer. Hinter ihr stand Margaret Stratton, die Frau, die Rodney als Kammerzofe eingestellt hatte. Sie ging geschäftig im Raum auf und ab, räumte auf und plapperte unaufhörlich vor sich hin.

Margaret, auch Maggie oder Meg genannt – was Alicia im Augenblick am meisten gefiel – war eine schwergewichtige Frau

um die Vierzig. Seit einigen Jahren war sie Witwe und sprach häufig und liebevoll über ihren letzten Mann, erzählte auch ab und an von ihrem Sohn, der in der Gardekavallerie Seiner Majestät diente. Außerdem gab es da noch unzählige Schwestern, Brüder, Kusinen und andere Verwandte, über die sie endlos Geschichten erzählte.
Alicia fand Vergnügen an ihr und hielt Margaret für eine Zofe mit umfangreichem Wissen und einem sicheren Blick für Mode, obwohl sie selbst sich nicht besonders modisch kleidete. Sie überhäufte Alicia mit mütterlichen Ratschlägen. Alicia spürte, daß diese Frau ihr treu ergeben war und ihr das Gefühl gab, ein Heim zu haben; und so ein Gefühl hatte sie nie zuvor gekannt. Doch an diesem Morgen hörte sie nur mit halbem Ohr auf das Geplapper von Mrs. Margaret. Jedesmal, wenn sie das Gefühl hatte, etwas gefragt worden zu sein, antwortete sie mit einem gedankenverlorenen »Mmmh?«
»Macht nichts, mein Herz«, sagte Margaret. »Euch bereitet sicher der hübsche Lord Kopfzerbrechen, den Ihr heiraten werdet, und deshalb habt Ihr keine Zeit für mich... Ich kenne das. Alte Frauen sind wie Glucken. Kümmert Euch also nicht darum.«
»Aber du bist noch nicht alt«, erwiderte Alicia.
»Ich war nicht viel älter als Ihr, als ich Mr. Stratton heiratete und obendrein noch Mutter wurde. Ich erinnere mich noch gut daran, meine Liebe, so als wäre es erst gestern gewesen.« Sie zuckte die Schultern und schüttelte die Kissen auf. »Ich hatte damals auch keine Zeit für solche seltsamen alten Hennen.« Sie lachte still vergnügt.
Ein Klopfen an der Türe ließ Margaret sofort hineilen, um aufzumachen.
»Seine Lordschaft ist hier, um Euch zu sehen, meine Kleine«, teilte sie mit.
»Jetzt?« fragte Alicia erstaunt. »Zum Teufel mit ihm, ich bin noch nicht einmal angekleidet.«
Margaret lachte. »Ja, gerade erst aus dem Bett gestiegen, wenn man es genau nimmt. Also gut, ziehen wir Euch etwas Passendes an und kämmen wir Euer Haar. Empfangt ihn hier, wenn Ihr wollt.«

Während sie immerzu weiterredete, betrachtete sie die ganze Garderobe und kramte schließlich einen schweren, scharlachroten Morgenmantel hervor, der mit einer weißen Spitze eingefaßt war. »Er wird's tun, nicht?« Sie überlegte und ging zum Kleiderschrank zurück, um auch noch ein Paar Pantoffeln zu holen – Pantoffeln aus Samt mit kleinen Perlen an den Nähten. »Ja«, sagte sie. »Das wird sein Herz erwärmen an diesem kalten Tag.«

Alicia betrachtete das Kleidungsstück und lächelte verschmitzt. Lady Castlemaine hatte Kleider mit gewagtem Ausschnitt und auffälligen Mustern ausgewählt.

Obwohl Barbara sich zu ihr wie eine freundliche Schwester verhalten hatte und während der ersten, verwirrenden Zeit sehr hilfsbereit gewesen war, blieb Alicia ihr gegenüber doch wachsam und fürchtete sich sogar ein bißchen. Margaret konnte ihr den Grund für Barbaras geradezu kindische Hilfsbereitschaft erklären. »Frances Stuart ist dabei, ihr den König auszuspannen. Man hält sie für die schönste Frau Englands, wie Ihr wißt. Alles, was die Augen des Königs wenigstens für ein paar Minuten von Frances ablenken kann, ist Lady Castlemaine die Mühe wert. Sie hat Euch zur Konkurrentin von Frances gemacht. Vor Euch hat sie keine Angst.«

Alicia hatte die Wahrheit dieser Worte auf der Gesellschaft erfahren können, auf der sie Geoffrey offiziell vorgestellt worden war. Lady Castlemaine hatte im Zentrum der Aufmerksamkeit gestanden, doch nur solange sie den Ruhm von Alicias Erscheinung für sich in Anspruch nehmen konnte. An diesem Abend hatte man von Frances kaum Notiz genommen.

Die Tatsache, daß so viele bewundernde Bemerkungen über Alicia gemacht wurden und man oft und laut über ihre Schönheit gesprochen hatte, war ihr nicht zu Kopf gestiegen. Es gefiel ihr, für schön und begehrenswert gehalten zu werden. Aber wenn dieses Spiel erst vorüber und der Glanz des Hoflebens verschwunden sein würde, würden ihr sicher auch keine solchen Gunstbezeigungen mehr entgegengebracht werden.

Sie schlüpfte in den roten Morgenmantel und die Pantoffeln, setzte sich wieder vor den Frisiertisch und reichte Margaret über die Schulter hinweg eine Haarbürste. Sie rückte Mieder und Ausschnitt zurecht, zufrieden darüber, daß ihre Brüste zwar sichtbar, doch so keusch bedeckt waren, daß sie seine Neugierde ganz sicher wecken würden. »So ist es recht«, sagte sie zu ihrer Zofe. »Doch werde ich Lord Seavers im Salon empfangen, nicht hier.«

»Das hätte ich wissen müssen, Madam. Dort, wo Ihr herkommt, schickt sich so etwas nicht.«

Alicia bemühte sich, nicht laut zu lachen. Tja, dort, wo sie herkam, da hatte sie sich gegen die Männer zur Wehr setzen müssen, die sie nachts abschleppen wollten, und das wohl nicht aus uneigennützigen Motiven heraus. Sie war sich sicher, daß Margaret wohl den Stab nicht über sie brechen würde, auch wenn sie wüßte, daß sie nicht die vornehme Dame war, für die sie sich ausgab.

Sie zwang sich zur Gelassenheit, als sie den Gang hinunter auf die Salontüre zuging. Sie befeuchtete ihre Lippen mehrmals mit der Zunge und kniff sich kräftig in die Wangen, um ihnen Farbe zu geben – eine Tatsache, die nur notwendig wurde, wenn Aufregung sie blaß werden ließ.

Sie sah Seavers von hinten, wie er an der Kamineinfassung lehnte und ins Feuer starrte. Einen Moment lang hatte sie das Bedürfnis, dieses Bild nicht zu zerstören. Sein hellbraunes Haar war nach hinten gekämmt und tief im Nacken mit einem Band zusammengebunden. Sie nahm sich einen Augenblick Zeit, um seine breiten Schultern und muskulösen Beine zu betrachten. Sie wußte, wenn er sich umdrehen würde, nähmen seine Augen sie auf der Stelle gefangen, und später müßte sie in ihrem Gedächtnis kramen, um sich an andere Einzelheiten erinnern zu können. Bevor sie seinen Namen aussprach, ermahnte sie sich noch einmal leise zur Zurückhaltung – er wollte doch nicht erobert werden.

»Geoffrey?«

Er wandte sich um, und sie betrachtete seine Gesichtszüge. Ihre Lippen verzogen sich langsam zu einem Lächeln, als sie erkannte, daß seine Augen bei ihrem Anblick warm wurden und seine Pupillen sich ein wenig weiteten. Mit einstudierter Sorg-

falt drehte sie sich um und schloß die Tür des Salons. Dann wandte sie sich wieder ihm zu.
»Entschuldigt bitte«, sagte sie ganz wohlerzogen. »Ich fürchte, daß ich länger im Bett geblieben bin, als ich eigentlich sollte.«
»Das macht nichts, Mylady«, erwiderte er und vergewisserte sich, daß sie wirklich alleine waren. »Ich hätte Euch um Erlaubnis fragen müssen, bevor ich Euch aufsuchte.«
»Dazu besteht keine Notwendigkeit«, meinte sie lächelnd. »Dies hier sind Eure Gemächer ebensosehr wie die meinen, da wir ja bald heiraten werden.«
»Deshalb bin ich gekommen Ali – Charlotte. Ich möchte die Heirat nicht länger aufschieben. Ich will, daß sie sofort stattfindet.«
»In Ordnung«, erwiderte sie.
»Ich denke, daß es –« Er brach plötzlich ab und sah sie verwundert an. »Ihr seid einverstanden?«
»Das ist ja eigentlich mehr Eure Hochzeit als die meine, Mylord. Ich bin eine einfache Zuschauerin, während Ihr ein Vermögen heiratet. Ich vermute, Ihr wollt mit dem Bau Eurer Schiffe beginnen.«
»Ich habe schon damit begonnen, Mylady. Auf einem Schuldschein. Deshalb kann ich mir auch keine Verzögerung leisten.« Er beschrieb mit der Hand einen Kreis, wobei er auf die elegante Einrichtung deutete. »Aber es scheint so, als hättet Ihr alle Karten in der Hand.«
»Unsinn. Ich tue nur mein möglichstes, um die Achtung, die Eurem Namen entgegengebracht wird, gebührend zu wahren. Ich dachte, es sei unhöflich, allzu bereitwillig zu erscheinen, und das auch noch vor dem König.«
Geoffrey entspannte sich ein wenig, obwohl er sich in dieser Situation nicht so recht wohl fühlte. Er fürchtete sich davor, ihr sein Vertrauen zu schenken.
»Dann laßt uns die Pläne bezüglich der Heirat besprechen. Euer Einverständnis voraussetzend, werde ich ein Haus in der Tiller Street, einer sehr vornehmen Gegend der Stadt, mieten. Wahrscheinlich schätzt Ihr die elegante Unterkunft hier, doch bevorzuge ich es, an einem anderen Ort zu wohnen.«

»Wie Ihr wünscht«, sagte sie ergeben.
»Die Einrichtung des Hauses wird mindestens ebenso geschmackvoll sein, wie diese hier. Die meisten Möbel stammen aus fremden Ländern. Es ist dort auch geräumiger. Außerdem werdet Ihr dann nicht ständig von Höflingen und Hofdamen beobachtet, eine Situation, die zweifellos momentan etwas unangenehm für Euch ist.«
»Im Gegenteil«, widersprach sie ihm. »Ich komme mit dieser Situation sehr gut zurecht. Aber Ihr fühlt Euch hier nicht wohl, Geoffrey. Laßt uns also umziehen.«
Er sog scharf die Luft durch seine Nase und schaute sie wachsam an. Was für einen Plan verfolgte sie? Sie schien die Rolle der idealen Ehefrau zu mimen. »Was für ein Spiel spielt Ihr?« fragte er unverblümt.
»Mylord«, sagte sie empört und zog die Augenbrauen zusammen. »Wie soll ich das verstehen?«
»All diese Bereitschaft zur Zusammenarbeit. Was bezweckt Ihr damit?«
»Ich hoffe lediglich, Euch damit einen Gefallen zu erweisen«, sagte sie ruhig, als sie merkte, daß ihr der Wind aus den Segeln genommen wurde. Es war sehr schwierig, diesen Mann zufriedenzustellen, nichts konnte man ihm recht machen. Als sie nicht vornehm gekleidet und ihre Manieren schlecht gewesen waren, schien er bestürzt gewesen zu sein. Jetzt, da sie ihr Bestes gab, wurde er mißtrauisch. Sie fühlte sich ungerecht behandelt, und das tat ihr sehr weh. »Wünscht Ihr, daß ich meine guten Manieren nur auf öffentliche Gesellschaften beschränke und mich wie ein Schankmädchen benehme, wenn wir alleine sind?«
Geoffreys finsterer Gesichtsausdruck zeigte keine Regung. »Nein, natürlich nicht. Es tut mir leid – aber Ihr habt euch so grundlegend verändert, und das so schnell, daß mich das völlig unvorbereitet traf.«
»Aber ich habe mich nicht grundlegend verändert«, widersprach sie ihm sanft. »Ich habe lediglich gelernt, mich gewählter auszudrücken und mich bei Hofe zu benehmen. Ich hatte gedacht, es würde Euch glücklich machen, und nun –«

»Brecht deshalb bloß nicht gleich in Tränen aus, Charlotte«, befahl er nicht gerade höflich. »Laßt uns lieber Platz nehmen und die geschäftliche Seite unserer Hochzeit besprechen. Ich möchte wissen, wie Ihr Euch das vorstellt, da Ihr die Vorbereitungen treffen müßt.«

»In Ordnung«, seufzte sie, ging die paar Schritte bis zum Sofa und ließ sich anmutig auf die Polster fallen. »Das Jahr ist bald vorüber. Ich glaube, wir sollten keine große Hochzeitsfeier veranstalten. Die Wahrheit ist, daß ich mich bereits mit einigen Damen über die Notwendigkeiten bezüglich einer Hochzeit unterhalten habe. Es scheint, daß die Vorbereitungen für eine große Hochzeitszeremonie wohl zu umfangreich sind, so daß ich eher meine, wir sollten eine kleine Feier mit nur wenigen geladenen Gästen veranstalten. Mrs. Stratton, die Frau, die Rodney für mich eingestellt hat, könnte die Vorbereitungen treffen.« Sie zuckte die Schultern und blickte zu Boden. »Ich würde die Sache nicht gut machen, wenn ich es versuchen würde.«

»Ich bin da anderer Meinung«, bemerkte Geoffrey trocken. Sie schaute hoffnungsvoll zu ihm auf. »Ich sollte Euch warnen«, fuhr er fort. »Bisher hat niemand etwas gemerkt. Doch solltet Ihr nicht zu selbstsicher sein.«

Innerlich wußte Alicia, daß diese Gefahr nicht bestand, doch sie antwortete nicht darauf. »Ich werde genügend Vorsicht walten lassen«, meinte sie statt dessen zögernd.

»Ist Euch ein Termin in ungefähr vierzehn Tagen zu früh?« fragte er sie.

»Es kann auch früher sein, wenn Ihr es sehr eilig habt«, entgegnete sie.

»Ich dachte, Ihr hattet um ein wenig Bedenkzeit gebeten«, sagte er. »Ihr seid diejenige, die entscheidet, da *Ihr* dem König mitteilen müßt, wann Ihr zu heiraten wünscht. Kann ich darauf hoffen, daß Ihr es sofort tun werdet?«

»Wenn Ihr mir Zeitpunkt und Ort nennt, werde ich sogleich mit Seiner Majestät sprechen. Er hat mir versprochen, mich in der Angelegenheit noch diese Woche aufzusuchen. Ich glaube, er ist froh, wenn er nichts mehr mit der Sache zu tun hat.«

»Gut, dann richten wir nur eine kleine Feier aus, die keine großen Summen verschlingt. Wir werden nur einige Personen einladen, wenngleich auch diese sehr anspruchsvoll sein werden, und ihre Bewirtung uns sicher teuer kommen wird. Wir werden eine kurze Hochzeitsreise machen – das wird erwartet, obwohl ich wirklich nicht weiß, woher ich die Zeit nehmen soll. Danach lassen wir uns sofort in der Tiller Street nieder. Ich denke, das Haus wird Euch gefallen. Ich habe es sorgfältig ausgewählt.«

Alicia betrachtete ihn mit wachsendem Mißfallen, während er sprach. Die Hochzeit war für ihn eine rein geschäftliche Angelegenheit. Ein Gefühl in ihr sagte, daß es wohl nicht anders gewesen wäre, hätte er *tatsächlich* Charlotte geheiratet. Sie fragte sich sogar, ob er sich anders verhalten würde, wenn er tatsächlich in seine Braut verliebt wäre.

Es klopfte an der Tür, und Margaret streckte ihren Kopf herein. »Entschuldigt, Madam«, sagte sie hoheitsvoll. »Ihr habt einen Besucher. Unter welchem Vorwand soll ich ihn wegschikken?«

»Wer ist es?« fragte Alicia, die Möglichkeit bedenkend, daß es auch der König sein könne. Zugleich fiel ihr ein, daß Margaret ihr das sicher sofort mitgeteilt hätte.

»Lord Perry, Ma'm.«

Bei dem Klang dieses Namens erstarrte Geoffrey augenblicklich, und Alicia blickte ihn erschreckt an. Sie wußte nicht, warum Geoffrey Perry nicht ausstehen konnte – doch ihre eigenen Gründe kannte sie. Sie befürchtete das Schlimmste, nämlich, daß Perry sie erkannt hatte und daß er nun ihre Pläne durchkreuzen würde.

Sie schaute Margaret an und gab ihrem Herzen einen Ruck. Es war nicht notwendig, sich der Situation allein zu stellen oder etwa vor Geoffrey zu verbergen, daß sie aus einem ländlichen Gasthof kam.

»Hast du Lord Perry gesagt, daß mein Verlobter hier ist?« fragte sie Margaret.

»Nein, Ma'm, aber ich kann –«

»Nein«, sagte Geoffrey scharf. »Nein. Führe Seine Lordschaft

herein. Du brauchst ihm nicht zu sagen, daß ich hier bin. Ich bin gespannt, was er will.«
Alicia schaute Geoffrey an. Es war der blanke Haß, der aus Geoffrey sprach. Ihr kam plötzlich in den Sinn, daß Perry sie ja nicht nur kannte, sondern sie obendrein auch noch ihrer Unschuld beraubt hatte. Es konnte so weit kommen, daß Geoffrey sie ebenfalls hassen würde. Sie war sich nicht im klaren darüber, wie gut sie lügen konnte, vor allem nicht, wie lange.
»Ich frage mich, was Lord Perry Euch getan hat«, sagte sie sanft.
»Er war mit meiner Schwester verlobt.«
Er schaute sie nicht an. Sie merkte, wie sich sein Gesicht einen kurzen Moment lang schmerzlich verzog.
»Ich weiß nichts über Eure Familie«, meinte sie auffordernd.
»Es gibt keine mehr – jetzt.« Sein Blick flog zu ihr hinüber, und einen Augenblick lang tönten Freundlichkeit und Reue aus seiner rauhen Stimme, und in der Art, wie er sie ansah, lag etwas Beruhigendes. »Er war mit meiner Schwester verlobt – eine Abmachung, die ohne meine Zustimmung oder die unserer Mutter getroffen worden war. Ich bin sicher, Perry ging nur davon aus, daß die Seaver-Familie noch genauso reich wäre, wie zu der Zeit vor Cromwell. Ich glaube, sogar Andrea nahm an, daß wir unsere Ländereien und unser Vermögen zurückerhalten würden.«
»Was aber nicht geschah?« fragte sie.
»Nichts wurde uns zurückgegeben, da es sich im Besitz eines Gläubigers von Charles befand.«
Er wandte sein Gesicht von ihr ab und schien mit der Kaminumfassung weiterzureden. »Wir waren gezwungen, ganz von vorne anzufangen, wie so viele andere auch. Es gab kein Geld, das Perry hätte heiraten können. Meine Schwester kam plötzlich ums Leben, bei einem Sturz während eines Ausrittes, den sie mit ihrem Verlobten unternommen hatte.«
Er schaute sie plötzlich wieder an. »Er hat nicht getrauert.« Seine Augen wurden hart und leidenschaftslos. »Kurz darauf bemühte er sich um die Hand der verwaisten Tochter unseres Ritters Fergus.«

Kaum hatte er seine Geschichte beendet, da öffnete sich auch schon die Tür des Salons, und Culver Perry trat ein. Er blieb abrupt stehen, als er Geoffrey erblickte. Die beiden musterten sich scharf, fast schon haßerfüllt, als könnten sie es nicht ertragen, gemeinsam in einem Raum zu sein.
Alicia verglich die beiden Männer miteinander. Sie waren sich in vieler Hinsicht ähnlich. Perry war ein dunkler Typ, der etwas Finsteres ausstrahlte, aber dennoch Gefallen bei Frauen fand. Geoffrey hatte helleres Haar und grüne Augen, seine Haut jedoch wirkte dunkler als Perrys. Perry war der Größere, Seavers dafür stärker und muskulöser. Beide hatten einen gebieterischen Blick, doch Perrys Macht erwuchs aus seiner Hinterhältigkeit, während Seavers Macht von seiner inneren Stärke herrührte.
Sie verstand, warum Geoffrey ihn haßte, denn sie hatte selbst erfahren, daß Perry Menschen nur ausnutzte. Nicht zuletzt hatte er ja auch sie nur benutzt.
Dennoch glaubte sie nicht, daß Geoffrey ganz unschuldig an dem Geschehen war.
Perry verbeugte sich kunstvoll, zunächst vor Alicia. »Euer Diener, Madam«, sagte er in einem gewinnenden Tonfall. Dann wandte er sich an Geoffrey und begrüßte ihn wie einen guten Bekannten. »Hallo, Geoff.« Alicia sprang beinahe auf, als sie die verkürzte Form seines Namens hörte. Sie vernahm ihn das erste Mal.
Geoffrey verbeugte sich steif, jedoch ohne ein Wort der Begrüßung an Perry zu richten.
»Ich hatte nicht angenommen, Euch hier zu treffen«, sagte Perry mit einem gewissen Glitzern in den Augen, aber einem überzeugenden Lächeln.
»Ich auch nicht.«
»Ich wollte Eure Verlobte aufsuchen, um ihre Wünsche bezüglich des Hochzeitsgeschenkes zu erfahren. Ich wollte ihr etwas Besonderes schenken.« Er wandte seine Aufmerksamkeit Alicia zu. »Nicht nur, um dem Ehemann eine Überraschung zu bereiten. Es schien mir einfach angemessen, daß die Braut die Wahl haben sollte.«

»Es ist nicht notwendig, ein Geschenk zu machen, Lord Perry. Dennoch möchte ich Euch für Eure Aufmerksamkeit danken.«
»Nicht notwendig? Ich protestiere, Madam, ich –«
»Tatsache ist, daß wir gerade eben beschlossen haben, die Hochzeit in kleinem Rahmen zu veranstalten, da wir beide nicht aus großen Familien kommen. Außer Seiner Majestät und den Personen, die er einzuladen wünscht, wird niemand daran teilnehmen. Es tut mir leid.« Alicia zwang sich zu lächeln. »Ich hoffe, Ihr fühlt Euch nicht beleidigt.«
Ihr Lächeln wurde etwas ungezwungener, als sie bemerkte, daß gerade dies der Fall war. Er war zutiefst gekränkt, wenn sie seinen ärgerlichen Gesichtsausdruck richtig deutete. »Ich verstehe«, sagte er höflich. Dann nahm er eine veränderte Haltung an. Seine schauspielerischen Fähigkeiten waren denen Alicias beinahe ebenbürtig. Er würde nicht beleidigt spielen, sondern gnädig ihren Fehler verzeihen. »Natürlich, Madam, ich verstehe. Es ist begreiflich, daß Ihr auf diese Art heiraten wollt. Dennoch wird mein Wunsch, Euch etwas zu schenken, durch diese Umstände nicht beeinträchtigt. Ich möchte Euch in jedem Fall etwas geben.«
»Das ist sehr nett von Euch. Zwischen welchen Dingen kann ich wählen?« Die Hände im Schoß gefaltet, beobachtete sie, wie er auf ihren Busen starrte und beim Reden beinahe zu stottern anfing.
»Es ist wenig, was zur Auswahl steht: ein Silberservice, ein wertvolles Kästchen, das in Indien hergestellt wurde und mit feinster Seide ausgelegt ist, oder eine Sammlung seltener Edelsteine, die von einem holländischen Schiff gekapert wurden und aus Afrika stammen.«
Alicia schaute Geoffrey an, der Culver Perry immer noch wütend musterte, sich aber anscheinend wieder unter Kontrolle hatte.
»Geoffrey?« fragte sie.
»Du hast die Wahl, Charlotte«, erwiderte er leichthin.
»Gut, dann wähle ich das Kästchen«, sagte sie eilig. »Ich denke, man wird mich darum beneiden, solch eine Kostbarkeit in meinem Haus zu haben.«

»Ihr bekommt das Kästchen, Madam«, versprach er. »Es wird Euch schnellstens überbracht werden. Gehe ich recht in der Annahme, daß die Hochzeit bald stattfinden wird?«
»Schon sehr bald«, sagte sie schmachtend und blickte ihren Erwählten hingebungsvoll an. »Und bei allem Respekt, Sir, von jetzt an müßt Ihr mir Eure Besuche vorher ankündigen. Es gehört sich nicht für die Braut, Männer ohne Anstandsdame zu empfangen.«
Seine Augen wurden schmal, aber er fuhr fort zu lächeln. »Selbstverständlich, Madam«, sagte er gepreßt. »Dann werde ich Euch jetzt verlassen.« Er drehte sich um und ging aus dem Salon.
Stille lag über dem Zimmer, und keiner von beiden bewegte sich. Jeder dachte für sich über das gerade Vorgefallene nach. Alicia seufzte kaum hörbar, ein leises Gelübde ausstoßend, daß nie wieder ein Mann, dem sie sich geschenkt hatte, sie so rasch vergessen sollte. Sie fühlte eine seltsame Leere in sich, einen ständig größer werdenden Schmerz. Sie konnte den Gedanken nicht ertragen, eine vorübergehende Laune gewesen, von einem Mann benutzt und danach vergessen worden zu sein. Aber gerade das hatte der Missetäter getan. Er würde niemals erfahren, wie tief er sie damit verletzt hatte.
Seavers kochte vor Wut. Er hatte gesehen, wie Perry Alicias Figur und ihre feinen Gesichtszüge mit seinen Augen verschlungen hatte. Ohne Zweifel hatte sich sein Ärger darüber, dieses Mädchen nicht bekommen zu haben, noch verstärkt, da sie ein größerer Gewinn war, als irgend jemand am Hofe gedacht hatte.
All die Ladies und Höflinge hatten erwartet, daß Alicia häßlich sei und keine Manieren besäße. Alicia spielte die Rolle der gefeierten Schönheit mit außerordentlicher Feinfühligkeit und anmutiger Haltung.
Geoffrey schaute sie an. Ja, sie war perfekt. Schade, daß sie nur eine Betrügerin war. Doch wenn schon, das würde keiner erfahren...
»Es ist klar, Madam, daß er nur hergekommen ist, um Euch den Hof zu machen. Sein Angebot, ein Geschenk auszuwählen, war nur ein Vorwand.«

Ihre sanften, blaugrauen Augen schauten zu ihm auf. »Vielleicht auch nicht, Mylord«, sagte sie.
Er deutete mit einer Hand auf ihr Gewand. »Habt Ihr nicht etwas Unauffälligeres zum Anziehen?«
Selbstbewußt rückte sie das spitzenbesetzte Mieder zurecht. »Ich fürchte nicht. Lady Castlemaine hat die meisten meiner Kleider ausgewählt. Mrs. Stratton hat mir erzählt, daß sie dabei den Plan verfolgt hatte, die Männer davon abzuhalten, immerzu Frances Stewart anzustarren.«
»So, so. Und ich bin sicher, daß es Euch große Pein verursacht, daß all die Augen jetzt auf Euch ruhen.«
»Ich glaube nicht, daß sie mich so hübsch finden«, widersprach sie.
»Hübsch?« lachte er. »Es ist nicht die Art der Höflinge, nur zu schauen und nicht auch mal zuzugreifen, meine Liebe. Das gilt auch für Perry«, sagte er und deutete mit der Hand auf die geschlossene Tür. »Wäre ich nicht hiergewesen, hättet Ihr Eure Tugend nicht schützen können.«
»Es befinden sich schließlich Diener im Haus, Mylord. Man hätte ihm nicht erlaubt, mir Schaden zuzufügen.«
Geoffrey drehte sich um. »Ich bezweifle, daß er durch Lakaien von irgend etwas abzuhalten ist«, schimpfte er.
»Habe ich etwas getan, das Euch kränkt?«
Er wandte sich ihr wieder zu. Als er sie ansah, zeigte sich in seinem Gesicht eine Mischung aus sinnlicher Begierde und Zorn. »Wenn wir erst verheiratet sind und Ihr in meinem Haus lebt, dann wünsche ich, daß Ihr Euch etwas passender kleidet, Charlotte.«
Sie lachte laut, erhob sich und schlenderte langsam auf das Sofa zu, das nun zwischen ihnen stand. »Ich dachte, die Heirat sei für Euch bloßes Mittel zum Zweck, Geoffrey. Wie ich mich kleide und was ich tue, geht Euch nichts an, solange ich *dem Schein nach* eine anständige Frau bin.«
»Und Ihr denkt, es ist anständig, halb nackt herumzulaufen?« hielt er ihr entgegen. »Charlotte, es ist gefährlich, so einladend auszusehen.«
Sie ließ den Kopf hängen und sah zu Boden.

»Habt Ihr eingesehen, daß ich die Wahrheit sage?« fragte er sie.
Sie hob die Augen, um ihn anzuschauen. »Es geht nicht um das, was ich für Euch tun muß – diese Heiratsgeschichte.« Sie atmete tief durch. »Ich mag diesen Namen nicht.«
»Den Namen?«
»Charlotte.«
»Aber das ist doch nur ein Name.«
»Aber nicht mein Name. Es ist so, als würdet Ihr mit jemand anderem sprechen.«
»Ich dachte, Ihr hättet verstanden, warum es *Euer* Name wurde, auch –«
»Es ist nicht so wichtig«, unterbrach sie ihn und ging zu einem anderen Thema über. »Die Kleider«, sagte sie, an die Ursache seines Zornes erinnernd. »Ich werde tragen, was Ihr wünscht, wenn Ihr es für mich anfertigen laßt. Aber seid bei Eurer Auswahl bitte nicht allzu geschmacklos. Ich sollte unter der Situation nicht zu sehr leiden müssen.«
Er spannte seine Kiefermuskeln an. »Ihr habt die Aufmerksamkeit, die man Eurer Person entgegenbrachte, sichtlich genossen.«
»Ja«, erwiderte sie offen.
»Und wie könnt Ihr die Rolle der Ehefrau spielen, wenn Euch andere Männer schöne Augen machen?«
»Wie wir es geplant haben. Laßt sie ruhig schauen, es hat nichts zu bedeuten. Ihr werdet Eure Schiffe bekommen. Und alle am Hofe werden Euch beneiden.«
Er ging auf sie zu und schaute sie über das Sofa hinweg an. »Und deshalb soll man mir Respekt entgegenbringen. Ich möchte weder, daß man über mich lacht noch mir Hörner aufsetzt!«
»Ihr seid ein eifersüchtiger Narr!«
»Und Ihr benehmt Euch wie eine Dirne!«
»Nein. Wie eine Frau – und das könnt Ihr nicht ertragen.«
»Eine Ehefrau hat zurückhaltend und treu zu sein.«
»Und ein Ehemann soll seine Frau lieben.«
»Liebe? Das hier hat nichts mit Liebe zu tun.«

»Dann gibt es auch keinen Grund für Euren Zorn«, sagte sie und wandte sich heftig von ihm ab.
Geoffreys Puls beschleunigte sich. Er hatte das Gefühl, die Kontrolle über sie verloren zu haben, da sie sich derart widersprüchlich benahm: Gerade noch war sie warmherzig und hilfsbereit gewesen, und im nächsten Moment wurde sie aufsässig und dreist. Er ging um das Sofa herum, packte sie bei den Schultern und zwang sie, sich umzudrehen und ihn anzusehen.
Ihr Gesicht wirkte überrascht, und er genoß den Anblick. Ihr Mund öffnete sich vor Verblüffung. Sie starrte ihn wie betäubt an, während er redete.
»Wir haben einen Handel abgeschlossen. Ihr werdet meine Frau spielen, gegenüber dem Hof und der restlichen Welt. Und Ihr werdet das Spiel nach meinen Regeln spielen oder überhaupt nicht. Habt Ihr mich verstanden?«
Er bemerkte plötzlich, daß sie nicht mehr überrascht war, sondern Angst vor ihm hatte. »Bitte, tut mir nicht weh, Mylord.«
Sein Gesichtsausdruck wurde nachdenklich. Noch einen Augenblick zuvor hatte sie keinerlei Angst gezeigt, warum jetzt? Er fragte sich, ob sie erwartet hatte, geschlagen zu werden. Er kannte ja ihre Vergangenheit nicht. Vielleicht war sie früher oft geschlagen worden.
Er lockerte seinen Griff etwas, aber sein Blick blieb fest. Er merkte, daß sich ihre Haltung ein wenig entspannte.
»So also kann man Euch im Zaum halten? Mit Schlägen?«
Sie schüttelte den Kopf. »Ich möchte nicht, daß Ihr mich schlagt.«
»Es gibt einen besseren Weg, Euch zu lehren, was ich von Euch erwarte«, sagte er rauh, und ohne irgendeine Vorwarnung preßte er einen Arm um ihre Taille und legte seine Lippen auf die ihren.
Alicias Augen weiteten sich, und sie preßte, ohne lang zu überlegen, ihre Hand gegen seine Brust, um ihn abzuwehren. Aber es schien, daß er ihren Widerstand genoß und daß er dadurch lediglich veranlaßt wurde, sie noch enger zu umfassen. Er hielt ihren samtbekleideten Körper fest gegen den seinen gepreßt.

Sie hörte auf, sich zu wehren, aber sie wagte es nicht, ihn zu umarmen, um sich ihre schnelle Kapitulation ja nicht anmerken zu lassen.
Er sollte sie nicht so einfach erobern.
Ihre Augenlider schlossen sich langsam. Sie versuchte, den Kampf wiederaufzunehmen. Er mußte sie für sehr schwach oder dumm halten, da es ihr nicht gelang, auch nur einen Millimeter von ihm abzurücken.
Er löste sich von ihren Lippen und drückte einen Kuß auf den Ansatz ihrer Brüste, die sich heftig hoben und senkten. Dann kehrte sein Mund wieder zu ihren Lippen zurück.
»Solange Ihr als meine Ehefrau mit mir zusammenlebt, ob nun tatsächlich oder nur aufgrund unserer Abmachung, werdet Ihr meinem Willen gehorchen.«
»Als wirkliche Ehefrau folge ich Eurem Willen«, flüsterte sie. »Spiele ich allerdings aufgrund unseres Handels nur die Rolle der Ehefrau, so geht es nach *unserem* Willen.«
»Ich werde Euch zu Euren Kneipenliebschaften zurückschikken«, warnte er sie.
Sein Spott traf sie tief. Er hielt sie also tatsächlich für eine Dirne.
»Das könnt Ihr nicht«, sagte sie heftig atmend. »Dazu liebt Ihr Eure Schiffe zu sehr.«
»Ich werde nicht lange gegen Euch kämpfen, Alicia. Und ich werde gewinnen.«
Er ließ sie los und entfernte sich eilig von ihr. Vor der Salontür hielt er an und schaute sie nochmals an.
»Vereinbart mit Seiner Majestät das Datum der Hochzeit. Und achtet auf Euer Benehmen.«
Sie schürzte die Lippen und erwiderte nichts. Ohne ein weiteres Wort ging er hinaus. Sie stand reglos da, nur ihre Lippen verzogen sich zu einem schmalen Lächeln. Noch immer zitterte sie am ganzen Körper. Sie berührte mit ihren Fingern die Stelle, wo er ihre Brüste mit seinen Lippen gebrandmarkt hatte. Ihr wurde klar, daß er sie mit ihrem Namen angeredet hatte, als er sie so eng und leidenschaftlich umarmt hatte.
»Vielleicht wird der Kampf ja länger dauern, als Ihr erwartet,

Mylord«, flüsterte sie in das leere Zimmer hinein. »Und ich glaube nicht unbedingt, daß Ihr der Gewinner seid!«

7

An einem kalten, regnerischen Nachmittag, an dem sogar ein kurzer Spaziergang um den Palast herum nicht ratsam erschien, stiegen Charles, sein Sohn James, der Herzog von Monmouth, und George Villiers, der Herzog von Buckingham, aus der königlichen Kutsche und machten sich rasch auf den Weg zur Kapelle. Die Königin nahm nicht teil, da es sich um einen protestantischen Gottesdienst handelte.
Charles schaute zum Himmel hinauf und betrachtete dann das Wasser, das sich auf seinem Hut und Mantel sammelte. »Ein verdammt schlechter Tag für so eine Sache«, bemerkte er. »Können sie mich für das Wetter verantwortlich machen, George?« fragte Charles humorvoll.
»Sie können nicht, Sire«, antwortete Villiers und meinte damit Charles' Untertanen. »Aber ich denke, sie werden es trotzdem tun.«
»Zweifellos«, murmelte der König und eilte mit langen Schritten auf die Kapellentür zu. Der endlose Regen, die Enttäuschung darüber, daß der Konflikt mit Holland nicht so schnell beigelegt werden konnte, die Tatsache, daß eine Mätresse schwanger und die andere Frau, die er leidenschaftlich begehrte, noch immer Jungfrau war, und einige andere Probleme beschäftigten den König, quälten ihn aber nicht gerade übermäßig. Doch der verdammte Regen hatte seine Spaziergänge im St. James Park vereitelt, und das machte ihn bitterböse.
Im Inneren der Kapelle war es düster. Die anderen Hochzeitsgäste warteten bereits: die Castlemaine, Frances Stewart, einige wenige Hofdamen und Höflinge. Ganz vorne, neben dem Altar, standen Lord Seavers und sein Freund Preston Tilden. Als der König eintrat, erhoben sich alle und verbeugten sich oder sanken in einen Hofknicks.
Charles hob die Hände und bewegte sie nervös, als wolle er eine

eventuell vorhandene Besorgnis beruhigen. »Sie ist unterwegs. Sie muß jeden Augenblick eintreffen.«

Über das rundliche Gesicht des Geistlichen zog ein Lächeln, und die anderen Gäste nahmen eine entspanntere Haltung ein oder setzten sich wieder. Charles bemerkte, daß für den heutigen Tag keine besonderen Vorkehrungen getroffen worden waren. Es gab weder Blumen noch Papierschmuck, auch keine Musikanten. Er runzelte die Stirn und schüttelte den Kopf, als er die vielen leeren Plätze bemerkte. Seavers hätte genausogut auf die Hochzeitszeremonie verzichten und lediglich den Ehevertrag unterschreiben können. Charles kam zu dem Schluß, daß es Seavers eines Tages leid tun würde, daß er so knauserig und achtlos gewesen war.

Charles hatte die Gemächer von Lady Charlotte kurz vor ihr verlassen, damit ihre Zofe in Ruhe die letzten notwendigen Korrekturen an der Aufmachung der Braut vornehmen konnte. Es war wahrscheinlich die schönste Braut, die er je gesehen hatte. Doch hatte er kein Lächeln auf ihrem Gesicht entdecken können, während ihre Zofe nervös um sie herumgeflattert war. Ja, sie hatte sogar sehr traurig ausgesehen, obwohl er sich nicht vorstellen konnte, warum. Er vermutete, daß Seavers sich nicht gerade sehr bemüht hatte, seine Braut für sich zu gewinnen, und daß ihr Zweifel gekommen waren. Er verspürte den Wunsch, die Sache rasch zu Ende zu bringen, bevor man womöglich noch von ihm fordern würde, noch mehr Zeit damit zu vergeuden. Er wollte die Heirat seines Mündels, den Bau der Schiffe und keinen weiteren Ärger.

Er hörte, wie sich die schweren Eichentüren öffneten, und ein Ausdruck der Erleichterung auf dem Gesicht des Priesters sagte Charles, daß Charlotte Bellamy endlich eingetroffen sein mußte und daß sein Teil der Arbeit nun bald getan war. Er drehte sich um, um sie anzuschauen. Ein wunderschönes Wesen ganz in Weiß, das Kleid mit silbernen Fäden durchwirkt. Aah, dachte Charles anerkennend, Barbara sollte alle Frauen in Whitehall einkleiden.

Alicias Haare waren straff aus dem Gesicht nach hinten gekämmt und fielen von dort auf ihre Schultern herab. Einzelne kleine Locken umrahmten ihr das Gesicht. Das Oberteil des tiefausgeschnittenen Kleides ging in eine feine, durchsichtige Spitze über, die bis zum Hals reichte. Ihre zarte Taille wurde von einem silbernen Gürtel betont, und die zierlichen Schuhe glitzerten bei jedem Schritt. Einen schwarzen Umhang, der mit einem Fuchspelz besetzt war, nahm ihr die Zofe von den Schultern, und der lange Spitzenschleier, der an der Krone in ihrem Haar befestigt war, wurde leicht aufgeschüttelt. Charles vernahm einen Seufzer und schaute rasch in die Richtung, in der Lord Seavers stand, in der Hoffnung, diesem sei der Seufzer entschlüpft.

Aber Seavers Gesichtsausdruck wirkte ernst, fast schon streng. Er stand da, als befände er sich auf der Kommandobrücke eines Schiffes, die Hände auf dem Rücken verschränkt und die Beine leicht gespreizt. Dieser Mann hatte sich im Krieg großes Ansehen erworben und in mancher Schlacht einen Sieg errungen. Aber Charles befürchtete, daß er sehr dumm sein müsse, wenn der Anblick dieser Braut keine Wärme in seine kalten Augen bringen konnte.

Preston Tilden, der auf der anderen Seite stand, lächelte offen, und seine hellblauen Augen, die er auf die Schönheit vor sich gerichtet hielt, strahlten.

Na, dachte Charles, da können noch einige Überraschungen auf uns zukommen.

Es war nicht so, daß Seavers etwas anderes gesehen hätte als die anderen Männer. Sein innerstes Gefühl verursachte dieses Stirnrunzeln und den kalten Ausdruck seiner Augen. Ja, sie war sehr schön, und der Plan, zu dem ihn Rodney überredet hatte, war zu Beginn als ein einfaches, zeitlich begrenztes Vorhaben erschienen; die Verwandlung, die Alicia durchgemacht hatte, nicht mit einbezogen.

Die erste Vorahnung, daß es keine so einfache und unpersönliche Verbindung sein würde, hatte ihn übermannt, als er sie, nur mit einem Handtuch bedeckt, in dem Gasthof gesehen hatte. Später, als sie ihm vorgestellt worden war, hatte er gespürt, daß er sie begehrte. Der Geschmack ihrer Lippen, den er gekostet hatte, erhöhte seine Todesqualen noch. Doch hatte er

nie sein Ziel aus den Augen verloren, wußte aber dennoch nicht, wie er es verhindern sollte, sich unwiderruflich mit ihr einzulassen. Auch jetzt, als sie auf ihn zukam, mit einem traurigen, unsicheren Blick in den Augen, mußte er gegen das Bedürfnis ankämpfen, sie einfach in seine Arme zu schließen und zu trösten. Schon seit frühester Jugend hatte ihn das starke Verlangen geplagt, die Frauen, die in sein Leben traten, zu beschützen.
Und Alicia bildete da keine Ausnahme.
Sie knieten nebeneinander nieder und gaben sich gegenseitig das Eheversprechen, Alicia im Namen von Charlotte Bellamy. Danach erhoben sie sich und besiegelten ihre Ehe mit einer Umarmung und einem Kuß.
Alicia sah ihrem Mann ins Gesicht, der nur den Anwesenden zuliebe diese Rolle spielte, und um endlich in den Besitz einer Erbschaft zu gelangen. Ihre Augen füllten sich mit Tränen, und ihre Lippen zitterten. Sie hatte es ihr ganzes Leben lang gut verstanden, immer ihre Herzschmerzen zu verbergen, doch diesmal konnte sie ihren Kummer nicht verheimlichen.
Sicher, sie hatte immer getan, was getan werden mußte, hatte sich so verhalten, wie es von ihr erwartet worden war, hatte nichts gefühlt – oder zumindest niemals Gefühlsregungen gezeigt. Jede Rolle, die man sie zwang, zu spielen, hatte sie erfüllt. All dies gab ihr die Sicherheit, Kleider auf dem Leib und ein Essen im Bauch zu haben. Auch diese Heirat war lediglich Mittel zum Zweck gewesen: mit hundert Pfund in der Hand würde das Leben gut zu ertragen sein.
Aber der Gedanke daran tröstete sie wenig. Diese Heirat war so etwas wie ein Traum gewesen, den sie beständig genährt hatte. Der Traum, daß sie eines Tages geliebt und begehrt würde, daß es sich dabei aber nur um eine weitere Rolle handelte, die sie spielen sollte, verletzte sie tief. Und obwohl man noch keine Pläne gemacht hatte, würde die Übereinkunft doch bald ein Ende haben, und sie müsse dann wieder fortgehen. Wie, so fragte sie sich, würde sie einfach gehen können?
Seine Lippen lösten sich von den ihren, und für einen Augenblick schaute sie ihm in die Augen. Diese schienen ihr zu bestä-

tigen, daß ihr Verlangen unerfüllt bleiben würde. Eine Träne fiel von ihren Wimpern und kullerte über ihre Wange. Einen Moment lang hatte sie die verschwommene Vorstellung, eine Veränderung in seinen Augen zu sehen, etwas wie Leidenschaft darin zu erblicken.

Seine Hand hob sich und wischte ihr die Träne von der Wange, danach küßte er sie auf diese Stelle. Sie vernahm seine leise Stimme an ihrem Ohr.

»Schon gut, Charlotte. Bräute werden am Hochzeitstag meist von ihren Gefühlen überwältigt.«

»Dummkopf«, murmelte sie.

Sein Gesichtsausdruck wurde wieder streng. Innerlich verspürte sie einen gewissen Triumph. Im Grunde genommen hatte sie vergessen, wo ihr Platz war. Bei dem Entschluß, ihm zu zeigen, wie gut sie imstande war, seine willige Komplizin zu spielen, wurden ihre Augen schnell wieder trocken.

Ein kurzes, wenn auch förmliches Abendmahl in Lord und Lady Seavers Räumen folgte, das von Mrs. Stratton liebevoll vorbereitet worden war und von einer Menge aufgeregt umhereilender Diener aufgetragen wurde. Es war eine hohe Auszeichnung für jeden Bediensteten, bei einer intimen Gesellschaft mit nicht mehr als dreißig Personen und dem König, mitsamt seinen beiden konkurrierenden Mätressen, zu bedienen. Die Neugierde des Hofes war am größten gewesen, als man Lady Charlotte an den Hof gerufen und sie die ersten Tage in Whitehall verbracht hatte. Doch jetzt schienen die meisten befriedigt, da sie sie gesehen hatten. Nachdem die Hochzeit stattgefunden hatte und die neueste Schönheit damit zumindest zeitweilig von ihren Bewunderern und den eifersüchtigen Hofdamen getrennt wurde, langweilte sich die Gesellschaft schnell, und die Gäste brachen bald auf. Die Nacht war noch jung, als Charles seine Glückwünsche vorbrachte und, einen Zug treuer Gefolgsleute im Schlepptau, zu irgendeiner anderen Gesellschaft aufbrach.

»Laßt mich Euch nun für die Nacht herrichten, Liebes«, murmelte Margaret in Alicias Ohr, sobald sich die Türe hinter den Gästen geschlossen hatte. Aber Alicia schaute ihre Zofe nicht

an. Sie hielt ihren Blick starr auf Geoffrey gerichtet, der sich Brandy eingeschenkt hatte und nachdenklich in sein Glas starrte, während er vor dem wärmenden Feuer stand. Sie konnte ihre Augen nicht von seinen breiten Schultern und den muskulösen Oberschenkeln lösen.
Dies war, trotz all der seltsamen Umstände, ihre Hochzeitsnacht.
»Kommt, liebes Kind«, sagte Margaret noch einmal und zog an Alicias Ärmel.
Beim Klang der Stimme wandte sich Geoffrey um. Für einen Moment, als sich ihre Blicke ineinander verschränkten, dachte Alicia, daß sie den gleichen Gedanken hätten: daß sie vielleicht das Spiel fortsetzen sollten. Ein ängstliches Lächeln flog über ihre Lippen, und ihre Stimme wurde ganz leise.
»Mrs. Stratton möchte mir aus meinem Kleid helfen, Mylord.«
Die Hand, die das Glas hielt, deutete plötzlich in ihre Richtung, und seine Stimme war ebenso leise, wenn sie auch einen ungeduldigen Unterton hatte. »Dann geht schon voraus. Ich werde nachkommen.«
Alicia zog ein aufreizend durchsichtiges Nachtgewand an und darüber einen Morgenmantel in demselben blaßrosafarbenen Ton, der auch kaum mehr verhüllte. Das Herz klopfte ihr bis zum Halse, doch nicht aus Angst, sondern weil sie sich nicht sicher war, ob ihre Entscheidung, die Ehe zu vollziehen, klug war. Wünschte sie sich doch nichts sehnlicher, als daß er bei ihr läge.
Bin ich seine Braut?, fragte sie sich heimlich. Bin ich seine Geliebte, Dienerin oder sein Begehren? Wird er mich zu seiner Dirne machen?
Doch dann dachte sie an die Möglichkeit einer Vereinigung und fragte sich, wie sie ihm erklären sollte, daß sie keine Jungfrau mehr war. Er erwartete wohl nicht, daß sie noch eine sei, das hatten seine Worte gezeigt. Doch sie wollte, daß er erfuhr, daß sie ihre Tugend in einem unachtsamen Moment der Liebe und Leidenschaft verloren hatte, und nicht an zahlende Kunden im Gasthof. Sie war nicht von Betrunkenen und Dieben zu

deren sportlichem Vergnügen mißbraucht worden, sondern *ihr* Vertrauen war mißbraucht worden.
Es gab Momente, da hatte sie, wenn auch kurz und flüchtig, Leidenschaft und Fürsorge in seinen Augen gesehen, und sich in seiner Gegenwart wie ein Mensch und nicht wie sein Besitz gefühlt. Sie hoffte inständig, daß er sich ihr in solch einem Moment nähern würde. Sie war nicht sicher, ob sie sonst zulassen könnte, daß er sie berühre, obwohl sie es sich so sehr wünschte.
Ihr Haar war gebürstet worden und lag um ihre Schultern. Sie setzte sich aufs Sofa, denn das große Himmelbett erschien ihr allzu aufdringlich, und entließ ihre Zofe. Ein Glas Wein würde ihr jetzt guttun, dachte sie, obwohl sie schon mehr als gewöhnlich getrunken hatte. Geoffrey brauchte sehr lang, bis er das Schlafzimmer betrat, und die Zeit des Wartens zehrte an ihren Nerven, die so angespannt waren, daß sie vor Schreck aufsprang, als sie hörte, wie sich die Tür öffnete.
Er hatte die Perücke abgenommen, seine Jacke hing über der Schulter. Er schien bereit für einen gemütlichen Abend und auch bereit, ins Bett zu gehen. Und er hatte noch immer das Glas mit Brandy in der Hand, war aber nicht betrunken – das hätte Alicia sofort gemerkt.
Er warf seine Jacke über einen Stuhl, der in der Nähe stand, und ließ sich in einer Ecke des Sofas nieder, auf dem sie saß.
»Ihr habt heute ganze Arbeit geleistet, meine Liebe«, sagte er stolz. »Ich bin sehr zufrieden.«
»Der Dank gebührt Mrs. Stratton«, sagte sie.
»Ich habe ihr schon für die Vorbereitung des Festmahles gedankt und ihr dafür eine kleine Summe gegeben. Aber Ihr wart einfach großartig.«
Diese Art, jemanden zu verführen, war Alicia unbekannt. Sie senkte die Augen und murmelte ein Dankeschön.
»Ich habe jetzt alle Urkunden in Händen, die der König verwahrt hatte. Es gibt Ländereien, von denen ich bezweifle, daß sie Charlotte je gesehen hat, und die ich schnell verkaufen will. Aber vor dem Verkauf sollten wir das Landgut besuchen – wenn das Wetter besser wird. Habt Ihr Lust auf einen Ausflug?«

Sie hob ihre Augen und ihre Befürchtung, es könne zu einer Vereinigung kommen, verflog. Er hatte sich wie immer den geschäftlichen Dingen zugewandt. »Wenn Ihr es wünscht.«
»Ich halte es für klug, das Landgut zumindest einmal anzuschauen, auch wenn ich das Geld so schnell wie möglich benötige.«
Angesichts seiner kalten Zurückhaltung starrte sie ihn wortlos an.
»Wir werden in einigen Tagen von hier weggehen. Ich möchte vorschlagen, daß wir uns bis dahin so wenig wie möglich auf Gesellschaften und anderen Veranstaltungen dieser Art herumtreiben.«
Nicht die winzigste Andeutung von Verlangen war in seinem Gesicht zu sehen. »Was immer Ihr anordnet, Mylord«, sagte sie verwirrt.
»Sehr gut. Wir halten uns einfach von den Neugierigen fern, da es keine Flitterwochen gibt.«
»Entspricht das dem Brauch, Sir?« fragte sie kalt.
»Was habt Ihr denn erwartet, Madam?«
»Nichts anderes«, fauchte sie ihn an.
»Meine Liebe, Ihr habt gut gearbeitet, und ich hoffe, Ihr wißt, wie zufrieden –«
Verstimmt erhob sich Alicia vom Sofa, stellte sich vor ihn hin und starrte ihn an. »Ich bin außerordentlich glücklich, daß Ihr so zufrieden seid.«
Er schaute sie verwirrt an. »Was ist Euch nun schon wieder für eine Laus über die Leber gelaufen?« fragte er. »Großer Gott, ich kann Euch scheinbar kein Kompliment machen, ohne daß Ihr aus der Haut fahrt, noch kann ich –«
»Ein Kompliment? Ihr seid ein bornierter Dummkopf! Was ist denn das für ein Kompliment? Wann ist eigentlich Euer großartiger Plan zu Ende, und wann beginnt Ihr, selbst zu denken?«
»Ich habe keine Ahnung, was Ihr eigentlich wollt«, erwiderte er, fast genauso ärgerlich.
»Gibt es irgendeinen Teil an oder von mir, der nicht in Euren Plan paßt?«

Er stand auf, und ein weiteres Mal starrten sie sich über ein Möbelstück hinweg gegenseitig in die Augen.

»Eure ständigen Nörgeleien passen nicht in meinen Plan«, tobte er.

»Gibt es unter dem Panzer eigentlich einen Mann, oder besteht Ihr nur aus Schiff und Vertrag? Was fließt durch Eure Adern, mein vornehmer Lord? Blut oder Öl?«

Er stützte seine Hände in die Hüften und gab Schlag auf Schlag zurück: »Und Ihr, dumme Dirne, denkt an nichts anderes, als an Liebe!«

»Noch nie bis zum heutigen Tage habe ich eine Dirne spielen müssen«, gab sie zurück. »Auch in all den Jahren, in denen ich Bier an Männer ausgeschenkt habe, habe ich mich selbst niemals verkauft. Gibt es irgendeine Frau, die bei Lord Seavers Liebe gefunden hat – oder haben sie alle ihr schönstes Lächeln und ihre besten Manieren gezeigt, um dann doch nur von Euren kalten Augen taxiert zu werden?«

»Eigentlich, so denke ich, habe ich wohl verdient, besser behandelt zu werden. Ihr solltet mir für all die Kleider, Juwelen und das elegante Haus dankbar sein.«

»Ich könnte ebensogut Charlotte Bellamy dankbar sein, dem armen Mädchen. Bei *dieser* Heirat hat sie wirklich nichts versäumt.«

»Ich sehe, die neuen Kleider haben Eure moralische Einstellung nicht geändert. Seid Ihr denn so begierig auf einen Mann, daß Ihr mich verhöhnen müßt? Ich glaubte immer, Ihr wolltet lediglich die hundert Pfund und ein paar Monate höfisches Leben genießen. Aber das Schauspiel, das Ihr hier aufführt, zeigt mir, daß ich mich wohl getäuscht habe und ein Schankmädchen sich wohl niemals wie eine Lady benehmen wird. Ich –«

»Verdammter Sohn eines Landstreichers! Wie könnt Ihr es wagen, mich wie eine Eurer Dirnen zu behandeln! Wer hätte wohl das für Euch getan, was ich getan habe? Wer hätte Euer Spiel sonst noch so gut gespielt wie ich, so viele Menschen getäuscht, und das, ohne einen Fehler zu machen? Fahrt zur Hölle. Ihr seid nur ein gemeiner Lump in der Uniform eines Kapitäns!«

»Sprecht leiser, Hexe, bevor die Wache –«
»Ich wette, daß Ihr den Dirnen auf der Straße nachstellt und ihnen Küsse aufdrängt!«
»Jetzt ist es aber genug, elendes Weib, oder Ihr habt die feinen Spitzen und die Juwelen die längste Zeit besessen und könnt dann wieder Euren besoffenen Liebhabern Bier servieren.«
»Und Ihr werdet in Newgate verrotten, Dummkopf, weil Ihr Hand an meinen Schmuck gelegt habt.« Sie drehte ihm wütend den Rücken zu, die Arme über der Brust verschränkt. Unwissender, kaltblütiger Schwachkopf, wütete sie in Gedanken weiter. Konnte er nicht sehen, was sie dafür geben würde, von ihm geküßt zu werden? Für ein Zeichen der Zuneigung, anstatt des herablassenden Lobes für ihre gute Darstellung? »*Ich* bin der Dummkopf. Ich habe tatsächlich geglaubt, daß Ihr aus Fleisch und Blut seid und nicht aus Stahl.« Sie wandte sich ihm wieder zu. »Waschlappen, eingebildeter –«
»Alicia«, sagte er warnend, und seine grünen Augen funkelten.
»– verlogener, hinterlistiger Esel.« Sie holte tief Luft. In ihrem Zorn über sich selbst, ihn zu begehren, und über ihn, weil er sie verschmähte, merkte sie nicht, daß er nahe daran war, die Kontrolle über sich zu verlieren. »Ich habe niemals einen so knauserigen Bastard wie Euch kennengelernt«, höhnte sie.
Das Glas in seiner Hand zerbrach, und mit beiden Händen schob er das Sofa mit einem Ruck beiseite. Mit einem erschrokkenen Schrei ergriff sie die Falten ihres Spitzengewandes, um zurückzuweichen. Aber bevor sie noch zwei Schritte gemacht hatte, hatte er sie bereits an den Armen gepackt und aufs Bett geschmissen. Dann warf er sich über sie und drückte ihre Arme nach unten. So sehr sie sich auch zu wehren suchte, sie konnte sich doch nicht aus dieser Lage befreien. Als sie ihren Kampf aufgab, zwang er sie, ihm in seine zornigen Augen zu schauen.
»Ich habe Euch mehr reden lassen, als gut war«, sagte er ruhig und gefaßt zu ihr. »Nun hört mir genau zu, denn ich werde es nur einmal sagen. Ihr habt ein gewisses Recht, zornig zu sein, das ist wahr. Ich habe Eure Schönheit, Euren Charme und Witz

ausgenützt, um damit ein Vermögen zu erringen. Doch die Bedingungen waren Euch bekannt; Ihr habt Euch damit einverstanden erklärt. Deshalb werde ich solche Anschuldigungen von Euch kein zweites Mal dulden.«

Ihre Augen füllten sich mit Tränen, und ihre Gefühle überwältigten sie. Sie schämte sich der Vorwürfe, die sie ihm entgegengeschleudert hatte. Von ihrer Situation her betrachtet, war er berechtigt gewesen, solche Verwünschungen gegen sie auszusprechen; sie hatte ihn allzu sehr gereizt. Außerdem schämte sie sich sehr über ihre Wut darüber, daß er sie nicht begehrte und keinerlei Interesse an ihrem Körper zeigte. Am meisten schmerzte es, daß sie ihn so sehr begehrte und er ihr immer wieder versicherte, daß sie in seinem Leben nur eine zeitlich begrenzte, unbedeutende Rolle spielte. Sie preßte ihre Augenlider zusammen, und die Tränen flossen ihr über die Schläfen in die Haare.

»Ich möchte Euch nicht verletzen, doch wenn die Gefahr besteht, daß Ihr durch Euer Verhalten das Geld für meine Schiffe gefährdet, Alicia, so lasse ich Euch rasch und ohne weiteres Aufsehen von hier wegbringen.«

»Ich bin ein Mensch und kein Hund, mich kann man nicht dafür, daß ich geknurrt habe, verprügeln«, stotterte sie.

»Ihr seid also ein- oder zweimal verletzt worden, Mädchen. Glaubt Ihr denn, nur Ihr hättet Enttäuschungen erlebt? Nur Ihr seid benutzt und dann verlassen worden?«

»Nein, das glaube ich nicht«, stammelte sie. »Doch habe ich diese Enttäuschungen niemals an anderen Menschen ausgelassen.« Sie schniefte. »Ihr seid eiskalt, Lord Seavers.«

»Mag sein«, sagte er und strich ihr die Haare aus der Stirn. »Vielleicht bin ich das, doch habe ich noch mehr im Sinn, als mich nur mit einem Schankmädchen ins Bett zu legen.«

»Und wenn ich Charlotte Bellamy wäre? Was würdet Ihr dann tun?« fragte sie schluchzend.

»Nicht viel mehr«, versicherte er ihr. »Außer, daß ich ihr vielleicht noch ein paar kräftige Schläge für ihr ungezogenes Benehmen verpassen würde.«

Er ließ ihren Körper los und erhob sich. Stehend blickte er auf sie herab. »Doch Ihr seid nicht Charlotte Bellamy«, sagte er mit einer leisen, zärtlichen Stimme. »Ihr seid Alicia, ein Mädchen, das aus einem Landgasthof gekommen ist. Und wenn ich nicht schnell ein paar Vorkehrungen treffe und Euren Aufenthalt hier kurz gestalte, dann werden wir noch alle in Newgate verrotten. Oder etwas Schlimmeres wird geschehen.«

Sie bedeckte mit dem Handrücken ihre Augen und dachte über ihren Ausbruch und die Lautstärke ihrer Worte nach. Vielleicht hatte jemand mitgehört. Und es gab keine Möglichkeit, es ungeschehen zu machen.

»Was ist, Alicia«, flüsterte er. »Kann ich Euch vertrauen oder muß ich nach Rodney schicken, damit er Euch noch in der Nacht unserer Hochzeit wegbringt?«

Sie schüttelte den Kopf. Obwohl es ihr schwerfiel, richtete sie sich auf und schaute ihm in die Augen. »Ich – es tut mir leid, Mylord. Ich verspreche Euch – ich werde unser Abkommen nicht mehr in Frage stellen.«

Durch ihre abermals verschwommene Wahrnehmungsfähigkeit hindurch erblickte sie eine gewisse Zärtlichkeit in seinen Augen. »Auch mir tut es leid, Alicia. Ich hatte gehofft, daß Ihr Euch nicht verletzt fühlen würdet. Aber meines Wissens hatte ich Euch von Anfang an gewarnt: Ich gehöre niemandem. Ich lasse mich nicht binden. Ihr hättet es nicht zulassen dürfen, Euch in mich zu verlieben.«

Langsam klappte ihr Unterkiefer herunter. Sie starrte ihn verblüfft an.

»Ihr konntet es sehr schlecht verbergen.« Er zuckte mit den Achseln. »Eigentlich konntet Ihr es überhaupt nicht verbergen.«

Vor lauter Überraschung merkte sie nicht, daß ihr erneut die Tränen herunterliefen. In gewisser Weise war es ihr ganz recht, daß die Sprache endlich darauf kam. »Und Ihr, Lord Seavers«, sagte sie erstaunlich ruhig. »Könnt Ihr denn eine Frau lieben?«

»Vielleicht war ich bisher der Meinung, daß ich das nicht könnte«, erwiderte er. »Aber seid versichert«, fuhr er mit einem reuevollen Lächeln fort, »wenn ich die Liebe zu einer Frau

lernen sollte, so hoffe ich, daß sie so schön sein wird wie Ihr – nur etwas weniger kriegerisch.«
Alicia drehte ihren Kopf zur Seite. »Ich hoffe nur für Euch, Geoffrey, daß Ihr lang genug lebt.«

Während der Weihnachtstage mischte sich der Dauerregen mit Schnee und Graupeln. Das war die Zeit, in der die Londoner es vorzogen, sich lieber ums wärmende Feuer zu versammeln und gegenseitig Geschenke auszutauschen. Im neuen Jahr klarte dann das Wetter ein wenig auf. Die Straßen wurden wieder passierbar, und man konnte unterwegs eine Unterkunft bekommen. Kurz nach Silvester versuchte Preston Tilden, Kuriere von London aus in Richtung Portsmouth zu schicken. Sie verstreuten sich über den gesamten Südosten Englands.
Die Kuriere, die Preston beauftragt hatte, sollten nach einem kleinen Mädchen suchen, das im Jahr 1650 von seiner Familie getrennt worden war. Lord und Lady Tilden, beide königstreu, waren in England nicht länger sicher gewesen und hatten ihre Flucht geplant. Damals war die Revolution gerade erst ausgebrochen, und das junge Ehepaar hatte gehofft, daß der Krieg nur kurze Zeit dauern würde und sie schon bald nach England zurückkehren könnten. Sie konnten damals nicht ahnen, daß es Jahre dauern sollte, bis die Royalisten England wieder erobert hatten.
Lord und Lady Tilden packten soviel zusammen, wie sie tragen konnten. Da Lord Tilden darauf bestand, flohen auch die fünf Söhne mit den Eltern. »Die Republik soll meinetwegen mein Land, mein Heim und meine Waffen nehmen, aber ich will verdammt sein, wenn sie mich auch noch meiner fünf Söhne beraubt. Wenn uns der Tod auf der Flucht ereilt, so werden sie mit uns sterben.« Nur auf Drängen Lady Tildens erlaubte der Graf, ihre jüngste Tochter, die kleine Letty, zu einer Tante in den Süden Englands zu schicken. Letty sollte dort Schutz finden, bis man sie holen oder ihre Reise zu der Familie organisieren würde.
Doch das Kind, damals noch ein Baby, kam nie auf dem Landgut der Tante an. Man hatte auch keine Spur von ihm gefun-

den. Preston plante, so lange in England zu bleiben, bis jenes Rätsel gelöst und zumindest ihr Grab gefunden wurde. Solange die Kuriere keine Spur fanden, die er selbst weiterverfolgen konnte, blieb er im Auftrag des Vaters und seiner Brüder, deren Schiffe regelmäßig im Hafen anlegten, in London.

In den Wochen, in denen seine unfähige Horde von Detektiven den Süden Englands durchkämmte, vergnügte sich Preston auf Hofgesellschaften und mit anderen Aktivitäten, wie Theaterbesuchen, Tanz- und Spielabenden. Er versuchte, Geoffrey und seiner frischgebackenen Ehefrau aus dem Weg zu gehen, denn er erinnerte sich sehr gut daran, wie froh er immer war, Brianna am Ende eines langen Tages in die Arme schließen zu können und dann den Rest der Welt zu vergessen. Doch er hegte bald den Verdacht, daß diese Rücksichtnahme gar nicht richtig verstanden wurde.

Eines Abends, als die Sonne gerade untergegangen war und er normalerweise das Hafengebiet verlassen wollte, um irgendeine Gesellschaft bei Hofe zu besuchen, ging er statt dessen zu dem Schiff, auf dem er, wie er wußte, Geoffrey finden würde. Die *Patrina* war längst nicht mehr das einzige Schiff, das Lord Seavers besaß, jedoch sein Lieblingsschiff. Preston hatte gehört, daß Geoffrey auch dort wohne. Anscheinend lebte Geoffrey auf dem Schiff, während er andere kaufte, reparierte und mit Waffen ausstattete, begierig darauf, sie rasch wieder auf hohe See zu schicken.

Seavers Mannschaft war damit beschäftigt, Taue und andere Baumaterialien von Deck zu räumen. Rodney stand da und überwachte die Arbeiter. Er hatte die Hände tief in den Taschen seiner dicken Wolljacke vergraben; seine Wangen waren vor Kälte gerötet, und jeder Atemzug bildete eine kleine Wolke vor seinem Gesicht. Preston kam an Bord und gab Rodney die Hand. Fragend deutete er auf die Kapitänskajüte. Rodney nickte. Ohne ein weiteres Wort gingen sie im kalten Zwielicht aneinander vorbei.

Preston klopfte zweimal fest an die Tür und hörte Geoffreys knappe Antwort. »Ja.«

Als Preston seinen Blick durch den kleinen Raum schweifen ließ, runzelte er bedächtig die Stirn. Geoffrey saß am Tisch, der unter aufgerollten Plänen und anderen herumliegenden Sachen beinahe verschwand. Seine Kleider lagen unordentlich in der Kabine herum, und das Bett, das in einer Fensternische stand, war noch immer zerwühlt. Nichts an dem Mann und seiner Umgebung ähnelte dem Geoffrey, den er so lange gekannt hatte.

»Du?« fragte Geoffrey. »Was treibt dich in diesen Teil der Stadt? Wie ich gehört habe, vergnügst du dich meistens in Whitehall.«

»Irgend jemand war der Meinung, daß ich die Mittel besäße, bei ihren Spielen mitzuhalten. Ja, ich bin in ihren Kreis aufgenommen worden. Aber des öfteren finde ich ihre Gesellschaft ermüdend.« Preston schaute sich wieder in dem unordentlichen Raum um. »Bist du so erpicht darauf, ein Vermögen zu machen, daß du hier schlafen mußt?«

»Es hat sich bewährt und genügt vollkommen«, sagte Geoffrey, erhob sich und griff nach dem Weinschlauch, der in der Nähe des Tisches über einem Nagel hing. Er goß etwas Wein in zwei Becher und hielt einen davon Preston hin. »Jetzt habe ich zwar das Geld, dafür wird mir nun die Zeit knapp. Ich habe sehr lange darauf warten müssen, diese Schiffsflotte aufzustellen.«

Geoffrey erhob sein Glas wie zu einem Trinkspruch, und Preston machte es ihm nach. »Auf deinen Fleiß«, sagte Preston. Sie tranken beide. »Doch für wen wirst du dein Vermögen dann ausgeben?«

Geoffrey zuckte die Schultern und wandte sich ab. »Ich nehme an, für noch mehr Schiffe.«

»Warum nicht für die Dinge, die Freude machen? Hast du sie denn alle aufgegeben?«

»Ich finde keinen Geschmack daran, zu tanzen oder ins Theater zu gehen.«

»Ich war gerade heute im Theater«, sagte Preston. »Mit der schönen Lady Seavers.«

Geoffrey schien etwas erwidern zu wollen, fand sich dann aber

sofort mit dieser Neuigkeit ab und wandte sich wieder seinen Papieren zu. »Ich danke dir, daß du sie begleitet hast. Sie ist oft allein.«
»Sie hat mir nicht erzählt, wie oft sie allein ist, aber nach dem Zustand dieses Raumes zu urteilen, siehst du deine Frau anscheinend sehr wenig.«
»Es gibt viel zu tun...«
»Eine wunderschöne Frau, allein den Launen des Hofes und all diesen falschen Schlangen ausgesetzt.«
Wieder zuckte Geoffrey mit den Schultern und wich Prestons Blick aus.
»Möchtest du deinem alten Freund nicht erzählen, was dich bedrückt? Gibt's Probleme?«
»Was für Probleme? Ich bin eben ein beschäftigter Mann und habe im Moment überhaupt keine Zeit für Flitterwochen. Wenn die Arbeit erst erledigt ist, dann kann ich mich ja angenehmeren Dingen zuwenden.« Er lächelte und deutete mit seinem Becher auf Preston. »Du bist häuslicher geworden, seit du verheiratet bist.«
Preston lächelte nicht. »Ich bin seit November hier, und wenn ich Glück habe, verlasse ich London zum Frühlingsbeginn. In dieser Zeit habe ich mit angesehen, wie du dich verlobt und verheiratet hast und wie du anschließend in die Rolle des Einsiedlers in der Schiffskabine geschlüpft bist. Was fehlt dir? Haßt du das Mädchen?«
»Nein, ich habe zu arbeiten«, wiederholte Geoffrey lautstark.
»Kein Mann hat so viel Arbeit, daß er nicht noch einige Minuten lang in eine Kutsche steigen kann, um die Nacht in einem anständigen Bett, an der Seite seiner schönen Frau zu verbringen, statt hier in diesem Schweinestall zu nächtigen. Nicht einmal der König.«
»Ich war bei meiner Frau«, log Geoffrey.
»Sie ist nicht besonders glücklich«, teilte Preston ihm mit. »Auch wenn sie vorgibt, es zu sein.«
»Sie hat Geld, schöne Kleider, eine Menge Einladungen zu Gesellschaften, die sie beschäftigen, und außerdem bin ich nah genug da, um jederzeit gerufen werden zu können. Wenn sie nicht glücklich ist, dann liegt das an ihr und nicht an mir.«

»Warum verachtest du sie?«
»Mein Gott, was geht dich mein Privatleben an? Wo ich schlafe und wann? Und das Glück meiner Frau?«
»Es liegt etwas in der Luft, Seavers. Wenn du ein Problem hast, so laß mich dir helfen.«
»Es gibt aber kein Problem«, wiederholte Geoffrey und wandte sich von seinem Freund ab. Sein Gesicht war von Minute zu Minute röter geworden, und seine Muskeln spannten sich immer mehr an.
»Ist sie eine Dirne, die ausgezahlt werden muß? Dieser Drang, Geld zu machen – gibt es da irgendein Problem? Und kann ich dir helfen, damit du wieder ein normales Leben führst? Ich habe genug Geld, und mit Dirnen habe ich auch schon zu tun gehabt.«
»Geld habe ich geheiratet und für Dirnen habe ich keine Zeit«, sagte Seavers ärgerlich. »Hör endlich auf.«
»Ich bin nicht hier, um in deinem Leben herumzuschnüffeln, sondern um dir zu helfen. Also was gibt's?«
»Meine Güte, ich habe dir doch gesagt, du sollst endlich damit aufhören. Es ist nichts.« Geoffrey setzte sein Glas mit Wucht ab und fuhr sich mit der Hand durch sein zerzaustes Haar. »Mein Freund, ich schätze deinen Rat sehr, aber du machst dir unnötige Sorgen. Es gibt Pläne, die verwirklicht werden müssen, Arbeiter, die bezahlt werden wollen, einen Krieg, in dem jedes Schiff benötigt wird, und stinkende Holländer, die uns auf hoher See auflauern. Ich habe keine Zeit für Feste und andere Spielereien des Hofes. Kann sein, daß auch ich mich einmal in die persönlichen Probleme anderer Menschen einmische, wenn ich erst zwanzig segeltüchtiger Schiffe und eine schwangere Frau habe.«
Preston hob beschwichtigend die Hände, um Geoffrey aufzuhalten oder zumindest seinen Ärger zu dämpfen. »Ich wollte nur meine Hilfe anbieten. Ich hatte nicht vor, dich zu verärgern.«
Geoffrey schüttelte den Kopf. Er konnte seine Probleme nicht verbergen. Ganz London wußte schon, daß er seine Frau selten sah, sich kaum um das Haus in der Tiller Street kümmerte und

seit seiner Heirat auf keiner Gesellschaft mehr gesehen worden war. Ihn interessierte nicht, wo Alicia sich herumtrieb. Die Aufgabe, ihre Unternehmungen zu beobachten, hatte er Rodney übertragen und wollte auch nichts darüber erfahren, solange es sich nicht um ernsthafte Probleme handelte. Soviel er wußte, saß Alicia eh meist zu Hause und wartete darauf, daß die Tage vergingen.

Jedesmal, wenn er sich in ihrer Nähe aufhielt, steigerte sich seine wachsende Leidenschaft nach ihr ins Unermeßliche. Er mußte zugeben, daß er sie begehrte, und dieses Gefühl erschütterte ihn bis aufs Mark. Nicht genug, daß sie nur ein gewöhnliches Schankmädchen und für einen adeligen Sproß mit einer langen Ahnengalerie nicht der passende Umgang war, sondern außerdem auch noch eine wichtige Schachfigur in einem ungesetzlichen Komplott, das ihm schnell Geld gebracht hatte. Sich unter diesen Umständen an sie zu binden, wäre ein verhängnisvoller Fehler gewesen. Dadurch würde seine Angst, daß man das Komplott entdecken könnte, nur verlängert werden. Er durfte seinen Gefühlen unter keinen Umständen nachgeben und mußte sich dazu zwingen, sie nicht zu beachten. Sie war lediglich dazu da, ihn in den Besitz der Schiffe zu bringen. Arbeit war deshalb sein ganzer Lebensinhalt.

Er kam nur auf einen Sprung, um die Bediensteten und den Zustand des Hauses zu prüfen, das er gemietet hatte, und ging sogleich wieder an die Arbeit zurück. Er arbeitete pausenlos, manchmal die ganze Nacht hindurch und dachte so wenig wie möglich an die Frau, die er als Lady Seavers in die Gesellschaft eingeführt hatte. Sicher, sie tauchte oft ohne Vorwarnung in seinen Träumen auf. Träume, aus denen er schwach und atemlos erwachte. Aber er hatte bei sich geschworen, mit der Zeit auch seine Träume unter Kontrolle bringen zu können.

»Du hast recht«, sagte Geoffrey zögernd. »Ich arbeite zu viel... es ist nicht gut, sich niemals einen freien Tag zu gönnen. Was meinst du, ich zieh' mich rasch an und wir führen Lady Seavers zum Essen aus?«

Preston lächelte und schüttelte den Kopf. »Dieses Mal mußt du mich leider entschuldigen. Ich habe mich mit Freunden zum

Würfeln verabredet, und da gibt es ein hübsches Mädchen, das mir Glück bringen soll.« Er lachte. »Wohlgemerkt nur Glück, Seavers, das kann ich dir versichern – mich interessieren andere Frauen nicht mehr, da es auf der ganzen Welt keine zweite gibt, die es mit Brianna an Schönheit und Verstand aufnehmen kann. Ich lasse dich deine Lady alleine zum Essen ausführen.« Er nickte mit dem Kopf und lächelte offenherzig. »Du siehst aus, als könntest du das gebrauchen.«

Er drehte sich um und machte Anstalten, den Raum zu verlassen, wandte sich aber beim Klang seines Namens noch einmal um.

»Preston, es tut mir leid, daß ich dich angeschrien habe. Ich schätze dein Angebot, mir zu helfen. Doch ich habe die Wahrheit gesagt, das einzige, was mir fehlt, ist, meine Arbeit zu Ende zu führen und meine Schiffe endlich auf hoher See zu wissen. Dann, so könnte ich mir vorstellen, habe ich auch mehr Zeit für mich.«

Preston nickte und verließ die Kabine und das Schiff, um zum Würfelspiel zu gehen. Er verbrachte die Nächte meist auf seinem Lieblingsschiff, der *Letty*, obwohl er zahlreiche Angebote von gemütlicheren Unterkünften erhalten hatte, die er ab und an auch aufsuchte.

Es war schon nach Mitternacht, als Preston den Spieltisch verließ und sich eine Kutsche nahm, die ihn zum Hafen bringen sollte. Er befahl dem Kutscher, an einem bestimmten Platz anzuhalten und einen Moment zu warten.

Preston ging langsam auf die *Patrina* zu. Ein junger Mann sprang beim Klang der Schritte vom Deck auf.

»Wer da«, schrie der Junge.

»Kapitän Tilden. Ist dein Kapitän auf dem Schiff?«

»Ja, Sir, kommt an Bord.«

Preston hielt einen Moment inne, seufzte dann tief und rief zurück: »Ich werde ihn morgen sehen, Junge. Eine ruhige Wache und gute Nacht.«

»Danke schön, Sir«, antwortete der Junge.

Preston legte den Rest des Weges mit der Kutsche zurück. Er konnte ihn einfach nicht verstehen. Armer Hund, dachte er verblüfft. Angenommen, er würde gerne von ihren Reizen Gebrauch machen – und *konnte* nicht.

8

Einer der Vorteile des Hauses in der Tiller Street war der wunderschöne große Garten, hübsch und ruhig gelegen.
Wenn man in Whitehall wohnte, konnte man auch die Gärten benutzen, doch tollten dort so viele spielende Mädchen herum oder Freier, die ihre Liebsten umwarben. Und auf Schritt und Tritt begegnete man Mitgliedern der königlichen Familie, die sich ständig dort aufhielten. Manchmal fanden dort auch Treffen statt, die geheim bleiben sollten, bei denen man Komplotte schmiedete oder Intrigen spann.
Der Frühling hatte sich noch nicht ganz durchsetzen können, und das Wetter war noch sehr wechselhaft. Doch Alicia war ein Mädchen vom Land und gewöhnt, sich bei jedem Wetter im Freien aufzuhalten. Sie hatte von jeher im Freien gespielt, gegessen und sogar gebadet,und mit den Kräften der Natur war sie besser vertraut als mit den Pflichten in einem vornehmen Haus in der Stadt. Deshalb war sie heilfroh, nicht die Führung des Haushaltes beaufsichtigen zu müssen. Rodney Prentiss und Mrs. Stratton hatten das übernommen. Die beiden fragten sie zwar in den meisten Fällen nach ihren Wünschen bezüglich anfallender Arbeiten, doch auch wenn sie nur die Schultern gezuckt hätte, wäre die Hausarbeit noch genauso gewissenhaft erledigt worden.
Der Kutscher besaß ein paar Hunde, Spaniels, die manchmal im Garten herumtobten. Alicia hätte die Hunde zwar verjagen können, da dies ja nun ihr Heim war. Doch sie konnte Hunde gut leiden, saß oft stundenlang da, warf ihnen Stöckchen zu und kraulte sie an Kopf und Rücken.
Sie saß gerade auf der Marmorbank im Garten und war mit den Tieren beschäftigt, als Preston sie rief. Beim Klang der vertrauten Stimme drehte sie sich fröhlich lachend um, um ihn zu begrüßen.

»Die Hunde werden Euer Kleid beschmutzen«, sagte er lächelnd. »Doch ich glaube nicht, daß Euch das stört, nicht wahr?«
»Nicht die Bohne«, lachte sie und sprang auf. Sie strich ihr Kleid aus tiefgrünem Samt ein wenig glatt. »Mrs. Stratton liebt es, viel Aufhebens deswegen zu machen und dann die Kleider zu säubern.« Sie kicherte leise. »Manchmal kommt sie mir vor wie die Mutter, die ich niemals hatte.«
»Richtig«, sagte Preston und kratzte sich am Kinn. »Eure Mutter starb ja bei Eurer Geburt.«
Alicia erschrak. Sie fühlte sich in der Gesellschaft Prestons so wohl, daß sie vergessen hatte, daß er ja nichts über ihre wirkliche Vergangenheit wußte. Er kannte nur die Vergangenheit von Charlotte. Ein seltsames Gefühl überkam sie, als sie bemerkte, daß sie sich Preston mehr verwandt fühlte als Geoffrey. »Ja«, murmelte sie. »Das ist richtig.«
»Ich bin gekommen, um mich von Euch zu verabschieden. Ich werde für einige Zeit die Stadt verlassen – doch nicht für lange. Ich werde so schnell wie möglich zurückkommen. Ich glaube, ich habe Euch schon erzählt, daß meine Frau in diesem Sommer unser erstes Kind zur Welt bringen wird.«
»Dann werdet Ihr sicher bald nach Hause zurückkehren wollen«, erwiderte sie ruhig.
»Ich will die Geschäfte so schnell wie möglich zu Ende bringen, aber es handelt sich um eine Sache, die nicht überstürzt werden darf.«
»Geschäfte? Kauft Ihr –«
»Nein, Charlotte, es handelt sich um meine Schwester. Die Kuriere, die in meinem Auftrag Erkundigungen über sie einholen sollten, sind mit einigen Neuigkeiten zurückgekehrt, denen ich gerne selbst nachgehen würde.«
Sie neigte leicht ihren Kopf und schaute ihn fragend an. Sie wußte nichts über diese Angelegenheit.
»Hat Geoffrey Euch nichts davon erzählt?« fragte er sie.
»Er hat nichts von Eurer Schwester erzählt... nur von Euren Schiffen und Brüdern... es ist so, daß er in letzter Zeit viel zu tun hatte... na ja, wir haben kaum Zeit...« Sie ließ ihre

Stimme verhallen, da sie bisher nicht darüber geklagt hatte, daß Geoffrey ihr zu wenig Aufmerksamkeit schenkte. Sie hatte das Gefühl, nicht das Recht dazu zu haben. Die Dinge entwickelten sich genauso, wie sie geplant worden waren. Sie spielte die Rolle der Ehefrau und Geoffrey die eines Lords, Geschäftsmannes und Seemannes. In ihrer Absprache gab es keine Klausel, daß er auch die Rolle des Ehemannes spielen sollte.

»Ihr braucht darüber kein weiteres Wort zu verlieren. Ich weiß, daß Lord Seavers sehr wenig Zeit mit Euch verbringt.« Preston hob ihr Kinn mit einem Finger an und schaute ihr in die Augen. »Er scheint große Sorgen zu haben, Charlotte. Wißt Ihr, warum?«

Sie zuckte mit den Achseln und schüttelte den Kopf. »Er spricht oft von großem Zeitdruck, von Arbeiten, die unbedingt erledigt werden müssen.«

»Ich vermute, das ist die Ursache. Ich hatte immer meine Familie. Wir haben uns die Arbeit geteilt, und selbst wir mußten manchmal arbeiten, ohne Zeit zum Ausspannen zu haben. Aber Geoffrey hat nur sich selbst.«

Er müßte nicht allein sein, dachte Alicia. Wenn er zulassen würde, daß ich ihm helfe, anstatt –

Alicia war gleich nach der Hochzeit davon überzeugt, daß dies nicht unbedingt eine zeitlich begrenzte Angelegenheit bleiben müsse und ausschließlich den Zweck habe, an die Mitgift zu gelangen. Sie hatte die Leute am Hof gründlich getäuscht und war anerkannt worden, nicht anders als wäre sie tatsächlich Charlotte. Es war nicht notwendig, sie verschwinden zu lassen oder ihren Tod vorzutäuschen. Wenn Geoffrey etwas für sie übrig haben sollte, und manchmal dachte sie, daß er das tat, konnten sie dieses Spiel doch unbegrenzt fortführen. Alles, was sie dafür brauchte, war seine Bestätigung, *sie* und nicht den Geist von Charlotte oder nur ihr Vermögen zu begehren.

»Erzählt mir von Eurer Schwester, Preston«, sagte sie. »Was ist mit ihr geschehen?«

Er nahm sie am Ellenbogen, und nachdem er die Spaniels weggejagt hatte, führte er sie zur Marmorbank, wo sie sich niedersetzten und in Ruhe miteinander reden konnten.

»Meine Familie floh, kurz nachdem der König ermordet worden war, aus England. Mein Vater, meine Mutter und wir fünf Brüder. Mutter fürchtete um das Leben unserer kleinen Schwester Letty und hatte Angst, sie ins Ungewisse mitzunehmen. Es gab damals wilde Gerüchte, Geschichten über Adlige, die fliehend auf offener Straße umgebracht wurden, und noch andere Horrorgeschichten. Mutters Schwester sollte Letty bei sich aufnehmen, bis das Schlimmste vorüber wäre. Später sollte sie nachkommen, oder man hätte sie geholt.
Aber Letty ist niemals angekommen.« Er zuckte die Schultern. »Wir erhielten viel später einen Brief, der über ein Jahr alt war. Durch ihn erfuhren wir, daß die Jüngste und Behütetste von uns allen die Reise nicht überstanden hatte.«
»Und seither? Habt Ihr nie wieder etwas von ihr gehört?«
»Der Fahrer der Kutsche, der sie fortbrachte, und das Hausmädchen, das sich um sie kümmerte, waren miteinander verheiratet, hatten aber keine Kinder. Wir haben immer gehofft, daß vielleicht die beiden Letty einfach zu sich genommen und sich irgendwo auf dem Land mit ihr niedergelassen hätten. In diesem Fall hätte man sie eventuell wiederfinden können. Aber niemals hat mein Vater oder irgendeiner seiner Männer ein Ehepaar mit Kind aufgespürt, welches meine Schwester hätte sein können. Bis jetzt wurde keine Spur gefunden.«
Alicia saß auf dem äußersten Rand der Bank, die Ellenbogen auf die Knie gestützt, und lauschte gebannt auf jedes einzelne Wort. Da ihre eigene Herkunft so ungewiß verschwommen war, erschien ihr der starke Familiensinn, den Preston entwikkelte, wundervoll. Daß er nun loszog, um dem Schicksal seiner Schwester auf die Spur zu kommen, das erfüllte sie mit Neid. Sie hatte lange Zeit nach so einem Zugehörigkeitsgefühl, nach einer Familie gesucht. »Nun, Preston. Was gibt es für eine Spur?«
»Im Süden gibt es ein Dorf mit nicht viel mehr als etwa hundert Einwohnern. In diesem Dorf gibt es eine Kutsche, die die Bewohner fünfzehn Jahre lang benutzt haben. Als sie gefunden wurde, muß es noch eine sehr vornehme Kutsche gewesen sein. Der Schmied hat sie im Laufe der Zeit immer wieder repa-

rieren müssen. Auf dem Wagenschlag befindet sich ein verblichenes Familienwappen, das man vielleicht noch erkennen kann. Wenn es eine Tilden-Kutsche ist, werde ich sie erkennen. Und wenn dies besagte Kutsche ist, muß Letty in der Nähe gefunden worden sein. Ich will zumindest wissen, wo sie begraben liegt.«

»Ich kann mir vorstellen, daß die Geschichte noch nicht zu Ende ist, da Ihr schon soviel herausgefunden habt. O Preston, ich hoffe, daß Ihr gute Neuigkeiten erfahrt.«

»Ich glaube, daß Ihr da zuviel erhofft. Ich bin schon froh, wenn ich einfach nur in Erfahrung bringen kann, was damals mit ihr geschehen ist.«

Alicia spürte, wie sich ihr Herz zusammenkrampfte. Sie fühlte eine gewisse Seelenverwandtschaft mit Preston. Das Bild, das er von seiner Familie zeichnete, entsprach der Familie, die sie selbst sich aussuchen würde, wenn sie es könnte. Die Rührung trieb ihr Tränen in die Augen. »Daß Ihr das Schicksal und den Verbleib Eurer Schwester enthüllen wollt, das ist sehr nobel, Preston, so...«

Preston lachte und gab ihr einen leichten Nasenstüber, eine Geste, die sie trotz ihrer tiefen Gefühlsregungen zum Lachen brachte. »Ihr könnt das natürlich verstehen: Ihr habt Eure Mutter sehr früh verloren und bald danach Euren Vater. Es gibt nicht viele Menschen, die wie Ihr oder ich empfinden. Vielleicht deshalb, weil unsere beiden Familien auseinandergerissen wurden.

Ich denke jetzt über eine weitere Sache nach. Wir haben keinerlei Anhaltspunkte oder Zeugnisse, was aus meiner Schwester geworden ist. Ich glaube, wir dürfen die Sache nicht einfach ruhen lassen, bevor nicht alle Anstrengungen unternommen wurden, die Geschichte aufzudecken.«

»Auch wenn sie nur ein sehr kurzes Leben gehabt hat, so beneide ich sie doch, Preston«, sagte Alicia seufzend.

Preston fand sie entzückend. »Ihr seid die perfekte Zuhörerin, Charlotte. Aber denkt daran, meine Liebe, es ist sehr wahrscheinlich, daß nur dabei herauskommen kann, an ein namenloses Grab geführt zu werden. Ich weiß nicht, ob ein kleines Kind das alles hatte überleben können.«

Ihre Augen begannen sich wieder mit Tränen zu füllen. »Ihr *werdet* sie finden, Preston. Ich weiß es. Und bitte, benachrichtigt mich schnell. Ich bitte Euch.«
Preston erhob sich von der Bank und schaute Alicia bewundernd an. Ihre Empfindsamkeit bewegte ihn. »Ich danke Euch für Eure Anteilnahme, meine Liebe. Ich werde Euch gleich eine Nachricht senden. Und ich werde nicht lange ausbleiben.«
Preston ging auf das Haus zu. Alicia, die unaufhörlich redete, folgte ihm dicht an seine Fersen geheftet. »Und wenn sie nicht verheiratet ist, Preston, was habt Ihr dann vor? Was ist, wenn sie gemein und niederträchtig ist? Was werdet Ihr machen, wenn sie fett und häßlich ist?«
Lautes Lachen erfüllte das Haus, während sie auf die Eingangstür zugingen und sie sich von Preston verabschiedete. »Auch wenn sie ein fettes, liederliches Ungeheuer sein sollte, so wird es doch gut sein, sie zu sehen, falls sie noch lebt. Wenn sie eine Mörderin ist, bin ich bereit, sie freizukaufen. Und wenn sie an einen Vertrag gebunden ist, werde ich diesen sogleich auflösen.«
»Ihr werdet ihr Retter und Ritter sein«, lachte Alicia ausgelassen. »Ihr werdet sie finden und sie aus ihrem jahrelangen Elend befreien, werdet sie zu ihren wohlhabenden Eltern bringen und...« Sie lachte wieder. Ihr war froh ums Herz. Sie hatte ihre Freude an diesen wilden Phantastereien.
Preston blieb bei der Türe stehen und beugte sich zu ihr hin, um ihre Stirn zu küssen. »Reizende Lady, Ihr seid der einzige Mensch, den ich kennengelernt habe, meine Familie eingeschlossen, der die Situation hoffnungsvoll betrachtet.«
»Warum sollte ich das nicht, Preston? Schaut, auch mein Leben war traurig, und jetzt bin ich hier, trage schöne Kleider, war sogar für einige Zeit Mündel des Königs.« Sie zuckte die Schultern. »Warum sollte ich da keine Hoffnung haben? Geht rasch, damit Ihr mir bald erzählen könnt, was Ihr gefunden habt.«
Er machte sich auf den Weg, kehrte aber noch einmal zu ihr zurück. »Zum Glück habt Ihr den Lord schon geheiratet, meine Liebe. Ihr könnt sicher sein, wenn meine Schwester nicht verschwunden wäre, dann hätte ich sie Geoffrey zur Frau gegeben.

Dem Himmel sei Dank, daß es jetzt zu spät ist und er nicht mehr um Alicia anhalten kann.«
Im ersten Moment schaute sie ungläubig und verwirrt und wurde dann von einem Gefühl tiefer Erschütterung überwältigt. Sie lehnte sich zitternd gegen den Türrahmen, was Preston nicht bemerkte, da er sich nach dem Gruß abgewendet hatte, um aufzubrechen.
»Preston! Lord Tilden!« rief sie mit schwacher Stimme. »Alicia?« fragte sie.
»Ja, Alicia, obwohl alle sie Letty gerufen haben.« Er zuckte die Achseln und lächelte, belustigt über Alicias Erregung. »Glaubt Ihr, daß sie nicht mehr mit ihrem Kosenamen gerufen werden will?«
Alicia schüttelte stumm den Kopf. »Ich denke, daß Alicia ein wundervoller Name ist«, flüsterte sie. »Geht mit Gott.«
Er reichte ihr nochmals die Hand und ging dann in flottem Tempo die Straße hinunter. Als sie seine breiten Schultern nicht mehr sehen konnte, glitzerte eine Träne in ihren Wimpern, und ihre bebenden Lippen flüsterten einen Abschiedsgruß: »Paß auf dich auf – mein Bruder...«
Endlose Tage und Nächte lang kreisten ihre Gedanken um die Möglichkeit, daß sie und Preston blutsverwandt, daß sie die gesuchte Schwester sein könnte. Die einzigen Erinnerungsstücke aus ihrer Kindheit, die eine Verbindung zu ihm herstellen konnten, waren die Übereinstimmung der Art und Weise, wie seine Schwester verschwunden war, und das Kinderkleidchen, das sie getragen hatte, als sie damals von den Thatchers aufgenommen wurde. Sie besaß das Kleid noch immer, auch wenn es jetzt fast nur noch aus Fetzen bestand. Doch trug es kein Merkmal, woraus man hätte schließen können, daß sie eine Tilden wäre. Es gab weder ein eingesticktes Wappen noch irgendwelche Initialen.
Der Traum, der ihr einst ein wenig Freude gebracht hatte, quälte sie nun. Sie nahm all ihre Sinne zusammen, um sich genauer an die Einzelheiten zu erinnern. Sie war überzeugt, daß Preston der ältere Bruder war, der sie immer im Arm gehalten, mit ihr geschimpft und sie geliebt hatte. Und die blonde Frau,

die weinte: das mußte ihre Mutter gewesen sein. Der rote Umhang – warum hatte sie den roten Umhang nicht getragen? Um welche Jahreszeit war das gewesen? Sie erinnerte sich an Kälte und Regen, aber sie wußte nicht genau, ob diese Erinnerung jene Reise damals betraf oder sich auf einen anderen Ort und eine andere Zeit bezog. Doch da war ihr Name. Das war kein häufiger Name. Ihr Aussehen war zwar nicht einmalig, weil viele Mädchen in England braunes Haar und blaue Augen hatten und sie auch über keine angeborenen, besonderen Körpermale verfügte.

»Aber ich bin seine Letty«, sagte sie sich. »Es gibt keinen Zweifel.«

Doch wußte sie nicht, was sie mit ihrem Wissen anfangen sollte. Kurz durchdachte sie die Möglichkeit, es Geoffrey zu erzählen. Doch es fand sich keine Gelegenheit, da er sich nur selten Zeit nahm, mit ihr überhaupt über irgend etwas zu reden. Es war offensichtlich, daß er keinerlei Interesse für die Angelegenheiten zeigte, die Preston in England zu erledigen hatte. Sein einziges Interesse kreiste um Charlotte Bellamys Vermögen und um die Tatsache, es möglichst rasch auszugeben.

Sie dachte daran, Preston von der möglichen Verwandtschaft zwischen ihnen zu erzählen. Doch der Gedanke, dann vielleicht als Betrügerin entlarvt zu werden, schreckte sie allzusehr ab. Preston mochte bereit sein, Alicia von einem Vertrag freizukaufen, ihre Schulden zu bezahlen oder ihren Namen reinzuwaschen, aber würde er auch bereit sein, dem König ihr betrügerisches Verhalten zur Kenntnis zu bringen?

Ihre Angst wurde noch zusätzlich durch einen Vorfall geschürt, der sich ereignete, als sie mit Margaret ausging. Sie verließ das Haus nicht sehr häufig, da sie noch immer unsicher war, was die Öffentlichkeit wohl von ihr für ein Verhalten erwartete. Sie hatte vorgehabt, Leinen und Garn zu kaufen, um sich im Sticken zu versuchen: Margaret wollte es ihr beibringen. »Alle hochgeborenen adeligen Frauen tun das«, hatte Margaret gesagt. Und man konnte beim Sticken vorzüglich seinen Gedanken nachhängen, ohne allzu große Aufmerksamkeit zu erregen, so dachte Alicia.

Sie kauften die Sachen ein. Alicia verweilte noch ein bißchen, um die Spitzen und Bänder, die ausgestellt waren, zu betrachten. Da hörte sie, wie ihr Name gerufen wurde. »Lady Seavers, du lieber Himmel. Wie wunderbar Ihr ausseht, großartig.«
Als sie sich umwandte, konnte sie Lady Castlemaine sehen, die sich ihr, eine Maske vor den Augen, inmitten ihres gesamten Hofstaates aus Günstlingen und Bediensteten näherte. Barbara trug Schönheitspflästerchen im Gesicht, die gerade sehr beliebt waren. Ihr Bauch wölbte sich über dem Kind, das sie erwartete. Es war ihr fünftes. Alicia stand vor Überraschung einen Moment lang bewegungslos da.
»Ihr müßt zu meiner Abendgesellschaft kommen, Mylady. Warum? Alle Welt spricht über Euch, seit man Euch kaum noch in Whitehall sieht.«
Da lächelte Alicia und knickste vor Lady Castlemaine. Sie hatte schon davon gehört, daß Barbaras Popularität stetig abnahm und daß sich auf den Abendgesellschaften von Frances Stewart alle wichtigen Leute drängten. Es machte Alicia stolz, daß Barbara versuchte, durch ihre Anwesenheit bei einer Gesellschaft die Aufmerksamkeit des Hofes wieder auf sich zu ziehen.
»Ich fühle mich geehrt, Madam«, antwortete sie bescheiden und fragte sich gleich, welche Ausrede sie wohl erfinden konnte, um nicht auf die Gesellschaft gehen zu müssen. Sie war sich nicht sicher, ob sie Barbara Palmer mochte oder nicht. Auf jeden Fall hatte sie ein wenig Angst vor ihr. In gewisser Hinsicht war es amüsant gewesen, ihr Schützling zu sein. Sie jedoch zum Feind zu haben, mußte schrecklich sein.
»Dann werde ich Euch bald besuchen, damit wir die Angelegenheit planen können. Ich werde ständig mit so vielen Einladungen überhäuft, daß es gar nicht so einfach sein wird, selbst eine Gesellschaft zu geben. Aber ich schaue, daß ich es schon bald einrichten kann.«
Barbaras Abgang erregte genausoviel Aufsehen, wie ihr Auftritt. Sie rauschte hinaus, ihre Bewunderer und Zofen im Schlepptau. Die kichernden Mädchen und affektierten Stutzer zogen im Gänsemarsch hinter ihr her.
Alicia wandte sich wieder den Spitzen und Bändern zu, ohne sie

jedoch richtig wahrzunehmen. Sie war von dem Wirbel, den Lady Castlemaine veranstaltet hatte, noch ganz benommen und brauchte einen Moment, um sich wieder auf das zu besinnen, was sie vorher beschäftigt hatte. Sie schüttelte ihre leichte Verwirrung ab und wollte sich gerade an Margaret wenden, um sie zum Gehen aufzufordern, da blickte sie in ein Paar haßerfüllte Augen. Ein Mädchen in ihrem Alter, das etwas größer war als sie, stand vor ihr. Die Augen des Mädchens bohrten sich in die ihren, und ihre kupferfarbenen Locken schienen zu beben.

Alicias Mund stand vor Verwunderung weit offen.

»Du bist das also«, zischte das Mädchen sie an. »Du bist also diejenige, die sich nun ›Lady Seavers‹ nennt.«

»Margaret?« fragte Alicia und schaute sich hilfesuchend um.

»Ich weiß zwar nicht, wer du bist«, fauchte das Mädchen. »Aber ich weiß, wer du auf alle Fälle *nicht* bist. Du bist nicht Charlotte Bellamy, das ist gewiß.« Mit diesen Worten schnappte die junge Frau nach dem Täschchen, das an Alicias Handgelenk hing. Die Kordel schnitt sich tief in Alicias Hand, als ihr die Tasche weggerissen wurde. Alicia gab einen schrillen Schrei von sich, und Margaret ließ die Sachen, die sie in der Hand gehabt hatte, entsetzt fallen, um sich in den Kampf zu stürzen. Aber das Mädchen hatte seine Beute schon gepackt und tauchte rasch in der Menge unter.

»Haltet die Diebin!« schrie Margaret und rannte ein Stück hinter der Frau her. »Haltet sie auf, sie hat Myladys Handtasche gestohlen! Haltet sie fest, die Dicke dort!«

In diesem Moment wurde Alicia bewußt, wer das Mädchen war. Ihr fielen die Worte des Königs wieder ein. »Ich hatte geglaubt, daß Ihr rote Haare habt. Und daß ihr wohlgenährt seid.« Alicia schickte ein Stoßgebet zum Himmel, daß man das Mädchen nicht fassen würde.

»Bitte Margaret, laß uns einfach gehen...«

Eine Traube von Leuten hatte sich um sie versammelt. Rodney, der sie begleitete, hatte den Schrei gehört und den Menschenauflauf gesehen. Er bahnte sich einen Weg durch die Menge und nahm Alicia am Arm.

»Bitte, Rodney, bringt mich nach Hause«, bat sie schwach. Kein weiteres Wort war nötig. Er führte sie sicher durch all die Leute, und Margaret folgte ihnen, nachdem sie die Pakete aufgesammelt hatte.
Alicia sagte kein Wort. Das Durcheinander mit ihren verschiedenen Identitäten wuchs ihr über den Kopf. Schweigen schien der einzige Ausweg zu sein.

Geoffrey Seavers betrat eilig das Haus in der Tiller Street. Drinnen nahm er seinen Hut ab. Er schaute sich um und bemerkte, daß alles sehr sauber und ordentlich war. Es schien niemand da zu sein, darum stand er eine ganze Weile da und betrachtete bewundernd den Salon. Das Haus war gemütlich, sauber und roch sehr gut. Obwohl er ein eigenes Zimmer im Haus hatte, benutzte er es nicht. Wenn er sich hier aufhielt, so wurde ihm ständig vor Augen geführt, daß er den König belogen und betrogen hatte und daß er sich in großen Schwierigkeiten befand.
»Guten Abend, Mylord«, sagte eine Stimme. »Nett, Euch hier zu sehen.«
Er lächelte, als Margaret an ihm vorbei auf die Treppe zuging.
»Ist Lady Seavers zu Hause?« fragte er.
»Ja, Sir. Sie befindet sich in ihren Räumen.«
»Fragt sie bitte, ob ich heraufkommen kann.«
»Ja, Mylord«, sagte Margaret und setzte ihren Weg fort. Schon kurz darauf kehrte sie zurück und schickte ihn zu Alicia. Als er das Zimmer betrat, sah er sie an einem Stickrahmen sitzen und, die Stirn in Falten gelegt, mit einem Stück Leinen hantieren.
»Kommt herein, Mylord«, begrüßte sie ihn. »Ich bin froh, daß ich dieses verdammte Ding beiseite legen kann.«
Er runzelte ebenfalls die Stirn, als er ihre Ausdrucksweise vernahm, war aber entzückt von dem Anblick, der sich ihm bot, als sie den Stickrahmen zur Seite stellte und sich erhob. Es machte ihr anscheinend Freude, sich herauszuputzen. Er traf sie immer hervorragend gekleidet und frisiert an. Er zwang sich, daran zu

denken, daß sie lediglich eine geschäftliche Beziehung miteinander verband. Er versuchte sich vorzustellen, daß sie eine Angestellte sei, jemand, den er dafür bezahlte, eine Arbeit auszuführen.
»Wie ist es Euch ergangen?« fragte sie ihn.
»Ganz gut. Ich habe gehört, daß Ihr Ärger hattet.«
»Ärger?« fragte sie und schaute ihn verdutzt an.
»Beim Einkaufen. Wurde Euch nicht etwas gestohlen?«
Sie schaute weg. »Es war nichts Wertvolles. Auf der Straße wimmelt es von Dieben. Ich werde nicht mehr so oft ausgehen.«
»Ihr geht sowieso schon kaum aus.«
»Auf Eure Anordnung hin, Mylord«, erinnerte sie ihn.
»Ja, natürlich. Na gut. Ich denke, wir sollten jetzt, da das Wetter besser geworden ist, hinausfahren und den Landbesitz anschauen, den Fergus Bellamy hinterlassen hat. Ich möchte die Ländereien möglichst schnell verkaufen.«
»Mir wurde erzählt, daß dieses Land einigen Ertrag bringt, da Landwirtschaft betrieben wird. Meint Ihr nicht, daß es besser wäre, es zu behalten?«
»Ich möchte lieber das, was den Bellamys gehörte, rasch loswerden und anfangen, etwas Eigenes für die Seavers aufzubauen.«
Alicia schaute ihn fest an. »Und wer wird das sein, Mylord?«
Sie las die Antwort aus seinem verwirrten Blick. Als er den Sinn ihrer Worte begriff, wandte er sich von ihr ab.
»Es gibt keinen Grund dafür, nicht darüber zu reden, Mylord. Erzählt mir, wer Eurer Meinung nach die ›Seavers-Familie‹ sein wird.«
Er murmelte etwas Unverständliches. Mit zwei Schritten war sie bei ihm und drehte ihn an den Schultern herum. »Ich stelle mir vor, eines Tages zu heiraten.« Als er den Schmerz in ihren Augen sah, bat er: »Alicia, bitte, tut das nicht...«
»Wollt Ihr Euch noch eine andere reiche Frau suchen?« fragte sie.
Er schüttelte den Kopf. »Ich werde wahrscheinlich keinen Bedarf mehr an Geld haben, aber sie muß von vornehmer Ab-

stammung sein.« Ein tiefer Seufzer entfuhr ihm. »Sie muß soviel blaues Blut in ihren Adern haben, daß dadurch all meine toten Vorfahren befriedigt werden können.«
Alicia drehte sich um und ging zum Fenster. Sie zog den schweren Vorhang etwas zur Seite und blickte nach draußen. »Ich frage mich...« begann sie, ohne ihn anzuschauen. »Ich frage mich, wie Ihr mich behandeln würdet, wenn ich aus einer adeligen Familie stammen würde.«
Geoffrey trat hinter sie und legte seine Hände auf ihre Schultern. Der sinnliche Duft ihres Körpers weckte sein Verlangen. »In Anbetracht des Lebens, das Ihr geführt habt, bevor wir uns trafen, solltet Ihr für das alles ein bißchen dankbarer sein. Und es würde mir helfen, wenn Ihr mich mit Eurer Traurigkeit ein bißchen weniger bestrafen würdet.«
Sie drehte sich plötzlich um, direkt in seine Umarmung hinein. »Aber Ihr seid nicht glücklich, Mylord.«
»Nein, Alicia, meine Liebe, ich bin nicht glücklich. Aber seht Ihr nicht, in was für einer Situation ich mich befinde? Ich habe diesen Handel nur zu meinem Nutzen abgeschlossen. Je schneller alles beendet ist, damit keine Gefahr mehr besteht, alles wieder zu verlieren, wofür ich gekämpft habe, desto eher brauche ich mich nicht mehr davor zu fürchten, daß alles entdeckt wird.« Er seufzte tief, und seine grünen Augen wurden ernst. »Ich warte sehnsüchtig auf diesen Tag.«
»Habt Ihr niemals daran gedacht, daß unser Handel doch gar nicht beendet werden muß? Wenn ich wirklich Charlotte Bellamy wäre, gäbe es auch kein Ende – und wer kann schon etwas anderes beweisen?«
Er berührte sanft ihre Lippen mit den seinen. »Führt die Heiligen nicht in Versuchung«, flüsterte er. »Aber diese Lüge macht mich krank, und ich könnte nicht ein ganzes Leben lang damit verbringen.«
»Dann gibt es also so etwas wie Liebe zwischen uns, Geoffrey«, murmelte sie.
»Ich begehre Euch. Aber ich weiß nicht, ob das Liebe ist.«
»Ihr geht auch kein Risiko dafür ein«, sagte sie.
Seine Augen verdunkelten sich, und seine Lippen zogen sich zu einem schmalen Strich zusammen. »Nein.«

Sie wandte sich von ihm ab und schaute wieder aus dem Fenster. Er hatte seinen Entschluß gefaßt, und sie würde ihn nicht noch einmal fragen. Aber wenn er seine Meinung ändern sollte, würde sie ihm Gehör schenken.

»Wann seid Ihr bereit zu reisen?«

»Wann immer Ihr wünscht, Sir.«

»In zwei Tagen?«

»Auf welche Weise reisen wir, und was soll ich mitnehmen?«

»Wir werden mit der Kutsche fahren. Nehmt nur Reisekleidung und unentbehrliches Dienstpersonal mit.«

»Gut, in zwei Tagen also.« Sie wandte sich wieder ihm zu. Er spielte mit dem Hut in seinen Händen. »Ich werde bereit sein.«

»Ich danke Euch. Ich wünsche Euch noch einen schönen Abend.«

»Geoffrey«, rief sie. Er drehte sich nochmals um. »Wird es sehr lange dauern, bis ich – bis das alles zu Ende ist?«

Er blickte zu Boden und zerrte nervös an seinem Hut herum. Dann schaute er sie an. »Ich glaube nicht, daß es noch lange dauern wird. Vielleicht im Herbst. Habt Ihr es eilig?«

»Nein«, sagte sie schweratmend.

»Vielleicht auch noch länger, um auch diejenigen zu überzeugen – um sicherzugehen, daß es keinen Verdacht gibt.«

Sie nickte und biß sich auf die Lippen, eine Geste, die ihm weh tat. Er haßte es, sie zu verletzen. Er konnte nichts tun, um ihr zu helfen, außer vielleicht, sie möglichst schnell aus ihrer Lage zu befreien.

»Es hat Tote in der Stadt gegeben«, bemerkte sie. »Sie sagen, es wütet die Pest.«

»Immer wenn jemand stirbt, ist es angeblich die Pest. Es besteht keine Gefahr.«

»Es macht mir angst.«

»Es gibt wichtigere Dinge, vor denen Ihr Angst haben solltet. Vor den Holländern und der Wahrheit.«

»Ich habe keine Angst vor der Wahrheit, Mylord. Die Wahrheit hat mir niemals zuvor geschadet.«

Er setzte seinen Hut auf und tippte einmal dagegen. »Diesmal, Alicia, könnte das aber der Fall sein.«

9

Der Landbesitz, den Fergus Bellamy zurückerhalten hatte, lag westlich von London. Bis Newbury befanden sich die Straßen in gutem Zustand. Als sie aber von der stark befahrenen Straße in nordwestlicher Richtung abbiegen mußten, wurde der Weg immer schwieriger. Geoffrey ritt neben der Kutsche her, und Rodney saß neben dem Kutscher. Die Reisenden wurden nur von zwei Reitern begleitet, was nicht besonders viel war. Alicia hatte Margaret bei sich, die mit ihr in der Kutsche saß. Alles in allem reiste diese angesehene Familie nicht mit dem sonst für Adelige üblichen Pomp, und deshalb schenkte man ihnen auch keine besondere Aufmerksamkeit. Wenn sie in einem Gasthof abstiegen, lief der Gastwirt nicht eilfertig herbei und verbeugte sich diensteifrig. Selbst wenn Geoffrey gewollt hätte, daß ihm und den Seinen mehr Aufmerksamkeit entgegengebracht würde, wäre dies nicht geschehen, da nichts darauf hindeutete, daß er wohlhabend sei. Diese Art zu reisen, ließ eher auf einen geizigen Kaufmann schließen.

Das Landhaus und das dazugehörige Land hatte man Bellerose genannt, zu Zeiten, als sie sich noch im Besitz der Familie Bellamy befanden. Nachdem der letzte Bellamy, Fergus, den Landsitz verlassen hatte und dieser zuerst geplündert und dann von anderen Leuten in Besitz genommen worden war, geriet der Name in Vergessenheit.

Die Straße, die zu dem Anwesen führte, war in einem miserablen Zustand, da sich lange niemand darum gekümmert hatte. Als die Kutsche schwankend auf das Haus zufuhr, klammerte sich Alicia an ihrem Sitz fest und kämpfte gegen eine aufsteigende Übelkeit an. »Dieses Bellerose ist wirklich eine Sehenswürdigkeit«, stöhnte sie.

Als die Kutsche endlich anhielt, warf Alicia die Wagentüre auf, um hinauszuschauen. Ein Seufzer der Begeisterung entschlüpfte ihr. Vor ihr lag ein vier- oder fünfstöckiges Haus aus Backstein. Die Gartenanlage war zwar vernachlässigt und verwildert, doch konnte man unter dem dichten Bewuchs noch Rosensträucher und Bäume erkennen. Da sie kein Leben in Luxus geführt hatte und nicht in Schlössern oder vornehmen Landhäusern aufgewachsen war und auch nur Whitehall als Vergleich zu diesem Anwesen hatte, erschien es ihr wunderschön. Sie mochte das städtische Leben und das verwirrende Durcheinander von Whitehall nicht. Das Landleben sagte ihr viel mehr zu; das war ganz nach ihrem Geschmack.

»Bellerose...« murmelte sie, und ein Lächeln huschte über ihre Lippen.

»Es ist mehr ein Dorn als eine Rose«, brummte Geoffrey. »Ich werde kaum einen guten Preis dafür bekommen. Wer will so etwas schon haben? Ich würde gern die umliegenden Dörfer sehen.«

»Aber es ist doch wunderschön!« wiederholte sie und sprang ohne Hilfe aus der Kutsche. Ihre Schuhe versanken augenblicklich im Schlamm, und mit einem Fluch hob sie noch schnell ihren Rock. »Zum Teufel! Ich werde es nie lernen, vernünftig zu sein.«

Geoffrey deutete mit der Hand auf den Rest des Weges. »Wie gedenkt Ihr zum Haus zu gelangen, Madam?«

Alicia zog einen Schmollmund und schaute ihn an. »Da auf diesem Ausflug keine Gentlemen dabei sind, befinde ich mich allerdings in großer Verlegenheit, Sir.«

Geoffrey lachte und stieg vom Pferd. Seinen Hut hängte er über den Sattelknauf. Er stapfte durch den Schlamm zu ihr hin, nahm sie auf seine Arme und trug sie bis zum Haus. Seine schwarzen Lederstiefel waren von oben bis unten mit Schlamm vollgespritzt, und der Schmutz von Alicias Kleid und Schuhen blieb an seinen Reithosen hängen.

»Es wird einiger Anstrengung bedürfen, uns zu säubern, wenn wir erst einmal drinnen sind.«

»Ich werde besser auf meine Kleider aufpassen müssen«, sagte Alicia. »Wenn Ihr mich erst einmal weggeschickt habt, um Euch eine neue Frau zu suchen, werde ich niemanden mehr haben, der mir solche Gewänder bezahlt.«

»In so einem Moment verspottet Ihr mich auch noch«, schimpfte er gutmütig.

»Endlich, Mylord«, sagte sie zu ihm, als er die Treppen des

Hauses hinaufschritt. »Nach all diesen Monaten fühle ich mich endlich wie eine Braut.«
Er setzte sie plötzlich abrupt und hart auf den Steinfliesen ab. Der Aufprall ließ einen Ausdruck der Mißbilligung auf ihrem Gesicht erscheinen. »Ich habe zu früh geredet«, sagte sie grollend.
Geoffrey mußte einfach über sie lachen. Sie hatte sich die gesamte Reise über gut gehalten. Es brachte sie nicht aus der Fassung, in unbequemen Quartieren zu übernachten – sie war an Schlimmeres gewöhnt –, und nie hatte sie sich über das Essen oder die anstrengende Fahrt beklagt. Auch das Haus, das in seinen Augen eine völlig heruntergekommene Katastrophe war, gefiel ihr. Ein unverwüstliches Mädchen aus einem Landgasthof zur Partnerin zu haben, konnte durchaus auch Vorteile mit sich bringen. Sie zeigte eine natürliche und reizende Neugierde und konnte sich an den einfachsten Dingen erfreuen. Und immer, wenn er überhaupt nicht damit rechnete, dann lachte sie über ihre Probleme.
Er schaute über die Schulter zurück und bemerkte, daß er Rodney mit seiner galanten Tat in Verlegenheit gebracht hatte. Margaret saß mit einem erwartungsvollen Gesicht an der offenen Kutschentür. Bei dem Gedanken, Margaret zum Haus tragen zu müssen, stieg Rodney langsam die Röte ins Gesicht. »Was glaubt Ihr, wird er meinem Beispiel folgen?« sagte Geoffrey.
Alicia schaute zur Kutsche hinüber und hielt sich die Hand vor den Mund, als ihr ein Kichern entschlüpfte. Geoffrey begann an der Eingangstür zu klopfen, während Alicias Interesse sich ganz auf Margaret und Rodney konzentrierte, die sich gegenseitig verwirrt anstarrten. Als sie laut lachte, drehte sich Geoffrey um. Margaret war keine kleine Frau, und Rodney hatte in ihr, obwohl er ein groß gewachsener Mann war, seinen Meister gefunden. Obwohl er bereit war, es zu versuchen, bestand doch die Gefahr, daß sie in kürzester Zeit zusammen im Dreck liegen würden. Sogar die Männer der Eskorte mußten kämpfen, um nicht laut herauszuprusten.
»Rodney, du Narr, nimm die anderen Männer zu Hilfe und bildet einen Stuhl!« schrie Geoffrey.

Die nun folgende Szene war für die Nichtbeteiligten noch erheiternder, nämlich für Alicia und Geoffrey. Die Reiter konnten nicht mehr darüber lachen, denn sie mußten nun ihre Hände übereinanderlegen, um eine Sitzfläche zu bilden. Rodney war Margaret behilflich, die rückwärts aus der Kutsche stieg und ihren großen runden Hintern auf die gekreuzten Arme setzte, ein Vorgang, bei dem alle vier beinahe in den Schlamm gepurzelt wären.
Als endlich alle sechs heil angekommen waren, hielt sich Alicia ihren Bauch vor Lachen, und Geoffrey hustete in sein Taschentuch. Für einen Moment wünschte er sich, daß er in einfachen Verhältnissen aufgewachsen wäre. Dann hätte er jetzt, wie Alicia, laut herauslachen können, ohne Angst haben zu müssen, damit ein schlechtes Benehmen an den Tag zu legen.
Nachdem sie mehrmals geklopft und versucht hatten, die schwere Eingangstüre aufzudrücken, war klar, daß das Haus von innen verriegelt war und sich drinnen niemand befand.
»Es müßte eigentlich einen Torhüter geben«, brummte Geoffrey.
»Ich vermute, er hat sich aus dem Staub gemacht, Mylord«, sagte Rodney. »Er hat den Riegel vorgeschoben und das Haus durch eine andere Tür oder ein Fenster verlassen.«
Die Frauen blieben in der Nähe der Eingangstür, während die Männer das Gebäude inspizierten. Es dauerte eine geraume Zeit, bis sie hörten, wie der Riegel zurückgeschoben wurde und die Türangeln quietschten. Geoffrey stand in der offenen Türe und starrte mit einem finsteren Ausdruck im Gesicht auf Alicia. »Mylady«, flötete er sarkastisch, »Bellerose.«
Alicia trat behutsam ein. Es sah drinnen genauso unordentlich aus wie draußen. Beschädigte und nutzlose Möbelstücke standen herum, umherstreifende Tiere hatten Spuren hinterlassen, von den Wänden hingen Fetzen herunter, die wohl einst als Vorhänge die Fenster bedeckt hatten, und in der Luft hing ein Geruch, der auch die unempfindlichste Nase beleidigen würde.
»Tatsächlich, eine Rose«, summte Alicia vor sich hin.
Sie blieb neben Geoffrey an der Türe stehen, während die anderen das Haus erkundeten. Die Männer gingen in die oberen

Stockwerke. Margaret, die murmelnd ihr Mißfallen äußerte, untersuchte die Zimmer im Erdgeschoß. Lord und Lady Seavers standen eine Weile lang nachdenklich und schweigend da und lauschten dem Widerhall der Schritte in den oberen Stockwerken und dem Rumoren von Margaret im Erdgeschoß. »Wie seid Ihr hereingekommen?« fragte Alicia.

»Die Tür zur Terrasse war nicht verriegelt. Der Torhüter, der Mann, der das Haus sauberhalten und bewachen sollte, ist mit dem Geld, das ich ihm gegeben habe, verschwunden.«

»War es viel?«

»Fünf Pfund. Er sollte noch einmal zehn Pfund erhalten, wenn das Haus bei meiner Ankunft einigermaßen vorzeigbar sein würde.«

Alicia begann zu lachen.

»Amüsiert Ihr Euch über den Verlust der fünf Pfund, Madam?«

Sie schüttelte ihren Kopf, konnte aber nicht aufhören zu lachen. »Ich kann mir vorstellen, daß das die am leichtesten verdienten fünf Pfund seines Lebens waren. Er hat sicher sehr schnell gemerkt, daß es kaum möglich sein würde, die versprochenen weiteren zehn Pfund ebenso leicht zu verdienen.«

Er stemmte beide Hände in die Hüften und starrte sie an. »Und Ihr findet, das ist ein guter Witz, ja eh?«

Sie kicherte weiter und wischte sich Lachtränen von den Wangen, während sie versuchte, ihm den Grund ihrer Heiterkeit zu erklären. »Dieses Vermögen, Mylord. Ihr habt so viel dafür bezahlt, dieses Vermögen zu bekommen. Hundert Pfund für ein Schankmädchen, einiges mehr für ihre Kleider, die Euch vom König in Rechnung gestellt wurden. Ein Torhüter, der Euch bestohlen hat, und Gott allein weiß, was Ihr noch alles ausgeben müßt, bevor Ihr das Gold zählen könnt.«

Er verzog sein Gesicht zu einer Grimasse und schaute sich um. »Ich finde das überhaupt nicht komisch.«

Alicias Lachen verstärkte sich durch diese Bemerkung noch. »Ihr habt nicht nur heiraten müssen«, prustete sie heraus. »Ihr habt Eure Braut auch noch einsperren, erziehen, bekleiden und gegen sie ankämpfen müssen.«

Er schaute sie verwirrt an, aber sie ließ sich durch seinen Blick nicht einschüchtern. Während er sie anstarrte, konnte sie endlich aufhören zu lachen. »Gegen Sie kämpfen?« fragte er.
»Ja, mein guter Lord«, sagte sie und nickte mit dem Kopf.
»Wie kämpfe ich gegen meine Braut?«
»Ihr fürchtet Euch davor, mein Freund zu sein. Und noch mehr fürchtet Ihr Euch davor, mein Liebhaber zu werden.«
»Verdammt noch mal«, schleuderte er ihr entgegen. »Ich tu', was mir gefällt.«
»Lügner«, sagte sie und klopfte, die Arme verschränkt, mit der Fußspitze auf den Boden.
»Ihr seid ein undankbares Frauenzimmer«, schimpfte er, aber es fiel ihm schwer, nicht zu lachen, wenn er sie anschaute. Sie war heute so sehr sie selbst. »Ihr habt mir niemals für all das, was Ihr durch unser Abkommen gewonnen habt, gedankt. Und, mein liebes Mädchen, Ihr müßt zugeben, daß ich mich bei Euch bedankt habe, und Ihr habt mir das auch noch übelgenommen.«
»Ich hatte das Gefühl, nicht ernst genommen zu werden.« Sie zuckte mit den Achseln.
Er breitete die Arme aus und schaute sie bestürzt an. »Sagt mir, was erwartet Ihr denn?«
Sie kicherte wieder vor sich hin und bedeckte dabei ihren Mund mit der Hand. Ihre Augen blitzten übermütig, als sie ihn anblickte. »Es bereitet mir großes Vergnügen, den Schmerz in Eurem Gesicht zu beobachten, wenn Ihr Euch für etwas, das Ihr unbedingt haben wollt, dafür von einem Penny trennen müßt. Ich weiß auch nicht, warum Ihr Euch andauernd bei mir bedankt. Ihr seid die meiste Zeit über unglücklich.«
»Ich habe etwas Großes vor«, verteidigte er sich. »Ich werde glücklich sein, wenn es vollendet ist.«
»Da bin ich nicht so sicher, Mylord. Wenn Ihr das alles vollbracht habt, dann ist möglicherweise einfach alles –« sie zuckte mit den Schultern und fuhr dann fort, »– zu Ende.«
»Was schwätzt Ihr da?« begehrte er auf.
Sie schaute ihn mit einer solchen Gewißheit in den Augen an, daß er unsicher wurde. »Ist es Euch niemals in den Sinn ge-

kommen, daß das, was Euch glücklich machen könnte, vielleicht nicht käuflich ist?«
Er gab darauf keine Antwort, da er noch nie darüber nachgedacht hatte. Zumindest bis jetzt nicht. Er fand es angemessen, daß alles, was er wollte, seinen Preis hatte.
Sie lachte und begann sich tanzend durch den Raum zu bewegen. Ein derber Schlag auf ihren Hintern ließ sie stolpern. Sie drehte sich stirnrunzelnd um.
Geoffrey zog eine Augenbraue hoch und betrachtete sie lüstern von Kopf bis Fuß. »Eines Tages werdet Ihr es vielleicht bereuen, daß Ihr mich so verspottet habt.«
»Achtung, Mylord«, sagte sie zu ihm und erhob warnend den Finger. »Laßt die Rechnung, die Ihr bezahlen müßt, nicht zu hoch werden.«

Das Haus war für Geoffrey eine große Enttäuschung, vor allem sein heruntergekommener Zustand, ein Grund, daß er fast eine ganze Stunde lang nur herumlief und unverständlich vor sich hinmurmelte, bis er endlich Rodney nach draußen schickte, um eine Flasche Whisky aus dem Gepäck zu holen. Niemand wußte genau, was in Lord Seavers Kopf vorging, während er den Whisky trank und vor sich hingrübelte. Die anderen ließen ihn einfach in Ruhe und versuchten zwischenzeitlich, das Beste aus der ungünstigen Situation zu machen.
Rodney entdeckte in einem Gebäude, das kaum die Bezeichnung Scheune verdiente, reichlich trockenes Holz. Margaret gelang es, aus den mitgebrachten Speisen ein einfaches Essen zu zaubern. Alicia entschied, daß der einzig annehmbare Raum einer der Salons im Erdgeschoß sei, und schon bald darauf prasselte ein Feuer im Kamin, um das Zimmer zu erwärmen.
Alicia steckte den Saum ihres eleganten Samtkleides am Gürtel fest, um es nicht zu beschmutzen, und ließ nur ihre Unterröcke herabhängen. Sie hatte einen Besen entdeckt und begann, den Unrat auf dem Boden zusammenzufegen. Als Geoffrey mit dem Glas in der Hand am Zimmer vorbeiging, konnte sie einen Blick auf ihn werfen. Er war völlig gedankenversunken.
Rodney fand in einem Schlafzimmer eine Matratze, in der sich

kein Ungeziefer zu befinden schien. Er schleppte sie die Treppen hinunter und legte sie vor das Feuer. Während die Reiter der Eskorte ihre Pferde versorgten, saßen Rodney, Margaret und Alicia vor dem Feuer und teilten sich das vorhandene Brot, die Früchte und den Käse. Geoffrey trat, sein Glas noch immer in der Hand, ein, und betrachtete sie.

»Eine Art Picknick«, bemerkte er trocken.

»Seid Ihr hungrig?« fragte Alicia und streckte ihm eine Scheibe Brot und ein Stück Käse hin.

»Der Anblick dieses Ortes hat jeden Gedanken an Essen aus meinem Kopf vertrieben.«

»Werden wir für die Nacht einen Gasthof aufsuchen?« fragte sie ihn.

»Wir werden die Nacht über hierbleiben und am frühen Morgen aufbrechen.«

Margaret verschluckte sich und begann zu husten, aber weder Alicia noch Rodney waren sehr verwundert. Sie hatten nicht wirklich erwartet, daß Geoffrey Geld für eine Übernachtung ausgeben würde, wenn es hier ein Dach über dem Kopf und ein Feuer zum Wärmen gab.

»Wo werden wir schlafen?« fragte Alicia. Es schien, daß sie die einzige war, die sich überhaupt traute, ihn etwas zu fragen.

»Die Frauen hier. Die Männer dort, wo eben jeder ein bequemes Plätzchen findet.«

Rodney erhob sich mit einem Schnaufen, den Mund voll mit Brot und Käse, und zog seinen Mantel noch enger um sich herum zusammen. »Ich werde in der Scheune schlafen. Dort gibt es zumindest einen Haufen Heu.« Er kaute und blickte Alicia an. »Ich habe gute Erfahrungen damit gemacht.«

»Könnt Ihr etwas von dem Heu entbehren?« fragte Alicia. »Mrs. Stratton verdient etwas Besseres, als den Fußboden zum Schlafen, und diese Matratze reicht nicht für uns beide.«

»Natürlich, Mädchen«, sagte er verständnisvoll. »Ich werde ihr etwas herrichten.« Und mit einem Nicken in Richtung der Zofe verließ er den Raum.

Alicia schaute Margaret lächelnd an. »Mir scheint, er findet Gefallen an dir«, foppte sie Margaret.

»Bah!« schnaubte diese, und ihre Wangen röteten sich ein bißchen. Alicia kicherte, was dazu führte, daß Margaret noch röter wurde. Kurz darauf erhob sie sich und verließ den Raum, um ihre Verlegenheit zu verbergen.
Alicia blieb sitzen und knabberte an ihrem Brot und dem Käse herum, während Geoffrey in der Türe stehen blieb und sie von dort aus beobachtete. Mit einem Seufzer ging er auf sie zu und nahm ein Stück Brot aus dem Korb, den sie hereingetragen hatten.
»Wenn das nicht heißen würde, daß Ihr verrückt wärt, so könnte man fast annehmen, daß Ihr an dieser Situation auch noch Gefallen findet«, sagte er, während er auf dem trockenen, harten Brot herumkaute.
»Zumindest beunruhigt sie mich nicht, Geoffrey. Warum sollte sie auch?«
»Das ist ein dreckiger Schweinestall. Das ist kein Erbe, sondern ein schlechter Witz. Ein sehr schlechter.«
»Warum sollte ich mich darüber aufregen, wenn es nicht mir gehört? Und Ihr, auch wenn Ihr Euch darum kümmern müßt, was mit dem Anwesen geschehen soll, so habt Ihr doch auch eine schöne Menge Geld damit verdient, mit der Ihr Eure Schiffe bauen könnt. Warum ärgert Ihr Euch also?«
»Ich muß erst alles instandsetzen lassen, bevor ich es verkaufen kann.«
Sie zuckte die Schultern. »Ihr könnt es für den Preis, den Ihr dafür bekommt, herrichten lassen.«
»Ihr nehmt diese Sache nicht sehr ernst, wie?«
»Ich glaube fast, daß ich doch glücklich gewesen sein muß, als ich noch arm war«, vertraute sie ihm an. »Ihr reichen Adeligen habt Probleme, die ich nicht ertragen könnte.«
Er lehnte sich entspannt zurück und sah sie kopfschüttelnd an. »Alicia«, murmelte er. »Ich denke sogar, daß Ihr damit recht habt.«
Ihre Augen bekamen einen warmen Glanz. Sie lächelte leise. »Ich mag es, wenn Ihr mich bei meinem Namen nennt«, flüsterte sie.
Er drehte sich unbehaglich zur Seite und schaute ins Feuer. »Ich habe mich nur kurz vergessen«, brummte er.

»Ja«, sagte sie. Sie lächelte ihn noch immer an. »Das weiß ich.«

Alle sechs Reisenden hätten problemlos in dem Raum, den sie teilweise gesäubert hatten, und in dem das Feuer brannte, schlafen können. Doch Rodney und die Männer der Eskorte schliefen lieber im Stall, wo es weiches Heu gab und sie Kutsche und Pferde im Augen behalten konnten. Margaret zog den Salon vor und richtete sich ein weiches Bett aus Stroh in einer entfernten Ecke des Salons. Als die Sonne unterging, legte sie sich völlig erschöpft nieder. Schon wenige Augenblicke später konnte man sie schnarchen hören.
Geoffrey hatte sich bereit erklärt, die Nacht auch im Haus zu verbringen und sich um die Frauen zu kümmern. Obwohl er sehr müde war, saß er noch neben Alicia auf der Matratze und schaute ins Feuer.
»Es tut mir leid, daß Ihr so enttäuscht seid, Geoffrey«, sagte sie zu ihm. »Ihr habt für das wenige eine Menge riskiert.«
»Ich beklage mich zu sehr«, gestand er. »Diese Heirat ermöglichte mir immerhin einen guten Start. Doch ist es schwer, die bittere Pille zu schlucken«, meinte er lachend.
»Warum?«
»Ich wünschte, Perry hätte mir das hier abgenommen.«
»Und dann? Was glaubt Ihr, hätte er damit gemacht?«
»Schwer zu sagen, doch ich vermute, er wäre nicht sehr erfreut darüber gewesen. Auf irgendwelchen krummen Wegen hätte er dieses Anwesen zu Geld gemacht und dafür vielleicht einen größeren Landsitz erworben, auf dem er sich dann niedergelassen hätte. Perry war lange Zeit nicht imstande, sich selbst zu ernähren.«
»Ich kann nicht verstehen, warum er arm ist. Sein Vater war doch ein Graf, oder?«
»Ja, und sein Bruder besitzt den Grafentitel noch, aber Perry hat das wenige, was er geerbt hat, verschleudert oder verloren. Seine Familie unterstützt ihn nicht, und so muß er sich selbst helfen – und natürlich hat er sich den bequemsten Weg gesucht, die Einheirat.«
Alicia warf plötzlich heftig den Kopf herum und schaute ihn

durchdringend an. »Und da könnt *Ihr* ja stolz darauf sein, einen anderen Ausweg gefunden zu haben?«
»Ich gebe Euch völlig recht. Auch ich habe keinen besseren Weg gewählt.« Er deutete mit dem Finger auf Alicia. »Aber ich habe angefangen, Schiffe zu bauen und zuvor jahrelang tapfer für den König gekämpft.« Er machte eine Pause. »Ich wollte aber noch mehr erreichen.«
»Habt Ihr denn niemals Angst, Geoffrey?« fragte sie ihn und runzelte die Stirn. Er wollte ihr schon antworten, in der Annahme, sie spräche über die Gefahren des Krieges und der Kaperfahrten. »Ihr habt wohl nicht die heimliche Angst, nie genug zu bekommen?«
Er betrachtete sie einen Augenblick lang, bevor er antwortete. »Oft kann ich es nicht ertragen, in Eurer Nähe zu sein«, sagte er sanft. »Ich beneide Euch um so vieles.«
»Mich beneiden?« lachte sie. »Ihr seid nicht nur rücksichtslos, sondern auch noch dumm!«
Aber Geoffrey meinte es ernst. Das erste Mal, seit sie sich kannten, verspürte er ein großes Bedürfnis, ihr etwas über sich mitzuteilen. Es tat ihm gut, reden zu können. Der Brandy hatte ihn beruhigt, das Feuer wärmte ihn, und außer den regelmäßigen Atemzügen der schlafenden Zofe hörte man keinen Laut im Zimmer.
»Man braucht nicht viel, um Euch glücklich zu machen. Ihr erfreut Euch an den einfachsten Dingen.«
»Das stimmt nicht ganz, Mylord«, sagte sie schuldbewußt. »Ich habe den Landgasthof mit Eurem Diener nur verlassen, weil mich die Heirat eines einfachen Landbauern auf Dauer nicht glücklich macht.«
Er streckte seine Hand aus und berührte ihre Wange. »Und, gab es einen Bauern, Alicia?«
»Nein«, seufzte sie. »Nein, es gab keinen Bauern. Und ich hatte auch keine Familie, keine Mitgift, keine Bildung. Ich lernte nur etwas Lesen, Schreiben und Rechnen, und da war ich noch sehr jung.« Sie sah ihn an und zog ihre Augenbrauen hoch. »Ich besäße gar nichts, wäre Rodney nicht gekommen... und Ihr. Ihr habt recht, ich sollte mich öfters bei Euch bedanken und weniger von Euch verlangen.«

»Ich kann mir nicht vorstellen, daß die jungen Burschen nicht hinter Euch her gewesen sind.«
»Glaubt es ruhig!« lachte sie. »Ich besaß keinen Kamm, um meine Haare zu kämmen, meine Kleider paßten nicht, und meistens trug ich nicht einmal Schuhe. Es gab dort wenig, hinter dem es sich herzulaufen gelohnt hätte. Mit dem einfachen Landvolk ist es wie mit dem Adel, Mylord. Auch die Bauern suchen eine Frau mit Geld oder Landbesitz, oder zumindest eine, die ein oder zwei Kühe mit in die Ehe bringt.«
»Die meisten Mädchen vom Land, vor allem Schankmädchen, wissen sehr gut, wie sie zu Geld kommen können.«
»Ich weiß, Ihr glaubt, daß ich eine Dirne bin«, sagte sie ruhig. »Aber die Wahrheit ist, daß ich es nicht war. Armand hat die Mädchen, die bei ihm arbeiteten, streng gehalten und überwacht. Ein schwangeres Mädchen könnte auch nicht so viel arbeiten.«
»Hat er Euch geschlagen?«
»Regelmäßig.«
»Aber er hat Euch nicht an seine Kunden verkauft?«
»Nein, das tat er nicht. Doch die meisten von uns haben sich selbst verkauft. Allerdings nicht für Geld.« Sie lachte gequält. »Ich glaube, ich kannte kein Mädchen, das sich nicht mindestens einmal in einen der durchreisenden Höflinge verliebt hatte. Sie logen gut und versprachen überzeugend ein schönes Leben in London.« Sie seufzte und spielte mit dem Saum ihres Kleides. »Welches arme Mädchen, das nicht einmal Schuhe besitzt, würde da nicht aufmerksam werden?«
Geoffrey schwieg einen Moment lang. »Ist es das, was Euch passiert ist?«
»Ja. Aber das wird mir nicht mehr passieren. Die hundert Pfund, die ich von Euch bekomme, werden mich vor solchen Betrügern bewahren.«
»Ich glaube, ich weiß, welche Verletzung Ihr Euch dabei zugezogen habt«, sagte Geoffrey mit Nachdruck. »Ein gebrochenes Herz.«
»Aber das ist inzwischen verheilt«, verteidigte sie sich. »Ich halte mich selbst für eine Närrin, wie es sicher auch mein ver-

schwundener Galan getan hat, dieser Schurke. Ich habe gesehen, wie dasselbe zuvor anderen Mädchen widerfahren ist. Doch hatte ich mich für etwas Besseres gehalten.«

Funken stoben aus dem Kamin, als plötzlich ein abgebranntes Holzscheit herunterfiel. Geoffrey legte ein anderes Stück Holz nach. Alicia schauderte. Sie wickelte ihren Umhang noch enger um ihren Körper und ihre Füße. Als Geoffrey sich wieder setzte, sah Alicia aus wie ein kleines Häufchen Elend, das seinen Schutz benötigte. Er legte einen Arm um sie und zog sie näher an sich.

»Vielleicht wird von jetzt an für Euch alles besser«, sagte er.

»Und für Euch auch«, erwiderte sie.

»Es ist wahr«, entgegnete er. »Wir haben uns gegenseitig geholfen. Laßt uns nur aufpassen, daß wir uns nun nicht gegenseitig verletzen.«

»Wie sollte ich Euch schaden, Mylord? Ihr habt mein Wort, daß ich die Wahrheit über unsere Abmachung nicht ausplaudern werde. Ich kann Euch nicht verlassen, und ich kann auch nicht bei Euch bleiben. So gibt es also nichts, womit ich Euch verletzen könnte.«

»Ich glaube nicht, daß Ihr die Bedingungen dieser Heirat wirklich akzeptiert habt, Alicia«, flüsterte er, die Lippen an ihrem Ohr.

»Was macht das schon«, sagte sie, atemlos von seiner Nähe.

Er legte seinen Arm um ihre Taille, und seine Lippen berührten ihren Nacken. »Du mußt immer daran denken, daß es für uns nur ein *Heute* gibt. Nimm, was du von mir bekommen kannst, und laß mich gehen, wenn die Zeit reif dafür ist. Sonst wirst du leiden müssen.«

Sie bewegte ihren Kopf so lange, bis sich ihre Lippen nahe an den seinen befanden. »Und du, Geoffrey. Du mußt mich gehen lassen, wenn die Zeit für mich gekommen ist. Glaubst du, daß du das kannst?« sagte sie zärtlich.

Sein Mund preßte sich auf den ihren, und sie sanken auf die Matratze nieder, gefangen in einer Leidenschaft, die keinen von beiden erstaunte, sondern nur noch mehr in Verzückung geraten ließ. Alicia schlang ihre Arme um seinen Nacken und hielt ihn ganz fest. Nun war es kein Spiel mehr, sie würde ihn nicht freigeben. Sie konnte ahnen, wie weit er gehen würde. Geoffrey spürte ihre Reaktion, und sein Verlangen wurde immer größer. Er versuchte, sich langsam zu bewegen, seine Leidenschaft zu zügeln, sie sanft zu lieben. Aber er war ausgehungert, und es fiel ihm schwer, sich im Zaum zu halten. Er hatte sein Verlangen nach ihr zu sehr und zu lange unterdrückt und auch keine andere Frau genommen, seit Alicia in London weilte. Es war ihm nicht bewußt gewesen, wie leidenschaftlich er sie eigentlich begehrte. Seine Finger glitten über die Knöpfe an ihrem Mieder, und er stöhnte, als er die sanfte Haut ihrer Brüste berührte.

»Bitte erwarte nicht, daß ich noch Jungfrau bin«, erinnerte sie ihn.

Seine Hand wanderte weiter, ihr leises Flehen ignorierend. Das einzige, was er von sich gab, war ihr Name, den er zärtlich wiederholte und immer wieder leise murmelte. »Alicia, Alicia...«

»Ich bin nicht deine Braut«, flüsterte sie. »Das ist nicht Teil unserer Abmachung.«

»Weise mich nicht zurück, Alicia. Verleugne dich nicht. Liebe mich.«

Ihr Körper war mit dem, was er ihr geben wollte, zufrieden, doch ihr Herz wollte mehr. Obwohl sie keinerlei Anstrengungen unternahm, ihn aufzuhalten, löste sie doch ihre Lippen von den seinen, um Fragen stellen zu können. Während sie fühlte, wie der Saum ihres Kleides zuerst bis zu ihren Knien und dann bis zu ihrer Hüfte rutschte, flüsterte sie in sein Ohr. »*Nehme* ich? Oder gebe ich?«

»Liebe mich, Alicia. Ich begehre dich schon so lange.«

»Ich liebe dich, Geoffrey. Aber weißt du, wer ich *bin?*«

Er richtete sich ein wenig über ihr auf und schaute in ihre dunklen, grauen Augen. Ihr Haar hatte sich gelöst und breitete sich nun über der Matratze aus. Er spürte, daß ihm seine Hosen zu eng wurden, doch ihre Worte machten es ihm unmöglich, sich ihrer zu entledigen.

»Alicia, du bist großzügig, stark, reizend...«

»Ein Schankmädchen – benutzt und beiseite geworfen.«
»Das war eine andere Zeit, eine andere Alicia. Das hat für uns keine Bedeutung. Du bist die Frau, die ich liebe.«
Damit brach ihr letzter Widerstand zusammen, denn nun hatte er die Worte ausgesprochen, die ihr Herz hören wollte. Dann spürte sie seine harte Männlichkeit zwischen ihren Schenkeln und zog ihn noch näher an sich heran. Sie würde ihn an sich binden, und es könnte dann ja seiner Ehre überlassen bleiben, was er mit ihrer Liebe anfinge. Nun war sie vor der ganzen Welt seine Frau.
»Und kannst du mich noch gehen lassen, Geoffrey?« flüsterte sie.
»Nein«, stöhnte er. »Nein, wie könnte ich? Du hast mich verzaubert.«

10

Alicia bewegte sich ein wenig, als sie spürte, daß sein warmer Körper von ihrer Seite wich. Sie öffnete die Augen und sah, daß Geoffrey Holz nachlegte. Sie seufzte zufrieden. Mit einer kleinen Bewegung schnappte sie sich den Umhang, auf dem sie gelegen hatte, zog ihn hervor und breitete ihn über sich aus. Als er wieder zurückkam, hob sie den Umhang einladend hoch. Er legte sich sanft neben sie und nahm sie in die Arme.
»Wir sind verrückt«, sagte er. »Wie lange noch wird diese da drüben so lautstark weiterschlafen?«
»Ich hoffe, noch sehr lange«, seufzte sie und rückte näher an ihn heran.
»Ich hätte nicht gedacht, daß dieses alte Spukschloß in einer kalten Nacht so viel Bequemlichkeit bieten würde.«
»Ha! Nun ist das Haus also in deiner Achtung gestiegen!«
»Komm, du Biest. Verspotte mich nicht, solange die Sonne noch nicht wieder aufgegangen ist. Und ärgere mich nicht mit Beschwerden.«
Sie fuhr mit ihrem Finger sanft über sein Ohr und lächelte ihn an. »Ich beschwere mich doch gar nicht, Geoffrey.«

Er war es nicht gewöhnt, in einer Nacht so viel Leidenschaft zu erleben. Einen kurzen Augenblick lang befürchtete er, ihr nicht gewachsen zu sein, da er allzu lange allein auf einem Schiff gelebt, gegessen und geschlafen hatte. Aber als er wieder ihre Lippen berührte und ihre Arme in seinem Nacken spürte, merkte er, daß er doch mehr Vitalität besaß, als er sich selbst zugetraut hatte.
Frauen waren ihm nicht fremd. Doch war er sich immer über seine Fähigkeiten als Liebhaber etwas unsicher gewesen, hatte oft Hemmungen verspürt. Die Art, wie Alicia auf seine Berührungen reagierte, stärkte seinen männlichen Stolz und machte es ihm schwer, sich zurückzuhalten. Sie hatte etwas vom Verhalten einer Dirne und einer Tempeljungfrau. Sie war weder aggressiv noch fügsam. Wenn seine Berührungen sie erregten, so hörte er sie seufzen. Wenn er sich in ihr bewegte, stöhnte sie ganz leise. Seine Hände an ihren Hüften, bewegte sie sich mit ihm. Sie machte ihn zu ihrem Meister und Sklaven zugleich.
Er begann nun langsam und genüßlich die Knöpfe ihres Kleides zu öffnen. Sein Mund erforschte die Süße ihrer Haut, und seine Sinne sogen begierig die Weichheit und den Geruch dieser Haut auf. Obwohl er überzeugt davon war, jede ihrer Regungen zu bewachen, fragte er sich dennoch, ob nicht vielleicht sie ihn bewache.
»Was bist du nur für eine Hexe, Alicia. Du hast von meiner Seele Besitz ergriffen. Ich kann ohne dich nicht leben.«
»Das brauchst du auch nicht, Geoffrey.«
»Wie konnte ich das nur glauben?«
»Ich denke, dieser Irrtum beruhte auf deiner anfänglichen, allzu großen Distanz zu mir.«
Seine Finger in ihrem Haar vergraben, glitt er auf sie und verschlang sie ganz und gar. Er bewegte sich bedächtig und langsam, bis er ihre Lippen mit den seinen schließen mußte, um ihr Stöhnen zu unterdrücken. Er fühlte sich so mächtig wie der Kapitän eines Schiffes. Er konnte das Tempo bestimmen, sie vorantreiben, zurückhalten oder sie einfach mit sich fortreißen.
»Bitte...« bettelte sie leise. Ein leises Kichern entschlüpfte ihm. Er hatte doch nicht in allem das Steuer in der Hand. Ihre

samtige Weichheit und die Süße ihres Atems hatten seinen Willen vergiftet. Er konnte nichts anderes tun, als die Qual des Wartens zu beenden. Sie ließ es zu, daß er sich mächtig *fühlte*, ein Gefühl, das er so sehr brauchte, doch besaß er diese Macht nicht ganz. Sie besaß die Macht. Bei ihrer ersten Vereinigung hatte er ihre Ekstase gespürt und wußte, er würde nicht eher ruhen, bis er sie wieder spüren konnte. Er hielt sich so lange zurück, bis er meinte, daß sie abermals am ganzen Körper zitterte. Dann erst ließ auch er sich gehen.

Sie lag ruhig und entspannt in seinen Armen, atmete leicht und gleichmäßig. Geoffrey hatte auch seine bisherigen Vereinigungen mit Frauen für die Erfüllung gehalten und schon öfter mit Dirnen verkehrt, die viel Erfahrung besaßen. Aber was er mit Alicia erlebt hatte, übertraf all seine Erfahrungen und Erwartungen bei weitem. Es kam ihm jedoch nicht in den Sinn, diese Tatsache darauf zurückzuführen, daß die Vereinigung mit dieser Frau nur von einem Gefühl bestimmt gewesen war, von der Liebe. Er lachte bei dem Gedanken, daß er schon viele Geliebte hatte, aber daß keine ihm so viel gegeben hatte wie diese Frau.

Der Gedanke durchzuckte ihn. Eine Geliebte?

Er hatte nicht vorgehabt, sie zu seiner Geliebten zu machen, obwohl er seit langem den Wunsch hegte, sie zu berühren und im Arm zu halten. Und er hatte sich nur von ihr ferngehalten, um Schwierigkeiten zu vermeiden, die zweifelsohne kämen, ließe er sich erst mit ihr ein. In den Zeiten, da er seine Phantasie nicht zu zügeln wußte, war es ihm zumindest gelungen, sich verstandesmäßig zurückzuhalten, jedenfalls so lange, bis er einen Weg aus dem Dickicht der Lügen gefunden hätte, in das er Alicia und sich verstrickt hatte.

Er stöhnte leise und unbehaglich. Alicia schmiegte sich vertrauensvoll an ihn. Ihre weiche Wange berührte seine Lippen, und er fragte sich, was wohl schlimmer sei: sie aufzufordern, mit ihren hundert Pfund zu verschwinden, oder ohne sie in Newgate zu verrotten.

Aber im Moment konnte er an nichts anderes denken als an ihre Gegenwart und an das Wohlbehagen, das von ihrer Nähe ausging. Mit einem Seufzer schlang er seine Arme um sie und schlief ein.

Beim ersten, schwachen Glanz der Morgendämmerung rüttelte Geoffrey Alicia. »Madam«, sagte er aufmunternd. »Kommt, Charlotte...« Sie öffnete die Augen und schaute ihn verwirrt an. Sie hatte beinahe vergessen, daß es diesen Namen gab. Geoffrey deutete mit seinem Kopf in Richtung der schlafenden Zofe, und Alicia lächelte. »Kleidet Euch an, meine Liebe«, flüsterte er, »bevor die anderen auftauchen.«

Eine Unlust verlangsamte ihre Bewegungen, und ihr Gesicht verzog sich zu einer entzückenden Grimasse. Nichts hätte ihr mehr gefallen, als noch länger in den Armen ihres Geliebten zu verharren, doch jeden Moment konnte jemand kommen. Widerstrebend zog sie ihr Kleid an und begann langsam die Knöpfe zu schließen.

»Bitte, Madam«, bat Geoffrey und half ihr mit den Knöpfen. Alicia antwortete mit einem zärtlichen Lächeln. Er war dann auch derjenige, der sie zum größten Teil ankleidete.

Er hob den Umhang auf und half ihr auf die Füße. Sie seufzte, als sie ihn sich umlegte und blickte stirnrunzelnd im Zimmer umher. Es gab hier nicht die sonst für vornehme Leute üblichen Bequemlichkeiten. Kein Frisiertisch, keine Schüssel mit heißem Wasser, kein Nachttopf. Alicia zuckte die Achseln und fand sich damit ab, nach draußen gehen zu müssen.

Sie schlenderte den Pfad entlang und ließ sich Zeit bei der Erledigung ihres Bedürfnisses. Als sie zum Haus zurückkehren wollte, fand sie Geoffrey, an einen Baum gelehnt und auf sie wartend. Sie lächelte dankbar und ging schlaftrunken auf ihn zu. Sie merkte nicht, daß er abweisend dreinschaute.

»Alicia«, flüsterte er leise und schaute mißtrauisch über seine Schulter zurück. »Ich möchte mich für die letzte Nacht entschuldigen. Es tut mir leid.«

Ihr verwirrter Blick verursachte bei ihm heftiges Herzklopfen.

»Ich hatte kein Recht dazu – Ihr habt zwar versucht, mich davon abzuhalten, aber ich wollte nicht hören. Das war nicht Teil unserer Abmachung.«

»Nein, das war es nicht«, sagte sie ruhig.
»Ich hätte Euch nicht einfach benutzen dürfen, ohne... Ich hätte daran denken müssen, daß... Ich bin einfach durch Eure Warmherzigkeit und den Brandy und –«
»Halt«, unterbrach sie ihn. »Gestern habt Ihr etwas anderes gesagt.«
»Ich weiß. Ich habe von Liebe gesprochen und Euch Versprechungen gemacht, bei denen ich mir nicht sicher bin, ob ich sie auch halten kann. Ich bitte um Verzeihung. Ich wollte, Ihr würdet vergessen –«
»Was erzählt Ihr mir da?« fragte sie; ihr Zorn wuchs. »Daß Ihr mich belogen habt?«
Er stieß eine Fußspitze in den Boden und verfluchte sich, weil er sich nun in ein weiteres Lügennetz zu verstricken schien. »Ich habe meine Worte nicht als Lügen empfunden.«
»Aber am Morgen sind sie es dann wohl geworden? Lügen?«
Er konnte ihr nicht in die Augen schauen. »Ja. Ich habe Worte gesagt, bei denen ich mir nicht sicher bin, ob ich sie auch gefühlt habe, und Versprechungen gemacht, von denen ich nicht sicher bin, daß ich sie halten werde. Doch das eine verspreche ich Euch bei klarem Verstand: Es wird nicht wieder vorkommen.«
Er schaute sie an und sah, wie ihre Augen sich verfinsterten. Ein wütender Ausdruck machte sich auf ihrem Gesicht breit.
»Was habt Ihr erwartet?« fragte er sie. »Habt Ihr geglaubt, daß es so weitergehen könnte?«
»Ja«, antwortete sie. »Warum nicht? Wenn es das ist, was wir beide wollen, nämlich verheiratet zu sein und auch zusammen zu bleiben, warum nicht?«
»Natürlich habt Ihr das erwartet! Was habt Ihr schon zu verlieren? Ihr riskiert weder Vermögen noch Titel. Ihr gewinnt noch etwas, wenn sie niemals endet – diese *Abmachung*.«
»Lord Seavers«, flüsterte sie und konnte ihren Zorn kaum noch bändigen. »Was kann ich schon gewinnen, wenn ich diese *Abmachung* weiter einhalte? Ein Leben als Betrügerin, immer mit der Angst, jeden Augenblick entdeckt zu werden. Die ständige Sorge, daß die Angst uns zwingt, uns zu trennen. Meinen ›Tod‹

zu planen, nur um der drohenden Gefängnisstrafe zu entkommen? Ja, ich könnte diese Maskerade beibehalten in Ewigkeit. Und falls wir Kinder bekommen, so könnte es sein, daß ich mich auch von ihnen trennen muß, nur aus Furcht, entlarvt zu werden.«

»Dann seid Ihr also auch meiner Meinung – es wäre unvernünftig –«

»Ja, ich bin der Meinung, daß es unvernünftig ist. Nach London zu kommen, war das Dümmste, was ich je machen konnte. Aber wenn es ein Risiko gibt, so glaubt nur nicht, daß Ihr alleine –«

Sie hörte auf zu reden und seufzte nur tief. Sie schaute ihn enttäuscht an. Sie hatte geglaubt, nun hätte er sich entschieden, wüßte, was er wolle. »Ihr seid der größte Dummkopf, der mir je begegnet ist.«

Als er in ihre Augen schaute, fühlte er sich einen Augenblick lang wie ein kleiner Junge, der seine Mutter fragend anblickt. Noch wenige Stunden zuvor hatte er sich als der mächtigste Mann der Welt gefühlt. Der Verlust dieses Gefühls gefiel ihm gar nicht. Seine Empörung wuchs. »Ich hoffe, Ihr seid nicht allzu traurig«, sagte er kurz angebunden.

»Seid Ihr jetzt fertig mit mir?« fragte sie sarkastisch.

»Ich werde mein Wort halten, doch zum jetzigen Zeitpunkt will ich nicht an eine Frau gebunden sein.«

»Ich werde Euch beim Wort nehmen. Ihr werdet mich nicht wieder anrühren.«

Sie hob ihre Röcke und ging mit langen, schnellen Schritten ins Haus zurück. Tränen stiegen ihr in die Augen.

Dummkopf! Lump! Dieb! Scheißkerl! In ihrem Kopf drehte sich alles. In der Nacht Leidenschaft und am Tag kalte berechnende Gleichgültigkeit. Sie blieb kurz stehen, als sie wieder im Zimmer stand, in dem sie sich geliebt hatten. Langsam ging sie auf die Matratze zu und fiel auf ihre Knie nieder, um den Platz zu berühren, auf dem sie geschlafen hatten.

»Ich habe ihn dazu gedrängt, mir Versprechungen zu machen und Worte der Liebe auszusprechen, zu denen er innerlich noch nicht bereit war.« Sie ging mit sich selbst ins Gericht.

»Und jetzt will er mich glauben machen, daß es die reine Wollust und der Brandy waren, die ihn dazu trieben. Werde stark, Alicia, denn die Schiffe sind seine wahre Liebe, und vielleicht wird er *niemals* wirklich bereit sein für dich. Er hat dich gewarnt, daß es nur für jetzt sein würde, und jetzt – der Augenblick –, der war schon vorbei.«

Sie hörte ihn kommen. Als sie sich umdrehte, stand er hinter ihr. Tränen strömten über ihre Wangen. Sie wandte sich ab.

Der Blick in ihr tränenüberströmtes Gesicht zerriß Geoffrey beinahe das Herz. Am liebsten wäre er zu ihr geeilt, hätte sie in seine Arme genommen und sie gebeten, doch Geduld zu haben, da er erst einen Weg zu einer gemeinsamen Zukunft ohne Furcht finden müsse. Aber er hatte Angst davor, sie mit solchen Worten zu trösten. Er befürchtete, daß es solch einen Weg nicht geben würde.

Er kam langsam auf sie zu und sank hinter ihr auf seine Knie nieder. Er strich mit seinen Händen über ihre Arme. »Es wird nicht sehr lange weh tun, Liebling. Ich verspreche es.«

Sie drängte ihre Tränen zurück und straffte ihren Rücken. »Sag mir, daß du mich nicht liebst, Geoffrey.«

Er seufzte und suchte nach passenden Worten. »Was bedeutet schon Liebe, Alicia? Daß ich dich genügend liebe, um dir den Mond und die Sterne zu kaufen, bedeutet wenig, wenn uns der König einsperren läßt. Daß ich dich weit mehr liebe, als alle Schiffe Englands zusammen wert sind, erlöst uns auch nicht von der Schuld, die Krone betrogen zu haben.« Er drehte ihr Gesicht mit einem Finger zu sich hin. »Wenn ich dir auch erzähle, daß ich dich liebe, Alicia, ändert das doch nichts an der Tatsache, daß unser Handel jederzeit entdeckt und damit all die Liebe, die wir zu besitzen geglaubt haben, zerstört werden kann.«

Sie starrte ihn mit zornigen Augen an. »Ich hoffe, daß Ihr immer an das denken werdet, was Ihr einst besessen und dann so leichtsinnig wieder weggeworfen habt. Eines Tages werdet Ihr bereuen, daß Ihr nicht wußtet, was Ihr wollt.«

Das Gepäck war in die Kutsche geladen worden, und die Gruppe machte sich zum Aufbruch fertig. Der Aufenthalt in Bellerose war aufgrund des Zustandes, in dem sich das Landhaus befand, nur von kurzer Dauer gewesen. Alicia saß in der Kutsche, ihren Umhang eng um sich geschlungen. Ihr Gesicht bedeckte ein Schleier, der an ihrem Hut befestigt war. Sie zog den Vorhang am Kutschenfenster beiseite. Tränen sammelten sich in ihren Augen, als sie auf das ungepflegte Haus und den verwilderten Garten zurückblickte.

Als sie durch den Schleier hindurch das Haus betrachtete, kam ihr der Gedanke, daß sie ihr Leben vielleicht durch einen ähnlichen Schleier hindurch sah. Sie hatte gehofft, alle ihre Bedürfnisse und Wünsche könnten wahr werden, und dabei ganz übersehen, daß ihre Gedanken wohl nicht mit dem übereinstimmten, was Geoffrey sich für sein Leben erhoffte.

»Eine Frau von adeliger Abstammung, aus einer *bekannten* Familie, egal ob die Mitglieder nun lebten oder tot waren.« Sie seufzte schwer, als sie daran dachte, wie hilfreich doch jetzt der Name Tilden wäre. Doch würde dies auch bedeuten, daß sie öffentlich zugeben müßte, keine Verwandte von Fergus Bellamy zu sein. Das würde dem König sehr mißfallen. Jetzt eine Tilden zu sein, würde ihr auch nicht helfen, eine richtige Ehe mit Geoffrey führen zu können.

Sie sah, daß er sein Pferd bestieg und dem Kutscher mit der Hand ein Zeichen gab. Die Kutsche setzte sich in Bewegung. Ihre Gedanken schweiften ab. O Geoffrey, du dummer Mann. Du kannst so voller Hingebung lieben, und aus deinem Mund strömen Worte der Leidenschaft, wenn dich die Zauber der Liebe umfangen. Du durchschaust dich selbst nicht. Und wie groß ist schon die Möglichkeit, du dummer Kerl, über eine Frau zu stolpern, die schön ist und voller Leidenschaft, und darüber hinaus einen Familiennamen und Geld hat und dich auch noch liebt? Sie mußte über diese Gedanken lachen. Es könnte Alicia Tilden sein, wenn du das Glück haben solltest, ihre Bekanntschaft zu machen.

Und wieder strömten die Tränen über ihre Wangen, da sie Geoffrey besser zu kennen schien, als ihm lieb war. Sie wußte, daß er nicht gelogen hatte, als sie sich liebten. Doch konnte er

später die Verantwortung für seine Worte und Handlungen nicht übernehmen.
Sie hatte über viele Möglichkeiten nachgedacht, wie sie ihn einfangen, es ihm leichtmachen konnte, sie zu erobern. Doch das einzige, was sie wirklich von Geoffrey verlangte, war, daß er sie so liebte, wie sie war. Seine Liebe sollte weder von Eifersucht noch von vornehmer Abstammung, auch nicht von einer Mitgift oder erfolgreichen Verführung abhängen.
Erneut schob sie den Vorhang beiseite, und ihre Augen suchten den Lord. Sein Umhang wehte im Wind. Seinen Hut hatte er sich fest in die Stirn hereingesetzt. Ich werde das hier nicht so einfach für dich in Ordnung bringen, Geoffrey, schwor sie sich. Du hast zwar alles, was ich mir von einem Mann wünsche. Aber du bist nicht sehr klug. Sie seufzte. Trotz deiner vornehmen Erziehung, deiner guten Manieren und deines ausgezeichneten Rufes als Soldat kann dir ein einfaches Schankmädchen noch so manche Lektion in deinem Leben erteilen.
Sie ließ den Vorhang wieder fallen und lehnte sich in die Samtpolster zurück. Sie wußte, daß Geoffrey nur wenig Zeit bleiben würde, sich darüber klar zu werden, was er wirklich für sie empfand. Wenn die Entscheidung für sie nicht aus seiner vollen Überzeugung kam, konnte sie ihm niemals vertrauen. Wenn er jetzt schon nichts riskieren wollte, was würde er dann in Zukunft noch aufs Spiel setzen, nur um seinen Reichtum zu erhalten? Es war notwendig, ihm beizubringen, daß die schönen Dinge des Lebens noch viel schöner sein konnten und Reichtum dabei nur eine untergeordnete Rolle spielte.
Nichts in ihrem bisherigen Leben hatte Bestand gehabt. Immer wieder war sie beiseite geschoben, fortgejagt, hinausgeworfen worden. Und immer wieder hatte sie von neuem angefangen.
Sie würde Geoffrey etwas Zeit geben, doch nicht allzu viel. Und wenn es für sie Zeit wäre zu gehen, so würde sie das spüren. Dann würde sie mit ihren hundert Pfund wieder einmal aufbrechen. Aber sie wußte, daß sie trotzdem die Hoffnung nicht verlöre. Eines Tages, so sagte sie sich, wenn die Zeit gekommen ist und ich den Zorn des Königs nicht mehr fürchten muß, werde ich mich den Tildens vorstellen. Auch wenn sie nicht damit

rechnen konnte, daß dieses Wiedersehen von Dauer sein würde, so würde es dennoch nicht zu spät sein, die Familie kennenzulernen.

Die Kutsche verlangsamte ihre Fahrt und hielt an. Die Türe wurde geöffnet. Geoffrey schaute herein. Er konnte ihre Gesichtszüge hinter dem Schleier nicht genau erkennen. »Fühlt Ihr Euch wohl, Madam?«

»Ja, Mylord.«

»Wir werden im Dorf eine Rast machen. Es kann eine Weile dauern, bis ich Leute gefunden habe, die ich für die Arbeiten in Bellerose anstellen kann.«

Sie nickte leicht mit dem Kopf.

»Ich denke, daß wir danach noch ein Stück fahren werden, um dann Quartier für die Nacht zu beziehen. Entlang dieser Straße gibt es wenig Schutz, und ich ziehe es vor, Euch an einem geschützten Ort untergebracht zu wissen.«

»Seid ohne Sorge, Mylord«, sagte sie. Sie lüftete ihren Schleier und schaute ihm tief in die Augen. »Ich versichere Euch, daß ich gewöhnt bin, Risiken auf mich zu nehmen.«

Als er ihre Worte vernahm, wurden seine Augen ganz schmal, doch er erwiderte nichts darauf. Er schloß den Wagenschlag und beobachtete, wie die Kutsche mit einem Ruck wieder zu rollen begann. Er hielt sein Pferd im Zaum und ließ die Kutsche vorbeifahren. »Geduld, Alicia«, sagte er stirnrunzelnd mit Blick auf die Kutsche. »Wenn du Geduld hast, gibt es vielleicht eine Möglichkeit, das Risiko für dich so gering wie möglich zu halten.«

Die Arbeit im Hafen und auf Bellerose ließen Geoffrey kaum Zeit, sein Haus in der Tiller Street aufzusuchen. Er kam hin und wieder zu Besuch, um zu sehen, ob alles in Ordnung war, doch blieb er niemals über Nacht.

Bei einem dieser Besuche brachte er Alicia ein Päckchen mit. Als sie es öffnete, fand sie darin eine wunderschöne Halskette mit Saphiren, in Gold eingefaßt und von kleinen Diamanten umgeben. Bei dem Anblick des Schmuckstückes schnappte Alicia nach Luft. »Die Kette hat man in Bellerose, in einem verborgenen Safe gefunden. Sicher hat sie vor Jahren einer Frau der Familie Bellamy gehört. Der Juwelier hat sie gereinigt und repariert.«

»Ihr wünscht, daß ich die Kette trage?« fragte sie.

»Sicher. Gefällt sie Euch nicht?«

»Sie ist wunderschön«, sagte sie leise.

Er stand noch eine Weile unsicher herum, fragte sie, was sie die Tage über getan hatte, und erkundigte sich, ob sie etwas brauche. Und obwohl sie ihm höflich antwortete und sich auch nach dem Fortgang der Arbeiten auf den Schiffen und im Landhaus erkundigte, wurde er zusehends mißmutiger. Sie wußte nicht, warum. Schließlich brach es aus ihm heraus. »Gefällt Euch der Schmuck nicht, den ich Euch mitgebracht habe? Hat er einen Fehler oder eine Schramme?«

»Er ist ohne Makel«, antwortete sie verwirrt.

»Warum *bedankt* Ihr Euch dann nicht dafür?« tobte er.

»Ihr meint, er soll mir gehören?« fragte sie.

»Ich habe ihn Euch doch gegeben!« polterte er.

»Das wußte ich nicht.« Sie lächelte. »Danke schön.«

»Ihr habt das nicht gewußt? Warum habt Ihr das nicht gewußt?«

»Ich dachte, ihr hättet Charlotte das Geschenk gemacht«, erklärte sie ihm. »Und natürlich würde Charlotte den Schmuck tragen und ihn eines Tages zurücklassen. Aber wenn er mir gehört...«

Er blickte sie finster an. Er schaute sich um, um sicherzugehen, daß sie allein waren, und durchbohrte sie dann mit seinem Blick. »Dieses ständige Gerede über zwei verschiedene Frauen würde jeden Mann wild machen. Ich habe *Euch* die Halskette mitgebracht, wie immer Ihr Euch auch nennen mögt. Egal, wer Ihr seid, wenn Ihr den Schmuck tragt, gehört er Euch!«

Sie lächelte ihn zärtlich an. »Danke schön, Mylord. Die Kette ist sehr kostbar.«

»Verdammt noch mal, Ihr wollt mich wohl ständig bestrafen. Ihr begegnet mir nur mit Freundlichkeit, wenn ich Euch Alicia nenne. Wenn ich den Namen benütze, den Ihr vorübergehend tragen *müßt*, so behandelt Ihr mich abweisend. Ich weiß nicht mehr, wie ich Euch begegnen soll.«

»Ich denke, Ihr tut Euer Bestes, Mylord«, sagte sie lächelnd und ging zum Frisiertisch, um sich die Halskette anzulegen. Er trat hinter sie und half ihr mit dem Verschluß. »Ich liebe diese Halskette, Geoffrey«, sagte sie. Ihre Augenpaare trafen sich im Spiegel. »Und wenn wir einst weit voneinander entfernt sind und nichts mehr voneinander wissen, dann werde ich die Kette zum Andenken an Euch in Ehren halten.«

Sie sah, wie er zusammenzuckte.

Seine Augen lösten sich von ihrem Blick und wanderten zu der Halskette, die bis tief in den Halsausschnitt ihres Kleides reichte. Seine Augen wurden dunkel vor Verlangen. Er nahm seine Hand von ihrer Schulter und ging schleunigst weg. »Die Halskette steht Euch sehr gut«, sagte er leise. Seine Stimme war fast nur noch Murmeln.

Sie beobachtete ihn im Spiegel. Als er sich wieder umwandte und sie ansah, lächelte sie, als sie den begierigen Ausdruck in seinem Gesicht entdeckte. »Verliebt Euch nicht in mich, Lord Seavers. Ich glaube nicht, daß Ihr das heil überstehen werdet.«

Eilig ergriff er seinen Hut und ging aus dem Zimmer, ohne sich zu verabschieden.

Seine Besuche verliefen meist auf diese Weise. Er trat schüchtern ein, kämpfte dann mit sich, um ein unverfängliches Gesprächsthema zu finden, fühlte sich schon bald sehr unbehaglich in ihrer Gegenwart und brach dann plötzlich unvermittelt auf. Er blieb nie zum Essen und schlief nur selten im Haus. Wenn er eine Nacht dort verbrachte, so ging er erst lange nachdem sie schon schlief zu Bett.

Alicia wußte, was in Geoffrey vorging. Sein ganzer Plan war schiefgegangen, seit dem Zeitpunkt, da er sich in die Frau verliebt hatte, die er dafür bezahlte, daß sie seine Ehefrau spielte. Sein Entschluß, in dieser geschäftlichen Verbindung seine Gefühle auszuklammern, war fehlgeschlagen. Und nun wußte er nicht, wie er mit seinem Versagen umgehen sollte.

Das Problem beschäftigte sie jeden Tag. Sie hämmerte sich auch täglich ein, wie *sie* damit umgehen mußte. Bleib hart, dachte sie ständig. Es kann sein, daß er sich selbst bestrafen will

und der Liebe deshalb für immer entsagt ... dann gibt es für ihn weder eine Geliebte noch eine Ehefrau.
Sie hatte nicht angenommen, daß die Situation noch verworrener werden könnte, als sie ohnehin schon war: Sie mußte ihre wahre Identität verbergen und schweigen; sie hatte eine Frau getroffen, die vermutlich tatsächlich Charlotte Bellamy sein mußte, und sie liebte einen Mann, der sie wahrscheinlich bald wegschicken würde. Doch als sie eines Tages im Salon saß und sich ungeschickt an einer Handarbeit übte, wurde sie noch vor ein größeres Problem gestellt: Culver Perry. Sein Besuch wurde von Margaret angemeldet, aber in ihrer Stimme klang kein Willkommen.
»Soll ich ihn fortschicken?« fragte sie hoffnungsvoll.
»Nein, ich werde ihn empfangen.«
»Aber warum, Madam? Seiner Lordschaft wird das nicht gefallen, überhaupt nicht.«
Alicia seufzte und schob den Stickrahmen beiseite. »Bringe uns etwas zu trinken und laß ihn eintreten. Es ist besser zu wissen, was in seinem Kopf vorgeht, als darüber zu rätseln.«
Mrs. Stratton schüttelte ablehnend den Kopf, dennoch wurde Lord Perry hereingelassen. Er legte sogar höfliche Manieren an den Tag, küßte ihre Hand, stellte sich in Positur, fragte sie, wie es ihr in London gefalle, warum man sie nie im Theater sähe, ob ihr Bellerose gefallen hätte oder nicht und so weiter. Es schien, daß er die Antworten auf seine Fragen schon im voraus wußte.
»Das Landhaus ist nicht sehr repräsentativ?«
»Tatsächlich nicht. Es sieht aus wie auf einem Schlachtfeld.«
»Zweifellos muß das eine große Enttäuschung für Euch sein. Sagt mir, ist Euch etwas im Haus Eurer Kindheit, die Ihr ja dort verbracht habt, in Erinnerung geblieben?«
Ihre Augen wurden schmal. »Nein, Mylord. Ich konnte mich an nichts erinnern.«
»Euer Vater hätte Euch viel ersparen können, wenn er Euch vor seinem Tod zumindest nach London geschickt hätte, doch er hat es nicht getan. Welchen Eindruck hattet Ihr von Eurem Vater, als Ihr ihn das letzte Mal gesehen habt?«

»Ich war der Meinung, daß er noch einige Jahre zu leben hätte. Doch das war dann leider nicht der Fall. Sein Tod kam überraschend, er sah nicht krank aus. Als Ihr ihn das letzte Mal gesehen habt, Lord Perry, was für einen Eindruck hattet Ihr da von ihm?«
»Denselben wie Ihr«, sagte Perry, nahm eine Tasse und schlürfte etwas Tee. Er blickte sie über den Rand der Tasse hinweg mit einem höhnischen Lächeln an, das er schon während der ganzen Zeit seines Besuches aufgesetzt hatte. Alicia spürte deutlich, daß er nichts Gutes im Schilde führte. Sie zeigte ihm aber nicht, daß seine Anwesenheit sie argwöhnisch machte. Und da sie von Geoffrey die Geschichte über seine Schwester und Lord Perry kannte, war es nicht notwendig, besonders freundlich zu sein. Man konnte nicht von ihr erwarten, daß sie den Feind ihres Ehemannes verwöhnte.
Er setzte seine Tasse auf dem kleinen Tisch neben seinem Stuhl ab. »Ich denke, wir sollten jetzt mit dem Versteckspiel aufhören, Lady. Wie wir beide wissen, Ihr seid nicht Charlotte Bellamy.«
Sie zog eine Augenbraue hoch und lächelte. »Wer bin ich dann, Mylord?«
»Ich gäbe ein Vermögen dafür, mich Eures Namens zu erinnern. Doch da müßte ich aufs Land zurückkehren und den Gasthof wiederfinden, an den ich mich kaum erinnere; nur so kann ich Euren Namen herausfinden.« Er lächelte kalt und berechnend. »Aber ich erinnere mich an Euren Körper.«
Ihre Wangen glühten, und sie errötete, doch vor Zorn und nicht aus Verlegenheit. »Ihr werdet dieses Haus verlassen müssen, wenn Ihr mich weiterhin so respektlos behandelt.«
Er lachte laut. »Ihr seid ganz schön helle für ein Schankmädchen, meine Liebe, aber Ihr könnt mich nicht erschrecken. Ich bin gekommen, um Euch einen Handel vorzuschlagen.«
»Es gibt nichts zu verhandeln«, sagte sie und mußte beinahe über sich selber lachen, als sie ihre Worte hörte.
»Fordert in meinem Namen ein Schiff von Eurem Gatten. Das wird mir für den Moment genügen. Ich werde mich mit der Hälfte des Gewinnes von einem Schiff begnügen.«

»Und Ihr glaubt, ein Recht darauf zu haben?« fragte sie mit einer Ruhe, die gespielt war.
»Ich weiß, daß Ihr nicht diejenige seid, die Ihr vorgebt, zu sein.«
Sie nahm ihre Teetasse und trank einen Schluck. Sie zwang sich, die Tasse ruhig zu halten. »Und wie kommt Ihr darauf, Mylord?«
Er lehnte sich in seinem Sessel zurück. Der Kampf war sehr ausgeglichen. Keiner von beiden würde dem anderen die geringste Unsicherheit offenbaren. »Ich bin vor mehr als einem Jahr in einem Gasthof eingekehrt. Ich war auf der Suche nach Charlotte Bellamy, und wie es der Zufall wollte, fand ich sie auch. Gewiß, einem Vergleich mit Euch hält sie nicht stand. Sie ist fett, ungepflegt und besitzt den Charme eines betrunkenen Tolpatsches... aber ich hatte doppeltes Glück, da ich einem der Schankmädchen des Gasthofes für ein oder zwei Nächte den Hof machte.
In dem Augenblick, da ich Euch hier sah, wußte ich sofort, daß ich Euch irgendwoher kenne. Doch wußte ich nicht, wo ich Euch zuvor schon einmal gesehen hatte. Ihr wart das Mädchen, dem ich auf meinem Rückweg nach London in dem Gasthof den Hof gemacht habe.«
Sie lächelte, als fände sie die Geschichte sehr amüsant. »Wenn Ihr wirklich eine Frau gesehen habt, die behauptet, Charlotte Bellamy zu sein, und wenn Ihr Euch so sicher seid, daß ich es nicht bin, warum habt Ihr Euren Verdacht nicht gleich dem König geschildert? Eure Geschichte würde ihn sicher sehr interessieren.«
»Ihr wißt, warum«, sagte er, runzelte dabei die Stirn. Plötzlich verschwand das Lächeln aus seinem Gesicht. Alicia hatte einen Moment lang die Oberhand.
»Bitte erklärt es mir, Mylord. Ich fürchte, Euer Bericht hat mich verwirrt.«
Er lehnte sich vor und stützte seine Ellenbogen auf den Knien auf. Sein Gesichtsausdruck war ernst, beinahe sogar ärgerlich.
»Weil ich mit Andrea Seavers verlobt war, Lady. Die Heirat sollte schon bald stattfinden, als ich von der Bellamy-Erbschaft

erfuhr. Ich konnte durch meine Verpflichtung gegenüber Andrea nicht um die Hand von Charlotte anhalten. Aber die Seavers haben mich betrogen. Sie hatten mir keine Mitgift anzubieten. Andrea war arm, so wie Ihr es damals in dem Gasthof wart. Ihr Bruder lachte nur über meine Anschuldigungen und drohte mir damit, daß es Probleme geben würde, wenn ich nicht für Andrea sorge und sie gut behandle. Das waren keine guten Aussichten, als ich Charlotte auf dem Landsitz ihrer Tante besuchte.«

Alicia lächelte höflich und nachsichtig. »Es scheint so, als wären Eure Aussichten jetzt nicht viel besser.«

»Ich glaube doch, meine Liebe. Ich bezweifle, daß mein Vergehen ebenso schlimm geahndet würde wie das Eure, falls ich Charlotte dem König vorführe.«

Sie zuckte die Achseln. »Ich sehe hier kein schlimmes Vergehen oder Verbrechen, ausgenommen die ungeklärten Umstände von Andreas Tod...«

Die Muskeln seines Oberkiefers spannten sich und sein Gesicht wurde rot. Die Wut in seinen Augen ließ seine Pupillen ganz klein erscheinen, und die dunklen Augenbrauen zogen sich zusammen. Sein Gesichtsausdruck war fürchterlich. Alicia wappnete sich gegen das, was als nächstes kommen würde. »Habt Ihr nicht erzählt, daß Ihr verlobt wart, während Ihr Charlotte gesucht habt und dabei ein unbekanntes Schankmädchen verführt habt? Ist Andrea Seavers lange nach dieser Affäre bei einem Ausritt mit Euch ums Leben gekommen?«

Er sprang auf die Füße. »Ich werde herausfinden, wer Ihr seid, Madam, und ich werde Euch dafür büßen lassen, daß Ihr mich bedroht und verhöhnt habt.«

»Was wollt Ihr machen, Lord Perry? Zu irgendeinem Landgasthof reisen, um den Namen irgendeines Schankmädchens herauszufinden? Einen Bauern oder Gastwirt mit nach London bringen, der beschwört, daß ich das Mädchen bin?« Sie lehnte sich zurück und schaute ihn an. »Wollt Ihr Eurem König erzählen, daß Ihr um die Hand von Charlotte Bellamy angehalten habt, während Ihr noch mit einer anderen verlobt wart? Und wollt Ihr ihm erzählen, wie rasch und geheimnisvoll Eure Ver-

lobte ums Leben gekommen ist? Wer soll ich Eurer Meinung nach sein? Und wer wird Euch Glauben schenken?«
»Ihr vergeßt, verdammte Hexe, daß ich Charlotte Bellamy habe.«
Alicia lachte leise. »Ich glaube Euch, was Ihr mir über diese Frau, die Charlotte sein soll, erzählt habt.« Sie lachte erneut, und ihre Augen blitzten vergnügt. »Wollt Ihr allen Ernstes dieses fette, schmutzige, tolpatschige Geschöpf am Hofe vorstellen, nur um mich in Verruf zu bringen? Ich weiß ja, daß Ihr verrückt nach Vermögen seid, aber ich muß Euch doch bitten, eine bessere Lösung zu finden, um eine Mitgift zu stehlen. Der Plan, den Ihr jetzt habt, würde Euch nur zum Narren machen.«
»Ihr werdet dieses Spiel nicht mehr lange mit mir spielen, Madam«, höhnte er. Er ging auf die Salontür zu und drehte sich nochmals wütend um. »Für den Augenblick habt Ihr mich in Schach halten können. Aber doch könnt Ihr mich nicht aufhalten. Erzählt Seiner Lordschaft, daß ich das Geheimnis kenne und für mein Schweigen bezahlt werden will.«
»Erzählt es ihm doch selbst«, gab sie schnippisch zurück.
Er nickte und grinste höhnisch. »Ihr werdet eines Tages noch hilfsbereiter werden, meine Liebe.«
»Ich habe keine Angst vor Euch, Culver. Ich werde nicht den verhängnisvollen Fehler begehen, mich auf Eure Seite zu schlagen. Ich weiß, wozu Ihr fähig seid.«
Er riß die Salontür mit einem Ruck auf und warf sie, nachdem er hinausgegangen war, mit einem Knall wieder zu. Im gleichen Augenblick, als er gegangen war, begann Alicia zu zittern, und Tränen schossen ihr in die Augen. Margaret war sogleich in den Salon gestürzt, um nachzusehen, in welcher Verfassung sich ihre Herrin befand. Sie war entsetzt über Alicias Zustand.
»Was hat er Euch getan, mein Herz? Was hat er gesagt?«
»Es ist nichts, Margaret.«
»Ich werde Seine Lordschaft vom –«
»Nein, Margaret, das wirst du nicht tun!«
»Seine Lordschaft ist kein zuverlässiger Mann. Er kümmert

sich weder um seine Frau noch um das Haus. Es wird langsam Zeit, daß er seine Frau beschützt.«
»Ich werde dich nicht darum *bitten*, mir zu gehorchen«, sagte Alicia. Sie preßte die Lippen zusammen und ihre Augen blickten zornig. »Ich werde mit Seiner Lordschaft über den Besuch von Lord Perry reden, wenn die Zeit reif dafür ist. Du wirst ihn *nicht* nach Hause rufen lassen!«
Margaret trat unbehaglich von einem Fuß auf den anderen. Es war das erste Mal, daß die junge Frau ihre Zofe angefahren hatte und ihr einen Befehl erteilte. Sie beharrte nicht weiter auf ihrem Vorhaben. Aber es fiel ihr nicht leicht, nachzugeben, da sie für Lady Seavers eine tiefe Ergebenheit empfand und den Wunsch, sie zu beschützen.
»Der Brandy, der in der Bibliothek für Lord Seavers bereitgehalten wird«, sagte Alicia. »Weißt du, wo er ist? Bring mir ein kleines Glas davon.«
»Von dem Brandy, Madam? Seid Ihr sicher?«
»Ja. Wenn er Lord Seavers in seinen dunklen Stunden hilft, dann wird er mir jetzt sicher auch von Nutzen sein.«

11

Der Morgennebel hing noch immer wie eine Dunstglocke über der Stadt, doch gegen Mittag kam die Sonne durch, und die Luft erwärmte sich. Eine Menge von Schaulustigen bestaunte die Schiffe, die auf dem Dock lagen; Arbeiter sammelten ihre Werkzeuge ein, und Händler verkauften ihre Waren.
Die Taue, die die *Rose* gehalten hatten, wurden gelöst. Die Segel fielen herab und die Ruder bewegten sich. Sie verließ den Hafen und machte sich auf den Weg. Der Wind erfaßte schnell ihre Segel. Einige Momente später segelte die *Thora* davon. Ihre Kanonen glichen ausgestreckten Fühlern.
Als Geoffrey Seavers sah, wie sie ablegten, platzte er beinahe vor Stolz – seine ersten zwei Handelsschiffe hatten die Segel gesetzt mit Kurs auf New York. Er hoffte, daß sie unterwegs auf holländische Schiffe treffen, sie angreifen, versenken und

mit reicher Beute heimkehren würden. Er sehnte sich danach, an Bord zu sein, um die ersten Abenteuer mitzuerleben. Aber es gab noch mehr Schiffe, die fertiggestellt werden mußten. Und er hatte schon genügend Abenteuer auf See überstanden – er konnte in Ruhe auf die Abfahrt der *Patrina* warten.

Seavers befand sich in guter Gesellschaft, als er den Aufbruch der ersten zwei Schiffe seiner zukünftigen Flotte verfolgte. Charles, sein Bruder James, Herzog von York und Buckingham schauten ebenfalls zu, wie die Schiffe ablegten. Jedem dieser Männer gefiel der Anblick der neu gebauten Schiffe, die sich nun auf den Weg machten und vielleicht bei ihrer Rückkehr Reichtümer und ehrenvolle Siege für England, den König und für Seavers mitbrächten.

»Sie haben alle Frauennamen«, bemerkte Charles lächelnd. »Das paßt sehr gut. Niemand ist so erfahren im Kämpfen, so angenehm zu lenken und so begierig nach Reichtum wie eine Frau.«

Die Männer nickten zustimmend. Im stillen dachte jeder von ihnen, daß kein Mann die Frauen so gut kannte wie Charles. Er nahm sie sehr ernst und zugleich doch nicht für voll. Charles liebte sie, jagte ihnen nach, verwöhnte sie und ignorierte sie. Er machte ihnen kostbare Geschenke, hörte sich ihre Klagen an und hinterging sie. Er konnte nicht ohne schöne Frauen leben, erlaubte ihnen aber nicht, so wichtig für ihn zu werden, daß er deswegen seine Regierungsgeschäfte vernachlässigt hätte.

»Wie viele Schiffe befinden sich noch im Bau?« fragte Charles Lord Seavers.

»Noch sechs Schiffe, Sire, und die *Patrina*. Sie ist eigentlich schon seetüchtig, doch betrachte ich sie als mein persönliches Schiff; deshalb wird sie nicht ohne mich lossegeln.«

»Und welche Schiffe sollen Teil der königlichen Kriegsflotte sein?« fragte James.

»Im Kriegsfall alle.«

»Der Kriegsfall, Mylord, ist täglich«, erwiderte James scharf.

Charles klopfte James beschwichtigend mit der Hand auf die Schulter und lachte. »Ich bekomme die Hälfte der Beute von jedem Schiff, James. Halte sie deshalb nicht dauernd im Hafen fest. Seavers segelt in befahrenen Gewässern. Er wird manchen Holländer aufbringen – und uns bringt er dann die Reichtümer.«

»Es werden auch Schiffe an der Küste vor Anker liegen, bereit, jederzeit loszusegeln, Mylord«, berichtete Seavers James, willig seinen Verpflichtungen nachzukommen. »Ihr braucht niemals Sorge haben, daß ich zum reinen Händler und Geschäftsmann werde. Ich habe Seiner Majestät meine Flotte schon vor langer Zeit versprochen. Deshalb wird sie immer zuerst England dienen.«

Charles räusperte sich. »Noch einmal, Mylord, laßt sie nicht untätig im Hafen liegen. Ich möchte, daß Eure Schiffe geschäftig sind, die Meere befahren und ihre Arbeit tun.«

Seavers nickte dem König zu. Er hatte die Hürde gut genommen, da er sowohl dem Verlangen von James, dem Kommandanten der Kriegsflotte, als auch dem Verlangen des Königs, der dringend mehr Geld und Siege benötigte, nachgekommen war.

Charles saß nun seit fünf Jahren wieder auf Englands Thron, und seine finanzielle Situation war äußerst schlecht. Er nannte sich selbst den ärmsten König der gesamten Christenheit und hatte damit zweifellos recht. Sein ausschweifender Lebensstil und die ständigen Auseinandersetzungen mit den Holländern und Spaniern hatten den Staatsetat allmählich aufgefressen. Er benötigte viele regelmäßige Einkommensquellen und war hoch erfreut über die Menge Geldes, die Seavers ihm mit seiner Flotte einbringen würde, wenn erst alle Schiffe auslaufen könnten.

»Ich habe Lady Seavers lange nicht gesehen, Mylord«, begann Charles, während er die Docks verließ. Die anderen folgten ihnen. »Geht es ihr gut?«

»Ja, sehr gut, Eure Majestät.«

»Ihr führt sie nicht oft aus, was ich angesichts der Aufmerksamkeit, die sie erregen würde, für sehr weise halte.«

»Im Gegenteil, Sire, ich halte sie nicht vom Hof fern. Aber meine Verpflichtung gilt zuerst diesen Schiffen, und die Lady ist zufrieden, zu Hause zu sein. Sie ist nicht für den Hof erzogen worden, und ich befürchte, sie macht sich über ihr öffentliches Auftreten Sorgen.«

»Das braucht sie nicht. Sie ist wunderschön und hat gute Manieren. Ich denke, Ihr seid ein glücklicher Mann.«

»Ja, Sire.«

»Und ich habe begriffen, daß auch ich Glück habe.«

Geoffrey blieb stehen und schaute den König verwirrt an. »Lady Charlotte ist eine gute Investition, Seavers. Sicher ist Euch das bewußt.«

»Sicher«, sagte er, obwohl er nicht wußte, was der König damit meinte.

»Gut. Ich wünsche Euch viel Erfolg bei der Arbeit, Mylord«, sagte der König, als sie bei der Kutsche anlangten. »Und noch viel Glück.«

»Danke, Sire.«

Charles schaute sich um, bevor er die Kutsche bestieg. Er liebte die Atmosphäre im Hafen. Doch im Moment, da man noch immer davon redete, daß die Pest umgehe, und ohne zu wissen, wie weit die Seuche tatsächlich verbreitet war, zog er es vor, nicht länger hierzubleiben. Es war bekannt, daß Matrosen die Krankheit von Hafen zu Hafen schleppten. »Paßt auf Eure Gesundheit auf«, sagte er und kletterte in die Kutsche, damit auch York und Buckingham einsteigen konnten.

Seavers stand da und schaute aufs Meer hinaus. Er suchte ein letztes Mal seine hübschen Ladies am Horizont, deren Segel so voll waren wie sein Herz. New York, dachte er, Afrika, Westindien, Virginia... Es erfüllte ihn mit Stolz, wenn er daran dachte, was seine Männer und Schiffe für ihn erreichen würden.

Er hatte in New Amsterdam, das heute New York hieß, gekämpft. Auch an der Küste Afrikas hatte er gekämpft. Er hatte auch noch nicht den Geschmack am Kämpfen verloren und früher schon das Kommando auf Schiffen geführt. Aber das waren nicht *seine* Schiffe gewesen. Und nun beschäftigte er Kapitäne, die für ihn segelten, seine eigenen Schiffe befehligten. Er brannte darauf, wieder das Deck der *Patrina*, seines Flaggschiffes, unter seinen Füßen zu spüren, weitere Schiffe zur Seite.

Aber für seine Zukunftspläne war es besser, hier an diesem Ort zu bleiben und zuzusehen, wie sie aufbrachen, um Handel zu treiben und Schiffe zu kapern.
Und später einmal, wenn er genügend Geld haben würde, dann wollte er das Land, das ihm vom König angeboten worden war, in Besitz nehmen und sich in den amerikanischen Kolonien niederlassen. Er konnte Diener und Arbeitskräfte aus England und Afrika mitnehmen, eine Landwirtschaft und Handel dort betreiben. Vielleicht würde er ja Prestons Nachbar sein; sie könnten dann ihre Freundschaft erneuern und zusammen segeln und Handel treiben.
Die *Letty* lag nicht im Hafen, sondern ankerte weiter draußen, in Sichtweite. Prestons Brüder kamen nicht oft nach London, aber die Schiffe, die den Tildens gehörten, legten regelmäßig hier im Hafen an. England war nicht mehr ihre Heimat, doch immer noch ihr Anlaufplatz und engster Verbündeter. Die Tildens waren nicht mehr den Machenschaften und Intrigen des Hofes ausgesetzt. Auch er würde glücklich sein, den englischen Hof hinter sich zu lassen und in einem neuen Land auf Abenteuersuche zu gehen. Ja, er würde ein neues Leben beginnen. Doch dazu mußte er erst die Dinge, die er sich so hart erarbeitet hatte, an einen sicheren Ort schaffen.
Bevor er seine Zukunftsträume zu Ende spinnen konnte, näherte sich seine eigene Kutsche der Anlegestelle. Rodney kletterte vom Sitz neben dem Kutscher und händigte ihm eine versiegelte Botschaft aus. Es war das Siegel Perrys. Geoffrey runzelte die Stirn, als er das Siegel erbrach, um das Geschriebene zu lesen.

> Ein Treffen, Lord Seavers, würde der
> Glaubwürdigkeit Eurer Heirat mit
> Charlotte Bellamy dienlich sein.

Die Botschaft war mit einem verschnörkelten *P* unterzeichnet. Geoffreys Augen blitzten auf. »Wie bist du an diesen Brief gekommen?« fragte er Rodney.
»Er wurde von einem Pagen abgegeben, Mylord. Ich dachte, daß Ihr ihn sofort sehen solltet.«

»Weißt du, was das bedeuten soll?«
»Ja, Sir. Lord Perry hat Lady Seavers vor kurzem aufgesucht und gedroht, sie als Betrügerin zu entlarven. Er hat von ihr gefordert, daß sie Euch dazu überreden soll, eines Eurer Schiffe auf ihn zu überschreiben – fürs erste.«
»Ein *Schiff*?« tobte er. »Fürs erste?«
»Ja, Sir.«
»Und Lady Seavers hielt die Sache für so unwichtig, daß sie mir nichts davon erzählt hat?«
»Ja, Sir. Und ich war der Meinung mit ihr. Sie hat mich sofort über den Besuch von Lord Perry informiert, und ich habe einen Mann beauftragt, der ihn überwacht.«
»Man hätte mich unverzüglich unterrichten müssen. Welche Beweise hat er gegen mich?«
»Soweit ich sehen kann, keine. Lady Charlotte ist wunderbar mit ihm fertig geworden. Sie hat ihn darin bestärkt, seine Geschichte dem König zu erzählen und hat kein bißchen Angst vor einer derartigen Enthüllung gezeigt. Er hat das Haus in einer sehr üblen Stimmung verlassen.«
»Sie hat ihn bestärkt? Hat sie völlig den Verstand verloren?«
»Im Gegenteil. Perry hat erzählt, daß er Charlotte Bellamy auf dem Anwesen ihrer Tante gefunden hat, bevor Eure Verlobung mit ihr verkündet wurde. Zu dieser Zeit war Perry selbst noch verlobt, mit unserer lieben Andrea. Ich denke, Ihr werdet mit mir übereinstimmen, Sir, daß Perry nichts gegen Euch vorbringen kann – es würde ihn mit einem Vergehen in Verbindung bringen, das um einiges schlimmer wär' als das Eure.«
»Ich sollte ihn treffen…«
»Verzeiht mir, Sir, aber ich bin da anderer Meinung. Es besteht keine Veranlassung, zumindest nicht, solange er beschattet wird. Ich bin sicher, daß er versuchen wird, Euch zu erpressen, aber er wird seine Karten nicht aufdecken. Beachtet ihn nicht. Fürs erste.«
Seavers Gesicht war vor Wut rot angelaufen. Perry war ein Mensch, dem jedes Mittel recht war, um ihn einzuschüchtern und zu erpressen. Er wollte die Einkünfte von einem seiner Schiffe haben! »Glaubt er etwa, daß ich ihm meine Schiffe

kampflos überlasse? Glaubt er etwa, daß ich auf seine Erpressung eingehe?«
»Unzweifelhaft, Sir«, erwiderte Rodney.
»Ist es Zeit für Charlotte Bellamy, abzutreten?« fragte Seavers.
»Es ist eher Zeit für sie zu leben, Sir. Und dankt dem Schicksal, daß Ihr eine Frau an Eurer Seite habt, die angesichts von Schwierigkeiten nicht den Mut verliert. Ich bin überzeugt, daß Perry seine Machenschaften auch verfolgen würde, wenn Ihr mit der richtigen Charlotte Bellamy verheiratet wäret. Und die echte Charlotte würde zweifellos nicht so gut ihre Haltung bewahren wie unsere Alicia.«
»Ich werde sehr froh sein, wenn das alles vorüber ist.«
»Sicher, Sir. Geht wieder an die Arbeit und betrachtet die Sache als erledigt. Ich halte Lord Perry nicht für gefährlich.«
»Ich wünsche mir, genauso zuversichtlich zu sein wie du, Rodney. Doch angesichts von Perrys Bosheit würde mich nichts mehr erstaunen. Er könnte noch einen anderen Weg finden, das Vermögen in seine Hände zu bekommen.«
»Ich habe einige Vorkehrungen getroffen, was die Sicherheit von Lady Seavers betrifft, Sir, einen weiteren Kämmerer eingestellt und halte mich selbst die meiste Zeit im Haus auf.«
Geoffrey nickte und versuchte, seine Verlegenheit zu verbergen. Er hatte nur an seine Schiffe und den Gewinn daraus gedacht und war nicht auf den Gedanken gekommen, daß Alicia sich in einer gefährlichen Lage befinden könnte. »Paß auf sie auf, Rodney«, sagte er nachdrücklich.
»Natürlich. Auch auf die Gefahr hin, anmaßend zu erscheinen, Sir, so möchte ich Euch doch nahelegen, von Zeit zu Zeit nach ihr zu sehen.«
»Ähm, ja, natürlich...«

Die Kutsche des Königs befand sich auf dem Weg nach Whitehall. Die Männer in der Kutsche lachten über die Eskapaden, die sich der König in der vorhergehenden Nacht geleistet hatte. Er hatte eine gewöhnliche Schauspielerin aus dem Theater zu seiner Abendgesellschaft eingeladen. Die Schauspielerin hatte die Gesellschaft mit ihren Obszönitäten unterhalten, und es ging auch das Gerücht, daß sie aufgrund gewisser Vergnügungen das Schlafzimmer des Königs besucht hatte. Zur Enttäuschung seiner Freunde bestätigte Charles die Geschichte nicht, doch stritt er sie auch nicht ab.

»Ich glaube, es ist ein sehr gewagtes Spiel, Barbara so kurz vor ihrer Niederkunft zu verstimmen und Madam Stewart so kurz vor ihrer Entjungferung«, spöttelte Buckingham.

»Madam Stewart ist nicht mehr oder weniger weit davon entfernt, ihr Jungfernhäutchen zu verlieren, als sie es immer schon war«, beruhigte ihn Charles.

»Es war nett von Euch, Sire, nach Lady Seavers Befinden zu fragen, aber es würde mir noch mehr gefallen, wenn Ihr auf ihrer Anwesenheit bei Hofe bestehen würdet. Einige von uns würden ganz gern einmal ein neues Gesicht anschauen.«

»Himmel noch mal, haben wir nicht schon genug Probleme mit Frauen? Laßt sie Seavers doch eine Weile für sich.«

»Wenn Ihr sie für eine so gute Investition haltet, warum zieht Ihr dann nicht mehr Nutzen aus ihrer Anwesenheit?« fragte ihn George.

»Sie fühlt sich am Hof unsicher. Barbara schwänzelt um sie herum, und das bringt sie mehr zum Zittern, als ich ertragen kann«, antwortete Charles. »Laßt sie in Ruhe. Sie wird nicht mehr lange hier sein.«

»Wohin, zum Teufel, denkt Ihr, wird sie gehen?« fragte James.

»Ich bin nicht sicher, aber es scheint so, als wolle Seavers London verlassen und sie mit sich nehmen. Er wird Bellerose verkaufen, wenn es wieder instandgesetzt ist. Ich habe erwartet, daß er das tun würde.«

»Wie sieht es mit Eurem Anteil an seinen Schiffen aus, wenn er London verläßt?«

»Sehr gut, vermute ich. Er ist auf England angewiesen, aber es ist nicht notwendig, daß er sich auf Gesellschaften herumtreibt und in Spielhöllen, wenn er zur gleichen Zeit arbeiten könnte.« Charles schaute seine Freunde mit einem wissenden Blick an, den keiner von ihnen verstand, der aber auch keine weiteren

Fragen erlaubte. »Ich habe nach einer Möglichkeit gesucht, Seavers Taschen für eine lange Zeit mit Geld anzufüllen, da es am Hof keinen weiteren Mann gibt, der so begierig darauf ist, sich in die Arbeit zu stürzen wie Seavers. Es ist ein großes Glück für uns alle, daß es Charlotte Bellamy und ihre Erbschaft gegeben hat. Damit baut Seavers ein Vermögen für uns auf.«

»Es gibt Gerüchte über Lady Seavers, Sire. Niemand glaubt an das frühe Ableben von Fergus Bellamy und an einen solch glücklichen Zufall. Um die Wahrheit zu sagen, ich auch nicht«, sagte George.

»Fergus war ein guter Mensch, doch nicht einen solchen Aufwand wert. Ich hätte auch den Fall seiner Tochter, mag sie noch so reizend und lieblich sein, nicht aufgegriffen, wäre dadurch nicht Geld in die Taschen eines Geschäftsmannes, wie Seavers einer ist, gelangt.«

»Aha«, lachte James. »Wenn also kein tüchtiger Seemann mit weitreichenden Träumen greifbar gewesen wäre, dann hätte die arme Charlotte Orangen verkaufen müssen, um ihren Lebensunterhalt zu fristen.«

»Unzweifelhaft.«

»Und das Vermögen?« fragte George.

»Mit so vielen Bastarden, die sich am Hofe rumtreiben und die ich unterhalten muß?« Der König lachte. »Ich nehme an, ich hätte ohne Schwierigkeiten jemanden gefunden, dem ich die Erbschaft, die Fergus hinterlassen hat, hätte übergeben können. Aber es ist hart, das sagen zu müssen, keines meiner Kinder würde nur halb so hart arbeiten wie Seavers, um Geld für mich zu beschaffen.«

»Warum habt Ihr ihm nicht schon früher Geld zukommen lassen, wenn Ihr Euch seiner so sicher seid?«

»Erst einmal muß Geld vorhanden sein, George. Außerdem wollte ich mir das Vergnügen nicht entgehen lassen, ihn dem Geld hinterherjagen zu sehen.« Charles grinste. »Seine Geldgier amüsiert mich. Sie ist unglaublich!«

»Ich frage mich, ob das Verlangen nach seiner Frau ebenso groß ist«, sagte George.

»Wenn nicht, dann ist er ein Idiot«, erwiderte Charles.

Alicia verbrachte ungewöhnlich viel Zeit im Freien, doch ging sie überhaupt nicht mehr aus. Seit dem Tag, als ihre Tasche gestohlen worden war, und dem Besuch von Culver Perry, der kurz danach erfolgte, hatte sie Angst, durch die vollen Straßen Londons zu gehen, trotz des Schutzes, den Rodney ihr anbot. Alicia hatte erfahren, daß Geoffrey durch einen Brief über Culver Perrys Forderungen informiert worden war, aber daß er sich dafür entschieden hatte, nicht darauf einzugehen. »Er muß vor Wut ganz außer sich gewesen sein«, sagte sie zu Rodney, als sie über Culver sprachen. »Keiner schenkt seiner Geschichte Aufmerksamkeit.«

»Wir nicht, Madam. Doch in London gehen unzählige Gerüchte herum, und die Leute scheinen ihrer auch nicht müde zu werden.«

»Ich habe diese Woche das Haus noch nicht verlassen, und dennoch weiß ich, daß der König ein eingefleischter Katholik ist, daß er mit Monmouth' Mutter verheiratet war und daß Barbara Palmer einen Mann vom Zirkus dafür bezahlt, daß er mit ihr schläft. Es scheint, daß die Gerüchte momentan eines der Dinge sind, mit denen sich die Londoner zur Zeit am meisten beschäftigen.«

»Seid Ihr nicht besorgt?« fragte Rodney. Er bewunderte ihre Haltung sehr.

»Ich bin sehr besorgt, aber ich bin nicht dumm. Ich glaube, im Moment würde Perry mit seiner Enthüllung wenig Erfolg haben. Geradeso, als würde er behaupten, der König sei nicht der König. Es gibt nur eine Sache, die mir angst macht: daß Perry irgendeinen Beweis haben könnte, von dem wir nichts ahnen. Irgendeinen Gegenstand oder ein Papier, das nur Charlotte Bellamy gehören kann und das nicht in meinem Besitz ist.«

»Es gibt keine Möglichkeit, das zu verhindern, außer die Vorkehrungen, die wir ohnehin schon getroffen haben.«

»Ich bin ziemlich sicher, daß Lord Perry die Frau, die eigentlich das Recht hätte, hier als Ehefrau von Lord Seavers zu leben, gefangenhält. Wenn er sie bei sich hat, sollten wir das wissen. Es ist einfacher, mit Schwierigkeiten fertig zu werden, wenn man weiß, wo sie auftauchen könnten.«

»Wenn wir sie finden würden, Madam, würde sich Lord Seavers sicher in panischer Angst ins Meer stürzen.«
»Wenn Charlotte Lord Perry Vertrauen geschenkt hat, Rodney, dann braucht sie unser Mitgefühl und unsere Hilfe. Wir werden unsere Wachsamkeit verstärken und hoffen, daß Culver es bald satt hat, auf die Art und Weise zu Geld zu kommen.«
Nicht ganz eine Woche später berichtete Rodney ihr, daß Perry in der New Street gesehen worden sei, wo er eine Wohnung aufgesucht habe, in der ein dickes, rothaariges Mädchen lebte. Rodney ging davon aus, daß dies unter Umständen Charlotte sein könnte.
Ohne lange nachzudenken, beauftragte ihn Alicia, anstelle der Familienkutsche eine Mietdroschke zu nehmen, die sie dorthin bringen sollte. »Ich fürchte, daß Ihr böse sein werdet, wenn ich Euch erzähle, daß die Frau, die meine Tasche gestohlen hat, mich beschuldigte, eine Betrügerin zu sein. Ich bin ganz sicher, daß es Charlotte war. Wenn wir sie zufällig sehen, kann ich es Euch genau sagen.«
»Warum habt Ihr nichts davon erzählt?« fragte Rodney sie.
»Sollte ich Eurem verängstigten Lord noch mehr Sorgen bereiten? Er ist so verstört, daß er meinen Anblick kaum ertragen kann.«
Rodney half ihr in ihren Umhang und hob ihr Kinn an, um ihr in die Augen zu sehen. »Und Ihr, Mädchen? Habt Ihr gar keine Angst vor Newgate?«
»Lieber Rodney, Ihr selbst habt mich aus einem Gefängnis herausgeholt. Wie könnt Ihr da denken, daß Newgate mir mehr Angst einjagen könnte, als irgend etwas anderes, das ich schon erlebt habe?« Sie zuckte die Schultern, zog ihre Handschuhe über und nahm ihren Schleier. »Ich habe gegenüber Lord Seavers einen Vorteil. Ich habe niemals gewußt, wohin mich das Schicksal als nächstes verschlägt, und weiß es auch jetzt nicht. Ob es ein Gefängnis oder ein Palast sein wird, ich finde mich immer irgendwie zurecht.«
»Lord Seavers hat es bisher versäumt, sich gebührend bei Euch zu bedanken«, sagte Rodney zu ihr.

»Das ist falsch, Sir. Er hat sich überhaupt noch nicht bei mir bedankt.«

Die Mietdroschke rumpelte über Londons Straßen, passierte die Innenstadt und fuhr durch das Judenviertel. Als sie sich der New Street näherten, zog Alicia den dunklen Vorhang zurück und spähte, mit dem Schleier über ihrem Gesicht, nach draußen. Sie hoffte, die Frau zu entdecken, die Charlotte sein könnte. Aber ihr Blick wurde von etwas anderem gefesselt. Der Anblick von Kreuzen auf drei der Türen in der Straße ließ ihr das Blut in den Adern gefrieren und nahm ihr den Atem.

Am Morgen war das Totengeläut für drei weitere Tote erklungen, und die Kreuze waren in ängstlicher Hast durch die Straßen getragen worden. Der erste Pesttote war noch auf die leichte Schulter genommen worden. Den zweiten, dritten und vierten hatte man einfach nicht beachtet. Aber jetzt konnte kein Zweifel mehr darüber bestehen, daß in der Stadt die Pest herrschte und daß sie sich immer mehr den Vierteln der Reichen näherte. Viele der adligen Familien hatten London schon verlassen und waren auf ihre Landsitze gefahren, um der Krankheit zu entkommen.

»Wir werden nicht hierbleiben und warten«, sagte sie plötzlich. »Zeigt mir, wo die Wohnung ist, und laßt uns dann weiterfahren.«

Rodney zeigte ihr das Gebäude, in dem sich unten ein Laden befand und darüber vier Stockwerke mit Wohnräumen. »Wenn sie tatsächlich hier lebt, sollte sie nicht mehr allzu lange hierbleiben.« Alicia schluckte. »Ich möchte mich nicht dafür verantwortlich fühlen müssen, daß sie hier der Pest bedenklich nahe ist.«

»Ihr seid in keiner Weise dafür verantwortlich, Madam«, hielt ihr Rodney entgegen. »Wäre sie nicht vor ihrer Verlobung mit Lord Seavers davongelaufen, müßte sie jetzt nicht Tür an Tür mit dieser entsetzlichen Krankheit leben. Sie hat sich so entschieden.«

»Nein, Sir, das glaube ich nicht. Wenn ich nicht die Schuldige bin, dann zumindest Lord Perry. Ich bin sicher, daß er es war, der sie hierhergebracht hat.«

»Ich sage es noch einmal, Madam, sie hatte die Wahl.«
Alicia dachte einen Augenblick darüber nach. Dann machte sie mit der Hand das Zeichen, und Rodney gab dem Kutscher den Befehl, sie nach Hause zu fahren.
Alicia konnte die Flut ihrer Erinnerungen an Culver Perry nicht zurückdrängen. Seine glatte Zunge und seine verlogene Aufrichtigkeit. Es gab Sachen, in denen Culver ein Meister war: im Lügen und darin, Frauen zu verführen. So verrucht und hassenswert er auch war, so hübsch, beredt und überzeugend wie ein guter Schauspieler konnte er auch wieder sein. Er könnte wohl noch einen wildgewordenen Eber verzaubern.
Alicia dachte nicht schlecht von Charlotte. Doch sie verurteilte sich selbst am härtesten dafür, daß sie einmal auf Perrys Charme hereingefallen war.
»Wer ist der Mann, den Ihr angestellt habt, um Lord Perry zu beschatten?« fragte sie Rodney.
»Ein Mr. Scanland, ein Kapitän, der sich zur Ruhe gesetzt hat. Ich habe ihn vor einigen Jahren kennengelernt. Er ist nicht mehr der Jüngste, aber sehr fähig.«
»Tragt ihm auf, daß er besonders auf seine Gesundheit achtgeben möge. Wenn es möglich ist, soll er mit dieser Frau in der New Street sprechen. Sie könnte geneigt sein, einem freundlichen alten Gentleman ihre Geschichte zu erzählen.«
»Ja, Madam.« Rodney lächelte und tätschelte ihre Hand. Er hatte schon richtig vermutet, daß sie genau die Frau war, die dem jungen Geoffrey helfen konnte. Aber sie erstaunte ihn täglich mehr ob ihres Verstandes und ihrer Klugheit.
»Und wir werden diesen Teil der Stadt nicht mehr aufsuchen«, fügte sie hinzu.
»Sorgt Euch nicht, Madam. Ich habe so das Gefühl, daß Ihr fähig seid, alles zu überstehen.«
Sie verstand nicht, warum Rodney gar so viel Vertrauen in sie setzte, da sie sich selbst oft als leicht verwundbar empfand. Das Durcheinander von Gefühlen, in das sie verstrickt wurde, wenn sie ihre Rolle als Charlotte, als Lady Seavers spielte, verwirrte sie sehr. Es war ein hartes Stück Arbeit, das sie manchmal an den Rand der Erschöpfung trieb.

Als sie in ihr Haus in der Tiller Street zurückkehrten, wartete bereits eine neue Herausforderung auf Alicia.
Margaret eilte herbei, als sie eintraten, und überreichte Alicia aufgeregt eine Einladung, die das Siegel des Königs trug. Als Alicia den Brief öffnete, klopfte ihr Herz angstvoll. Gerade jetzt hätte sie es bevorzugt, in London unsichtbar zu bleiben.
»Es ist eine Einladung, mit Seiner Majestät zu Abend zu essen«, sagte sie ruhig zu Rodney. »Von Lord Seavers ist nicht die Rede...«

12

»Margaret, hör auf«, bat Alicia, als sie ein weiteres Mal durch einen kräftigen Ruck an den Schnüren ihres Korsetts nach hinten gezerrt wurde.
»Zappelt nicht so herum, Madam. Ihr müßt Euch dem König von Eurer besten Seite zeigen.«
Von meiner besten Seite? fragte sie sich. Warum um alles in der Welt? Sie glaubte nicht, daß er sie nach Whitehall kommen ließ, um sie wegen Betrugs einsperren zu lassen – dafür würde er kein Essen an sie verschwenden. Doch mußte es einen Grund geben. Vielleicht war es nicht klug gewesen, sich völlig vom Hofleben zurückzuziehen. Vielleicht machte sie schon allein diese Tatsache in irgendeiner Weise verdächtig.
Das erste Mal, seit sie die Rolle der Charlotte Bellamy spielte, hatte Alicia keine Freude daran, sich anzuziehen und herzurichten. Ihre Lage schien durch Culvers Erpressung, die wahrscheinliche Anwesenheit der echten Charlotte in London und jetzt noch durch diese besondere Einladung des Königs gefährlicher denn je zuvor.
Aber sie wagte nicht, um Befreiung von der Teilnahme am Dinner des Königs zu bitten, und sie wagte auch nicht, zu spät zu kommen. Sie nahm all ihren Mut zusammen, zog ihr bestes Kleid an und erlaubte Rodney, sie zum Palast zu begleiten.
Die erste Überraschung war, daß Frances Stewart die Rolle der Gastgeberin übernahm. Alicia hatte erwartet, wieder einmal

eine Schachfigur in Barbaras Spiel zu sein – eine Figur, die die Kavaliere von Frances ablenken sollte. Aber es waren nur wenige Höflinge anwesend. Das Essen fand in einem sehr kleinen Kreis statt.
Und sie wurde vom mächtigsten Mann Englands persönlich begrüßt und zum Dinner geleitet.
»Mylady«, sagte Charles gedehnt. »Es ist mir eine außerordentliche Freude, Euch wiederzusehen.«
»Ich danke Euch, Sire«, murmelte sie und sank vor ihm in einen Hofknicks.
»Himmel noch mal, Ihr habt es fast richtig gemacht«, lachte er. »Kommt jetzt, heute abend lassen wir die Förmlichkeiten beiseite. Wir wollen uns ins Vergnügen stürzen.«
»Ich weiß nicht, wie uns das gelingen soll«, meinte Frances und schlüpfte rasch an die Seite des Herrschers. »Ich weiß nicht, ob London jemals trostloser gewesen ist.«
Charles achtete kaum auf ihre Bemerkung, runzelte jedoch die Stirn. Er nahm Alicias Hand und legte sie in seine Armbeuge. Dann führte er sie ins Speisezimmer. »Ich möchte heute abend lieber nicht über die Pest und über den Krieg sprechen«, vertraute er ihr an. »Ich möchte einen Augenblick lang vergessen, was draußen vorgeht. Und Ihr, Madam, Ihr seid dem Hof sehr lange ferngeblieben. Eure Anwesenheit ist sehr vermißt worden.«
»Ich bitte um Entschuldigung, Sire«, sagte sie demütig, und ihre Zuversicht schwand ein wenig. »Es ist nur, weil Lord Seavers so...«
Charles wartete einen Moment. »So...?« drängte er.
»Er ist sehr mit seinen Schiffen beschäftigt«, sagte sie.
»Das ist doch kein Grund für Euch, ohne Vergnügungen zu Hause zu sitzen. Ihr fürchtet Euch noch immer vor dieser Ansammlung von Dummköpfen, nicht wahr meine Liebe?«
»Dummköpfe, Sire?«
»Ich habe Euch die meiste Zeit in Ruhe gelassen und auch darauf bestanden, daß die anderen dasselbe taten, da ich wußte, wie sehr Euch dieses ganze Treiben verunsichert. Aber ich kann meine Männer nicht ewig vertrösten. Es verlangt sie danach, schöne Dinge anzuschauen.«

Alicia hörte sich lachen. War es das, weswegen sie eingeladen worden war? Den Blumen, die die Höflinge abpflückten, eine weitere Blüte hinzuzufügen?
»Kommt und amüsiert Euch ein wenig mit Buckingham. Er ist derjenige, der Euch am meisten vermißt hat – obwohl ich gerne zugebe, daß auch ich begierig war, Euch einmal um mich zu haben.«
Mit diesen Worten wurde sie zu einem Sofa geführt, auf dem George Villiers Platz genommen hatte. Er stand sofort auf, küßte ihre Hand und schickte jemanden, der Lady ein Glas Wein zu holen. Innerhalb kürzester Zeit wurde sie dem Herzog von Rochester, dann James, dem Herzog von Monmouth und Charles' unehelichem Sohn, und noch einigen anderen angesehenen, mächtigen Mitgliedern der guten Gesellschaft vorgestellt.
Beim Essen bemerkte Alicia, daß die meisten Gäste lustlos auf ihren Tellern herumstocherten. Der Entenbraten war nicht so gut, wie ihn ihr eigener Koch zubereitet hätte. Ein Dinner in Whitehall war üblicherweise ein Gelage mit vorzüglichem Essen, feinen Weinen und Likören. Das Dinner, das Frances vorbereitet hatte, war gerade noch angemessen, aber auch nicht mehr. Dies waren zweifelsohne Zeichen der Zeit. In diesen Tagen wurde es zunehmend schwieriger, Delikatessen zu bekommen. Alicia war zwischen George Villiers und Monmouth gesetzt worden, die beide ebenfalls kaum etwas aßen.
»Wie schmeckt Euch die Ente, Mylord«, fragte sie Buckingham ruhig.
»Mittelmäßig, Mylady, das ist aber auch alles.« Seine Antwort fiel sehr knapp aus, deshalb fragte Alicia nicht weiter, sondern wandte sich wieder ihrem eigenen Teller zu. Der Herzog beugte sich zu ihr hinüber, um ihr etwas ins Ohr zu flüstern.
»Vielleicht würde der Rest der Gäste beruhigter essen, wenn *sie* nicht so mit ihrem Essen herumspielen würde«, sagte er und deutete mit den Augen auf Frances.
Alicia blickte die Gastgeberin an und bemerkte, wie sie, genau wie Buckingham beobachtet hatte, in dem Essen auf ihrem Teller herumstocherte und gar nicht fröhlich dreinblickte. Al-

lerdings konnte man Frances sehr leicht erschrecken, und sie ängstigte sich anläßlich der Berichte über die Pest in der Stadt fast zu Tode.

»Ich denke, Ihr könnt beruhigt sein, Mylord«, sagte sie lächelnd. »Seine Majestät würde sicher nicht so unbekümmert essen, wenn irgendeine Gefahr bestünde.«

Sie schauten beide zum König hin, der reichliche Mengen von Essen in seinem Mund verschwinden ließ, während er mit der Frau plauderte, die neben ihm saß.

»Ihr solltet etwas mehr über ihn wissen, meine Liebe«, belehrte sie George. »Da braucht es schon etwas mehr als schlechtes Essen, um dem König den Appetit zu verderben.«

Frances erhob sich, lange bevor die anderen fertig waren, von ihrem Platz, als ihr ein Diener etwas ins Ohr flüsterte. Als sie an die Tafel zurückkehrte, drängte sie ihre Gäste, das Mahl zu beenden.

»Ich habe etwas zu unserer Unterhaltung vorbereitet«, sagte sie lächelnd und deutete mit ihrer Hand auf zwei Zwerge, die in bunte Kostüme und Gewänder gekleidet waren und kleine Glocken an den Fußgelenken trugen.

»Laßt sie etwas vorführen«, sagte Charles, der seine Gabel noch immer in der Hand hielt.

Frances runzelte leicht die Stirn. Offenbar hatte sie nicht geplant, daß die kleinen Akrobaten ihre Darbietung im Speisezimmer vorführen sollten. Dennoch nahm sie Platz und drehte ihren Stuhl ein wenig herum. Nach einer Verbeugung begannen die kleinen Burschen herumzuspringen, kletterten einander auf die Schultern und führten Saltos und andere Luftsprünge aus. Jedesmal, wenn sie auf dem Boden aufkamen, erklangen die Glocken an ihren Füßen. Nach jeder Darbietung verbeugten sie sich, und ohne irgendeinen Beifall bekommen zu haben, führten sie das nächste Kunststück aus. Frances schien nur wenig Vergnügen an der Vorführung zu finden. Alicia jedoch beobachtete sie mit gespanntem Interesse.

Als die Vorstellung zu Ende war, war auch das Dinner soweit beendet. Frances entließ die Zwerge und stand am Kopfende der Tafel, als sich ihre Gäste von den Stühlen erhoben.

»Spielen wir jetzt Blindekuh?« fragte sie.
Alicia glaubte zumindest zwei Frauen entdeckt zu haben, die ebenso fröhlich und kindisch wie Frances ihre Hände zusammenschlugen. Aber sie war sich nicht ganz sicher, da Buckinghams Stimme alles übertönte. »Großer Gott! Schon wieder?«
Charles lachte nachsichtig. »Warum willst du Frances ihren Spaß nehmen, George? Du weißt doch, wie sehr sie dieses Spiel liebt.«
»Dürfen wir, Sire?« fragte sie ihn, und ihre Augen leuchteten. Sogar Alicia konnte sehen, wie Charles angesichts der reizend vorgebrachten Bitte dahinschmolz. »Natürlich, meine Liebe. Dies ist Euer Dinner.«
Frances eilte glücklich in Richtung des größeren Zimmers, und die Gäste folgten ihr. Als Alicia kam, hatte Frances schon eine Binde um die Augen, und Rochester war damit beschäftigt, sie zu befestigen. George Villiers stand am äußeren Rand des Kreises, der sich gebildet hatte, und schaute unglücklich drein. Rochester begann Frances im Kreis herumzudrehen, und die anderen wichen vor ihr zurück, um nicht von ihren ausgestreckten Händen berührt zu werden. Als Alicia auswich, bemerkte sie, wie Buckingham gerade durch die Türe hinausschlüpfte. Sie hörte den König hinter sich kichern.
»Auf diese Art und Weise wird er niemals gefangen«, sagte Charles und deutete auf Buckingham. »Die arme Frances wird nie merken, daß er verschwunden ist, sondern sich nur wundern, daß er nie gefangen wird. Kommt«, sagte er und nahm Alicia beim Ellbogen, »laßt mich Euch etwas Interessantes zeigen.«
»Was ist das, Sire?« fragte sie erstaunt.
Er zog sie mit einem spitzbübischen Grinsen auf den Lippen mit sich fort und führte sie in einen der Salons von Frances' Gemächern. Ein kleiner Marmortisch stand in der Mitte des Raumes, und auf dem Tisch befand sich eine vollendet hergestellte Miniatur eines Schiffes, auf dessen Bordwand der Schriftzug aufgemalt war: *Der Retter des Königs*. »Dies wurde für mich hergestellt«, erzählte er ihr stolz. »Es ist eine perfekte Imitation eines Schiffes, auf dem ich, nach der Schlacht von Wor-

cester, England verlassen habe. Ich könnte mir vorstellen, daß Ihr diese Geschichte mindestens schon hundert Mal gehört habt.«

Alicia lächelte. »Ich werde niemals müde, sie zu hören, Eure Majestät.«

»Es hat einen unschätzbaren Wert für mich«, vertraute er ihr an. »Es ist ein Kunstwerk.«

»Warum bewahrt Ihr es dann hier auf?« fragte sie ihn. Als sich ihre Augen trafen und sie sein Lächeln sah, wurde sie dunkelrot im Gesicht. Sie hatte ihn indirekt gefragt, wie intim seine Beziehung zu Frances war. Es ging das Gerücht um, daß Frances, nachdem der König bereits seit beinahe zwei Jahren hinter ihr her war, noch immer Jungfrau sei.

»Ich *bewahre* es hier nicht auf, Madam. Ich habe es heute abend hergebracht, um es herzuzeigen. Ich wage es, anzunehmen, daß Ihr die einzige seid, die es noch nicht gesehen hat.«

»Vergebt mir, Sire, ich habe nicht –«

»Lord Seavers, Madam – läßt er Euch völlig ohne Schutz?«

»Sire?«

»Es wird behauptet, daß er nicht richtig mit Euch zusammen lebt, sondern auf seinem Schiff wohnt. Stimmt das?«

»Sire. Ich... Ich habe keine Klagen...«

»Ich habe keine Zeit für Klagen. Und ich bin nicht länger für Euch verantwortlich, sondern Seavers. Ich glaube, Ihr versteht nicht, warum ich Euch das fragte. Es geht das Gerücht, daß Ihr eine Betrügerin seid. Hat Lord Seavers davon gehört?«

Jetzt wußte Alicia, warum sie zur Abendgesellschaft des Königs eingeladen worden war, warum er sie gezwungen hatte, mit ihm alleine in den Salon zu gehen, und was nun auf sie zukommen würde. Sie wußte noch nicht, was sie auf seine Fragen erwidern sollte, aber sie bereitete sich schon gedanklich darauf vor, daß das Spiel vorüber sein könnte. »Ich bin sicher, daß er nichts dergleichen gehört hat, Sire«, sagte sie sichtlich erschrocken.

»Seid Ihr irgendwann von jemandem bedroht worden?« fragte er sie.

»Nein, Sire. Bitte, ich verstehe nicht...«

Er tätschelte liebevoll ihre Hand. »Da gibt es nur wenig zu verstehen, meine Liebe. So etwas mußte ja kommen, und wenn wir Glück haben, ist es schon wieder vorbei. Da Euch niemand kannte und niemand zuvor gesehen hatte, mußte man zwangsläufig auf die Idee kommen, daß Ihr nicht die seid, für die Ihr Euch ausgebt. Ich bin lediglich um Eure Sicherheit besorgt. Für den Fall, daß Euer Ehemann Euch nicht genügend Schutz bietet.«
»Ich versichere Euch, Sire, daß an dem Gerücht, Lord Seavers würde nicht in seinem Haus wohnen, nichts wahr ist. Ich müßte es wissen.«
Der König zog eine Augenbraue hoch. »Er begleitet Euch heute abend nicht.«
»Ich wußte nicht, daß die Einladung auch für ihn galt.«
»Ihm wurde ebenfalls eine Einladung überbracht – auf die *Patrina.*«
Alicia fühlte, wie ihre Wangen heiß wurden. »Es gibt keinen Grund, warum er mir das nicht gesagt hat, außer...«
»Außer er war zu *beschäftigt?*« half ihr der König.
Alicia öffnete den Mund, als wolle sie etwas erwidern, doch dann fuhr der König fort zu sprechen. »Ich für meinen Teil finde Euch äußerst anziehend, Madam, und meine, daß es für Euch keinen Grund gibt, in dem verdammten Haus zu sitzen und Euch zu langweilen, wenn Ihr doch die Vorzüge genießen könntet – anders gesagt, wenn es Euch gefallen würde –, in besserer Gesellschaft zu sein.«
»Eure Majestät?«
»Verfügt Ihr frei über Eure Zeit, Lady?« fragte er.
»Natürlich, Sire.«
»Das heißt, Ihr könntet Euch anderweitig beschäftigen, ohne Lord Seavers zu verletzen?«
Alicia richtete sich auf und ein verstehender Ausdruck kam in ihre Augen. »Eure Majestät!«
Charles zuckte die Achseln, und ein leises Lächeln umspielte seine Lippen. »Viele Frauen würden sich jetzt geschmeichelt fühlen...«
Alicia mußte ein Kichern unterdrücken, konnte aber nicht ver-

hindern, daß sie lächeln mußte. »Ich bin es auch«, gestand sie. »Aber einen Moment lang habe ich geglaubt, daß Ihr mich rufen ließet, um mich für etwas zu maßregeln.«
»Nur dafür, daß Ihr zur gleichen Zeit wunderschön und doch allein seid, wofür es bei einer Frau wie Euch keinen Grund gibt.«
Sie senkte den Kopf, da sie nicht wußte, was sie darauf erwidern sollte. Der König sagte das nicht aus Mitleid. Es gab genügend Frauen in England, die bereit gewesen wären, sofort in sein Bett zu springen. Er begehrte Alicia also nicht nur, sondern würde möglicherweise versuchen, ihr nachzustellen. Er hatte Frances jetzt beinahe zwei Jahre lang unermüdlich verfolgt.
»Aha«, sagte Charles in einem verstehenden Ton. »Dann liebt Ihr den Gauner also?«
Sie hob langsam ihre Augen. Sie war den Tränen nahe, nickte leicht mit dem Kopf und fürchtete, ihn mit diesem Geständnis tief verletzt zu haben.
»Aber, liebt er Euch, Madam?« fragte Charles.
»Ich glaube ja, Sire«, sagte sie leise.
Charles stand abrupt auf, so als wolle er damit ausdrücken, daß er nun genug Zeit in dieser Angelegenheit verschwendet hätte. »Ich weiß nicht, ob Ihr recht habt, Madam. Seavers zeigt seine Liebe nicht so, wie ich das tun würde. Aber ich denke, wir können uns bei unserer nächsten Zusammenkunft weiter darüber unterhalten. Das wird schon bald sein, nicht wahr?«
Alicia zwang sich zu einem zuversichtlichen Lächeln und erhob sich. Sie hoffte, daß sie nach außen hin wenigstens den Anschein erweckte, nicht abgeneigt zu sein, auch wenn ihr diese Komödie nur dazu diente, Zeit zu gewinnen. »Ich hoffe es, Sire«, sagte sie sanft. »Ich hoffe es sehr.«
»Vielleicht nächste Woche?« fragte er.
»Ich kann Euch nichts abschlagen, Eure Majestät.« Er streckte seinen Arm aus, um sie zur übrigen Gesellschaft zurückzugeleiten. »Die Gerüchte über die Identität meiner Person, Sire, was würdet Ihr mir da empfehlen –«
»Macht Euch deswegen keine Sorgen, Madam. Es mußte so kommen.«

Er drehte sich um, um auf sie herunterzuschauen. Sie konnte beobachten, daß in seinen Augen ein gütiger Ausdruck lag. »Habe ich Euch nicht gleich gesagt, daß Ihr die Leute zur Verzweiflung treiben würdet mit Eurem erfrischenden Aussehen? Und, wie Ihr seht, habt Ihr unsere Herzen im Sturm erobert...«

Zwei Tage lang dachte Alicia angestrengt über ihre Begegnung mit Charles nach, drehte und wendete die Sache so lange, bis sie tatsächlich nicht mehr wußte, was sie tun sollte. Sie schickte jeden Tag eine Botschaft zum Hafen, in der sie Geoffrey bat, nach Hause zu kommen. Und jeden Tag kehrte Rodney mit der Nachricht zurück, daß Geoffrey seine Arbeit nicht im Stich lassen könnte.

Am meisten quälte sie die Angst vor einer Enthüllung. Und die Tatsache, daß sie jeden Morgen durch den Klang der Totenglocken in der Stadt geweckt wurde, steigerte ihre Furcht ins Unermeßliche, bis sie glaubte, vor Angst verrückt zu werden. Denn die Angebote des Königs waren eine Sache, mit der sie ohne Hilfe ihres Ehemannes nicht fertig werden würde. Sie wußte, daß ihre Zeit nun gekommen war. Sie kleidete sich sorgsam an, um auszugehen.

Rodney, dem die Sache widerstrebte, hob sie sehr unwillig in die Kutsche. Sie hatte so lange auf ihn eingeredet, bis er nicht mehr anders konnte, als ihr nachzugeben und sie zum Hafen zu bringen. Dieser war in Pestzeiten einer der gefährlichsten Orte der Stadt. Aber gefährlich hin oder her, hier war Geoffrey in seinem Element, wurde gebraucht. Er würde seine Männer und Schiffe nicht im Stich lassen, nur um sich an einen sicheren Ort zu begeben.

Von der Kutsche aus konnte sie sehen, wie drei von Geoffreys Schiffen in großer Eile beladen wurden. Das war eigentlich nichts Ungewöhnliches, doch bei einem Schiff handelte es sich um die *Patrina*. Man hatte ihr erklärt, daß Geoffrey die *Patrina* so lange als Stützpunkt im Hafen liegen lassen wolle, bis seine Arbeit vollendet wäre und alle Schiffe ausgelaufen seien.

Das geschäftige Treiben machte es der Kutsche unmöglich, nä-

her an die Kais heranzufahren. Rodney ließ anhalten und sprang vom Bock. Er riß sofort den Wagenschlag auf. Alicia wollte aussteigen.
»Nein, Madam. Das lasse ich nicht zu.«
»Aber ich weiß, wo ich ihn finden kann«, erklärte sie.
»Ich werde Euch nicht hier umherlaufen lassen, solange die Gefahr besteht, daß Ihr Euch die Pest holt.«
»Ich beeile mich«, versprach sie und versuchte, die Kutsche zu verlassen.
»Bei allem Respekt, Mylady. Seine Lordschaft wird verstehen, daß ich Euch festbinden mußte, um Euch von den Kais fernzuhalten. Ich werde Ihn holen, oder ich bringe Euch auf der Stelle wieder nach Hause.«
Alicia öffnete den Mund, um zu protestieren; sofort begann Rodney die Tür zu schließen. »Nach Hause also«, sagte er.
»Nein, Rodney, bitte...« bat sie ihn. »Bitte fordert ihn auf, zur Kutsche zu kommen. Es ist sehr *wichtig.*«
Ein kindlicher, nachdenklicher Ausdruck zeigte sich auf ihrem Gesicht, als sie allein in dem einsamen Gefährt saß. Sie fragte sich, wie sie diesmal aufeinander reagieren würden. Würden sie freundlich zueinander sein oder eher ungeduldig und zornig? Sie konnte sich seine Stimmung nicht vorstellen, doch hatte sie große Angst, ihn vielleicht das letzte Mal zu sehen.
Einige Momente später öffnete sich die Tür, und sie erblickte Geoffreys grüne Augen, die von dunklen Schatten umrandet waren und müde dreinschauten. Sein Leinenhemd hatte dunkle Schweißflecken. Sie konnte sich nicht erinnern, ihn jemals so außer sich gesehen zu haben.
»Um Himmels willen, Madam, was macht *Ihr* hier?«
»Die Angelegenheit konnte nicht warten, Geoffrey, und ich wußte nicht, ob Ihr jemals wieder nach Hause kommen würdet. Bitte, es dauert nur einige Momente.«
»Ich habe wirklich keinen Augenblick Zeit, Charlotte«, sagte er laut. Sie zuckte beim Klang des Namens leicht zusammen.
»Ich muß darauf bestehen. Es ist dringend.«
»Dann schnell«, grollte er, während er noch immer in der offenen Kutschentür stand.

»Privat«, murmelte sie. Sein Verhalten verletzte sie sehr. Geoffrey atmete tief durch. Es schien ihn sehr zu verwirren, ihr auf offener Straße begegnen zu müssen. Er stieg in die Kutsche und seufzte laut, als er die Farbe ihres Kleides, ihre zarte Nakkenlinie, den Glanz ihrer Augen und ihre insgesamt reizende Erscheinung in sich aufnahm. Er wünschte sich, sie im Arm zu halten und an sich zu ziehen, sich einen Moment lang der Leidenschaft hinzugeben. Doch seine harte Selbstkontrolle funktionierte ausgezeichnet. Später, sagte er sich. Es dauert nicht mehr lange...

»Bitte beeilt Euch, Madam. Ich muß sofort aufbrechen.«

»Aufbrechen?«

»Ja. Es geht gegen die Holländer. Krieg.«

»Krieg!« Sie atmete tief und fest durch. »Mein Gott, Geoffrey, ich –«

»Ich habe nur sehr wenig Zeit!«

»Diese Sache kann nicht warten, bis der Krieg vorüber ist, Geoffrey. Unsere Situation ist unhaltbar geworden. Vor genau zwei Tagen war ich abends zu einem Dinner des Königs eingeladen. Er erzählte mir, daß er auch Euch eingeladen hat. Warum seid Ihr nicht gekommen?«

»Ich habe für solche Sachen keine Zeit, Madam.«

»Er fragte mich, ob Ihr wüßtet, daß das Gerücht umgeht, ich sei eine Betrügerin.«

Sie senkte den Kopf und schaute in ihren Schoß. Wenn er sich ihr jetzt nur für einen Moment öffnen würde, bevor er in den Krieg zog. Sie konnte auch auf keine bessere Gelegenheit warten, in der Hoffnung, daß sich noch so etwas wie Liebe zwischen ihnen entwickeln würde.

Es gab immer Kriege. Oder Schiffe. Oder Politik. Es gab immer einen Grund für Lord Seavers, irgendeinen Vorwand, um sich nicht mit seinen persönlichen Problemen auseinandersetzen zu müssen. Viele Dinge konnten warten, doch ihre Sache duldete keinen Aufschub mehr.

»Und was habt Ihr ihm geantwortet, Madam?«

»Ich erzählte ihm, daß Ihr davon sicher nichts erfahren habt. Ich bat ihn um Rat, und im Moment schien er völlig unbesorgt zu sein. Und, Geoffrey, er hat mir auch ein eindeutiges Angebot gemacht. Er glaubt, daß ich einsam bin.«

»Es ist nicht die Einsamkeit, die ihn anzieht«, sagte Geoffrey rauh, und seine Augen wanderten über ihre teilweise unbedeckten Brüste.

»Die Pest in der Stadt hat sich ausgebreitet. Es geht schon das Gerücht um, daß die Tore geschlossen werden und niemand mehr die Stadt verlassen darf.«

»Das ist nur Geschwätz«, sagte er heftig.

»Ich bin bereit, wegzugehen«, sagte sie bestimmt. »Ich bin lange genug hier gewesen.«

»Ich kann nicht einfach fortgehen«, brachte er zwischen zusammengebissenen Zähnen vor.

»Ihr müßt nicht weggehen«, sagte sie ruhig. »Aber ich muß es, bevor mich die Pest niederwirft. Es ist hier zu gefährlich. Und ich ziehe es vor, auch so weit wie möglich von Lord Perry entfernt zu sein.«

»Ich glaube, daß er keine Gefahr darstellt. Er hat keine Beweise für das, was er herumerzählt.«

»Seine Worte sind gefährlicher, als Ihr glaubt. Er hat Charlotte Bellamy in Gewahrsam, und er weiß, wer ich bin.«

»Warum wurde mir nichts davon gesagt –«

Sie zuckte die Achseln. »Es gibt momentan keine Anzeichen dafür, daß Perry mehr Glauben geschenkt wird als Euch. Aber ich mache das Spiel nicht mehr länger mit, Mylord. Culver Perry weiß, wer ich bin, da er der Mann ist, der mich vor einem Jahr verführt hat und mir meine Unschuld raubte.«

Geoffreys Augen weiteten sich vor Entsetzen, und Erschütterung zeigte sich in seinen Gesichtszügen. Er starrte sie fragend an, konnte ihr nicht antworten vor Schreck.

»Ich sehe keine unmittelbare Gefahr, doch halte ich es nicht für klug, Probleme heraufzubeschwören. Es ist an der Zeit, London zu verlassen, und die Pest ist ein guter Grund, wegzugehen. Ihr habt die Wahl...«

»Die Wahl?« fragte er.

»Es wäre nichts Außergewöhnliches für Euch, Eure Handelsniederlassung an einem anderen Hafen einzurichten. Eure

Schiffe würden regelmäßig im Londoner Hafen anlegen, und den König könntet Ihr auch weiterhin an Eurem Handelsgewinn beteiligen. Eure Familie könnte doch auch an einem anderen Ort leben.«

»Was plappert Ihr da?« knurrte er wütend.

»Entscheidet Euch für mich, Geoffrey, oder laßt mich gehen. Ich kann dieses Spiel nicht länger fortsetzen.«

Der Lärm draußen erinnerte ihn daran, daß der Krieg mit den Holländern nicht auf ihn warten würde. Außerdem hatte er gerade erfahren müssen, daß der Mann, den er mehr als den Teufel haßte, die Frau, die er liebte, schon vor ihm besessen hatte. Und *jetzt* sollte er auch noch über Alicias Leben entscheiden, mitten in diesem verworrenen Netz von Lügen und Täuschungen.

»Perry«, grollte er. »Da wäre es mir noch lieber gewesen, Ihr hättet mit dem König geschlafen.«

»Was bedeutet schon dieser Name, Geoffrey. Er mußte sich nehmen, was er kriegen konnte. Ihr habt viel mehr von mir bekommen, mehr als irgendein anderer Mann. Wollt Ihr das bewahren? Wollt Ihr mich als Eure Ehefrau anerkennen?«

Er brachte kein Wort heraus. Von seiner Stirn rannen Schweißtropfen.

»Geoffrey«, sagte sie schweratmend. »Haßt mich nicht für das Vergangene, ich flehe Euch an. Eure eigene Schwester hat ihn geliebt.«

»Seid froh, daß er Euch nur benutzt und dann beiseite geschoben hat. Wäre er an Euch gebunden gewesen, so hätte er Euch wahrscheinlich getötet, um wieder frei zu sein.«

Alicia wandte sich ab, denn der Schmerz, der ihm im Gesicht stand, ließ das Blut in ihren Adern gefrieren.

»Das ist vielleicht das einzige, mit dem wir Perry in Schach halten können«, sagte sie ruhig und meinte damit Andreas frühen Tod. »Es ist bewiesen, daß Andrea gerade zu dem Zeitpunkt vom Pferd stürzte, als Lord Perry eine Möglichkeit suchte, durch Heirat an die Bellamy-Erbschaft zu kommen.« Sie schaute ihn wieder an. »Er kann nicht reden, solange ich die Rolle der Charlotte spiele. Sein Plan wird von den Folgen seines

eigenen, üblen Spiels durchkreuzt. Es gibt keinen Zweifel, Geoffrey«, sagte sie, wobei sie seine Hand berührte und ihm ernst in die Augen schaute. »Es gibt keinen Zweifel: Er hat Andrea getötet.«
»Und Charlotte Bellamy? Wenn er sie in seiner Gewalt hat, was kann er jetzt noch mit ihr anfangen?«
Alicia zuckte die Achseln. »Das Mädchen tut mir leid, doch hat sie das Geld und Land ihres Vaters für Lord Perry aufs Spiel gesetzt und verloren. Vielleicht wird sie ihn schon bald verraten und ihre Identität enthüllen. Armes Ding, ich kann mir nicht vorstellen, daß ihr irgend jemand Glauben schenken wird.«
Geoffrey schaute sie an, Wut blitzte aus seinen Augen. Er wußte nicht, ob er sie lieben oder hassen sollte. Es verletzte seinen Stolz, daß er sie mit Culver Perry teilen mußte. Und daß er seine Haut nur retten konnte, weil sie ihre Rolle als Lady Charlotte hervorragend spielte, gab ihm das Gefühl, von ihr abhängig zu sein. Sie war aufrichtig. Er stand in ihrer Schuld, und nicht umgekehrt. Sie hatte für ihn die ganze Arbeit erledigt. Doch seine Liebe zu ihr drohte ihm den Atem zu rauben, denn sie wurde von vielen begehrt, und er konnte sich eine gemeinsame Zukunft mir ihr momentan nicht so recht vorstellen. Als er endlich seine Sprache wiederfand, schäumte er schier über vor Zorn. »Dafür muß ich *Euch* wohl dankbar sein. Ihr seid äußerst geschickt darin, andere zu täuschen.«
Sie lehnte sich langsam zurück. Seine Worte verletzten sie sehr.
»Zumindest seid Ihr außer Gefahr.«
»Sicher, es besteht keine Gefahr mehr für mich, doch habe ich mich mit Dieben und Lügnern eingelassen und für mein weiteres Leben in ihren Ketten verfangen. Eine noble Gesellschaft ist das: Ihr, Perry...«
»Ich bin keine Diebin, und gelogen habe ich nur auf Euren Befehl hin!«
»Das aber sehr geschickt.«
»Wollt Ihr London mit mir zusammen verlassen? Wollt Ihr diesen Ort verlassen und ein neues Heim für Eure Familie aufbauen?« drängte sie ihn noch einmal.

»Das hier ist mein Heim! Hier werde ich auch mein Glück machen!«
»So seid Ihr also entschlossen? Das Spiel wird nun enden, und auch für uns wird alles zu Ende sein?«
»Ich sehe keine andere Möglichkeit«, sagte er trocken und schaute verschämt zur Seite. Er wollte nicht länger auf dem engen Raum der Kutsche mit ihr eingeschlossen bleiben. Und jetzt, da sein Stolz hatte Federn lassen müssen und seine Eifersucht in Wut umzuschlagen drohte, wollte er sie nicht mehr anschauen, nicht mehr mit ihr sprechen oder irgendwelche gemeinsamen Pläne schmieden.
»Egal, was Ihr auch zu mir sagt, Geoffrey. Ich weiß, daß Ihr mich liebt. Wollt Ihr das jetzt alles einfach so über Bord werfen?«
»Ich wüßte nicht, *wen* ich liebte!«
»Ihr habt Alicia geliebt«, flüsterte sie mit unterdrücktem Zorn.
»Welche Alicia?« fragte er wütend. »Die von Culver Perry oder meine?«
Alicia richtete sich auf und blickte ihn böse mit einem kühlen Blick aus ihren blaugrauen Augen an. Ein Blick, der neue, entschiedene Entschlossenheit signalisierte. Geoffrey wurde ganz still, als er sich einer Frau ausgeliefert sah, die sich selbst ganz unter Kontrolle hatte.
»Solange mich niemand mit Worten der Liebe und des Vertrauens an sich bindet, Lord Seavers, gehöre ich keinem Mann. Solange ich Euch mit meiner Verstellungsgabe und meinen Lügen dienlich sein konnte, habt Ihr mich ebenso ausgenutzt, wie Lord Perry dies tat.«
Sie schaute ihn durchdringend an. »Und als ich Euch meine Liebe schenkte und Ihr mir die Eure, da gab es weder ein Abkommen zwischen uns noch irgendeinen Zwang. Und jetzt, was wollt Ihr jetzt?«
Die Rufe auf den Kais verstärkten sich, und der Klang eiliger Schritte vermehrte noch das Durcheinander der Gefühle, die Geoffrey im Kopf umherschwirrten und ihn verwirrten. Ihr kühler Blick und ihre Brüste, die sich bei jedem Atemzug hoben und senkten, erregten und erschreckten ihn zugleich.

»Ich will nicht in die Enge getrieben und nicht unter Druck gesetzt werden. Ich muß jetzt in den Krieg gehen.«
»Laßt Eure Gefühle sprechen, wenn Ihr sie überhaupt kennt.«
Er nahm sie bei ihren Händen und starrte sie mit seinen grünen, glitzernden Augen an. »Hört auf, mir Befehle zu erteilen! Ich werde die Lage mit Euch erörtern, wenn ich Zeit dazu habe. Jetzt befindet sich mein Land im Kriegszustand.«
»Es wird immer Kriege geben«, sagte sie sanft. »Was ist mit unserer persönlichen Auseinandersetzung?«
»Ich bin kein Kind, das man zuerst ausschelten und dann bedrängen kann. Ich werde mich später mit Euch befassen.«
Er war gerade im Begriff, die Kutsche zu verlassen, als ihn ihre Stimme zurückhielt. »Ich werde nicht hierbleiben.«
Er sprang hinaus und wendete sich abrupt von ihr ab. »Geht, wohin Ihr wollt«, sagte er mit einer abweisenden Handbewegung. »Ihr mögt die Zeit haben, Euch über die Pest, über Rendezvous oder die Liebe Sorgen zu machen, ich habe sie nicht! Diese Probleme müssen warten!«
Und er schlug ihr die Tür der Kutsche vor der Nase zu. Sie schob die Gardine zurück und beobachtete, wie er mit langen, wütenden Schritten und weitausholenden Armbewegungen fortstapfte und unterwegs den vorbeieilenden Leuten Befehle zubrüllte. Während er seine Zeit in der Kutsche vertrödelt hatte, war die Ladung beinahe vollständig an Bord gebracht worden. Ein junger Page stand schon mit Geoffreys Uniformjacke bereit.
Eine Träne rollte über Alicias Wange, als sie ihn beobachtete. Sein Gesicht war rot vor Zorn, und sein Mund stieß Worte aus, die sie nicht verstehen konnte. »Paßt auf Euch auf, Mylord«, seufzte sie hinter ihm her.

Ein Koffer lag offen auf Alicias Bett, und zwei junge Mädchen waren damit beschäftigt, ihn mit Kleidern und Toilettenartikeln zu füllen. Alicia selbst packte ihre persönliche Habe in einen kleineren Koffer. Dazu gehörten auch die sorgsam gehüteten hundert Pfund, die sie, seit sie das Ivy Vine verlassen hatte, nicht angerührt hatte. Ein Klopfen an der Türe kündigte Rodneys Kommen an. Sie schaute ihn stumm auf Distanz über den Raum hinweg einen Moment lang an und erriet, daß er ihren traurigen Gesichtsausdruck zu deuten verstand und ihre Gedanken kannte.

»Laßt uns bitte allein«, sagte sie zu den beiden Mädchen. Diese huschten hinaus, und Rodney trat ein. Er beobachtete sie, wie sie, mit der einen Hand ihren kleinen Koffer haltend, in der anderen eine Haarbürste, dastand. Sie zuckte mit den Schultern, und ihre traurige Stimme sprach ganz leise. »Ich habe keinen Grund, diese Sachen hierzulassen«, sagte sie und deutete auf die Bürste.

»Ihr müßt nichts zurücklassen, Madam. Alles was Ihr bisher besessen habt, gehört Euch auch weiterhin.«

Sie wandte sich von ihm ab, und er betrachtete ihren Rücken, während sie sprach. »Ich möchte, daß Ihr eine Kutsche und einen Wagen zusammen mit den Dienern und den meisten Dingen, die eingepackt worden sind, nach Bellerose schickt. Danach werde ich Eure Hilfe benötigen, um eine Schiffspassage zu bekommen, mit der ich, unter einem Namen, der keine Aufmerksamkeit erregt, England verlassen kann. Ich denke, daß ich dafür mehr als genug Geld zur Verfügung habe.«

»Ihr könntet nach Bellerose fahren und Lord Seavers erlauben, Euch dort zu treffen, wenn die Schlacht vorüber ist. Sie wird nicht sehr lange dauern.«

»Wenn ich fort bin, könnt Ihr zu der übrigen Dienerschaft auf den Landsitz gehen oder hier auf Lord Seavers warten, ganz wie es Euch beliebt«, fuhr sie fort, so, als hätte er nichts gesagt.

»Ihr braucht das Land doch nicht zu verlassen«, drängte Rodney sie erneut. »Ihr müßt nicht vor Lord Perry davonlaufen. Ich glaube kaum, daß er Euch schaden kann.«

Sie wandte sich plötzlich Rodney zu, und er konnte die Tränen in ihren Augen sehen. »Geoffrey will keine andere Lösung, als unsere Abmachung schnell zu beenden, so wie geplant. Ich werde nicht zulassen, daß er zögert, nur weil er sich seiner Gefühle nicht sicher ist. Dadurch wird die Gefahr für mich nur größer.« Sie versuchte, ihre Tränen zurückzuhalten und die Kontrolle über sich nicht zu verlieren. Man konnte in der Stadt

das Kanonenfeuer von der Schlacht bei Lowestoft hören, und die Menschen eilten zu Land und zu Wasser an jenen Ort, um alles aus der Nähe verfolgen zu können.
»Ich werde weggehen. Lord Seavers kann seine Frau begraben und sein eigenes Leben führen. Und Perry kann zur Hölle fahren.«
»Lord Perry könnte nach Euch suchen lassen«, wandte Rodney ein. »Es könnte sein, daß er nicht an Euren ›Tod‹ glaubt.«
»Trotz der Pest? Dann laßt ihn ruhig suchen. Ich wünsche ihm viel Glück dabei.«
»Erinnert Euch, Madam. Der Junge braucht Zeit und Geduld, um –«
Die Bürste, die sie noch immer in ihrer Hand hielt, knallte sie plötzlich auf den Tisch neben ihrem Bett. »Der *Mann* hatte genug Zeit!« tobte sie. »Ich denke, daß für mich die Zeit gekommen ist, meinen Blick auf Männer und nicht auf kleine Jungen zu richten!«
Rodney fuhr fort: »– er muß mit einem solchen Durcheinander fertig werden –«
»Er wird mit *überhaupt* nichts fertig! Deshalb ist er auch noch immer ein kleiner Junge – weil er seine Probleme nicht lösen kann.« Ihre Augen füllten sich erneut mit Tränen, und ihr Gesichtsausdruck wurde sanfter. »Lieber Rodney, ich weiß, wie sehr Ihr ihn liebt, aber könnt Ihr nicht verstehen? Er handelt weder nach seinen Vorstellungen noch nach seinen Gefühlen. Ich kann nicht warten, bis Euer junger Lord endlich zur Vernunft kommt. Ich will nicht noch einmal in seine kalten Augen blicken müssen und mich fragen, ob er mich nun liebt oder meinen Anblick haßt...«
Sie schüttelte ihren Kopf. »Es ist Zeit für mich zu gehen. Besorgt mir eine Schiffspassage, oder ich muß es selbst tun.«
Rodney senkte enttäuscht seinen Kopf. »Ich würde viel darum geben, Eure Meinung ändern zu können. Aber wenn das nicht möglich ist, so muß ich Euch wohl behilflich sein bei Eurem Vorhaben. Eure Schiffspassage ist schon besorgt.«
»Ich danke Euch, Rodney. Ich weiß, daß es Euch sehr schwerfällt –«

»Ihr habt einen Besucher.«
»Bitte nicht jetzt. Wer auch immer vorsprechen mag, sagt ihm, daß ich dabei bin, die Stadt wegen –«
Doch noch während sie weiterredete, öffnete Rodney die Tür ihres Schlafzimmers. Preston stand in der Tür, seinen Hut in der Hand. Sein braunes Haar war zerzaust und naß. Er mußte gerade erst von seinem Pferd gestiegen sein, also hatte die Suche nach seiner Schwester einige Zeit in Anspruch genommen.
Als sie ihn sah, war sie erneut den Tränen nahe. Sein Gesichtsausdruck zeigte tiefe Rührung. Rodney stand nur wenige Schritte von ihnen entfernt, als sie sich in die Augen blickten.
»Alicia«, sagte Preston, und seine Stimme klang sanft und gefühlvoll.
Die Bürste fiel ihr aus der Hand, und mit einem Begeisterungsschrei flog sie in seine Arme. In ihrem Gedächtnis blitzte die Erinnerung an einen Jungen auf, der mit ihr geschimpft, ihr den roten Umhang zugeknöpft und ihr in die wartende Kutsche geholfen hatte. Und als er sie nun in seinen Armen hielt, fühlte sie sich wieder wie ein kleines Mädchen, und ihre Tränen flossen vor Erleichterung und Freude.
»Alicia«, sagte er zärtlich. »Meine Letty...«

»Nicht einen Tag länger mache ich mehr mit, mein Lieber, keine Minute länger. Ich habe die Nase voll von Euren Intrigen und Plänen. Ich hätte wissen müssen, bevor ich mit Euch fortgegangen bin, daß Ihr ein Lügner seid.«
»Es gibt keinen Ort, wohin Ihr gehen könnt, außer vielleicht auf die Straße, Charlotte«, sagte Perry kalt. Obwohl er nach außen hin beherrscht wirkte, kochte er innerlich vor Wut, die er mit jeder Sekunde, die verging, weniger kontrollieren konnte.
»Da irrt Ihr Euch. Ich gehe an den Hof. Irgend jemanden werde ich schon finden, der mir Gehör schenkt –«
Perry lautes, grausames Lachen hallte durch den kleinen, schmutzigen Raum. »Ihr glaubt im Ernst, daß *Euch* irgend jemand zuhören wird?«

Charlottes Kinn begann zu beben, was in ihrem bisherigen Leben nur selten passiert war. Normalerweise war sie zäh und geschickt genug, das Beste aus ihrem harten Los zu machen... doch jetzt hatte sie nur noch Angst. Jeden Morgen und jeden Abend fuhr der Totenkarren durch die Straße, in der sie wohnte, und Perry unternahm nichts zu ihrem Schutz. »Ich habe das seltsame Gefühl, daß Ihr die Hoffnung hegt, ich würde an der Pest sterben«, sagte sie, und ihre Stimme klang sanft wie nie zuvor.

Wieder lachte er laut und drohend. Seine Augen glänzten unheilvoll. Er schaute sich im Zimmer um. Sein Blick blieb an einer Schale hängen, die zur Hälfte mit Obst und zur Hälfte mit Abfällen und Essensresten gefüllt war. Er entdeckte in all dem Durcheinander einen Gegenstand aus Stoff und schaute ihn an.

»Was ist das?«

»Das ist die Handtasche der Lady«, sagte Charlotte.

»Woher habt Ihr sie?«

»Ich habe die Lady in einem Kaufhaus gesehen und ihr die Tasche einfach aus der Hand gerissen. Und ich sagte ihr, daß ich weiß, daß sie nicht die ist, für die sie sich ausgibt.« Charlotte nickte. »Das hat sie mächtig erschreckt.«

Perry zog nachdenklich die Augenbrauen zusammen. Die Hexe war ihm für seine Absichten etwas zu frech geworden.

»Hat Euch irgend jemand erkannt?«

»Keiner kennt mich hier, Culver, dank Euch.«

»Es ist nicht meine Schuld, daß die Dinge nicht so gelaufen sind, wie sie sollten, aber es gibt immer noch die Möglichkeit –«

»Es gibt keine Möglichkeit mehr, Culver«, sagte sie kurzangebunden. Sie breitete einen Fetzen Stoff aus, der das Bett bedeckt hatte, und warf ihre Kleider darauf. Perry sah ihr einen Moment lang verwirrt zu, bis er begriff, daß das Charlottes Art zu packen war. »Es ist wahr, es wird nicht einfach werden, jemanden dazu zu bringen, mir meine Geschichte zu glauben. Doch gibt es Dinge von meinem Vater und dessen Vater, die nur ich weiß. Irgendwann wird mir jemand zuhören, und zuletzt werde ich auch zu meinem Geld kommen.«

Culver hörte von draußen das Totengeläut und schüttelte den Kopf, um den Klang aus seinem Hirn zu vertreiben. Ihm wurde plötzlich unerträglich heiß, und er wußte, daß das nichts mit dem Wetter zu tun hatte.

»Und wenn ich am Hof niemanden dazu bringen kann, mir zuzuhören, so werde ich zu einem Geistlichen gehen. Oder zu Lord Seavers. Ich möchte niemandem Probleme bereiten – die Frau kann Seine Lordschaft behalten –, ich möchte nur einen Teil dessen, was mein Vater –« Sie verstummte.

»Verdammt noch mal, Perry«, fluchte sie und wandte sich ihm zu. »Habt Ihr überhaupt eine Ahnung, wie sehr ich Euch für die Lügen hasse, die Ihr mir erzählt habt? Daß Seavers ein schwacher, alter Mann sei, der sein ganzes Vermögen für Schiffe ausgegeben habe – und die andere, diese ›Lady Seavers‹, sah auch nicht so aus, als besäße sie gar nichts.«

Perry beobachtete Charlotte mit einer Ruhe, die seine innere Aufgewühltheit überspielen sollte. »Ich könnte mir vorstellen, daß Ihr dafür Rache üben wollt.«

»Ich wäre die glücklichste Frau der Welt, wenn sie Euch hängen würden«, zischte sie ihn an, drehte sich um und hob ein Kleidungsstück vom Boden auf, das sie ebenfalls zu den anderen Sachen aufs Bett warf.

Perry begann seine Hände zu öffnen und zu schließen, dehnte seine Fingergelenke und ballte dann seine Hände zu Fäusten. »Ihr seid nicht die einzige, die etwas bereut, Schätzchen«, sagte er boshaft. »Ich bedaure zutiefst, jemals ein Auge auf Euch geworfen zu haben.«

»Das wundert mich nicht«, sagte sie beleidigt zu ihm und begann die Ecken des Stoffetzens zusammenzuknoten.

Perry spürte plötzlich das Messer aus der Obstschale in seiner Hand liegen, noch bevor er sich über seine Absicht klar wurde. Er trat hinter sie.

»Ich kann nur mir allein die Schuld dafür geben, auf Euch gehört zu haben, doch all die anderen schlimmen Dinge waren Euer –«

Ihre Worte endeten mit einem erstickten Gurgeln, und ihre Hand fuhr an ihre Kehle. Sie fühlte das Messer, das in sie eingedrungen war und das Blut, das über ihre Hände lief. Ihr Kopf drehte sich langsam, als sie ihn mit starren, offenen Augen ansah. Aus ihren Mundwinkeln floß ein dünner Blutstrahl. Dann fiel sie bewegungslos zu Boden.

Perry stand einen Moment lang da, blickte auf ihren leblosen Körper und auf das Messer in seiner Hand. Er empfand keine Reue, daß er sie getötet hatte. Er hatte es eigentlich nicht eingeplant. Seine Handlung war spontan und unüberlegt gewesen und stellte für ihn nun ein größeres Risiko dar, als daß sie ihm nutzte. Und die Sache mit der Handtasche – sie hatte sich nicht gescheut, Lady Seavers nahezutreten. Und sie hätte sich auch nicht gescheut, Geoffrey gegenüberzutreten. Oder sogar dem König.

Er konnte sich nicht durch eine stinkende, dumme Dirne ruinieren lassen.

»Bringt eure Toten heraus. Bringt eure Toten heraus«, rief der Fahrer des Leichenkarrens von der Straße aus herauf.

Perry wischte das Messer an Charlottes Kleid ab und eilte ans Fenster. »Du«, rief er herunter. »Du dort! Komm hier herauf!«

»Ich gehe in kein Haus, wo die Pest ist«, schrie der Mann zurück.

»Es gibt hier keine Pest. Ich brauche Hilfe. Ich bezahle Euch gut dafür.«

Der Mann, der den Karren lenkte, schaute sich kurz um. Die Straße lag fast verlassen da.

»Sorg dich nicht, Mann«, rief Perry. »Keiner wird den Karren *stehlen.*«

Der Mann stieg widerwillig vom Karren und betrat das Haus. Perry hörte ihn die Treppen heraufkommen und öffnete ihm die Tür, als er oben angelangt war.

»Wohin bringst du die Toten?« fragte Perry angstvoll.

»Zum Friedhof«, antwortete der Mann, erstaunt über diese Frage.

»Nimmst du die da auch mit und gibst sie als Pesttote aus?« fragte ihn Perry.

Der Mann starrte auf den leblosen Körper, der am Boden lag,

und sah das Blut. Er schaute mit weit aufgerissenen, erschrokkenen Augen Perry an.

»Ja, sie ist erstochen worden. Aber ich werde dir mehr dafür bezahlen, als du für das Wegbringen der Pesttoten bekommst, wenn du sie mitnimmst und mein Gesicht vergißt.«

»Würd' Euch schon gern helfen wollen, Chef, aber wenn ich eine blutverschmierte Leiche bringe, könnte jemand dumme Fragen stellen.«

»Wir wickeln ihr etwas um den Hals, und du kannst sagen, daß es eine aufgeplatzte Pestbeule war.«

»Schon, Chef, aber –«

»Zwanzig Pfund«, sagte Perry, obwohl er wußte, daß er danach fast mittellos dastehen würde.

Der kleine Mann zitterte ein bißchen, als er vor Perry stand, denn er wußte, daß er einem Mörder gegenüberstand. Vielleicht würde der Mann einen weiteren Mord verüben. Und zwanzig Pfund waren mehr, als er bis jetzt das ganze Jahr verdient hatte.

»In Ordnung. Beeilen wir uns.«

Perry stieg über den liegenden Körper hinweg, nahm den Stofffetzen am Bett und riß einen langen Streifen davon ab. Den Streifen wickelte er anschließend mehrmals um den Hals der Toten.

»Normalerweise bekommen sie am Hals keine Beulen, wißt Ihr«, sagte der Mann.

»Du kannst sie ja heimlich hineinschmuggeln«, antwortete Perry, ohne aufzuschauen.

»Die Wahrheit is', daß eigentlich keiner so genau hinschauen mag.«

Perry murmelte etwas und begann den schweren Körper anzuheben.

»Äh, zuerst das Geld...«

Perry hielt inne, langte in die Innentasche seines Überrockes und zog seine Geldbörse heraus. Er schüttete den Inhalt auf das Bett. Zwei Münzen nahm er für sich, den Rest gab er dem kleinen Mann.

Dieser grinste und zählte das Geld, während Perry mit der unhandlichen Last kämpfte. Er trug sie die Treppen hinunter und auf die Straße hinaus. Er blickte sich mißtrauisch um, sah aber niemanden. Der Mann stieg auf den Karren, und ohne sich bei Perry zu bedanken oder sich von ihm zu verabschieden, nahm er seine Arbeit wieder auf. »Bringt die Toten heraus! Bringt eure Toten heraus!«

Er lenkte seinen Karren die Straße hinunter, dankbar, daß niemand auf seine Rufe reagiert hatte. Plötzlich forderte ihn eine männliche Stimme hinter ihm auf, anzuhalten. Er brachte sein Pferd zum Stehen und schaute sich um.

»Die Tote, die ihr aus dem Haus gebracht habt«, sagte der Mann. »Ich würde sie gern sehen.«

Der kleine Mann auf dem Karren wurde blaß. »Ich muß die Toten nicht herzeigen«, sagte er ablehnend.

»Ich bezahle dafür.«

Der Mann seufzte und sprang vom Karren. Er ging um das Gefährt herum.

»Es ist keine Pesttote, nicht wahr?« fragte der Mann.

»Für mich hat sie wie eine ausgesehen«, verteidigte sich der Fahrer.

»Was hat er dir dafür bezahlt, daß du die Leiche in deinem Karren mitnimmst?«

Der Mann zuckte die Achseln. »Ich habe kein Geld bekommen.«

»Ich zahle dir das Doppelte, wenn du die Leiche so lange zurückhältst, bis ich meinen Auftraggeber geholt habe, damit er einen Blick auf sie werfen kann. Es wird nicht länger als eine Stunde dauern, Mr. Prentiss zu finden.«

Der Fahrer des Leichenkarrens kratzte sich verwirrt am Kinn.

»Mein Name ist Scanland. Ich habe das Mädchen beobachtet. Ich weiß, daß sie nicht die Pest hatte.«

»Ich weiß nichts über die Pest. Ich hole nur die Toten.«

»Wieviel?«

Der kleine Mann grinste breit, und man konnte deutlich sehen, daß ihm einige Vorderzähne fehlten. »Vierzig Pfund.«

»Ich gebe dir jetzt zwanzig. Und wenn du die Leiche zurückhältst, bekommst du noch einmal zwanzig von Mr. Prentiss.«

Der Mann lächelte und öffnete sprachlos die Hand. Er nahm das Geld und stieg auf seinen Karren, schnalzte mit der Zunge und begann wieder zu rufen. »Bringt die Toten heraus!« Dann lachte er laut heraus und sagte zu seinem Pferd: »Die Pest ist heutzutage ein gut bezahltes Geschäft...«

Der Herzog von York hatte den Oberbefehl über die englische Flotte geführt, die die Holländer über einen Monat lang gejagt und dann bei Lowestoft gestellt hatte. Die Nachricht, die zwei Kriegsflotten seien aufeinandergetroffen, wurde von Pepys, dem königlichen Chronisten, dem König überbracht. Seavers hatte bis kurz nach Mitternacht nichts von der bevorstehenden Schlacht gewußt, und erst bei Sonnenaufgang erfuhr er, daß die Gerüchte stimmten.

Die Arbeiter mußten rasch die Schiffe beladen, die noch im Hafen lagen und Seavers' Meinung nach schon segeltüchtig waren. Die Mannschaften der Schiffe wurden aus Spelunken, Bordellen, Kneipen und von der Straße zusammengesammelt. Manche Mitglieder der Mannschaft, die betrunken zu sein schienen, konnten genausogut an der Pest erkrankt sein. Aber Seavers machte sich nur einen kurzen Augenblick lang darüber Gedanken und ließ sie einfach in Ruhe ausschlafen. Die Pest war überall, der Krieg würde sie auch nicht aufhalten können. Seavers würde auf alle Fälle an der Schlacht teilnehmen, egal, in welchem Zustand sich seine Mannschaft befand.

Im Morgengrauen war er beinahe fertig zum Auslaufen. Der unerwartete Besuch seiner »Ehefrau« hatte ihn nur kurz abgelenkt. Im selben Moment, als sie weggefahren war, hatte er seine Uniform angezogen und seinen Degen umgegürtet. Die *Patrina* wurde aus dem Hafen gerudert und fuhr an der Spitze von drei weiteren Schiffen die Themse hinunter. Auch er konnte, wie ganz London, den Donner der Kanonen hören.

Als sich die *Patrina* dem Schlachtgetümmel näherte, wurde der Krach der Explosionen ohrenbetäubend laut, und Geoffreys Puls begann zu rasen. Am späten Nachmittag erblickte er das Schlachtfeld. Ein großes Kriegsschiff lag umgestürzt und brennend im Wasser. Seine Segel und Masten schwammen im

Wasser. Die Punkte, die sich über die Wasseroberfläche verstreuten, waren Menschen, die schwimmend versuchten, sich in Sicherheit zu bringen. Seavers befand sich noch zu weit weg, um Blut sehen zu können, aber er ahnte, daß viele Männer verletzt waren. Seine Brust schwoll erwartungsvoll, und die erregende Vorfreude auf die Schlacht und das Abenteuer brachte Farbe in seine Wangen. Das sinkende Schiff dümpelte auf dem Wasser und drehte sich noch einmal: Es hatte eine holländische Flagge.
Als er das erste Mal auf hoher See gewesen war, hatte er eine ganze Woche lang seine Übelkeit bekämpfen müssen. Bei seiner zweiten Schiffsreise war er am Mast hochgeklettert, und der Seewind hatte in seinem Gesicht gebrannt und seine Seele verzaubert. Seither hatte er seine Bestimmung gefunden. Schon wenige Jahre später befehligte er als Kapitän unter Prinz Rupert sein erstes Schiff. Ungefähr vor einem Jahr war er nach New Amsterdam gesegelt, um gegen die verdammten Holländer zu kämpfen. Die Schiffe der Tildens hatten auch an der Schlacht teilgenommen, obwohl sie mehr für den Handel ausgestattet waren. Sie hatten die Holländer besiegt und einen Hafen mit dem Namen New York gegründet.
Geoffrey stand auch jetzt am Ruder. Er zählte die Schiffe und versuchte herauszufinden, wo die englischen waren. Er hielt den ganzen Tag über und auch noch den nächsten nach der *Letty* Ausschau, obwohl er sie nicht wirklich in der Schlacht erwartete. Prinz Rupert kam erst sehr spät, trug dann aber mächtig dazu bei, daß viele holländische Schiffe sanken.
Seavers kämpfte vier Tage und vier Nächte lang ohne Unterbrechung. Seine rechte Seite starrte vom Blut eines holländischen Offiziers, den er getötet hatte, als die zwei Schiffe längsseits nebeneinander lagen und die Mannschaften gegeneinander kämpften. Auf der linken Seite hatte ihm jemand eine schmerzhafte Wunde beigebracht, aus der unaufhörlich Blut floß. Sein Gesicht war schwarz von Pulverdampf und Ruß, seine Kleider zerfetzt, sein Magen leer, aber sein Geist war noch hellwach. Die Kanonen seines Schiffes spuckten Feuer, und die Mannen seiner Besatzung kämpften wie die Löwen.
Obwohl die Holländer über mehr Schiffe verfügten als die Eng-

länder, schlug die englische Flotte sie doch in die Flucht. Sie flohen in ihren teils zerstörten Schiffen, Tausende von Holländern waren ums Leben gekommen. Neun holländische Kriegsschiffe waren erobert und noch mehr versenkt worden.
Die englische Flotte kehrte siegreich nach Hause zurück, doch auch sie hatte schwere Verluste hinnehmen müssen. Besetzt mit freudig erregten, sonnenverbrannten Matrosen, die Bordwände von der Schlacht zertrümmert und verkohlt, wurden die Schiffe von der begeisterten Bevölkerung Londons empfangen. Freudenfeuer leuchteten am Horizont, und die Kirchenglocken läuteten. London sah nicht aus wie eine von der Pest geplagte Stadt, die verlassen worden war.
Seavers hatte die Erregung von der Schlacht noch nicht ganz überwunden. Doch schon während des Kampfes hatte er in kurzen Augenblicken vor seinem inneren Auge ein vertrautes Gesicht erblickt, und es war ihm schwergefallen, sich auf das Geschehen um ihn herum zu konzentrieren. Er versuchte, das Bild dieses dunkelhaarigen Mädchens mit sanften blaugrauen Augen aus seinen Gedanken zu vertreiben. Er riß seinen Degen aus der Scheide und brüllte seine Befehle.
Aber auf der Rückfahrt konnte er sich nicht mehr der Bilder erwehren, die sich ihm aufdrängten. Er sah sie vor sich, mit ihrem traurigen Lächeln und den Tränen, die über ihr Gesicht flossen. Beim Gedanken daran, daß sie aufgestanden war und ihn einen Narren genannt, daß sie neben ihm gelegen und ihn mit ihren Armen festgehalten hatte, wurden seine Gefühle durcheinandergewirbelt.
Sie wird mich nicht verlassen, fluchte er leise. Sie kann mich niemals verlassen!
Je mehr Zeit verstrich, desto weniger war er in der Lage, seinen Männern die notwendigen Befehle zu erteilen. Er schaute über das Wasser, auf die tiefhängenden Wolken, auf die beschädigte Flotte, die siegreich heimkehrte, und in all diesen Dingen erblickte er Alicia. Er schüttelte heftig den Kopf, aber ihr Bild verschwand nicht.
»Sie werden mich noch für verrückt erklären«, grollte er.
»Sir?« fragte ein vorbeigehender Matrose.

»Nichts. Es ist nichts«, erwiderte Geoffrey.
Und er stellte sich vor, wie Alicia übermütig lachte. *»Verliebt Euch nicht in mich, Lord Seavers. Ihr werdet danach nicht mehr derselbe sein.«*
»Ich liebe Euch nicht«, widersprach er. Er sah, daß ihre Augen kalt und beherrscht dreinblickten und ihr Gesicht einen strengen Ausdruck annahm. Sie schaute ihm direkt in die Augen, etwas, was viele seiner Männer sich nicht trauten. *»Ihr seid ein großer Dummkopf«*, hörte er ihre Stimme sagen. Und er verspürte dasselbe Gefühl wie damals, als sie von ihm fortgegangen war.
Und als ob die Trauer, die er über das empfand, was zwischen ihnen vorgefallen war, noch nicht genug sei, hatte er plötzlich die Vision gehabt, daß sie ein Kind erwarte – sein Kind. Er schaute betroffen. Was wäre, wenn sie wirklich ein Kind von ihm empfangen hätte?
»Käpt'n, Sir«, sagte ein Mann neben ihm. »Laßt mich jetzt Eure Wunde untersuchen.«
»Natürlich«, sagte er, und ein reuevolles Lächeln huschte über seine Lippen. »Dann werde ich in der Falle sitzen...«
»Sir?« fragte der Mann. Erst in diesem Augenblick bemerkte Geoffrey den Mann, der sein Hemd zerriß, um die Wunde zu verbinden. Er seufzte und hob seinen Arm, damit der Mann seine Arbeit tun konnte. Doch seine Gedanken schweiften schon wieder ab.
Nicht gefangen, Lord Seavers, sagte sein Unterbewußtsein. Es klang, als würde Alicia sprechen. *Ihr sitzt nicht in der Falle. Ihr habt auch schon früher mit Frauen zusammengelegen, und die ganze Welt weiß, daß ihr in verschiedenen Häfen Kinder gezeugt habt. Verlaßt sie, und geht allein Eures Wegs.*
Sein Herz hämmerte, und sein leerer Magen brannte. Er konnte nicht wieder allein leben. Sie war die Frau, die er brauchte. Durch sie fühlte er sich lebendig, blühte er auf. Sie strahlte Wärme aus, ihr feuriges Temperament sorgte für die richtige Würze ihrer Gespräche und hatte die Leidenschaft zwischen den beiden entfacht. Sie war nur ein einfaches Schankmädchen, doch er wußte, daß er niemals wieder eine solche

Frau wie sie finden würde. Und er würde auch das, was er in ihrer Nähe fühlte, niemals wieder erleben.
Das erste Mal seit Jahren hatte etwas von ihm Besitz ergriffen, das seine Seele wärmte. Ich werde in den Kolonien ein Haus für sie bauen, und wir werden bald Kinder haben, so dachte er. Es wird rechtzeitig fertig werden, wenn ich sofort damit beginne. Wenn sie weiß, daß ich sie liebe, und die Gefahr erkennt, die ich auf mich nehme, wird sie den Namen Charlotte nicht so sehr hassen. Ich werde einen Weg finden, sie glücklich zu machen, wenn sie es will.
In den Straßen von London wimmelte es von Matrosen, die nicht dazu überredet werden konnten, die zerstörten Schiffe wieder instand zu setzen, bevor sie nicht tüchtig den Sieg gefeiert hatten. Die Kutsche der Seavers wartete nicht an den Kais, um Geoffrey nach Hause zu bringen, aber warum sollte sie das auch? Er hatte das Haus nicht benutzt, seitdem er Alicia dorthin gebracht hatte. Er war früher nicht nach Hause gefahren, und so stand auch heute kein Gefährt bereit.
Es war schwierig, eine Mietdroschke zu bekommen, da die Straßen verstopft waren, doch schließlich fand er eine, die ihn heimbrachte. Als er durch die Drury Lane fuhr, sah er die roten Kreuze auf den Haustüren. Er fühlte sich schuldig und hatte Angst. Er hatte in keiner Weise für Alicias Schutz gesorgt, sondern nur seinen Diener Rodney beauftragt, für ihre Bedürfnisse zu sorgen. Sie konnte jetzt schon an der Pest erkrankt sein.
»Ich werde nicht hierbleiben«, hörte er in seiner Erinnerung ihre Stimme.
Geoffreys Puls beschleunigte sich und begann zu rasen. Er wußte nicht, was ihm lieber gewesen wäre, wenn sie die Stadt verlassen hätte oder wenn er sie zu Hause vorfinden und der Geruch ihres Parfüms die Räume erfüllen würde.
Als er ankam, fand er die Eingangstür verschlossen. Er betätigte den Türklopfer und rief nach den Dienern, hatte aber keinen Erfolg. Die Passanten schauten ihn befremdet an. Sie erkannten, daß er ein zurückgekehrter Seemann war, und fürchteten sich, ihn anzusprechen. Jedermann wußte, daß die Pest

oft zuerst die Seeleute ereilte. Es dauerte fast eine Stunde, bis er Leute fand, die ihm helfen wollten, in das Haus einzudringen. Es waren zwei Matrosen, die sich auch nur dazu bereit erklärt hatten, als er ihnen eine beträchtliche Belohnung versprach.

Es bedurfte vieler kräftiger Schläge, bevor die schwere Eichentür schließlich nachgab und sie ins Haus gelangten. Geoffrey ließ seine Helfer in der Eingangshalle zurück und lief, immer zwei Stufen auf einmal nehmend, die Treppe hinauf. Er fand Alicias Zimmer verlassen, ihr ganzer persönlicher Besitz war verschwunden. Der einzige Gegenstand, der noch im Zimmer lag, war die Halskette, die er ihr geschenkt hatte. Sie zierte den Frisiertisch. Er nahm die Kette in die Hand und betrachtete sie einen Moment lang. Es war das Wertvollste, das er jemals einer Frau gegeben hatte. Sie hätte die Kette verkaufen können, aber sie hatte sie einfach dagelassen. Sie muß mich mehr hassen, als ich vermutet habe, so dachte er.

Die Möbel waren weder abgedeckt noch fortgebracht worden, nur die Essensvorräte für sie und die Dienerschaft und ihre Kleider fehlten. Es sah ganz so aus, als sei der Haushalt in großer Eile aufgebrochen.

»Kennt ihr dieses Haus?« fragte Geoffrey die Männer, die ihm geholfen hatten.

Sie schüttelten stumm die Köpfe und streckten die Hand aus. Er gab ihnen ein paar Münzen. »Die Frau, die ich hier zurückgelassen habe, ist meine Ehefrau«, erzählte er ihnen. »Ich war mit meiner Flotte in Lowestoft.«

Er bemerkte, daß sie begierig mit ihren Augen die Einrichtung des Hauses verschlangen. Er wußte, wenn sie bis jetzt auch keine Diebe gewesen waren, so könnten sie doch jederzeit zu solchen werden. Sie hatten ein unbewohntes Haus mit wertvollem Mobiliar entdeckt. Halb London würde bald leergeplündert sein, da viele Adlige vor der Pest flohen.

»Ich denke, ich werde hier auf eine Nachricht von ihr warten.« Seavers zuckte die Achseln und hoffte, daß er die Männer überzeugt hatte, daß das Haus nun bewacht sein würde. »Vielen Dank«, sagte er zu ihnen, und ohne eine Antwort ließen sie ihn an der aufgebrochenen Eingangstür stehen.

Die ganze Nacht hindurch läuteten die Glocken und sah man Freudenfeuer am Himmel, doch in Whitehall gab es auch einige stillere Ecken für diejenigen, die um Freunde trauerten, die in der Schlacht gefallen waren. Während die einen klagten und andere feierten, gab es auch einige, die sich fragten, wann der Hof endlich die von der Pest geplagte Stadt verlassen und einen sicheren Ort aufsuchen würde. Es ging das Gerücht, daß sich Charles dazu entschlossen hatte, dazubleiben, um seinen Untertanen zu beweisen, daß kein Anlaß zur Furcht bestand. Nichtsdestoweniger gab es viele, die es nicht ertrugen, die Leichenkarren durch die Stadt fahren zu sehen.

Geoffrey durchquerte auf der Suche nach einem bekannten Gesicht, nach irgend jemandem, der etwas über seine Frau wußte, die Hallen des Palastes. Er hatte sich weder gebadet noch seine Kleider gewechselt, die vor Blut, Schweiß und Ruß starrten. Seine Haut war von der Sonne verbrannt. Charles tagte mit seinen Ministern und Freunden und durfte nicht gestört werden. Die Castlemaine konnte er nicht finden, und ihr Diener hatte ihn nicht in ihre Gemächer gelassen. Eine Gruppe von Frauen ging durch die Halle. Sie beschleunigten ihre Schritte, als sie von weitem erkannten, daß er ein Seemann war.

»Madam Stewart«, rief er und hielt die junge Frau auf. Sie schaute ihn zweifelnd an, neigte ihr schönes Haupt und betrachtete dann den verwundeten, schmutzstarrenden Mann genauer.

»Lord Seavers, Madam«, sagte er und verbeugte sich schwerfällig.

»Natürlich«, erwiderte sie und nickte leicht mit dem Kopf.

»Ich habe mein Haus verlassen vorgefunden und habe keine Nachricht von meiner Frau.«

Ein schmerzerfüllter Ausdruck huschte über ihr Gesicht, als sie ihn anschaute.

»War niemand dort, der auf das Haus aufgepaßt hat?« fragte sie unbehaglich.

»Niemand, Madam. Wißt Ihr, wo Lady Seavers hingegangen sein könnte? Nach Bellerose?«

Sie runzelte die Stirn. »Es hat schreckliche Gerüchte gegeben,

Mylord«, stammelte sie. »Habt Ihr denn schon überall nach ihr gefragt?«
»Ich habe noch niemanden außer Euch getroffen, Madam.«
Frances seufzte und schloß kurz ihre Augen. Man hielt sie für die schönste Frau Englands, was sie wohl auch war. Doch schien sie nicht aus demselben harten Holz geschnitzt, wie die meisten anderen Hofdamen. Frances war sehr empfindsam. Als sie ihre Augen wieder öffnete, bemerkte er Tränen darin.
»Diese schreckliche Krankheit«, rief sie aus. »Ich fürchte mich so vor ihr, ich wünschte, wir würden von hier weggehen. Wenn Seine Majestät noch einen Tag länger hierbleiben will, dann werde ich noch verrückt.«
»Lady, habt Ihr etwas gehört –«
»Ich habe ein Gerücht gehört. Ich habe so viele Gerüchte gehört«, seufzte sie und schüttelte ihren Kopf. Eine ihrer Damen tätschelte ihren Arm, während Geoffrey von einer entsetzlichen Vorahnung befallen wurde. »Ich habe gehört, daß in dem Moment, als ihr Haushalt aufbrechen wollte, Lady Seavers vor ihrer Kutsche zusammengebrochen ist. Sie haben sie begraben.«
»Sie *begraben?* Ich habe noch vor fünf Tagen mit ihr gesprochen, bevor ich –«
»Vor ungefähr einem Tag. Ich glaube, sie hat nicht gelitten.«
»Aber man sagt, daß die Pest Wochen dauern kann!«
»Wochen oder Stunden.«
Geoffrey schwankte leicht. Er hatte seit Tagen nichts gegessen, und der Schmerz an seiner Seite war heftiger geworden, da die Wunde nicht richtig versorgt worden war.
»Mylord?« sagte Frances fragend.
Er preßte seine Handfläche gegen die Wunde. Als er sie wegzog, war sie voller Blut. Er lächelte befangen. Der Aufzug, in dem er den Damen direkt gegenüberstand, brachte ihn in Verlegenheit. »Lowestoft«, murmelte er. Sein Blick verschleierte sich, und durch eine Nebelwand hindurch bemerkte er, daß Mistreß Stewart und ihre Damen langsam zurückwichen. Seine Gedanken verwirrten sich, er sah das Kanonenfeuer der Schlacht vor sich, das Bild Alicias, das Blut der Verwundeten,

die zarte Gestalt seiner Ehefrau, sinkende Schiffe, ihre leuchtenden Augen, ihr Lachen...
Plötzlich umgab ihn Dunkelheit. Die Visionen in seinem Kopf hörten auf, umherzuwirbeln.

Die Linie zwischen Himmel und Meeresoberfläche war verschwommen, und man wußte nicht genau, wo das eine Element endete und das andere begann. Die rollenden Bewegungen des Schiffes beruhigten die Nerven, und die kühle Meeresbrise biß in die Wangen.
Alicia lehnte an der Reling, die Hände gefaltet. Ihre Augen suchten den Horizont ab nach irgendeinem Anzeichen menschlicher Gestalt. Das neue Land befand sich Millionen von Meilen entfernt. Sie murmelte ein Gebet. Zwei feste Hände ergriffen ihre Arme, und eine tröstende Stimme unterbrach ihre andächtige Stimmung.
»Vielleicht hättest du ihn nicht verlassen sollen«, sagte Preston.
»Kannst du mir dein Wort geben, daß er die Schlacht überlebt hat?« fragte sie.
»Er lebt, mein Liebes. Ich wette mit dir, daß er ein Dutzend holländische Schiffe versenkt hat.«
»Kannst du mir dein Wort darauf geben?« fragte sie noch einmal eindringlich und drehte sich um.
»Es wird lange dauern, bis eine Nachricht nach Amerika gelangt. Aber ich habe ihn schon vorher kämpfen sehen. Ich verspreche dir, es geht ihm gut.«
Alicia nickte und schlug ihre Augen nieder.
»Ich weiß nicht, ob das richtig war«, sagte Preston. »Vielleicht hättest du nicht gehen sollen, ohne eine Nachricht zu hinterlassen.
»Geoffrey hat nicht danach gefragt. Ich habe ihm gesagt, daß ich nicht bleiben würde.«
»Ich möchte ihn nicht verteidigen.« Preston zuckte mit den Schultern. »Aber du liebst ihn. Vielleicht sollte er das wissen –«
»Er verdient nicht zu wissen, wer ich bin und wo ich bin. Noch

einmal, Preston, das ist mein Leben. Ich gehöre zu niemandem.«
Preston runzelte leicht die Stirn. »Du hast jetzt eine Familie, Alicia.«
»Ja.« Sie lächelte. »Wird sie mich mögen?«
»Natürlich.«
»Aber du warst der einzige, der nach mir gesucht –«
»Das stimmt nicht! Vater hat mehr als einmal Leute auf die Suche nach dir geschickt, aber niemals konnte auch nur eine Spur gefunden werden. Ich habe eben nicht aufgegeben.« Er gab ihr einen Klaps auf die Nase und lächelte. »Und du hast mir nichts gesagt und mir dadurch Kummer erspart.«
»Ich konnte es dir nicht sagen. Ich hatte Angst, daß ich für meine Lügen ins Gefängnis kommen oder mir sogar noch Schlimmeres widerfahren würde.«
»Du hättest auf mein Schweigen und auf meinen Schutz vertrauen können, Alicia.«
»Es war besser für dich, Preston, es selbst herauszufinden. Mich schaudert bei dem Gedanken, daß wir uns beinahe wieder verloren hätten. Doch hätte ich es auch nicht ertragen, noch einmal eine Betrügerin genannt zu werden.«
Er seufzte und schüttelte seinen Kopf. »Es hat lange gedauert, bis ich herausfand, daß dir der Name Letty nicht sehr lange geblieben ist. Aber es hat mir sehr geholfen, daß du den Namen Alicia behalten hast. Du hast im Ivy Vine einen sehr ärgerlichen Wirt zurückgelassen. Ich mußte ihn auszahlen, bevor ich etwas erfahren konnte.«
»Er hatte kein Recht, Geld von dir zu fordern. Ich habe hart für ihn gearbeitet, und er behauptet noch immer, daß ich ihm etwas schulden würde. Ich habe nicht einen Penny von ihm genommen, als ich gegangen bin.«
»Er kann jetzt keine Ansprüche mehr geltend machen, Liebes. Und in Zukunft wirst du unter meiner Obhut stehen. Deine Mutter wird überglücklich sein, dich zu sehen.«
»Ich möchte nicht, daß sie etwas über Geoffrey erfahren«, sagte sie fest.
»Und was willst du ihnen erzählen, wo du die letzten Jahre verbracht hast?«

»Wahrscheinlich sage ich, daß ich in dem Gasthof gelebt habe«, sagte sie achselzuckend.
»Ach ja, der Gasthof. Und wenn deine neue Familie eine Heirat für dich plant, was wirst du dann machen? Du bist schließlich keine Jungfrau mehr.«
Alicias Augen weiteten sich. Sie hatte nicht gedacht, daß dies eine Rolle spielen würde, aber natürlich tat es das. Das hatte es ja schon immer getan. Und sie würde ihrer Familie gleich Schande bereiten, wenn bekannt würde, daß sie eine ›unreine‹ Braut war.
»Ich möchte nicht, daß sie etwas über diesen Handel erfahren – über die Sache mit dem Bellamy-Besitz. Ich will das alles schnell vergessen.«
»Einverstanden. Aber ich denke, daß dir weitere Lügen nicht unbedingt helfen.«
»Ich kann nur hoffen, daß sie nicht fragen werden. Wenn du recht hast und sie das Leben, daß ich bis jetzt geführt habe, nicht verurteilen werden, dann laß uns die Sache für den Augenblick vergessen.«
»Kannst *du* es wirklich vergessen? Es besteht durchaus die Möglichkeit, daß du Geoffrey eines Tages wiedersehen wirst.«
»Er hat mich verlassen. Vielleicht sind wir vor dem Gesetz gar nicht rechtmäßig verheiratet, da nicht mein richtiger Name benutzt wurde. Aber ich habe uns nie als unrechtmäßige Liebende betrachtet, sondern als Mann und Frau. Er hat sich dafür entschieden, mich aufzugeben. Und er hat es getan.«
»Und du gestehst ihm keine Rechte mehr zu?«
»Charlotte Bellamy ist tot, Preston. Eine tote Frau kann keine Rechte zugestehen. Alicia Tilden lebt und beginnt nun ein neues Leben. Geoffrey Seavers kennt dieses Mädchen nicht. Wieso sollte er da Rechte besitzen?«
Preston schaute ihr in die Augen und lächelte. »Er besitzt seit langem dein Herz, Liebes.«
»Du hast es mir versprochen, Preston. Du hast mir versprochen, daß ich mit meiner Familie neu beginnen könnte. Willst du mich etwa an Geoffrey verraten?«

»Nein, mein Herz. Ich lasse dich die Sache auf deine Weise erledigen.«
»Du tust, als hättest du Mitleid mit Geoffrey. Er verdient dein Mitleid nicht, Preston. Er wollte mich nicht, als er mich haben konnte. Ich versichere dir, es ist ihm auch jetzt egal, was aus mir geworden ist. Er wird sehr erleichtert sein, daß die Lügen endlich ein Ende haben und daß er nun eine Frau finden kann, die seines Titels und Reichtums würdig ist.«
»Er liebt dich«, sagte Preston.
»Ja, ich glaube, er liebt mich. Aber er wird es nicht zugeben. Und auch ich werde nicht mehr darüber reden.«
Sie wandte sich von ihm ab und schaute wieder aufs Meer hinaus. Sie hörte Prestons leise Stimme.
»Die Zeit, Alicia, wird zeigen, ob du recht hattest.«

14

Das erste, was er fühlte, war ein Tuch, das seine Stirn kühlte. Langsam und sehr vorsichtig öffnete Geoffrey die Augen. Er lag in einem weichen Bett in einem abgedunkelten Raum. Er erkannte den Betthimmel über sich nicht, und auch die Tapeten und Vorhänge kamen ihm nicht vertraut vor.
Er setzte sich vorsichtig auf und schaute sich um. Man hatte ihm sein Hemd ausgezogen und seine Wunde versorgt. Er betastete sie behutsam. Es war nur eine kleine Schramme gewesen, die sich aber, weil sie nicht verbunden wurde und Schmutz und Schweiß hineingeraten waren, entzündet hatte. Dies war ihm schon mehrmals passiert, und jedesmal hatte er sich wieder geschworen, sich beim nächsten Mal beizeiten eine Wunde versorgen zu lassen. Er lachte über sich selbst, da es den Anschein hatte, daß er sich in diesem Punkt wohl nie ändern würde. Er war immer zu ungeduldig und zu sehr mit den Problemen einer Schlacht beschäftigt, als daß er auf seine persönlichen Bedürfnisse geachtet hätte.
Bei diesen Gedanken kehrte sein Erinnerungsvermögen zurück. Er hatte das Bewußtsein verloren, als er, geschwächt von

der Schlacht, erfahren hatte, seine Frau sei tot. Er hob die Bettdecke an, um aufzustehen, und entdeckte, daß man ihm nicht nur sein Hemd, sondern auch seine Hose und seine Socken ausgezogen hatte. Er konnte seine Kleider im Zimmer nirgends entdecken.

Er saß auf der Bettkante, als sich die Türe öffnete. Ein junges Mädchen eilte mit einem Ausruf des Erstaunens geradewegs auf ihn zu. »Ins Bett mit Euch, Mylord. Ich werde Ihro Gnaden erzählen, daß Ihr wach seid.«

»Ihro Gnaden?« fragte er und legte sich gehorsam wieder ins Bett. Das Mädchen deckte ihn zu.

»Ja, sie hat befohlen, sie zu informieren, sobald Ihr wach seid. Sie wird gleich hier sein.«

Mit schwingenden Röcken und klappernden Absätzen verschwand sie, und Geoffrey blieb verwirrt zurück. Ihro Gnaden, fragte er sich. War es Frances Stewart? Hatte sie sich um ihn gekümmert?

Aber es war nicht Frances, die wenig später das Zimmer betrat, sondern Barbara Palmer. Sie lächelte und hatte ein Tablett in der Hand, auf dem eine Karaffe mit gewürztem Wein stand.

»Ihr habt nicht besonders auf Euch achtgegeben, nicht wahr, Mylord«, sagte sie schmeichelnd. »Hier ist etwas, das Euch wieder auf die Beine helfen wird.«

»Mylady, wie –« Er wußte nicht einmal, was er fragen wollte.

»Ihr wärt in einem Leichenkarren weggeschafft worden, wenn man Euch Madam Stewart überlassen hätte. Diese dumme Pute macht sich wegen der Pest schier in die Hose. Sogar wenn sie ein bißchen Kopfweh hat, glaubt sie schon, das sei ihr Ende. Und wie oft sie Kopfweh hat! Jedesmal, wenn ihr Seine Majestät einen Kuß raubt.«

Geoffrey riß erstaunt seine Augen auf, als er sie so reden hörte. Sicher, es herrschte eine heftige Rivalität zwischen den beiden Frauen, aber normalerweise hielt die Castlemaine ihre Zunge im Zaum und redete so, als wäre Frances ihre engste Freundin. Den Gerüchten zufolge geschah dies auf Anordnung Charles'.

»Als Ihr bewußtlos wurdet, begann Madam Stewart lauthals zu schreien, in der Meinung, ihr hättet die Pest. Wenn ich den Tu-

mult nicht bemerkt hätte, hätte man Euch tatsächlich fortgeschafft.«
Sie schwieg plötzlich und lächelte ihn an. »Ich habe jemanden auf die Suche nach Eurem Diener geschickt; wie war doch gleich sein Name? Vielleicht kann er Euch etwas über den Verbleib Eurer Frau sagen.«
»Madam Stewart hat gemeint –«
»Ich weiß, was sie geäußert hat: Lady Seavers sei tot. Die Wahrheit ist, daß niemand gesehen hat, wie sie starb, und soviel uns bekannt ist, hat der Rest Eures Haushaltes, Eure Diener eingeschlossen, die Stadt verlassen. Aber noch andere Gerüchte gehen um, doch solltet Ihr Euch darüber keine Sorgen machen, bis Ihr mit Eurem Diener gesprochen habt. Er wird sicher mehr wissen.«
»Andere Gerüchte?« fragte Geoffrey.
»Ihr habt sicher davon gehört. Lady Seavers sei eine Betrügerin und ihr Tod nur eine Finte –«
Geoffrey begann zu husten und verschluckte sich an dem Wein. Sein Gesicht wurde rot. Es dauerte eine Weile, bis er seinen Hustenanfall wieder unter Kontrolle hatte, doch die Röte wich nicht aus seinem Gesicht. Er schaute sie fragend an, aber die Castlemaine lachte nur.
»Nun wißt Ihr über den Klatsch Bescheid, Mylord. Beruhigt Euch, ich werde Euch nicht fragen, ob es wahr ist. Ich werde auch auf einem anderen Weg Herzogin und brauche Euer Vermögen nicht. Seine Majestät ist zwar manchmal böse mit mir, aber er hat es in all den Jahren nicht geschafft, mich loszuwerden, und ich bezweifle, daß ihm das jemals gelingen wird. Diese dumme Pute wird sich auch nicht länger halten können als all die anderen.«
Geoffrey blinzelte. Er nahm erneut einen Schluck Wein, um das Kratzen im Hals loszuwerden. »Ihr seid in Ungnade gefallen?« wagte er zu fragen.
»Ich habe gehört, daß der Hof bereit ist, nach Windsor aufzubrechen. Ich gehe woanders hin. Soll er sich doch eine Weile mit seiner dummen Jungfrau rumplagen und sehen, was er davon hat.«

Geoffrey lächelte Barbara an. Ihre grünen Augen blitzten ärgerlich, doch er konnte spüren, daß sie die Situation im Griff hatte. Er war anderer Meinung als sie. Er glaubte nicht daran, daß sie den König ewig an sich binden konnte, nur weil sie ein Kind nach dem anderen von ihm bekam. Aber sie würde niemals aufgeben. Und außerdem war sie vorsichtig.
»Wenn er Zeit hat, wird der König hierher kommen, um Euch zu sehen. Ihr müßt also bleiben und könnt Euch bei mir erholen.«
»Ich werde Seiner Majestät Bericht erstatten, aber ich muß doch –«
Barbara schüttelte ihren Kopf. »Ihr habt mich mißverstanden. Es ist Euch nicht erlaubt, Whitehall zu verlassen. Der König hat etwas mit Euch zu besprechen. Die Gerüchte über Euch, Ihr wißt schon, welche.«
Geoffrey verspürte einen Druck in der Magengegend, und sein Gesicht verlor mit einem Mal die Farbe.
»Ich stelle mir vor, daß er genau wissen will, welche Rolle Ihr in der Schlacht gespielt habt. Ich glaube nicht, daß Ihr Euch große Sorgen machen müßt, aber dennoch, es wäre nicht klug, fortzugehen. Macht ihn nicht noch zorniger, als er schon ist.«
Lord Seavers schluckte und setzte den Weinbecher ab.
»Ich muß zugeben, daß er auf mich wütender ist als auf jeden anderen. Das ist für Euch keine schlechte Ausgangsposition. Ihr müßt ihn jetzt nur behutsam behandeln. Wie Ihr wißt, hat er in der Schlacht Freunde verloren. Und er weiß nicht, wie er seine Flotte bezahlen soll«, fuhr Barbara fort.
»Die Gerüchte, Mylady. Welche Gerüchte sind nach Whitehall vorgedrungen?«
»Perry, der Schurke, ist wegen Lady Seavers' Verschwinden ganz aus dem Häuschen. Es scheint, daß er überhaupt kein Fingerspitzengefühl besitzt. Während Charles sich weigert zu essen, zu schlafen oder mit irgend jemandem zu sprechen, besteht Perry darauf, ihn zu sehen, um ihm seine Geschichte zu erzählen. Diese lächerliche Geschichte, daß Lady Seavers ein Mädchen aus einem Gasthof auf dem Land sei, das aufgelesen wurde, um sich die Erbschaft zu erschwindeln. Charles war nie näher daran, jemanden köpfen zu lassen.«

»Dann glaubt er die Geschichte also nicht...?«
Barbara erhob sich, strich ihre Röcke glatt und schaute ihn gelangweilt an. »Ich denke, Mylord, es kümmert ihn nicht. Ich glaube, der einzige, der sich durch dieses Problem verwirren läßt, seid Ihr.«
Gedankenverloren kaute sie an ihrem Finger. »Ich muß noch tausend Sachen erledigen, wenn ich aufbrechen will, bevor alle die Pest bekommen haben. Den Palast hat die Pest noch verschont, soweit ich weiß, und ich habe meine eigenen Spione. Wenn hier ein Pestfall auftaucht«, sagte sie und drohte ihm mit dem Finger, »dann werde ich es als erste wissen.«
»Hattet Ihr keine Angst, daß ich die Pest haben könnte?« fragte er sie.
»Nur ein bißchen«, antwortete sie achselzuckend.
»Aber Ihr seid ein großes Risiko eingegangen.«
»Nur ein kleines Risiko, Mylord. Da ich zu Mistreß Stewart gesagt habe, daß ich Ihr am liebsten die Nase aufschlitzen würde, war zu befürchten, daß Seine Majestät für einige Zeit nicht in meine Gemächer kommen würde. Ich habe Euch ja gesagt, daß er über mich verärgert ist. Doch Eure Anwesenheit hier hat in den letzten Tagen einigen Staub aufgewirbelt, und ich wußte, daß er herkommen würde, um mit Euch zu sprechen, wenn ich Euch mit zu mir nehmen würde.«
Geoffrey lehnte sich mit einem Lächeln auf den Lippen zurück. »Ihr wißt immer einen Ausweg, nicht wahr, Barbara?«
»Es gibt viele Leute in dieser Stadt, die mich gern brennen sehen würden. Ich versichere Euch, ich kann sehr gut auf mich aufpassen. Aber dazu muß ich einen klaren Kopf behalten.«
Und, dachte Geoffrey, Ihr müßt Eure Liebhaber in Schach halten. Er lächelte leise, als er das dachte, und so, als hätte sie es gehört, lächelte Barbara zurück.
»Wie soll ich Eurer Meinung nach mit diesem Gerücht umgehen, Mylady?« fragte er listig.
Barbara lachte und drehte sich um. »Wenn auch nur irgend etwas an dem Gerücht wahr ist, Mylord, so empfehle ich Euch, zu lügen wie nie zuvor in Eurem Leben.«

Lord Seavers sandte eine Nachricht zu seinem Schiff, daß er jetzt als Gast von Lady Castlemaine in Whitehall weile und daß alle Briefe und Botschaften in den Palast weitergeleitet werden sollten. Er benötigte nur eine Nacht und einen Tag, um sich zu erholen, doch Lady Castlemaine warnte ihn eindringlich, daß es ein großer Fehler wäre, jetzt den Palast zu verlassen.

Gleichzeitig herrschte in einem anderen Teil des Palastes große Aufregung, aber weniger aufgrund der Probleme, die Geoffrey Seavers verursacht hatte. Die Pest wütete fürchterlich in der Stadt. Und jeden Tag wurden es mehr Türen, auf denen sich Kreuze befanden. An vielen Gräbern waren gar keine Namen mehr angebracht, die Toten wurden in Massengräbern untergebracht. Matrosen rotteten sich auf den Straßen zusammen. Sie fürchteten die Pest und waren zornig, da sie bis jetzt noch immer nicht ausbezahlt worden waren, obwohl sie sich in der Schlacht verdient gemacht hatten. Wenn auch der Krieg siegreich für England verlaufen war, so waren doch die meisten Schiffe zerstört, und es wurde notwendig, sie zu reparieren.

Verständlicherweise schenkte Charles angesichts all dieser Probleme der Angelegenheit bezüglich Lord Seavers' Ehefrau und der Rechtmäßigkeit ihrer Erbschaft wenig Beachtung. Er hätte sich vielleicht ausführlicher mit der Sache auseinandergesetzt, wenn er weniger zu tun gehabt hätte.

Er erhielt mehrere Gesuche, in denen der junge Lord um eine Audienz bat, ignorierte sie aber alle. Der Juni neigte sich schon dem Ende zu, und er war damit beschäftigt, den Hof zu verlegen, die Matrosen zu beschwichtigen und vor allem gesund aus London herauszukommen. Gerade wollte er in seinem Geheimzimmer ein Arzneimittel anrühren, dessen Formel er von einem durchreisenden Juden bekommen hatte, als George Villiers, Herzog von Buckingham, eintrat. Der König runzelte die Stirn, verärgert über die Störung.

»Ich hoffe für Euch, daß es etwas Wichtiges ist«, sagte Charles, ohne aufzuschauen.

»Ich muß gestehen, daß es überhaupt nicht dringend ist. Es handelt sich mal wieder um meine Cousine. Lady Castlemaine.«

»Was will sie denn schon wieder? Sich bei mir einschmeicheln?«
»Vielleicht«, antwortete George.
Charles seufzte und rührte den Trank. »Sie glaubt wohl, meine Gefühle für sie ändern zu können.« Er wandte sich, den Becher in der Hand, George zu. »Ich kann Euch versichern, daß das nicht der Fall sein wird.«
»Ich weiß das, und Ihr wißt das auch, aber Barbara wird uns beide noch verrückt machen, wenn wir nicht etwas gegen diese Situation unternehmen.«
»Aha, sie ist also wieder in anderen Umständen? Aber nicht von mir.«
»Nein, Eure Majestät, sie ist nicht schwanger.«
»Versucht das hier, George. Es soll gegen alles helfen. Wenn wir Glück haben, wird es Euch mit den Pocken verschonen und mich mit der Pest.« Villiers rümpfte dankend die Nase. Charles zuckte die Schultern und schüttete das Gebräu in einem Zug hinunter. Auch wenn es nach Jauche schmeckte, hätte er noch gelächelt. Männer liebten nichts so sehr wie die Mittelchen, die sie selbst gebraut hatten, mit Ausnahme vielleicht noch der Frauen.
»Ich denke, George, wir sollten vielleicht morgen nach Hampton Court umziehen. Was denkt Ihr?«
»Sire, ich bitte um Eure Nachsicht, aber –«
Charles blickte finster drein und verließ das Geheimzimmer. Immer wenn George ihn um Nachsicht bat, kam etwas Unangenehmes.
»Bringt es schnell vor, es kann auch nicht schlimmer sein als der Trank, den ich gerade zu mir genommen habe. Es scheint fast, daß die Pest vorzuziehen wäre.« Er seufzte. »Was will sie denn diesmal?«
»Sie möchte, daß Ihr ihrem Gast erlaubt, den Palast zu verlassen, so daß sie ihre Gemächer wieder für sich hat.«
»Aha«, sagte Charles sinnierend.
»Ich glaube, er hat Angst, sie anzurühren, und sie kann nicht tun und lassen, was sie will, solange er da ist. Sire, Ihr habt befohlen, ihn so lange dortzubehalten, bis Ihr mit ihm gesprochen habt.«

»Ich weiß«, sagte Charles und ging zum Tisch, auf dem eine Schale mit Obst stand. Er nahm einen Apfel, der aber verfault war. Da alle Menschen Angst hatten, die Pest zu bekommen, wollten auch die Diener den Palast nicht mehr verlassen, um Essensvorräte zu besorgen. Viele Händler hatten bereits ihre Läden oder Stände geschlossen und waren aus der Stadt geflohen. Und wenn man Nahrungsmittel auftreiben konnte, so waren sie nicht von derselben Qualität wie in den Zeiten vor der Pest. »Verdammt, ich befürchte, es wird noch sehr lange dauern, bis wir wieder etwas Anständiges zu essen bekommen«, schimpfte Charles und warf den Apfel in die Schale zurück. Er schüttelte enttäuscht den Kopf. »Es ist schon nicht gut, ein einfacher Mann zu sein und sich hilflos zu fühlen«, sagte er zu George. »Aber Ihr könnt Euch nicht vorstellen, was es bedeutet, als König hilflos zu sein.«
George fand es mühsam, immer hinter dem König herzulaufen, und ging deshalb quer durchs Zimmer an eines der Fenster. Er stand ruhig da und schaute hinaus. Er wußte, daß er Charles nicht zu einer Antwort drängen durfte. Sie waren seit vielen Jahren gute Freunde, hatten Seite an Seite gekämpft und viel Spaß miteinander gehabt. Aber immer noch war Charles der König und George nur der treue Diener.
»Also?« sagte Charles schließlich.
»Also, ich bin verdammt neugierig, doch interessiert mich eigentlich weniger Barbaras mißliche Lage.«
Charles lachte amüsiert. Es gefiel ihm sehr, wenn keine protokollarischen Schranken zwischen ihnen bestanden und sie einfach wie Freunde miteinander sprachen. Doch Charles war auch vorsichtig, da er niemandem völlig traute. Vor allem George nicht. Charles machte auch niemandem einen Vorwurf, der versuchte, das Beste für sich herauszuholen. Er wollte George nicht in Versuchung führen, ihn zu hintergehen, indem er ihm zu viele Geheiminformationen gab.
»Erzählt mir, was Euch so beschäftigt, George.«
»Die Sache, mit der Perry hausieren geht: Daß Charlotte Bellamy doch nicht Charlotte Bellamy ist, daß sie auch nicht tot sei, sondern sich aus dem Staub gemacht habe und daß die echte Charlotte –«

»Ich habe niemals im Leben einen größeren Mist gehört«, sagte Charles und schenkte sich und George aus der Karaffe Wein ein.
»Dann seid Ihr der Meinung, daß all die Vermutungen nicht wahr sind?« fragte George.
»Ich gehe davon aus, daß alles wahr ist.«
George erhob sich und nahm das Glas, das ihm gereicht wurde. In seinem Gesicht machte sich Verblüffung breit.
»Dann ist also alles wahr?« fragte Buckingham.
»Was mir nicht in den Kopf will, ist die Tatsache, daß Lord Perry erwartet, daß ich auch noch mit dieser Sache meine Zeit verschwende.«
George führte das Glas an seine Lippen und trank hastig. Charles war für ihn niemals völlig durchschaubar gewesen. Er verstand einmal mehr das Verhalten des Königs bezüglich dieser Angelegenheit nicht. Für George war es klar, daß Charles betrogen und ausgenutzt worden war und eigentlich deswegen wütend sein müßte.
Der König ließ sich in einen Sessel fallen und murmelte etwas vor sich hin. »Hampton Court. Oder doch Salisbury... aber ich möchte nicht zu weit vom Schuß sein. Verdammt noch mal, es gefällt mir nicht, einfach so wegzurennen. Ich bin schon genug umhergeirrt. Ich würde gerne einmal an einem Ort bleiben. Und Ihr, George?«
»Sire, Ihr glaubt, daß es *wahr* ist?«
»Schon wieder das? Ja, nehme ich an. Ich kann mir gut vorstellen, daß Seavers Charlotte Bellamy einmal gesehen hat und zu dem Schluß kam, daß er die Hochzeitsnacht mit ihr wohl nicht überstehen würde, nicht einmal des Vermögens wegen. So hat es Perry zwar nicht gesagt, aber so könnte es gewesen sein. Wahrscheinlich hat er sich seine eigene Charlotte mitgebracht, ein Mädchen einfacher Familie. Sie ist ein niedliches Kätzchen, nicht wahr? Ich glaube, daß sie fortgegangen ist und wir nie wieder etwas von ihr hören werden, falls sie nicht tatsächlich an der Pest gestorben ist.«
George trank verwirrt den Wein aus und streckte Charles das leere Glas hin. »Sire, darf ich?«

Charles grinste. »Ihr seid mein Gast.«
Villiers schenkte sich erneut das Glas voll.
»Ich glaube, Ihr habt das besser im Griff als ich, George. Wollt Ihr die Sache für mich mit erledigen?«
»Sire«, sagte George und stellte die Karaffe zurück, »ich kann mir nicht vorstellen, wie dieses Problem zur Zufriedenheit Eurer Majestät gelöst werden könnte.«
Charles gefiel es sichtlich, mit George dieses Spiel zu treiben. Und der arme Buckingham wußte niemals im voraus, ob Charles über eine Intrige lachen oder deshalb den Kopf eines Mannes fordern würde.
Aber Charles wollte dieses Spiel nicht allzu lange weiterführen, da es viel wichtigere Dinge gab, die erledigt werden mußten. Er hörte auf zu lachen.
»Es ist so, Buckingham. Ich habe nach einer Möglichkeit gesucht, Seavers eine Erbschaft zukommen zu lassen. Es gab da ein oder zwei Landgüter, die man ihm als Lohn für geleistete Dienste hätte geben können. Aber gleichzeitig besaßen immer auch Gefolgsleute von höherem Rang Anspruch auf einen Lohn. Und ich bin nicht so dumm, die wenigen Männer, die mir treu ergeben sind, zu verärgern. Als Fergus starb und seiner Tochter eine beträchtliche Summe Geldes hinterließ, dachte ich bei mir, daß vielleicht dieses Geld Seavers helfen würde, seine Schiffe zu bauen.«
»Ihr habt also nicht vorgehabt, Lady Bellamy mit jemand anderem als Seavers zu verheiraten.«
Charles schloß die Augen und nickte.
»Aber doch habt Ihr zugelassen, daß alle möglichen Männer um sie warben.«
Er nickte noch einmal.
George begann zu lachen. »Und Seavers hat das Vermögen schließlich gewonnen, weil er versprochen hat, Euch an seinem Gewinn zu beteiligen. Meine Güte, was seid Ihr für ein schlauer Fuchs.«
Er erhob beeindruckt sein Glas, um einen Toast auf seinen König auszusprechen. »Und was geschieht mit Perry?«
»Vielleicht hat er einen Beweis, vielleicht auch nicht. Ich habe

ihm gesagt, daß ich die angeblich falsche Lady sehr bewundere und daß er in Newgate landet, wenn mir seine Verleumdungen noch einmal zu Ohren kommen.«
George lachte laut.
»Wenn Ihr und auch Seavers den Kopf auf Euren Schultern behalten wollt, tut Ihr gut daran, zu schweigen. Ich möchte nicht, daß Seavers erfährt, daß es mir völlig egal ist, wen er geheiratet hat. Ich will, daß er Geld verdient und ich die Hälfte davon bekomme. Laßt ihn ruhig noch eine Weile schwitzen, dann hole ich ihn schon aus seinem Loch.« Charles lachte. »Daß er einige Tage mit Barbara verbringen muß, ist Strafe genug, vor allem, da er sich vor Angst nicht traut, in ihr Bett zu kriechen.«
Buckinghams Freundschaft zu Barbara war nicht so groß, daß er nicht auch darüber hatte lachen können, wie der König seine Mätresse kritisierte.
»Sie hat wohl erwartet, Euch in ihre Gemächer locken zu können; deshalb nahm sie Seavers auf.«
»Das weiß ich auch. Warum nur hält mich jeder hier für einen Dummkopf?«
»Ich bin weit davon entfernt«, lachte Buckingham. »Wirklich weit davon entfernt, Eure Majestät.« Er fuhr fort zu lachen, und auch Charles fand Vergnügen an seinem eigenen Humor.
»Sire, Ihr werdet mir sicher verzeihen, daß ich Euch frage, was nun als nächstes in dieser Sache geschehen wird.«
Charles zuckte mit den Achseln. »Ich glaube, daß gar nichts passieren wird, solange Seavers zur See fährt. Verdammt, ich glaube, es gibt zur Zeit keinen besseren Seemann als ihn, ausgenommen Rupert.« Er nahm einen großen Schluck Wein und verzog das Gesicht. »Sagt Barbara, daß ich nicht über Lord Seavers reden möchte. Ihr könnt davon ausgehen, daß sie dann einen schrecklichen Wutanfall bekommt. Laßt es mich wissen. Es gefällt mir, wenn man mir davon berichtet, denn selbst möchte ich nicht Zeuge dieses Ausbruchs sein.«
Charles erhob sich aus seinem Sessel und blickte aus dem Fenster. Die Sonne ging gerade unter, und seine Stadt bereitete sich auf die Nacht vor. Die Kirchenglocken verkündeten wieder das Sterben so vieler Menschen, und der Pestgestank hing be-

reits in der Luft. Es schmerzte ihn, wenn er an das Leiden und Sterben der Menschen dachte. In solchen Augenblicken hätte er gern übernatürliche Kräfte besessen, um helfen zu können. Aber er verfügte weder über sie, noch über genügend Geld, um das Leid zu lindern. Wieder einmal waren ihm die Hände gebunden. Er wandte sich an George.
»Ich hoffe, Lady Seavers ist nicht tot, George. Denn ich hielt sie für eine ehrbare Frau.«
George nickte zustimmend, obwohl er sich darüber noch keine Gedanken gemacht hatte.
»Ich glaube, ich werde niemals die Wahrheit erfahren, wenn ich nicht jemanden der Lüge überführe – und das habe ich nicht vor. Schade ist nur, daß ich Lady Seavers' Anwesenheit nicht noch für ein Weilchen genießen konnte«, sagte er und schaute George nachdenklich an. »Aber meine finanzielle Situation zwingt mich, ans Geld zu denken. Und Seavers kann kein Geld herbeischaffen, wenn er tot ist oder im Gefängnis sitzt. Solange ich mit der Sache nichts zu tun habe, bin ich zufrieden.« Er schaute wieder zum Fenster hinaus und drehte sich dann plötzlich zu seinem Freund um. »Laßt uns morgen aufbrechen. Oder am darauffolgenden Tag. Ich hab' genug von den verdammten Glocken!«

Die Verbreitung der Pest blieb nicht allein auf London beschränkt. Bald nachdem die Londoner begonnen hatten, aufs Land zu fliehen, um sich in Sicherheit zu bringen, gab es auch in vielen kleinen Dörfern Krankheitsfälle.
Charles traf eine Entscheidung, und am ersten Juli verließ der Hof Whitehall und siedelte nach Hampton Court über. Lady Castlemaine ging mit, obwohl das zunächst keiner angenommen hatte. Barbara unterrichtete Seavers darüber, daß der König nicht an seiner Geschichte interessiert sei. Er hatte sein Beileid übermitteln lassen, so als wäre Lady Seavers nun tatsächlich gestorben und gleichzeitig seine Glückwünsche bezüglich Seavers' Verdienst am Sieg über die Holländer.
»Und was ist mit der Geschichte, die Lord Perry verbreitet hat?« fragte Seavers ungeduldig.

»Seine Majestät geht davon aus, daß Perry schon seit einiger Zeit eifersüchtig auf Euch war, da er ja auch um die Hand der Lady Bellamy angehalten hat, doch der König gab Euch die Erlaubnis, sie zu heiraten.«

»Warum hat er mich hier so lange festgehalten, wenn er glaubt, daß alles Lüge ist?« tobte Geoffrey.

»Wahrscheinlich um mich zu beschäftigen«, schmollte Barbara.

»Aber Ihr habt ihn wenigstens gesehen. Ich –«

»Ich habe ihn nicht gesehen«, erwiderte Barbara. »Buckingham kam und hat mir auch erzählt, daß der Hof aufbricht und Ihr machen könnt, was Ihr wollt. Er sagte, daß der König über diese Sache nichts mehr hören will. Ich mache mir Sorgen um Euch und um Perry, falls dem König zu Ohren kommen sollte, daß Gräber geöffnet werden, nur um die Identität von Toten zu überprüfen.«

»Wie bitte?« tobte Geoffrey. »Was soll das denn heißen? Ich weiß doch nicht einmal sicher, ob meine Frau überhaupt krank war.«

Barbara machte eine ungeduldige Handbewegung. »Was geht es mich an, was darüber geredet wird? Ich breche auf, Lord Seavers. Ihr müßt Euch woanders eine Unterkunft suchen. Ich habe mit Madam Stewart noch ein Hühnchen zu rupfen. Wenn Ihr klug seid, verlaßt ihr ebenfalls London. In dieser verdammten Stadt geht der Tod um.«

Es bedurfte einer nicht unbedeutenden Summe Geldes, einen Boten dazu zu bringen, in den Hafen zu gehen, um nachzusehen, ob irgendeine Nachricht für Lord Seavers hinterlassen worden war.

Das Haus in der Tiller Street war, wie erwartet, ausgeplündert worden. Die meisten Möbel hatten die Diebe dagelassen, aber die restlichen Sachen waren fort. Geoffrey war ganz niedergeschlagen und mußte an das Tafelsilber und die anderen wertvollen Kleinigkeiten denken. Er hoffte inständig, daß Rodney möglicherweise diese Sachen mitgenommen hatte und sie nicht gestohlen worden waren. Schweren Herzens verschloß Geoffrey die Tür und brach nach Bellerose auf.

Es war gefährlich, nun in Gasthöfen zu übernachten, da sich die Pest auch auf dem Land ausgebreitet hatte. Der beste Schutz gegen eine Ansteckung durch Nahrungsmittel oder Kontakte mit erkrankten Menschen war die Reise mit eigener Verpflegung und mit Übernachtung im Freien.
Unterwegs traf er viele Menschen, die die Stadt verlassen und auf dem Land Schutz gesucht hatten. Manche von ihnen waren bereits krank. Einige der Reisenden hielten sich parfümierte Tücher vor Mund und Nase, um sich vor Ansteckung zu schützen. Er wurde mehr als einmal Zeuge einer Beerdigung. Sein Herz krampfte sich zusammen bei dem Gedanken, ob nicht doch etwas Wahres an dem Gerücht war, daß Alicia just in dem Moment erkrankte, wo sie sich an einen sichereren Ort begeben wollte. Bei diesen Überlegungen beschleunigte er die Gangart seines Pferdes.
Die Sonne brannte herunter, als er sich Bellerose näherte. Das Haus und seine Umgebung lagen ruhig da. Die Renovierungsarbeiten waren eingestellt worden, wahrscheinlich wegen der Hitze und der Pest. Er betätigte den Türklopfer der Eingangstür und hörte die Stimme seines Dieners: »Wer ist da?«
»Lord Seavers – wenn du dich noch an mich erinnerst...«
Die Tür wurde augenblicklich aufgerissen, und Rodney stand vor ihm, ein breites Grinsen in seinem geröteten Gesicht. »Es tut gut, Euch zu sehen, Sir.«
Geoffrey ging hinein und schaute sich um. Das Haus sah wesentlich sauberer aus als beim ersten Mal. Die Renovierung hatte Fortschritte gemacht. Rodney schien allein hier zu sein.
»Wo sind die anderen?«
»Ich habe Mrs. Margaret entlassen. Sie ist zu ihrem Sohn gegangen. Ansonsten habe ich nur den Verwalter und einige Mädchen behalten. Handwerker sind keine mehr hier, wahrscheinlich wird man neue suchen müssen.«
»Und Lady Seavers?«
Rodney seufzte tief und rieb sich mit der Hand nervös den schweißtriefenden Nacken. »Das werde ich Euch beim Essen erzählen, wenn es Euch recht ist.«
»Ich möchte sofort alles erfahren, das Essen kann warten. Ist sie tot?«

»Charlotte Bellamy ist tot, Sir. Alicia hat eine Schiffspassage nach Amerika gekauft.«
»Wie konntest du das zulassen, ohne auf eine Nachricht von mir zu warten?« tobte Geoffrey.
»Sie sagte mir, Ihr hättet ihr erlaubt, hinzugehen, wohin sie will.«
»Ich war damals gerade dabei, in den Krieg zu ziehen, da begann sie mir die Ohren vollzuplappern –«
»Wohl über ihre Ehe, Mylord«, sagte Rodney, und sein Gesicht wurde plötzlich streng und unnachgiebig. »Sie sagte, daß Euer Abkommen beendet sei und Ihr keinerlei Interesse an einer Ehe mit ihr – oder an ihrer Liebe hättet.«
Geoffrey wandte sich beleidigt ab. Kurz darauf drehte er sich wieder um und legte los. »So, Liebe hat sie gesagt... aber woher sollte ich das wissen... unter hundert Männern konnte bestimmt jeder...«
Plötzlich wurde er unversehens an seinem Leinenhemd gepackt und gegen die Wand gedrückt. Er war weder so groß noch so stark wie Rodney, aber unter anderen Umständen hätte er ihm wahrscheinlich einen ausgeglichenen Kampf geliefert. Der Schreck, daß sein eigener Freund und Diener ihn derart behandelte, saß so tief, daß er nur wortlos in Rodneys zornige Augen starrte.
»Meine Herrin hat Euch treuer als jeder andere von uns gedient, und ich habe ihr meine Hilfe angeboten, falls Ihr sie im Stich lassen würdet. Ich habe sie aufgelesen und in die Stadt gebracht, damit sie Euch hilft. Es war abgesprochen, daß ich ihr auch zur Seite stehe, wenn sie wieder weggehen will und für sie Menschen suche, die ihr einen neuen Anfang ermöglichen.«
»Ja, Mr. Prentiss«, sagte Geoffrey, bemüht, ihn zu besänftigen.
»Redet nicht noch einmal so schlecht von ihr. Redet über sie, als wäre sie tot, denn auf dem Grundstück befindet sich das Grab der verstorbenen Lady Charlotte Bellamy.«
»Ja. Laß mich los.«
»Sie war Euch gegenüber loyal und fühlte sich niemand anderem verpflichtet.«

»Ja«, wiederholte Geoffrey ruhig. »Das weiß ich.«
Rodney lockerte seinen Griff und ließ Geoffrey los. Dieser schaute seinen Diener zuerst stirnrunzelnd an und mußte dann lachen. »Sie ist dir unter die Haut gegangen, nicht wahr?«
»Sie hat Euch mehr gegeben, als sie bekommen hat.«
»Ja«, sagte Seavers zustimmend. »Aber wie kann ich das wiedergutmachen? Ihr habt sie gehen lassen.«
»Vielleicht ist es schon zu spät dazu«, antwortete Rodney und wandte sich von seinem jungen Herrn ab.
»So etwas möchte ich nicht noch einmal hören, Mr. Prentiss. Komm schon, hilf mir lieber etwas zu essen aufzutreiben und zeigt mir das Grab, in dem Lady Seavers liegt.«
Vor Jahren schon war von einem Bellamy ein Friedhof angelegt worden. Dort befand sich ein Grab, das noch keinen Grabstein trug.
»Es ist tatsächlich Charlotte Bellamy, die hier liegt«, erzählte Rodney ihm. »Ich hatte einen Mann angeheuert, der Perry und *die* Frau beobachten sollte, die er in der New Street untergebracht hatte. Kurz nachdem auch in dieser Straße die ersten Kreuze an die Haustüren gemalt wurden, geriet Perry in Panik, denn er hatte weder bei Euch noch bei Alicia etwas erreicht. Er wandte sich direkt an den König und erzählte ihm, daß Ihr eine Betrügerin angeheuert hättet und sich Charlotte Bellamy in seiner Obhut befände. In Whitehall haben sie ihn einfach ausgelacht.«
»Und die Tote?«
»Wir hatten geplant, den Fahrer des Leichenkarrens zu bestechen, damit er uns eine Tote überließe, die wir hier begraben wollten, sobald Alicia reisefertig war. Doch wir konnten uns die Mühe sparen. Mr. Scanland schickte mir eine Nachricht, daß Perry einem Totengräber viel Geld dafür geboten hatte, die Leiche aus Perrys Wohnung als Pesttote auszugeben. Das Mädchen, das der Totengräber fortschaffen sollte, war erstochen worden. Ich bin mir fast sicher, daß dieses Mädchen Charlotte ist, aber tatsächlich weiß das nur Perry.«
»Und Perry?«
»Ich habe keine Ahnung. Ich ließ die Tote nach Bellerose brin-

gen. Der Totengräber, den ich bestochen hatte, damit er mir die Leiche überläßt, hat mir auch schriftlich bestätigt, daß er mir die Tote überlassen hat und von Lord Perry angestiftet wurde, sie als Pesttote auszugeben. Es gibt also Zeugen dafür, daß Perry das Mädchen umgebracht hat. Wir haben sie wenigstens auf ihres Vaters Grund und Boden begraben. Niemand kann Euch beschuldigen, ein Mörder zu sein.«

»Ich sehe schon, dieses Problem hast du gut gelöst. Wo kann ich Alicia finden?«

»Laßt sie in Ruhe, Ihr werdet sie nicht finden.«

»So hat sie also beschlossen, mich auf diese Weise zu bestrafen. Wem dient Ihr eigentlich, Mr. Prentiss?«

»Ich habe ihr mein Wort gegeben.«

»Hilft es ihr, wenn du mir nichts sagst?«

»Man läßt Eure Flotte nicht aus dem Hafen herausfahren, Mylord. Und Ihr könnt nicht in die Stadt zurückkehren.«

»Ich kann nach Frankreich übersetzen und dort eine Schiffspassage kaufen, wenn ich weiß, wohin ich gehen muß. Hat sie sich in den Kolonien niedergelassen?«

Rodney drehte sich um und ging auf das Haus zu, ohne Geoffrey zu antworten. »Rodney«, schrie Geoffrey gequält. Rodney blieb stehen und schaute ihn an. »Ich weiß, daß ich selbst die größte Schuld trage. Aber sagt mir eins, *lebt* sie?« Rodney nickte.

»Und muß ich nach *Amerika* gehen, wenn ich sie finden will?«

Sein Diener nickte noch einmal und ging dann zum Haus zurück.

Geoffrey starrte eine Weile auf das schlichte Grab. Er fühlte sich bedeutend besser, seit er wußte, daß es Alicia gut ging und sie England verlassen hatte. Das war schon viel besser, als befürchten zu müssen, sie sei an der Pest gestorben. Und Rodney hatte schon dafür gesorgt, daß sie auf einem Schiff reiste, auf dem ihr keine Gefahr drohte.

Und dann kam ihm die Erkenntnis: Er hatte die *Letty* nicht mehr im Hafen gesehen. Langsam breitete sich ein Grinsen in seinem Gesicht aus, und er lachte leise vor sich hin. Er konnte England nicht verlassen, ohne vorher eine Menge Dinge zu erledigen. Das gab ihm Zeit, darüber nachzudenken und Rodneys Achtung wiederzugewinnen. Es schien gar nicht so schwierig zu sein, wie er zunächst gedacht hatte, sie wiederzufinden. Aber er erkannte nicht, daß es vielleicht schwierig sein würde, sie zurückzugewinnen, auch wenn er sie finden sollte. Auch wenn das Mädchen ihn wirklich liebte, so hatte er sie doch tief verletzt.

Pfeifend kehrte er zum Haus zurück und suchte Rodney, um gleich mit der Reparatur des Schadens, den ihre Freundschaft genommen hatte, zu beginnen.

Culver Perry saß allein an einem Tisch. Er hatte den größten Teil seines Biers schon getrunken, als ihn das Schankmädchen ansprach. »Wenn er Zeit hat, will er Euch seh'n. Er is' noch im Stall.«

»Sag ihm, daß mein Geschäft dringend ist«, erwiderte Perry. »Ich kann nicht solang warten, bis er mit seinen Viechern rumgespielt hat.«

»Ich hab's ihm doch gesagt«, jammerte sie. »Geht doch oder bleibt, das is' Armand egal.«

»Sag ihm, daß es dringend ist«, wiederholte er eindringlich.

Das Mädchen grinste blöd und ging schimpfend von seinem Tisch weg. »Diese verdammten Adligen. Die ha'm nichts Beß'res zu tun, als einfache Leut' rumzukommandieren...«

Perry trank den Rest seines Bieres aus und wartete. Seit er aus London fortgegangen war, hatte sich seine Wut nicht abgeflacht. Im Gegenteil. Er hatte gegen Geoffrey Seavers alle Karten in der Hand gehabt, aber was hatte es ihm genützt? Seavers war nicht auf ihn eingegangen; die Dirne, die er geheiratet hatte, hatte sich von ihm nicht erschrecken lassen, und dieses Bellamy-Weibsstück hatte ihn monatelang nur verhöhnt und ihm die Ohren vollgekreischt.

Er dachte an die Nacht, als er Whitehall verlassen hatte. Der Lärm der Schlacht bei Lowestoft war noch zu hören gewesen. Der König hatte geschäumt vor Wut. Für ihn gab es an Lady Seavers keinen Makel, und er hatte ihm deutlich gemacht, daß er keine weiteren Verleumdungen über sie hören wollte. Er

hatte Perry nahegelegt, umgehend den Palast und möglichst gleich die Stadt zu verlassen.
»Während meine Soldaten kämpfen und durch die Hände der holländischen Bastarde fallen, während die Stadt von der Pest aufgezehrt wird, da wagt Ihr es, Euch darüber zu beschweren, daß Euch ein Vermögen entgangen ist. Ich hätte Euch niemals erlaubt, Euch dem Geld auch nur auf eine Meile zu nähern. Ist es nicht so, daß Ihr ein bißchen viel Pech mit Bräuten habt?«
Charles' Worte waren klar genug gewesen. Er würde die Rechtmäßigkeit der Bellamy-Erbschaft auf keinen Fall überprüfen, und er hatte auch kein offenes Ohr für Perrys Ansprüche. Als Culver zu bedenken gab, daß der König betrogen worden war, lachte Charles so laut, daß es jeder Untertan im Königreich hätte hören müssen. »Es wäre mir auch egal, wenn er eine Obstverkäuferin geheiratet hätte. Der Ehevertrag ist unterzeichnet. Damit ist für mich alles erledigt!«
Für Perry war die Sache keinesfalls erledigt. Er würde einen Weg finden, zu seinem Recht zu kommen. Er war in die Wohnung in der New Street gegangen, um Charlotte die Situation zu erklären. Aber er hatte die Gewalt über das Mädchen verloren. Sie begann viel zuviel zu reden. Er dachte, niemand außer ihm wüßte, daß er in seinem Leben zwei Morde begangen hatte. Beide Opfer waren junge Frauen gewesen, die geglaubt hatten, daß er sie glücklich machen würde.
Der Gastwirt trat an Perrys Tisch und wischte sich mit einem Handtuch über seinen kahlen Kopf. »Ich bin Armand, der Gastwirt.«
»Ungefähr vor zwei Jahren gab es hier ein Schankmädchen, ich erinnere mich nicht mehr an ihren Namen.«
»Sie kommen und gehen«, sagte der Mann.
»Diese war groß und schlank. Sie hatte braunes Haar und helle Augen. Ich erinnere mich, daß sie für ein Schankmädchen sehr ruhig und stolz war. Sie muß ungefähr vor einem Jahr mit einem adligen Herrn nach London gegangen sein.«
Armand setzte sich an den Tisch und schaute Perry mißtrauisch an. »Ich versteh' wirklich nich', warum so viele Männer nach der fragen.« Danach schwieg er.

Perry löste eine Lederbörse von seinem Gürtel und nahm ein paar Münzen heraus, die er auf den Tisch warf. »Ist sie zurückgekommen?« fragte er den Wirt.
»Ich habe sie davor gewarnt, hierher zurückzukommen. Ich will sie nicht mehr hier haben.«
»Wer hat noch nach ihr gefragt?«
»Ich weiß sein' Namen nich' mehr. Er hat gesagt, daß er aus den Kolonien is'.« Armand schneuzte sich. »Der hat schon hübsch was springen lassen dafür, was über sie zu erfahren.«
»Aus den Kolonien? Wie hat er ausgesehen?«
»Ungefähr in Eurem Alter. Vielleicht war sein Haar 'ne Idee heller. Vielleicht war er auch größer. Kann mich nich' mehr so genau erinnern. Sah ganz gewöhnlich aus.«
»Ein Adliger? Oder ein Kaufmann? Was war er, Mann?«
»Weiß ich nich'...« Armand sprach nicht weiter, sondern kratzte sich am Kinn. Perry nahm noch eine Münze aus der Geldbörse. »Er hat gesagt, daß er Schiffe hat. In den Kolonien. Hat gesagt, daß er sie in die Kolonien mitnimmt, wenn er sie findet. Hat hier mächtig Rabatz gemacht. Will wohl die Dirne unbedingt finden.«
»Also ein Kaufmann. Hat er irgendwelche Namen genannt?«
»Nich', wie er selbst heißt. Aber sein Schiff heißt *Letty*.«
»Tilden«, sagte Perry. »Tilden hat sie gesucht.«
»Vielleicht sie, vielleicht 'ne andere. Hat nach 'ner Frau gesucht, die sein' Schwester sein soll, die er im Krieg verloren hat. Sagte, er wüßte schon, wo er sie finden kann.«
»Der Adlige, mit dem sie fortgegangen ist: war er jung und hatte helle Haare? War er in meinem Alter oder etwas jünger, mit einem Gesicht, das manche Frauen hübsch nennen würden?«
Armand begann zu lachen. »Der Mann, der sie mitgenommen hat, war wirklich nich' hübsch und eher so alt wie ich. Ein Riese von 'nem Mann mit roten Haaren und Armen, so dick wie Eure Beine.«
»Sein Diener Prentiss, der Bastard.«
Armand zuckte die Achseln. »Ich hab' nich' gehört, wie er heißt, aber ich hab' ihm das Mädchen überlassen. Sie hat nichts getaugt und nur Ärger gemacht. Was hat sie angestellt?«

»Angestellt?« fragte Perry und erhob sich.
»Ja. Ihr seid nich' der erste, der nach ihr fragt. Da war noch der feine Herr aus Amerika.«
»Man muß nur ein bißchen Glück haben«, erwiderte Perry. »Zumindest weiß ich jetzt, wo sie ist.«
»Ihr wollt sie auch finden?« fragte Armand und sammelte seine Münzen zusammen, um sie zu zählen.
Perry antwortete nicht, denn er war sich nicht darüber im klaren, was er mit dem Mädchen machen sollte. Er verließ unschlüssig den Gasthof.
»Ich hoffe, daß es noch ein paar mehr gibt, die nach ihr fragen«, sagte der Wirt. »Seit sie weg is', hab' ich mehr Geld an ihr verdient als in der Zeit, wo sie für mich gearbeitet hat. Faules Weibervolk.«
Perry beobachtete über die Schulter hinweg Armand. Er zog eine Augenbraue in die Höhe.
»Ihr seid doch der«, sagte Armand plötzlich. »Ihr habt der Dirne schön getan und seid dann fortgeritten, ohne zu bezahlen.«
Culver grinste zuerst und lachte dann laut heraus. Auch als er sein Pferd bestieg und fortritt, hörte er nicht auf zu lachen.

15

»Weißt du überhaupt, wie lange du schon hier stehst?« fragte Preston.
Alicia drehte sich um und schaute ihn an. Sie hatte die Küste betrachtet, als die *Letty* durch die heimatlichen Gewässer segelte. Die Bäume, die die Küstenlinie säumten, schienen sich in einer sanften Brise zu wiegen. Vorfreude, Angst und Hoffnungslosigkeit lagen ihr wie ein Stein im Magen.
»Ist es noch weit?« fragte sie.
»Unser Haus befindet sich weiter flußaufwärts. Wir müssen noch eine Tagesreise in der Barke zurücklegen, bevor wir da sind.«
Sie wandte sich mit einem tiefen Seufzer ab und betrachtete wieder die Küste. Sobald Land in Sicht kam, hatte sie sich rasch

umgezogen und war an Deck geeilt. Sie hatte angenommen, daß Schiffsbesitzer nahe der Küste leben würden. Aber dort erblickte sie nur heruntergekommene Hütten, die den Häusern in England überhaupt nicht ähnelten.

»Ich bin gespannt darauf, das erste Mal Wilde und Neger zu sehen«, bemerkte sie. »Den Urwald und die wilden Tiere.«

Preston lachte. »Du wirst nicht in der Wildnis leben. Wir haben Schwarze und verurteilte Leibeigene, die den größten Teil der schweren Farmarbeit und andere anfallende Arbeiten für uns erledigen. Sie verrichten auch die Hausarbeit. Die Indianer stören uns kaum, sie haben sich so weit wie möglich aus den bewohnten Gebieten zurückgezogen. Sie lieben das Kämpfen genauso wenig wie wir. Auch die Jagd unterscheidet sich nicht sehr von der Jagd in England, außer daß es hier mehr Wild gibt.«

»Schwarze und Leibeigene«, dachte sie laut. »Wie viele?«

»Nur einige hundert«, antwortete er gleichgültig.

Sie zuckte zusammen. Geoffrey hatte in ihrem Londoner Haushalt lediglich sieben Bedienstete beschäftigt.

»Die Plantage ist so groß und die Felder ziehen sich endlos hin, so daß es unmöglich wäre, sie ohne Sklaven oder freigekaufte Sträflinge zu bearbeiten.« Er zuckte voller Bedauern die Schultern. »Man würde unser Anwesen für sehr bescheiden halten, wenn wir nicht wenigstens mehr als zweihundert Arbeitskräfte beschäftigen würden.«

»Ihr *lebt* mit Negern und Sträflingen zusammen?«

Er lachte ein wenig, als er sich vorstellte, was für Gedanken in ihrem Kopf herumspukten. »Es ist hier alles etwas anders als in England, mein Liebes. Vater kauft nur solche Verurteilte frei, die keine Schwerverbrechen begangen haben. Einen Mörder wirst du unter unseren Arbeitern nicht finden. Die Schwarzen sind meist auf den Feldern, außer denjenigen, die unsere Sprache einigermaßen beherrschen und deshalb im Haus, im Hafen oder in den Lagerhallen beschäftigt werden können. Sie leben in ihren eigenen Häusern und ihren eigenen Dörfern, die vom Haupthaus weiter entfernt liegen.«

Verwirrt runzelte sie die Stirn. Sie kannte Unterkünfte für die Dienerschaft, aber es war ihr unverständlich, daß die Diener

und Arbeiter eigene Dörfer besaßen. »Als ich bei Armand arbeitete, mußten wir in einer Dachkammer schlafen, damit durch unsere Anwesenheit kein Platz verlorenging, der an Gäste vermietet werden konnte.«
»So etwas Ähnliches habe ich vermutet. Doch du wirst schnell verstehen lernen. Ich glaube, in deinem neuen Heim geht es geschäftiger zu als sogar im Ivy Vine. Viele Menschen leben dort.«
Im Geist ging sie die Namen ihrer Brüder nochmals durch. Der Älteste, der wie der Vater Wesley hieß, lebte mit seiner Frau Sarah und den drei Kindern weiter flußaufwärts. Sie betrieben eine Getreidemühle. Dann kam Robert, dessen Frau ebenfalls Sarah hieß. Sie lebten mit ihrem Sohn südlich des väterlichen Anwesens. Auch sie besaßen eine Mühle. Der dritte Sohn, Stephen, lebte mit Frau Melanie und Tochter in der Stadt. John und Silvia lebten ebenso wie Preston und seine Frau im Hause der Eltern. Beide Frauen erwarteten schon bald ihr erstes Kind.
Preston beobachtete, wie sie die Reihenfolge der Geschwister an den Fingern abzählte und wie sie lautlos die Namen vor sich hinsagte. Er hatte ihr erklärt, daß die drei ältesten Söhne, wenn sie zu Besuch kamen, manchmal viele Tage auf der väterlichen Plantage blieben. Das Haus konnte sie alle und noch viel mehr Personen beherbergen. Erschrocken über die Größe ihrer Familie schüttelte Alicia den Kopf.
»Man hat Vater schon immer vorgeworfen, daß er in seinen Unternehmungen übereifrig sei. Das wird durch die Größe seiner Familie nur bestätigt.«
»Wenn ich sie sehen werde, erinnere ich mich bestimmt nicht mehr an ihre Namen.«
»Hast du Angst?«
Sie nickte und lächelte nervös. »Ein bißchen fürchte ich mich schon.«
»Du hast keinen Grund.«
»Preston, was ist, wenn –« Sie hörte auf zu reden und dachte einen Moment lang angestrengt nach. »Was ist, wenn sie mich nicht mögen?« fragte sie leise.

»Alicia, das sind gute Menschen. Wenn du ihnen eine Chance gibst, wirst du es nicht bereuen.« Aber er merkte, daß sie sich trotz seiner tröstenden Worte Sorgen machte. »Wenn du willst, kannst du ihnen die Wahrheit über deine Vergangenheit erzählen.«
»Du hast mir versprochen...«
»Ja, und ich werde mein Versprechen halten. Aber wenn du deine Ansicht ändern solltest, kannst du unbesorgt darüber reden.«
»Ich werde meine Meinung nicht ändern«, sagte sie entschieden.
Preston beugte sich zu ihr hin und küßte sie auf die Wange. »Sag mir, was du willst, Alicia, und ich werde es dir beschaffen. Soll ich den Schurken in die Knie zwingen? Soll ich den Räuber aus England herbringen, damit er das Unrecht wieder gutmacht, das er dir angetan hat und –«
»Wenn du kannst, dann hör bitte auf, über ihn zu sprechen«, unterbrach sie ihn ruhig.
Die kalte Entschlossenheit in ihren Augen hielt ihn davon ab, weitere Scherze zu machen. Hinter den beherrschten Augen lag ein Schmerz verborgen, den sie mit niemandem teilen und auch nicht beiseite schieben konnte. »In Ordnung, Liebes«, sagte er. »Aber ich möchte wetten, daß der Handel, den du abgeschlossen hast, noch lange nicht beendet ist.«
Sie lehnte sich wieder an die Reling und schaute aufs Festland. »Du irrst dich«, sagte sie eindringlich. Preston sah, daß sie die Reling so fest umklammert hielt, daß ihre Adern auf den zarten Händen hervortraten und ihre Knöchel ganz weiß wurden.
Er stand eine ganze Weile ruhig hinter ihr und schaute ebenfalls zur Küste hin. Er wußte, daß ihr Kummer berechtigt war und sie ihr Unglück mit großem Mut und ohne zu klagen ertrug. Doch kannte er auch Geoffrey sehr gut. Er wußte, daß der Lord kein Mann war, der Frauen respektlos behandelte, und daß er nichts so sehr haßte wie Lügen. Er vermutete, daß Geoffrey sich bewußt geworden war, in ein Schankmädchen verliebt zu sein. Diesmal hatte er es mit etwas zu tun, was er vorher

nicht gekannt hatte: mit wahrer Liebe. Auch Preston hatte einmal gegen dieses Gefühl angekämpft. Aber er hatte, nach einigem Durcheinander, den Kampf gewonnen, indem er die Frau heiratete, die er liebte.
Geoffrey schien den Kampf gegen sich selbst wohl nicht zum rechten Zeitpunkt gewonnen zu haben. Und sein Jagdwild war geflohen.
»Wenn du deine Meinung ändern solltest und möchtest, daß ich Kontakt zu Geoffrey aufnehme, dann mußt du es mir nur sagen –«
»Niemals«, gab sie zurück, und ihre blassen, durchsichtigen Hände umfaßten das Geländer wieder fester.

Die *Letty* ging außerhalb von Hampton vor Anker. Preston hielt es angesichts des seichten Gewässers und der vielen Sandbänke für allzu gefährlich, den Hafen bei Dunkelheit anzulaufen. Vor allem mit der kostbaren Fracht an Bord. Obwohl sich alle danach sehnten, wieder festen Grund unter ihren Füßen zu spüren, bestand Preston darauf, daß sie noch diese Nacht an Bord verbrachten.
Früh am nächsten Morgen wurde der Maat losgeschickt, eine Barke zu beschaffen, während das Schiff entladen wurde. Das Gepäck des Kapitäns und seiner Passagiere wurden auf das kleinere Schiff umgeladen. Nach einem schnellen Frühstück in der Hafenkneipe brachen sie auf. Alicia betrachtete aufmerksam die Umgebung. Der Fluß verbreitete sich hier etwas. Er wurde von hohen Bäumen gesäumt, die entlang des Ufers ein dichtes Dach bildeten. In unregelmäßigen Abständen standen hier einige große Wohnhäuser, in deren Umgebung der Wald gerodet worden war.
Die Barke näherte sich einer geräumigen Anlegestelle. Ein Gebäude, das ein ganzes Stück vom Flußufer entfernt lag, wurde sichtbar. Beim Anblick des Hauses hielt sie den Atem an: das also war ihr neues Zuhause.
Ein Schwarzer rannte zur Anlegestelle und begann eine Glocke zu läuten. Als sich die Barke dem Steg näherte, erschienen noch mehr Menschen, die halfen, das Boot zu vertäuen.

Preston bot Alicia seinen Arm und geleitete sie über einen schmalen, aber gut befestigten Steg an Land. Ein prächtiges Gefährt kam den baumbestandenen Weg zum Ufer herunter. Der Kutscher sprang ab und half Alicia wortlos in den Wagen.
»Schickt einen Karren, um unser Gepäck zu holen! Wir fahren direkt zum Haus«, befahl Preston.
Alicia schwieg. Sie nahm den Anblick des Landes, der Straße und des vor ihnen liegenden Hauses in sich auf. Ihr Herz klopfte heftig. Sie versuchte, sich auf den Augenblick zu konzentrieren, in dem sie auf ihre Familie treffen würde.
Schon kurz darauf kam die Kutsche vor dem riesigen Wohnhaus an. Eine weitläufige, gewundene Auffahrt führte zum Haupteingang hinauf, der aus riesigen, glänzenden Eichentüren bestand. Das Haus mußte den Vergleich mit den englischen Landhäusern, die Alicia gesehen hatte, nicht scheuen. Kleine schwarze Gesichter lugten um die Hausecken, um zu erspähen, wer angekommen war. Alicia betrachtete sie neugierig. Sie hatte schon vorher einen Schwarzen gesehen, aber niemals so viele auf einmal.
Sie wandte sich an Preston, sah aber, daß er stirnrunzelnd sitzenblieb und keine Anstalten machte, auszusteigen. »Es überrascht mich, daß niemand herauskommt, uns zu empfangen«, sagte er. »Zumindest Etta sollte hier sein.«
»Etta?« Diesen Namen hatte sie noch nicht gehört.
»Die Haushälterin«, erklärte er, als er hinter ihr aus der Kutsche kletterte. »Sie verläßt das Haus nur selten und ist normalerweise die erste, die hinausläuft, um zu sehen, wer angekommen ist.«
Alicia betrat mit weichen Knien die überdachte Veranda. Ihre zitternden Hände hatte sie fest ineinander verschränkt. Sie machte sich Sorgen um ihr Aussehen. Sie hatte ein strenges, hochgeschlossenes Kleid ausgesucht, ein Kleid, das ihrer Meinung nach einer *Tochter* angemessen schien. Ihre Haare fielen locker über die Schultern. Sie hoffte, brav genug auszusehen.
Preston hielt ihr die Tür auf, und sie trat in eine Eingangshalle, von der aus eine große Steintreppe zum nächsten Stock hinaufführte. Preston schaute sich in der Halle um. Es war anders, als

sie es sich vorgestellt hatte. Das war kein geschäftiges Haus, in dem viele Menschen lebten. Da herrschte Totenstille.
Sie zuckte zusammen, als eine etwa fünfzigjährige Frau um die Ecke geeilt kam, die Arme voller Leinentücher. »Preston!« rief sie aus.
»Madam«, sagte er lächelnd und verbeugte sich leicht.
»Du kommst gerade zur rechten Zeit«, sagte sie und lief auf die Treppe zu. »Es ist Brianna...«
»Ist ihre Zeit gekommen?« fragte er erstaunt.
»Es ist jeden Moment soweit«, antwortete sie. Preston rannte hinter ihr die Treppe hoch, immer zwei Stufen auf einmal nehmend. Alicia war sicher, daß die Frau sie nicht wahrgenommen hatte, obwohl sie direkt neben ihrem Bruder gestanden hatte. Sie hörte, wie eine Tür geöffnet und wieder geschlossen wurde, und blieb ganz allein in der großen Eingangshalle zurück.
In der Halle standen zwei hochlehnige Stühle und ein Tisch. Sie ging langsam auf einen der Stühle zu und setzte sich hin. Sie war neugierig darauf, das Haus kennenzulernen, wagte es aber nicht, sich umzusehen, da sie ja noch nicht vorgestellt worden war. Das könnte Etta gewesen sein, dachte sie... aber Preston würde zu Etta nicht Madam sagen. Es mußte Marguerite sein: ihre Mutter.
Es schien endlos lang zu dauern, bis die Türe wieder geöffnet wurde. Sie hörte, wie jemand die Treppe herunterkam. Alicia merkte, daß sie vor Nervosität steif wurde und ihr Herz schneller zu klopfen begann.
Während Marguerite die Treppen hinabstieg, rollte sie ihre aufgekrempelten Ärmel wieder zurück und knöpfte sie an den Handgelenken zu. Ihr braungraues Haar war streng zu einem Knoten zurückgekämmt, aus dem sich einzelne Strähnen gelöst hatten und in Stirn und Nacken fielen. Sie sah aus, als hätte sie hart gearbeitet. Und sie lächelte.
»Es ist geschafft«, sagte sie und atmete auf. »Ein gesunder Junge. Das ist ein schönes Willkommensgeschenk.«
Alicia nickte und betrachtete ihr Gesicht.
»Ich habe dich nicht vergessen, meine Liebe. Preston hat dich mitgebracht, nicht wahr?«

Alicia nickte wieder. Sie fand keine Worte.
»Hat er nur dich mitgebracht?« fragte sie.
Alicia war verwirrt und runzelte die Stirn. Sie antwortete, ohne den Sinn der Frage zu verstehen. »Ja, Madam. Ich glaube schon.«
»Gut«, fuhr Marguerite fort. Ihre Stimme klang geschäftsmäßig, aber dennoch warmherzig. »Ich weiß nicht, wie du hierhergekommen bist, und wir müssen auch nicht sofort darüber reden. Aber ich kann dir kurz die Regeln in diesem Haushalt erklären.«
»Ja, Madam«, sagte Alicia so höflich wie möglich. Du meine Güte, dachte sie, sie läßt keinen Zweifel daran, welchen Platz ich hier einzunehmen habe.
»Du bist sehr höflich. Das gefällt mir. Und jung. Vielleicht finden wir im Haus eine Arbeit für dich, du siehst aus, als wärst du für die Arbeit auf dem Feld zu schwach.«
»Es würde mir nichts ausmachen, Madam«, sagte sie, bemüht, ihr zu gefallen. »Ich bin gern im Freien.«
»Das ist sehr lieb, daß du das sagst, aber wir brauchen im Haus auch eine Hilfe. Herrjeh, die Familie wächst noch ins Unermeßliche.« Sie lachte leise. »Gott sei Dank gefällt mir das, so eine große Familie zu haben, denn die besitze ich in der Tat!«
»Ich bin froh, daß Ihr das tut, Madam. Und ich werde alles im Haus erledigen, was Ihr wollt.«
Marguerite schaute sie verblüfft an. Sie war es nicht gewohnt, daß neue Dienstboten so mit ihr sprachen. Normalerweise waren sie verängstigt, man mußte sie beruhigen und ihnen begreiflich machen, daß sie freundlich behandelt würden, wenn sie gut arbeiteten.
»Ich glaube, du solltest etwas gleich wissen. Ich gebe dir die Möglichkeit, dich zunächst in unseren Haushalt einzugewöhnen und neue Freunde zu finden, ohne daß Mr. Tilden oder ich Druck auf dich ausüben. Aber nach einer gewissen Zeit erwarten wir von dir, daß du uns über deine Vergangenheit berichtest. Ich muß wissen, woher meine Mädchen kommen und was sie gemacht haben, wenn ich ihnen helfen soll, ein neues Leben –«

Beim Klang einer zuschlagenden Türe unterbrach sie ihren Redefluß plötzlich und drehte sich lächelnd zu dem großen, bärtigen Mann um, der eintrat. Sein Leinenhemd war verschwitzt und seine Reitstiefel voller Schmutz. Er hatte graues Haar, und seine Wangen waren von der Sonne gerötet. In seinen Augen lag ein ängstlicher Ausdruck.

»Ein Junge, Wesley«, sagte sie lächelnd. »Und Brianna geht es gut. Sie ist eine sehr tapfere Frau.«

Ohne ein Wort zu sagen, wandte sich der Mann an Alicia.

Marguerite folgte seinem Blick. »Und Preston ist zurück! Er kam gerade noch rechtzeitig zur Geburt seines Sohnes und ist jetzt oben bei Brianna.«

Wesleys Augen fingen langsam an zu leuchten, als er Alicia betrachtete. Sie spürte die Wärme und das Verständnis, das er ihr entgegenbrachte. Er konnte seinen Blick nicht von ihr lösen, und sein Mund stand offen.

»Preston hat das Mädchen mitgebracht, und ich war gerade dabei, ihr zu erklären – Wesley, es ist unhöflich, sie so anzustarren –«

Sein Blick streifte Marguerite und ging dann wieder zurück zu Alicia.

»Preston hat sie mitgebracht?«

»Ja. Ich habe ihr gerade gesagt, daß ich sie im Haus behalte. Sie ist ein bißchen zu mager für die Feldarbeit, obwohl sie mit allem zufrieden –«

»Marguerite«, sagte er leise, »hast du sie dir einmal genau angeschaut?«

Marguerite hatte nichts Ungewöhnliches bemerkt. Sie lächelte Alicia aufrichtig an. »Ja. Du bist hübsch, meine Liebe.«

»Marguerite. Preston hat sie mitgebracht. Hast du sie nach ihrem Namen gefragt?«

»Du lieber Himmel«, sagte sie, erschrocken über ihr schlechtes Benehmen. »Das tut mir leid! Die Geburt und Prestons plötzliche Rückkehr –«

»Wie heißt du?« fragte Wesley Alicia und schlang dabei seinen Arm um die Taille seiner Frau. Er wartete gespannt.

Alicia sah, wie Preston langsam die Treppen herunterkam. Er hatte die letzten Worte ihrer Unterhaltung mitgehört.

»Alicia«, antwortete sie ruhig.
»Oh«, entfuhr es Marguerite. »So hat auch meine Tochter –« Sie hörte abrupt auf zu reden und schlug sich die Hände vor den Mund. Sie schaute Wesley an, der mild lächelte, und dann Alicia. Preston trat an die Seite seiner Mutter. »Alicia?« fragte sie mit einer leisen, ungläubigen Stimme.
»Siehst du nicht ihre Ähnlichkeit mit dir?« fragte Preston.
»Glücklicherweise habe ich sie gleich bemerkt, bevor Marguerite sie die Böden schrubben oder Gemüse putzen lassen wollte!« sagte Wesley schmunzelnd.
Marguerite konnte noch immer nicht lächeln und sich auch nicht bewegen. Sie stand da, schüttelte den Kopf und starrte Alicia an. Alicia fühlte, daß das Unbehagen ihrer Mutter noch größer war, als ihr eigenes. Sie erhob sich aus ihrem Stuhl. »Ich freue mich, Euch kennenzulernen«, sagte sie leise und steif.
»Ich freue mich...« wiederholte Marguerite und schüttelte dabei fassungslos den Kopf. Endlich ließ sie ihren Tränen freien Lauf und lachte gleichzeitig. Mit fliegenden Händen umarmte sie ihre Tochter. »Fünfzehn Jahre dachte ich, du wärst tot«, weinte sie. »Und du freust dich, mich kennenzulernen...«
»Ich verrichte auch gerne jegliche Arbeit, die Ihr –«
»Psst, Kleines«, unterbrach Marguerite sie und nahm sie noch fester in ihre Arme. »Ich habe fünfzehn Jahre lang darauf gewartet, dich im Arm zu halten.« Aber plötzlich ließ sie Alicia los und schaute ihren Sohn an. »Bist du wirklich ganz sicher, Preston?« fragte sie ängstlich.
»Absolut. Du mußt sie dir nur anschauen.«
Alicia hatte wirklich eine sehr große Ähnlichkeit mit ihrer Mutter. Das war Wesley sofort aufgefallen, als er ins Haus gekommen war. Alicia hätte die Zwillingsschwester seiner jungen Braut von damals sein können.
»Ich kann es noch gar nicht fassen, daß du lebst«, sagte Marguerite und holte tief Luft.
Alicia konnte nicht antworten. Sie war verlegen und kämpfte gegen ihre eigenen Tränen an.
»Sie lebt, es geht ihr gut, und sie ist zurückgekehrt«, sagte

Wesley. »Geben wir ihr endlich was zum Essen und zeigen wir ihr das Haus, Mutter. Dann kannst du ihr ja die Liste mit ihren zukünftigen Aufgaben übergeben!«

Preston erklärte ihr, daß fast dauernd angebaut werde, weil die wachsende Familie ständig neue Räume benötigte. Für Alicia gab es jedoch bereits ein Zimmer, ein geräumiges Schlafzimmer, das sie sofort beziehen konnte. Den Rest des Tages verbrachte sie mit ihren Eltern. Marguerite weigerte sich geradezu, auch nur einen Schritt von Alicias Seite zu weichen. Sie brachte sie sogar am Abend zu Bett, geradeso, als hätte sie ihr kleines Mädchen wieder.

»Fünfzehn Jahre«, seufzte Marguerite. »Als Wesleys Kuriere damals keine Spur von dir fanden, mußte ich doch annehmen, daß du tot warst.«

»Auch ich dachte damals, daß meine Eltern nicht mehr am Leben sind«, erinnerte sich Alicia.

»Das ist wahr. Es ist unvorstellbar, wie du das alles überstanden hast. Von einer Familie in die andere, hast du dich in einem Gasthof fast zu Tode gearbeitet... Ich kenne dich kaum. Sag mir, Alicia, gab es bereits Männer in deinem Leben, bevor du England verlassen hast?«

»Madam?« fragte sie.

»Hast du daran gedacht zu heiraten? Gibt es in England einen jungen Mann, den du liebst?«

Alicia seufzte tief. »O Madam, ich habe schon so viel über mein Leben berichtet, daß ich langsam nicht mehr weiß, wo mir der Kopf steht. Nein, es gab keine Männer.«

»Es gab doch bestimmt welche, die dich umworben haben?«

»Ich besaß keine Mitgift, Madam.« Alicia hoffte, daß damit das Thema beendet sein würde.

»Aber jetzt hast du eine. Und du wirst sehen, Liebes, es wird eine Menge Männer geben, die dir den Hof machen.«

Sie küßte ihre Tochter auf die Stirn und blies die Kerze aus. Bevor Alicia einschlief, dachte sie noch, daß es nicht richtig sein würde, eine Mitgift anzunehmen. Sie besaß noch immer die einhundert Pfund. Sie hatte sich jeden einzelnen Penny redlich verdient.

Am Sonntag nach ihrer Ankunft kam zum ersten Mal die gesamte Familie zu einem ausgedehnten Festmahl zusammen. Sie lernte alle ihre Brüder und deren Ehefrauen und Kinder kennen. Zuerst verhielten sie sich ihr gegenüber etwas zurückhaltend, aber nach und nach wurden sie – vor allem die Frauen – von Alicias Erzählungen über ihr Leben in verschiedenen Familien und danach in dem Landgasthof in Bann geschlagen. Sie fanden es abenteuerlich und spannend. »Es war überhaupt nicht abenteuerlich«, erklärte Alicia. »Wenn Preston mich nicht gefunden hätte, dann wäre ich jetzt sicher mit einem armen, älteren Bauern verheiratet. Ich müßte Tag für Tag für ihn kochen, putzen und eine Menge Kinder in die Welt setzen.«
Als sie dies sagte, merkte sie, daß Preston sie ansah. Er zog eine Augenbraue hoch und lächelte wissend. Dann verließ er den Raum, um befreit lachen zu können.
»Ich wundere mich, daß du noch nicht verheiratet bist«, sagte Marguerite. »Die meisten Mädchen vom Land sind in deinem Alter längst verheiratet.«
Alicia erwiderte nichts darauf, doch wurde ihr klar, daß ihre Mutter bereits das zweite Mal auf ihre Heiratsfähigkeit angespielt hatte und ihr die fehlenden Bewerber um ihre Hand Kopfzerbrechen bereiteten.
Alicia war schon allein durch das geschäftige Treiben im Haus verwirrt, das dann herrschte, wenn die gesamte Familie anwesend war. Da kündigte ihr Wesley auch noch an, daß alle Nachbarn und Freunde Einladungen erhalten hatten und Alicia anläßlich eines großen Festes in die Gesellschaft eingeführt werden sollte. In ihrem Kopf drehte sich alles. Die Frauen und Kinder der älteren Brüder blieben im Haus der Eltern, um bei den Vorbereitungen zu helfen. Die Männer ritten fort, um die Arbeit in ihren Mühlen und auf ihren Feldern zu überwachen. Sie wollten kurz vor dem Fest zurückkommen.
Es herrschte eine hochsommerliche Hitze, als die Kutschen der Gäste vor dem Haus der Tildens vorfuhren. Riesigen Mengen von Fleisch wurden über dem offenen Feuer gebraten und unzählige Hühner gegrillt. Auf dem Rasen standen lange mit Essen beladene Tafeln. Wesley Tilden hatte einige seiner besten

und sorgsamst gehüteten Weine und Liköre bereitgestellt. Ein Nachbar nach dem anderen wurde Alicia vorgestellt. Als die Sonne unterging, hatte sie das Gefühl, wesentlich mehr junge Männer als junge Frauen kennengelernt zu haben.
»In Virginia gibt es wohl nicht viele Mädchen in meinem Alter?« fragte sie Preston.
»Doch, es gibt sie: Töchter von Plantagenbesitzern, von Freunden und Verwandten. Dort zum Beispiel.« Er deutete auf eine junge Frau. »Gloria. Hast du schon ihre Bekanntschaft gemacht?«
Alicia schaute in die Richtung, in die er gedeutet hatte. Sie betrachtete die hübsche Frau, die mit einem jungen Mann unter einem Baum stand. »Nein.«
»Das habe ich mir schon gedacht. Ich vermute, die Frauen sind ein wenig eifersüchtig auf dich. Sie werden schon noch kommen.« Jetzt verstand sie, warum sich einige der anwesenden jungen Frauen von ihr fernhielten. Anderen war sie zwar vorgestellt worden, doch hatten sie sich ihrer Erinnerung nach ihr gegenüber sehr zurückhaltend benommen, waren sehr reserviert gewesen. Die Männer hatten das nicht getan.
»Alicia, endlich kann ich allein mit Euch sprechen«, sagte Bryson Warner, der hinter ihr stand. »Schenkt mir eine Minute Eurer kostbaren Zeit.«
»Natürlich, Bryson«, sagte sie freundlich. Sie blickte ihre Mutter an, die zusammen mit anderen Frauen sich mit Handarbeiten abmühte und in der Sonne saß. Sie nickte Alicia aufmunternd zu.
»Da wir nun Nachbarn sind, sollten wir uns öfters sehen«, sagte Bryson eifrig bemüht. »Nächsten Samstag findet ein Tanzabend statt. Ich möchte Euch gerne dazu einladen.«
Bryson nahm ihren Arm und führte sie von den anderen weg. Alicia ging mit ihm, da sie nichts Ungewöhnliches daran fand.
»Ich sollte meine Eltern zuerst um Erlaubnis fragen«, sagte sie.
»Und ich möchte Euch warnen, ich kann nicht tanzen.«
Bryson lachte und versicherte ihr, daß sie dort bestimmt die Schönste sein würde. Er war ein großer, gutaussehender Mann Anfang Zwanzig. Von all den Männern, die sie heute kennen-

gelernt hatte, war er der beharrlichste. »Ich besitze ein eigenes Haus, eigene Felder und über hundert Sklaven«, erzählte er ihr.

»Das ist sehr schön, Bryson«, bemerkte sie.

»Und ich habe viel Geld in die Schiffe der Tildens investiert – aber natürlich bleiben sie trotzdem Tilden-Schiffe...«

»Ihr müßt sehr wohlhabend sein«, seufzte sie, gelangweilt von seinem Monolog.

»Ich bin nicht so reich wie Ihr, aber ich habe das Zeug dazu, eines Tages sehr reich zu werden. Und mit der richtigen Frau an meiner Seite...« Und so fuhr er pausenlos fort zu reden. Alicia wußte, daß seine Bemühungen vor allem der Mitgift galten, die sie von den Tildens zu erwarten hatte. Aber sie konnte Bryson nicht ermutigen. Es würde wohl sehr lange dauern, bis sie bereit dazu wäre, sich irgendeinem dieser jungen Siedler als Braut zu geben.

»Die Wahrheit ist, daß Ihr die schönste Frau in ganz Virginia seid, Alicia.« Er blieb unter einem Baum stehen, wo sie vor den prüfenden Blicken der anderen geschützt waren. »Und ich habe sie alle gesehen. Ich würde mich sehr geehrt fühlen, wenn Ihr mir erlauben würdet, Euch den Hof –«

»Bryson, Ihr seid sehr nett zu mir, aber Ihr solltet keine Pläne machen. Ich bin noch nicht lange hier und –«

»Alicia, ich lasse nicht zu, daß Ihr mich davonjagt. Ich werde nicht in einer Reihe mit all den anderen stümperhaften Stutzern um Eure Gunst buhlen. Ich bin der reichste Junggeselle im Umkreis von hundert Meilen, und wenn es jemandem gebührt, Euch den Hof zu machen, dann mir!«

»Ich bin erst seit kurzer Zeit hier!« erwiderte sie scharf. Sie hatte nicht im geringsten Lust darauf, von Verehrern bestürmt zu werden.

Er drängte sie gegen den Baum und legte seine Hände um ihre Taille. Als sie in seine dunklen, ernsten Augen schaute, erkannte sie, daß er sie tatsächlich begehrte. Er war hübsch und stattlich, aber in ihr regte sich kein Gefühl.

»Das weiß ich, mein Liebes, und ich lasse dir auch Zeit. Aber ich werde zu verhindern wissen, daß andere Männer dich mit ihrer hitzigen Werbung bedrängen.«

»Hitzig?« fragte sie. »Gibt es hier so *wenig* Frauen, um die man werben kann?«
»Liebling«, lachte er. »Du bist bezaubernd...«
Sie runzelte die Stirn, als er sie auf die Wange küßte. Sie war kein unerfahrenes Mädchen mehr. Sie war verärgert über sein unbeherrschtes Benehmen. Vielleicht wäre es anders gewesen, wenn sie etwas für ihn empfunden hätte.
Offensichtlich hatte die Berührung ihrer Haut seine Leidenschaft entflammt. »Alicia, ich muß dich wiedersehen. Bald.«
»Ich weiß nicht, ob –«
Ihre Antwort wurde von seinen Lippen unterbrochen, die er wild auf die ihren preßte. Sie erwiderte seinen Kuß nicht. Sie spürte ihn, aber sie fühlte nichts. Sie versuchte ihn sachte wegzudrängen, aber er ließ sie nicht los.
»Es gibt einen besseren Weg, Euch zu lehren, was ich von Euch erwarte«, hörte sie Geoffreys Stimme sagen. Und die Gefühle, die sie empfunden hatte, als er sie in seinen unnachgiebigen Armen gefangenhielt, als sie seine Leidenschaft spürte, drohten sie zu überwältigen. Sie stieß Bryson heftig zurück.
»Tut das nie wieder!« sagte sie zornig.
»Ich werde nicht lange gegen Euch kämpfen, Alicia. Und ich werde gewinnen!«
Sie betrachtete den jungen Mann, der seinen Kopf gesenkt hatte und zerknirscht vor ihr stand. Seine Haltung stieß Alicia ab. »Ihr nehmt Euch eine Menge heraus, Sir. Ich wäre Euch dankbar, wenn Ihr Euch Eurer guten Manieren erinnern würdet!« Mit diesen Worten hob sie ihre Röcke an und eilte auf das Haus zu.
Im Inneren des Hauses herrschte ein ebenso emsiges Treiben wie draußen im Garten. Sie durchquerte so rasch und unauffällig wie möglich die Halle und ging die Treppe hinauf, um Abgeschiedenheit und die nötige Ruhe in ihrem Zimmer zu finden. Sie schloß die Tür und ließ sich auf ihr Bett fallen.
»Geht, wohin Ihr wollt!« Doch ihre Erinnerung holte sie auch hier ein. Sie hörte seine Stimme und spürte seine Anwesenheit. Brysons Kuß hatte alles nur noch schlimmer gemacht. Sie befürchtete, daß sie nie wieder das empfinden würde, was

Geoffrey sie hatte fühlen lassen. Wie er sie berührt hatte ... sie wollte lieber sterben, wenn es ihr versagt bliebe, diese Gefühle jemals wieder zu spüren.
Ich bin schamlos, dachte sie. Er hat mich verlassen, und ich sehne mich nach ihm. Wie kann ich nur eine solche Närrin sein?
Eine Träne kullerte über ihre Wange; sie wischte sie ungeduldig weg und konnte sich den Grund für ihre tiefe Niedergeschlagenheit nicht erklären. Sie müßte sich eigentlich darüber freuen, ihre Familie wiedergefunden zu haben. Statt dessen fühlte sie in ihrem Herzen ein schmerzliches Ziehen.
Es klopfte an der Türe, und sie fragte, wer draußen sei.
»Ich bin's, Etta, mein Schatz. Geht es dir gut?«
Alicia merkte, daß sie lächelte. Etta war als Sträfling nach Virginia gekommen und hatte sich schon vor langer Zeit ihre Freiheit erarbeitet. Sie hatte in den vergangenen Jahren über den Haushalt der Tildens – ja über die Tilden-Familie selbst gewacht. Jetzt hatte sie auch Alicia unter ihre Fittiche genommen.
Alicia öffnete ihr die Tür. Die äußere Erscheinung der Frau hatte sie zunächst ein wenig erschreckt. Sie war imposant, und ihr Gesichtsausdruck meist streng. Aber schon nach wenigen Tagen hatte sie entdeckt, daß Etta ein weiches Herz besaß.
»Hat dieser Bryson dir etwas getan?«
»Nein, Etta, er war sehr höflich.«
»Ich hab' gesehen, wie er dich angeschaut hat. Entweder benimmt er sich anständig oder ...«
»Er hat sich anständig benommen, Etta. Ich weiß auch nicht, warum ich so niedergeschlagen bin.«
Etta streichelte ihr übers Haar. »Bedrückt dich etwas, mein Herz?«
Alicia nickte und fühlte, wie ihr die Tränen in die Augen schossen. »Ich müßte eigentlich glücklich sein, aber mir ist nach Weinen zumute.«
»Ach, kleines Fräulein, laß es einfach raus«, sagte Etta. Sie nahm sie in ihre Arme und streichelte ihren Rücken. »Vielleicht hilft dir das ...«

»Ja, vielleicht«, erwiderte Alicia schluchzend.
»Leg dich hin, Kleines. Leg dich hin und ruhe dich eine Weile aus.«
Alicia nickte, ging langsam zu ihrem Bett und ließ sich traurig hineinfallen, während Etta leise die Türe schloß. Sie spürte ein Ziehen in ihren Brüsten: Vielleicht würde sie ihre Regel bekommen und war deshalb so niedergeschlagen.
Sie konnte sich nicht an den Zeitpunkt erinnern, da sie das letzte Mal ihre Tage hatte – doch mußte es schon lange her sein, sicher schon bevor sie England verlassen hatte. Plötzlich setzte sie sich auf und griff instinktiv nach ihrem Bauch. Das war noch vor Geoffrey gewesen; und ganz bestimmt vor der Nacht in Bellerose, die nun schon zwei Monate zurücklag. »Das ist nicht möglich«, sagte sie laut zu sich selbst. »Es ist bestimmt nur die Reise und die ganze Aufregung...«
Nachdem sie ungefähr eine Stunde in der Abgeschiedenheit ihres Zimmers zugebracht hatte, kam ihre Mutter, um nach ihr zu sehen. Sie trat leise ein und setzte sich auf die Bettkante.
»Ist dir das alles ein wenig zuviel, Alicia?« fragte Marguerite.
»Nein, Madam. Ich brauche nur einen Moment Ruhe.«
»Gibt es für deinen Vater einen Grund, sich einen bestimmten jungen Mann vorzuknöpfen?«
»Nein, Madam«, erwiderte Alicia kaum hörbar. »Bryson hat sich korrekt verhalten. Es ist nur – er ist mehr an mir interessiert als ich an ihm. Das ist alles.«
»Alicia, du hast mir über die Familien und über den Gasthof, in dem du gelebt hast, viel erzählt. Gibt es noch etwas, was du mir anvertrauen willst?«
Alicia überlegte einen Moment. Sie wußte, daß ihre Mutter sie liebte und alles tun würde, um sie zu beschützen, um sie nach all den Jahren nicht wieder zu verlieren. Aber sie war sich nicht sicher, ob sie noch länger hierbleiben konnte, wenn die Familie alles über sie wüßte.
»Es gibt nichts, Madam. Wirklich. Ich bin nur etwas müde.«
»Wenn du mich brauchst, Alicia, werde ich für dich da sein.«
Marguerite verließ ihre Tochter und kehrte zu den Gästen zurück. Am Fuße der Treppe stieß sie beinahe mit Preston zusammen, so gedankenversunken war sie.

»Träumt Ihr, Madam?«

»Entschuldigung, mein Lieber«, sagte sie nachdenklich. Dann änderte sie ihre Meinung und folgte ihm in die Halle. »Preston, gibt es etwas, was wir nicht wissen und was deine Schwester bedrückt?«

»Ich verstehe nicht, Madam.«

»Kannst du mir nicht mehr über ihr früheres Leben erzählen? Etwas, das mir helfen könnte, sie besser zu verstehen?«

»Macht Euch keine Sorgen um sie, Madam. Sie wird Euch zum rechten Zeitpunkt alles erzählen. Das hier ist eben noch sehr ungewohnt für sie.«

»Preston, hat deine Schwester einen Mann zurückgelassen, den sie liebt?«

»Mutter«, sagte Preston ernst. »Alicia wird dir das, was sie für richtig hält, anvertrauen.«

»Du willst also nichts sagen?«

»Das kann ich nicht. Alicia hat viele Jahre lang ihr eigenes Leben gelebt. Sie ist es, die Euch aus freien Stücken etwas darüber erzählen muß.«

»Ich bin sehr verwirrt. Ich weiß kaum etwas über das Leben meiner eigenen Tochter.«

»Ich glaube, Eure Tochter ist genauso verwirrt wie Ihr«, sagte Preston lachend. »Aber sorgt Euch nicht, Madam. Alicia ist schön und stolz, und eines Tages wird ein stattlicher Mann von gutem Ruf erscheinen, und sie wird ihm nicht widerstehen können.« Er zuckte die Schultern und lächelte.

»Du redest wie ein Prophet und nicht wie ihr Bruder«, erwiderte seine Mutter stirnrunzelnd.

»Tu' ich das?« fragte er vergnügt. Marguerita seufzte und ging zurück zu den Gästen in den Garten. Preston lachte still in sich hinein. »Das tue ich tatsächlich.«

16

Wenn Alicia angenommen hatte, sie könne sich in aller Ruhe an ihr neues Leben auf einer Plantage in Virginia gewöhnen, so hatte sie sich gründlich getäuscht. Die Tildens waren eine sehr gastfreundliche Familie, die viele Leute kannte und dauernd unterwegs oder eingeladen war.

Wesley führte die Geschäfte zusammen mit seinen Söhnen. Die Männer ritten entweder hinaus, um die Felder zu überwachen oder fuhren manchmal für mehrere Tage nach Hampton, um das Entladen eines Schiffes und Einlagern der Waren zu kontrollieren und einige andere Dinge zu erledigen. Fast immer brachten sie Geschäftspartner zum Essen mit, Händler aus dem Norden, den Kapitän eines Schiffes oder einen Bankier aus der Stadt. Und jede Woche fand mindestens einmal eine Gesellschaft oder ein Tanzabend auf einer der umliegenden Plantagen statt. Die Ortsansässigen kamen zu Wesley Tilden, wenn sie Rat brauchten oder Arbeit suchten. Viele seiner wohlhabenden Freunde waren jederzeit interessiert und bereit, sich an einem seiner Geschäftsvorhaben zu beteiligen. Beim Essen wurde fast immer heftig diskutiert und zahlreiche interessante Bemerkungen ausgetauscht.

Auch Bryson gelang es, eine Einladung zum Essen zu ergattern. Marguerite hatte ihn gefälligkeitshalber in ihrer Kutsche mitgenommen, als sie auf dem Weg zu einem Nachbarn war. Er klagte ihr sein Leid, noch keine passende Ehefrau gefunden zu haben, und äußerte ihr gegenüber seinen Wunsch, um ihre Tochter werben zu dürfen. Sie erkannte sofort, worauf er hinauswollte. »Dann kommt doch heute abend zum Essen zu uns, Bryson. Ich habe nichts dagegen.«

Alicia war deshalb nicht sehr erstaunt, ihn dort anzutreffen, und noch weniger, daß man ihn neben sie setzte. Es gab auch noch andere Männer, die um sie warben, doch Bryson war der einzige, der ihren Eltern deutlich zeigte, daß er sie heiraten wollte.

Unter den Gästen befanden sich auch Kapitän Horatio Pelt, ein Geschäftsmann aus England, Reverend Jody und seine Frau sowie Carlisle Brandon, ein Bankier.

Am Tisch wurden mehrere Gespräche gleichzeitig geführt. Alicia verfolgte sie nur mit halber Aufmerksamkeit.
»Der nächste offizielle Anlaß, bei dem wir uns wieder treffen, wird wohl eine Taufe sein«, sagte Reverend Jody zu Marguerite.
»Wir sollten generell einmal im Jahr einen Termin für solche Sachen festlegen«, schlug Marguerite vor.
»Ich gehe davon aus, daß tausend Pfund für die Reparatur der Schiffe reichen werden...« klang es vom anderen Tischende herüber.
»Und was würde es kosten, sie nach Virginia zu bringen?« fragte Wesley.
»Ich glaube, das würde zusätzlich noch einmal...«
»Wäre die Bank interessiert, sich an einer Mühle zu beteiligen?« fragte Bryson.
»Da fragt Ihr besser einen Geschäftsmann wie Tilden«, antwortete der Bankier. »Er hätte sicher nichts dagegen, daß eine weitere Mühle im Familiengeschäft betrieben wird.«
»An so etwas habe ich auch schon gedacht...«
»Was das Familiengeschäft allerdings am dringendsten benötigt, ist ein Kaperbrief vom König«, hörte Alicia Preston sagen. Aufmerksam lauschte sie den folgenden Worten ihres Bruders.
»Ja, das könnte nicht schaden«, erwiderte Wesley. »Unsere Schiffe werden oft aufgrund ihrer Ladung angegriffen. Und es ist nicht erlaubt, ohne Zustimmung des Königs Beute zu machen. Aber ich bezweifle, daß die Tildens am Hof genug Einfluß besitzen, um ein solches Privileg zu erhalten.«
»Piraterie verstößt gegen Gottes Gebot«, fügte der Reverend hinzu.
»Sich überfallen zu lassen, ohne sich verteidigen zu können, verstößt gegen den gesunden Menschenverstand«, hielt Wesley ihm entgegen. »Und mit einem Kaperbrief ist es sogar möglich, aus dem Kampf eventuell noch einen Gewinn zu ziehen.« Der Kapitän lachte laut. »Ich könnte schwören, daß die Schiffe der Tildens nicht so sehr unter den Angriffen holländischer und spanischer Schiffe zu leiden haben. Macht mir bloß nicht

weis, Tilden, daß ihr bei Angriffen nicht zurückschlagt, die Schiffe entert und die Beute behaltet.«

»Ich will Euch überhaupt nichts weismachen, Pelt. Ich habe nur gemeint, daß es gegen das Gesetz verstößt, ohne einen königlichen Kaperbrief Beute zu machen. Wir verteidigen uns lediglich gegen Piraten – und einige von ihnen waren sogar Engländer.«

»Ich habe Freunde bei Hofe«, warf Preston ein. »Einer meiner engsten Freunde besitzt einen königlichen Kaperbrief. Es ist wohl besser, angesichts des Krieges und der Pest nicht nach London zurückzukehren, aber ich könnte ihm eine Nachricht schicken.«

Alicia schluckte bei dem Gedanken, daß ein Brief an Geoffrey gesandt werden sollte. Preston würde nicht zögern, Geoffrey zu bitten, ihm bei der Erlangung eines königlichen Kaperbriefes behilflich zu sein.

»Wenn wir erst einen Kaperbrief haben, ist alles andere kein Problem mehr. Die Schiffe der Tildens sind für den Kampf ausgerüstet.«

»Es wäre noch einfacher, wenn Ihr Eure Tochter dazu überreden könntet, einen Freibeuter zu heiraten«, sagte Kapitän Pelt lachend.

»Nach der Taufe...« fügte Reverend Jody hinzu, »...wird es vielleicht schon bald eine Heirat geben.«

»Wir haben noch nicht über eine Heirat gesprochen, Reverend.« Alicia schwirrte der Kopf. Sie nahm einen kleinen Schluck Wein. Ihr wurde übel. Sie wußte nicht, ob das an dem Gespräch über die Kaperfahrten lag oder vielleicht an der Tatsache, daß zwischen ihrer Familie und Geoffrey eine Verbindung entstehen könnte, gerade als sie geglaubt hatte, endgültig mit ihm fertig zu sein. Vielleicht plagte sie auch die Vorstellung des Reverend, daß sie sicher bald heiraten würde.

Sie rieb sich den Bauch und hoffte, nicht krank zu werden.

»Ihr könnt von mir aus den ganzen Abend Scherze über die Heirat mit einem Freibeuter machen«, sagte Bryson humorvoll. »Aber ich bestehe darauf, gefragt zu werden, bevor man solche Pläne realisiert. Ich habe ein Recht darauf.«

Einige der Anwesenden lachten. Alicia nahm noch einen Schluck Wein und versuchte, mit den anderen zu lachen. Doch ihr Lachen klang nervös und gepreßt.
»Ihr werdet in die Ehe-Verhandlungen mehr als nur eine Farm und eine Mühle einbringen müssen«, vermutete Carlisle. »Diese Tildens sind verdammt harte Geschäftsleute.«
»Werdet Ihr am Sonntag in die Kirche kommen?« fragte Reverend Jody kurz darauf Marguerite.
»Ja, natürlich komme ich. Harland Townsend ist seit Jahren ein Freund der Familie. Die Heirat seines Sohnes dürfen wir nicht versäumen.«
»Eine bedauernswerte Affäre. Sehr ungebührliche Sache, wenn Ihr versteht, was ich meine.«
»Ich glaube nicht, daß ich das tue«, erwiderte Marguerite kalt.
Beatrice Jody schnaubte verächtlich. »Man erzählt sich eine Menge Dinge über die Braut. Niemand weiß etwas über ihre Familie, und außerdem hat sie noch dieses Balg an ihren Rockzipfeln hängen. Sie sagt, sie sei verheiratet gewesen, doch wer kann das prüfen? Der junge Townsend will das Kind sogar adoptieren. Dabei hat doch dieser Matrose aus dem Norden erzählt, sie habe das Kind bekommen, als sie noch in irgendeinem Gasthof gearbeitet hat.«
»Ich denke, wir sollten ausschließlich die Tatsache beachten, daß Jim Townsend die junge Frau liebt«, rief Marguerite.
»Es scheint den jungen Leuten von heute nicht mehr sehr viel daran zu liegen, einen passenden Partner zu finden«, fuhr Beatrice fort. »Der Junge beleidigt doch seinen Vater und seine Freunde, wenn er diese gewöhnliche Landstreicherin mit ihrem Bastard nach Hause bringt und auch noch versucht, sie als eine –«
»Ich habe die junge Frau in der Kirche getroffen«, unterbrach Marguerite sie heftig. »Und das einzige, was man ihr tatsächlich nachsagen kann, ist, daß sie eine sehr nette und freundliche junge Frau ist.«
Beatrice war gekränkt und stocherte mißmutig in ihrem Essen herum. Reverend Jody erkannte, daß das Mitglied seiner Gemeinde, das die Kirche finanziell am meisten unterstützte, über

die Äußerungen seiner Frau wenig erfreut war. »Ich jedenfalls schätze mich glücklich, wenn Ihr am Sonntag in die Kirche kommt«, meinte der Reverend.

Am anderen Tischende wurde schon wieder über Schiffe und Mühlen gesprochen. Die Bemerkung über eine bevorstehende Heirat war längst vergessen.

Alicia hatte das Gefühl, keine Luft mehr zu kriegen. Erleichtert sah sie, wie die Männer sich erhoben und die Tafel verließen. Die Frauen würden also bald folgen.

»Bryson?« sagte Wesley einladend.

»Danke, Sir.« Er folgte den Männern in die Bibliothek. Reverend Jody blieb bei den Frauen, und sogar Alicia konnte an seinem Gesichtsausdruck erkennen, daß ihm der Gedanke nach einem Likör stand. Wenn er einen guten Grund finden könnte, würde er sich sogleich zu den Männern gesellen.

»Madam, darf ich mich zurückziehen?« fragte Alicia.

Marguerite nickte und beobachtete nachdenklich, wie ihre Tochter den Raum verließ.

Alicia setzte sich auf die Veranda und ließ von der kühlen Nachtluft ihre heißen Wangen kühlen. Ihr Magen beruhigte sich ein wenig, und sie entspannte sich langsam. Sie hatte die Abende verdammt, an denen sie allein ihre Mahlzeit zu sich nehmen mußte, weil Geoffrey keine Zeit für sie hatte. Aber nun mußte sie sich eingestehen, daß ihr die lauten Gespräche an der Tafel der Tilden-Familie fast noch mehr auf die Nerven gingen. Sie begriff rasch, nach welchen Regeln das Leben hier ablief. Da bestand kein großer Unterschied im Vergleich zu England. Für ein Mädchen zwischen fünfzehn und zwanzig hatte seine zukünftige Heirat die wichtigste Sache zu sein, gefolgt vom Vorhandensein einer ausreichenden Aussteuer und selbstverständlich von der Jungfräulichkeit. Schließlich war noch die Größe der Mitgift entscheidend. Und Frauen, die nicht sorgsam von ihren Eltern behütet worden waren, wurden schief angesehen. Sie fragte sich, was Beatrice Jody wohl gesagt hätte, wenn sie wüßte, daß ihre Kritik an Jim Townsends Braut auch auf Alicia zutraf.

Sie verwarf den Gedanken, ihrer Familie doch noch die gesamte

Wahrheit zu beichten, endgültig. Auch wenn ihre Eltern damit leben konnten, die Gesellschaft würde es nicht akzeptieren. Sie würde den Tildens damit eine große Schande bereiten.
Sie stand auf, um sich vom Reverend und Mrs. Jody zu verabschieden. Der Prediger tat ihr ein bißchen leid. Es war ihm nicht gelungen, in die Bibliothek zu gelangen, um die Sammlung der Liköre zu studieren.
Während sie noch mit ihrer Mutter am Verandageländer stand, erschien Bryson.
»Meine Damen, ich muß mich nun leider verabschieden. Die viele Arbeit läßt es nicht zu, daß ich morgens länger in den Federn liegen kann.«
»Es hat mich sehr gefreut, daß Ihr uns besucht habt, Bryson«, erwiderte Marguerite.
Er wandte sich Alicia zu und reichte ihr die Hand. »Ich habe momentan eine Menge zu tun, Alicia. Aber ich glaube, ich könnte mir am Sonntag Zeit für Euch nehmen. Wenn Ihr zustimmt, so würde ich Euch gerne ausführen.«
Alicia warf ihrer Mutter einen schnellen Blick zu, um bei ihr Rat zu suchen. Aber sie mußte feststellen, daß diese heimlich gegangen war, damit die beiden einen Moment lang ungestört miteinander plaudern konnten.
»Ich habe gehört, daß wir am Sonntag zu einer Hochzeit eingeladen sind, Bryson«, sagte sie.
»Diese Angelegenheit ist nicht so wichtig. Ich bezweifle, daß man Euch vermissen würde.«
»Ich denke, ich sollte meine Familie begleiten.«
»Ich kann Euch aber von der Kirche abholen und nach Hause fahren. Ich möchte nur mit Euch reden.«
Er tat ihr ein wenig leid, denn er hatte Angst, den Unmut der Tildens herauszufordern, wenn er zu stürmisch vorging. Aber sie wußte auch, daß ihre Eltern Brysons Werbung akzeptierten. Und der Gedanke kam ihr, daß er sie wohl nicht so leicht wegen ihrer Vergangenheit verurteilen würde, wenn sie ihn vielleicht doch einmal heiraten sollte, da er ja in erster Linie an einer Verbindung mit ihrer Familie interessiert war.
»Also gut. Ihr könnt mich abholen.«

Ein dankbares Lächeln huschte über sein Gesicht. Es zeigte ihr, wie glücklich er über ihre Zustimmung war. Er drückte ihr fest die Hand.
»Die meisten Mädchen vom Land und vor allem Schankmädchen wissen sehr gut, wie sie zu Geld kommen können«, drängte sich Geoffreys Stimme in ihre Gedanken.
»Ich werde nur noch für den nächsten Sonntag leben«, flüsterte Bryson.
Sie lachte leise. »Bryson, Ihr seid mir einer. Eine Spazierfahrt kann Euch doch nicht so viel bedeuten.«
»Alicia, ich glaube, daß das erst der Anfang einer festeren Verbindung zwischen uns ist. Ich habe Euch nicht nach Eurer Vergangenheit gefragt. Aber in Euren Augen kann ich lesen, daß Ihr einen Mann braucht, der Euch liebt und beschützt.«
»Ich glaube, ich weiß, welche Wunden Ihr dadurch davongetragen habt«, hörte sie Geoffreys Stimme. *»Ihr habt ein gebrochenes Herz.«*
Alicia wurde bei Brysons Worten ganz steif. »Paßt auf, daß Ihr Euch nicht irrt mit dem, was Ihr angeblich in meinen Augen lest, Bryson. Ich habe kein solches Bedürfnis.«
»Darüber mach' ich mir keine Sorgen, Alicia. Ich denke, daß wir uns mit der Zeit näherkommen werden.«
»Vielleicht. Bis Sonntag, Bryson.«
»Alicia«, begann er zögernd. »Alicia – darf ich – ich möchte Euch nicht beleidigen – Liebling, darf ich Euch küssen?«
»Bryson, ich –«
»Alicia, wenn Ihr es nur zuließet, Ihr könntet bestimmt so viel für mich empfinden, wie ich für Euch...«
»Weise mich nicht zurück, Alicia. Verleugne dich nicht. Liebe mich«, mahnte Geoffrey.
Sie seufzte und versuchte sich zu entspannen. Sie ließ ihren Kopf langsam zurücksinken, um zu ihm aufzuschauen, und schloß dann ihre Augen. Bryson nahm sie vorsichtig in seine Arme und zog sie näher an sich. Er küßte sanft ihre Lippen. Dann drückte er ihr Gesicht gegen das seine.
»Alicia«, sagte er schwer atmend. »O Alicia...«
»Alicia. Alicia...«

Ohne Vorwarnung bedeckte Bryson wieder ihre Lippen. Diesmal war sein Kuß fordernder. Er öffnete seine Lippen und versuchte, mit seiner Zunge in ihren Mund zu gelangen. Er hielt sie fest an seinen Körper gepreßt. Sie konnte seine angespannten Oberschenkelmuskeln spüren und die wachsende Härte seines Gliedes. Sie stöhnte auf und versuchte ihn wegzustoßen. Widerwillig ließ er sie frei. Sie bemerkte, wie er damit kämpfte, seine Fassung wiederzugewinnen.
»Ich werde die Verabredung besser absagen...« begann Alicia und strich ihr Haar zurecht.
»Bitte verzeiht mir noch einmal, Alicia. Es fällt mir schwer, mich an meine gute Erziehung zu erinnern, wenn ich in Eurer Nähe bin. Vergebt mir.«
»Ich weiß nicht, ob ich darauf vertrauen kann, daß Ihr Euch das nächste Mal daran erinnert«, sagte sie ungeduldig.
»Ihr habt mein Wort«, erwiderte er und verbeugte sich leicht.
»Und wenn ich es nicht halten sollte, dann habt Ihr jedes Recht dazu, Euch zu weigern, mich zu sehen. Aber ich rechne damit, daß wir uns am Sonntag sehen, es bedeutet mir sehr viel.«
»Und ich rechne damit, daß Ihr Euch anständig benehmt, Bryson. Das bedeutet meinem Vater sehr viel.« Sie fühlt sich bei ihren Worten unwohl. Sie wußte, daß sie kein Recht dazu hatte, sich gegenüber diesem jungen Mann auf Wesley Tilden zu berufen – sie war kein unschuldiges junges Mädchen mehr. Aber der Name Tilden hielt Bryson besser im Zaum, als sie selbst das konnte.
Er führte ihre Hand an seine Lippen und küßte sittsam ihren Handrücken. Sie ging zu ihrem Stuhl zurück und beobachtete, wie er vom Haus wegritt.
Die Geräusche aus dem Haus – der Klang von Männerstimmen, das Klappern der Töpfe in der Küche, ein entferntes Lachen – umfingen sie tröstend. Sie dachte über Brysons Kuß nach und darüber, daß ihr in den unpassendsten Momenten Geoffreys Worte in den Sinn kamen.
Ein ehrlicher und anständiger junger Mann versuchte ihre Liebe zu gewinnen, eine Liebe, die Geoffrey zurückgewiesen hatte. Sie hatte nun die Möglichkeit, ihren Plan zu Ende zu

führen und eine passende Ehe einzugehen. Doch in ihr war gähnende Leere gewesen, als Bryson sie umarmt hatte. Der Gedanke, ihr restliches Leben mit ihm verbringen zu müssen, stimmte sie nicht gerade fröhlich.
Die Nacht war klar; Sterne funkelten am Himmel. Sie versuchte, Lord Seavers, diesen Piraten, Lügner und Dieb, aus ihren Gedanken zu verbannen. Aber je mehr sie es versuchte, desto klarer erschien er vor ihrem inneren Auge.
Sie sah ihn in Gedanken am Steuer seines Schiffes. Als sie tiefer in ihren Traum eintauchte, veränderte sich plötzlich die Szenerie: Sie ging im Nebel durch einen Garten, und plötzlich lichtete sich dieser Nebel und ihr Geliebter stand vor ihr. Seine hochgewachsene Gestalt war mit enganliegenden Reithosen und einer Jacke aus blauem Samt bekleidet. Die weiße Halskrause betonte noch die Bräune seines Gesichtes – eine Bräune, die er bekommen hatte, da er halb nackt an Bord seines Schiffes arbeitete.
Er streckte seine Arme nach ihr aus, und mit einem glücklichen Aufschrei warf sie sich hinein. Sie glitten eng umschlungen zu Boden. Sie fühlte seine Stärke, als er sie umarmte, sie liebte ihn und hörte seine sanfte Stimme. *»Ich kann nicht ohne dich leben...«*
Sie seufzte und warf ihren Kopf von einer Seite auf die andere, als sie sich im Traum mit ihrem Geliebten vereinigte. Sie stöhnte leise, als er sie berührte und streichelte. Und plötzlich war sie allein. Sie setzte sich im Gras auf und schaute sich in dem geheimnisvollen Garten um. Sie konnte niemanden entdecken, nur aus der Ferne Kanonendonner hören, doch erneut einfallender Nebel versperrte ihr die Sicht.
»Geoffrey«, rief sie, und ihr Herz zog sich schmerzhaft zusammen. »Geoffrey!«
Er stand an Bord seines Schiffes, seinen Degen um die Hüften geschnallt, sein Haar wehte im Wind. Sie rief immer wieder seinen Namen, aber er drehte ihr den Rücken zu. »Geh nicht. Bitte, Geoffrey, wir werden ein Kind haben... dein Kind... bitte...« Dann sah sie, wie sein Körper zurückprallte und sich langsam ein Blutfleck auf seinem Hemd ausbreitete, während er zu Boden fiel.

Sie wollte schreien, konnte aber nicht. Zitternd erwachte sie aus ihrem Traum und kehrte langsam in die Realität der kalten Nachtluft und des funkelnden Sternenhimmels zurück. Sie saß auf der Veranda hier in Virginia, und er war Hunderte von Meilen entfernt – vielleicht schon nicht mehr am Leben.

»Ich hasse ihn«, flüsterte sie. »Ich hasse ihn für das, was er mich empfinden läßt. Ich kann ihn nicht aus meinen Gedanken vertreiben, sosehr ich es auch versuche. Sogar wenn ich schlafe –«

»Wen haßt du, Liebes?« unterbrach sie Prestons Stimme.

Sie drehte sich um und merkte, daß er sich ihr genähert hatte. Aus seinen Augen sprachen Verständnis und Zuneigung.

»Du solltest dich nicht so leise anschleichen, Preston.« Sie wischte mit einer ungeduldigen Handbewegung die Tränen von ihren Wangen.

Er kniete neben ihrem Stuhl nieder und ergriff ihre Hand. »Das klingt so, als hättest du ihn sehr geliebt«, sagte er sanft.

Sie erhob sich und blickte auf ihn hinab. Sie dachte kurz daran, mit ihrem Bruder über die ganze Sache zu reden, entschied sich dann aber rasch dagegen. Sie seufzte und ging ins Haus. Preston ließ sich auf dem Stuhl nieder und schwenkte den Likör im Glas. Er schaute in den Sternenhimmel und begann eine traurige Melodie zu pfeifen.

Die Ausfahrt mit Bryson verlief genauso, wie Alicia geahnt hatte. Er hielt die Kutsche unterwegs an und überredete sie, ein kleines Stück mit ihm spazierenzugehen. Wieder versuchte er, sie zu küssen. Einerseits wollte sie sich nicht darauf einlassen, andererseits doch. Von all den jungen Männern, die sie hier kennengelernt hatte, gefiel ihr Bryson noch am besten. Die meisten der jungen Damen schauten sich nach ihm um, wenn er vorbeiging. Seine verstorbenen Eltern hatten ihm ein ansehnliches Landgut hinterlassen. Er verfügte über gute Manieren und sah recht gut aus.

Aber seine Küsse ließen sie kalt. Als sie endlich nach Hause zurückkehrten, wußte Alicia, daß sie ihn entweder ohne Begleitung einer Anstandsdame nicht mehr treffen durfte oder zustimmen mußte, ihn zu heiraten. Natürlich hatte er sich ihr noch nicht erklärt, aber aus jedem Wort seiner endlosen Monologe konnte man heraushören, daß sein größter Wunsch war, Alicia zu heiraten – und natürlich auch die Tildens.

Ihre Eltern waren schon vor Stunden aus der Kirche zurückgekommen. Marguerite saß auf der Veranda und wollte gerade Bohnen putzen. Bryson sagte einige passende Worte zu Lady Tilden, tippte an seinen Hut und machte sich davon.

»Hat dir die Ausfahrt gefallen?« fragte Marguerite.

Alicia seufzte. »Ja, Madam«, antwortete sie und ging an ihrer Mutter vorbei ins Haus.

Auf dem Weg zur Treppe wurde sie von ihrem Vater angesprochen. »Alicia. Hast du einen Moment Zeit?«

»Natürlich«, antwortete sie, drehte sich um und ging auf ihn zu.

»Komm mit mir in die Bibliothek. Es gibt da etwas, was ich gerne mit dir besprechen möchte.«

Sie folgte ihm in die Bibliothek und war ein bißchen erstaunt, als er die Türe hinter ihnen schloß.

»Wir müssen über deine Heirat reden, Alicia.«

»Warum?« entfuhr es ihr.

Wesley lachte. »Weil du eine Menge Zeit mit dem jungen Bryson verbringst. Hast du ihn erwählt?«

»Ich hatte vor, nicht mehr so viel Zeit mit ihm zu verbringen. Nein, ich möchte ihn nicht.«

»Wen bevorzugst du dann?« fragte er frei heraus.

»Ich bevorzuge die Situation so, wie sie ist«, sagte Alicia mit Nachdruck. Ihr Mund fühlte sich trocken an.

»Ich möchte nicht, daß du denkst, wir wollen dich so kurz nachdem wir dich endlich wiedergefunden haben, schon wieder loswerden. Doch bist du achtzehn, und eine Heirat ist unumgänglich.«

»Sie ist vielleicht unumgänglich ... aber, Sir, ich hatte noch keine Zeit, über all das nachzudenken.«

»Bryson ist ein aufrechter Mann und würde gut auf dich aufpassen.«

»Ich habe in all den Jahren selbst auf mich aufgepaßt«, sagte sie laut; und es klang beinahe wie ein Schrei.

»Ich bedauere, daß du das mußtest«, sagte er sanft.
»Ich kann auch noch ein paar Jahre mehr auf mich aufpassen«, sagte sie kurz angebunden.
»Du mußt daran denken, daß die Leute hier erwarten, daß eine Frau heiratet, wenn sie alt genug dazu ist. Man wird sich wundern, wenn du es hinauszögerst.«
»Ich zögere es nicht hinaus.« Langsam füllten sich ihre Augen mit Tränen. »Es ist einfach nur so, daß ich niemanden liebe...«
»Du erhältst eine beträchtliche Mitgift. Alle Männer der Gesellschaft haben ein Auge auf dich geworfen.«
»Ja«, erwiderte sie, und eine Träne rollte ihr über die Wange. »Aber ich warte auf den Mann, der nicht meine Mitgift will, sondern *mich*.«
»Alicia, du bist meine Tochter, und ich trage die Verantwortung für dich. Daß du deine eigene Heirat –«
Sie schloß die Augen, und Tränen sammelten sich an ihren Wimpern. Sie konnte ihrer Vergangenheit einfach nicht entfliehen. Jetzt mußte sie doch ihre neugewonnene Familie unglücklich machen, ein Gedanke, der ihr großen Kummer bereitete. Und dieser Schmerz verwandelte sich in Zorn über ihren Vater.
»Ihr tragt die Verantwortung! Ich war achtzehn Jahre lang auf mich selbst gestellt. Ich habe Entscheidungen treffen und mein Leben planen müssen! Zum Teufel mit der verdammten Mitgift! Wie kann ich jemals den Mann finden, der mich wirklich liebt, wenn Ihr mir Eure Mitgift aufladet!«
»Alicia«, sagte ihr Vater warnend.
»Ich kann nicht über eine Heirat mit Euch sprechen«, schluchzte sie und ließ ihren Tränen freien Lauf. »Ich kann nicht!«
»Es gehört sich –« fuhr er fort.
»Nachdem ich Mrs. Jody gehört habe, bin ich mir ziemlich sicher, daß ich alles andere als eine passende Partie bin«, unterbrach sie ihren Vater. Sie erhob sich und ging auf die Tür zu. Sie drehte sich nochmals um und schaute ihren Vater an. »Versteht Ihr nicht? Es ist zu spät, auf mich aufzupassen.« Sie öffnete die Tür und ging hinaus.

»Bei Gott, meine Tochter wird heiraten, wenn ich es wünsche, und den Mann, den ich aussuche!« hörte sie seine scharfe, befehlende Stimme hinter sich.
»Das werde ich nicht tun!« schrie sie.
»Doch, das wirst du!« brüllte er zurück.
»Ihr könnt mich nicht zwingen«, schluchzte sie. »Ich lebe in Eurem Haus, aber ich bin nicht mehr Euer kleines Mädchen. Die meiste Zeit in meinem Leben habe ich eigenverantwortlich gehandelt. Ihr habt nicht das Recht, mir jetzt vorzuschreiben, was ich mit meinem Leben anfangen muß!«
Sie ging auf die Treppe zu. Ihr Vater folgte ihr wütend.
»Du wirst, wie es sich für ein Kind geziemt, den Wünschen deines Vaters gehorchen oder –«
Alicia wandte sich um und schaute ihn ernst an. Ihre Wangen waren naß vor Tränen, und ihre Augen glühten. »Ich achte Eure Wünsche in Eurem Haus, soweit ich kann, Sir. Aber Ihr könnt mich nicht dazu zwingen, einen Mann zu heiraten, den ich nicht liebe.«
»Dann wirst du lernen, den Mann zu lieben, den dein Vater für dich ausgesucht hat.«
»Vorher verlasse ich dieses Haus«, schleuderte sie ihm entgegen. Sie drehte sich um und rannte die Treppe hinauf.
»Letty!« schrie er hinter ihr her.
Alicia tat es weh, ihren Kosenamen aus seinem Mund zu hören, aber sie blieb nicht stehen. Sie rannte vor ihm, der Mitgift und vor dem guten Ruf der Tildens einfach weg. Sie konnte ihm nicht mehr in die Augen blicken.
Wesley Tildens Gesicht war durch den hitzigen Wortwechsel ganz rot geworden. Bevor dieser junge weibliche Kobold ins Haus kam, hatte er geglaubt, eine gewisse Kontrolle über seine Kinder auszuüben. Sie aber war dickköpfig, eigensinnig und schlecht erzogen. Er wußte nicht, was er mit ihr anfangen sollte.
Gerade wollte er in die Bibliothek zurückgehen, als er seine Frau in der offenen Verandatür stehen sah, die ihn fragend anstarrte. Ihr Gesichtsausdruck verhieß nichts Gutes.
»Was hast du angestellt, Wesley?« fragte sie scharf.

»Ich habe nur mit ihr über ihre Heirat gesprochen«, verteidigte er sich. »Sie glaubt wohl, sie müßte nichts auf meine –«
»Wenn du meine Tochter aus ihrem neuen Heim vertreibst«, sagte Marguerite langsam, »dann werde ich dir das niemals verzeihen.«
Wesley entschied, nun nichts mehr zu sagen. Seine Frau sprach selten so entschieden mit ihm. Diesmal kannte sie keinen Pardon. Sie war ebenso unerbittlich wie kurz zuvor seine Tochter.
»Verdammtes, eigensinniges Weibervolk...« brummte er, drehte sich um und stolzierte in die Bibliothek.

Die Glocke am Flußufer läutete oft mehrere Male am Tag. Meist waren es Geschäftsleute, die mit Wesley Tilden und seinen Söhnen verhandeln wollten. Und jedesmal rannten die kleinen Negerkinder zur Anlegestelle, um zu sehen, wer gekommen war. Die Frauen gewöhnten sich an die häufigen Besucher und waren nicht so neugierig wie die Kinder.
Alicia stand zusammen mit Brianna und einigen Mädchen des Hauspersonals in der Küche und putzte Bohnen. Ihr Haar hielt sie mit einem Tuch bedeckt, und ihren Bauch, der sich immer mehr rundete, verdeckte sie hinter einer weiten Schürze. Ein kleiner Negerjunge zog an ihrem Schürzenzipfel. Sie schaute ihn an.
»Es is' 'n Seekapitän, Ma'm«, sagte er. Sie nickte und lächelte ihn an. »Sie sagen, daß es der *Herr* is'!«
Etta platzte fröhlich heraus. »Nicht der himmlische Herr, mein Kleiner. Das ist nicht Gott. Das ist ein reicher Herr, ein Lord, so wie dein Herr früher. Als er noch in England gelebt hat, hat man ihn auch Lord Tilden genannt.«
Brianna und Alicia wechselten einen raschen Blick und lachten leise in sich hinein. Die Neger hatten manchmal seltsame Vorstellungen von Besuchern, die von weit her kamen.
Sie konnten Marguerites fröhliche Stimme und ihr glückliches Lachen hören. »Brianna. Alicia«, rief sie. »Kommt und laßt mich Euch einem lieben alten Freund vorstellen.«
Die beiden schauten sich gegenseitig an und lachten über ihr Aussehen. Achselzuckend folgten sie Marguerite. Alicia je-

doch zog die Schürze aus. Als sie in die Halle kam, empfingen Preston und Wesley gerade den Besucher.
Als sie das Gesicht des Gastes erkannte, konnte sie keinen Schritt weitergehen.
»Das sind meine zwei Töchter, Lord Seavers«, sagte Marguerite. »Brianna, Prestons Frau, und Alicia, unser eigenes Kind...«
Alicia konnte sich nicht bewegen. Ihre Augen wurden ganz rund vor Erstaunen. Eine gewisse Schwäche bemächtigte sich ihrer Beine. Als sie ihren Arm ausstreckte, um sich an der Wand abzustützen, bemerkte sie noch, daß er ihren erstaunten Blick auffing und rasch an ihre Seite eilte. Es gelang ihm nicht, sie zu erreichen, bevor sie in Ohnmacht fiel. Aber als sie langsam zu Boden sank, fing er sie mit seinen starken Armen ab.
Als Etta aus der Küche gerannt kam, hob Geoffrey Seavers Alicia gerade auf seine Arme. »Das arme Mädchen ist zu lange in der heißen Küche gestanden. Dieses Land ist die Hölle für jemanden, der neu ist. Bei mir hat es Jahre gedauert, bis ich mich an die Hitze gewöhnt habe. Bringt das arme Kind zu Bett.«
»Gut«, bemerkte Geoffrey. »Wenn Ihr mir zeigt, wo sich ihr Zimmer befindet, ansonsten habe ich die Situation völlig in der Hand.«
»Laßt mich sie tragen«, bot Wesley an.
»Ich versichere Euch, Lord Tilden, es macht mir nichts aus.« Er lächelte Alicia an. »Sie wiegt ja kaum etwas.«
»Es geht mir schon wieder gut«, protestierte Alicia. »Ich kann selbst die Treppe hinaufgehen.«
Etta ging voraus und plapperte die ganze Zeit etwas vor sich hin. »Behandelt dieses Mädchen vorsichtig, mein Sohn. Sie ist den Bewohnern dieses Hauses mächtig teuer.«
Geoffrey beeilte sich, zur Treppe zu gelangen, damit ihm ja niemand seine kostbare Last wegnehmen konnte. Ihm folgten Marguerite und Brianna, deren vorher so fröhliche Gesichter nun einen besorgten Ausdruck annahmen.
»Noch immer leicht wie eine Feder«, flüsterte er.
Alicia preßte ihre Lippen zusammen und schaute von ihm weg.

»Vielleicht eine Winzigkeit schwerer als früher«, sagte er schweratmend.
Alicias Augen wurden ganz schmal. Sie starrte ihn an und mußte zugeben, daß sie das Gefühl, von seinen starken Armen aufgefangen zu werden, genossen hatte. Doch zugleich war sie sichtlich beunruhigt. Er setzte sie sanft auf ihrem Bett ab. Dann stand er da und schaute sie nur an. Seine Augen glühten vor Erregung; er lächelte.
»Geht es Euch besser?« fragte er.
»Es geht mir sehr gut«, sagte Alicia schnippisch. »Ich möchte Euch für Eure Hilfe danken, Mylord«, gelang es ihr noch herauszubringen.
Geoffrey wurde von Etta und Marguerite, die um Alicia herumflatterten, beiseite gedrängt. Alicia versuchte, die ängstliche Fürsorge der beiden abzuwehren, indem sie immer wieder erklärte, daß es ihr gut gehe.
Wesley und Preston standen in der Tür ihres Zimmers. Sie konnte ihre Stimmen hören. »Wir heißen unsere Gäste gewöhnlich nicht auf diese Art und Weise willkommen, Geoffrey. Aber in diesem verrückten Haushalt ist alles möglich.«
»Ich muß gestehen, Sir, ich habe bisher selten eine Frau, noch bevor ich ihr vorgestellt wurde, in meinen Armen gehalten«, sagte Seavers lachend.
Vorgestellt, dachte Alicia grollend. Was dachte er sich dabei, *hierher*zukommen? Gut. Sie würde ihn einfach nicht beachten. Er hatte in ihrem Leben nichts mehr zu suchen und sie nicht in seinem.
»Ihr habt es Euch jetzt wirklich verdient, meinen Brandy zu versuchen«, lud Wesley Seavers ein.
»Ich stimme Euch zu, Mylord. Aber wenn ihr Virginier das als harte Arbeit bezeichnet, dann werde ich mich noch schneller hier niederlassen, als ich eigentlich vorhatte.«
»Ihr würdet hier freudig willkommen geheißen«, sagte Wesley und legte einen Arm um Geoffreys Schulter. Sie gingen zusammen die Treppe hinunter.
Alicia ließ sich auf ihr Kopfkissen zurückfallen und unterdrückte den plötzlichen Wunsch zu schreien. Wie konnte die-

ser Pirat es wagen, einfach hierher zu kommen und ihr neues Leben durcheinanderzubringen! Wie konnte Preston das nur zulassen! Und wie konnte es ihre Familie wagen, ihn einfach willkommen zu heißen! Ihr Zorn beschleunigte ihren Pulsschlag.

Aber im tiefsten Inneren ihres Herzens erklang eine süße Melodie: Er war hierher*gekommen.*

17

Es war überhaupt nichts Merkwürdiges daran, daß Geoffrey Seavers es nicht eilig hatte, das Haus der Tildens wieder zu verlassen. Außerdem kam es häufiger vor, daß ein Geschäftsmann oder Kapitän, der zu Besuch war, längere Zeit dort blieb. Doch für Alicia schien die Situation schier unerträglich. Nur sie und Preston wußten von der persönlichen Beziehung, die zwischen ihr und Geoffrey bestanden hatte. Und sie konnte keinen klaren Gedanken fassen, solange er sich in ihrer Nähe befand.

Am Morgen betrat sie das Speisezimmer erst, wenn sie sicher sein konnte, daß das Frühstück schon beendet war. Und sie verdoppelte ihre Anstrengungen, einen Anschein von Fröhlichkeit aufrechtzuerhalten, denn sie wollte auf keinen Fall, daß irgend jemand merkte, wie sehr sie Geoffreys Anwesenheit aus der Fassung brachte. Sie begrüßte ihre Mutter in der Küche mit einem Kuß auf die Wange. »Guten Morgen, Madam«, sagte sie überschwenglich.

»Ich hoffe, du bist gut ausgeruht«, sagte Marguerite lächelnd.

»Ich habe ein bißchen gefaulenzt«, erwiderte Alicia entschuldigend.

»Ruhe dich aus, solange du es noch kannst, mein Kleines. Du wirst sehen, die Verantwortung, die du tragen mußt, wird im Lauf der Jahre immer drückender. So war es auch bei mir.«

»O Madam, ich könnte Euch doch mehr helfen. Bitte, sagt mir, was ich heute für Euch tun kann?«

»Alicia«, seufzte ihre Mutter. »Ich wollte damit nicht sagen, daß ich deine Hilfe brauche. Ich wollte dir nur begreiflich ma-

chen, daß auch für dich die Faulenzerei ein Ende haben wird, wenn du dich erst einmal um so viel kümmern mußt wie ich.« Sie berührte Alicias samtweiche Wange. »Ich bin froh, daß du dich ein wenig ausruhen kannst. Du hast es verdient.«
»Ich bin nur so faul, weil Ihr mich allzusehr verwöhnt.«
»Ich konnte dich eben lange Zeit nicht verwöhnen. Und wahrscheinlich bleibt mir auch gar nicht viel Zeit, dich weiter zu verwöhnen. Nun geh schon. Setz dich hin und laß dir von Etta ein Essen bringen.«
Alicia nahm im leeren Speisezimmer Platz und wartete darauf, daß ihr die Haushälterin Tee und Obst brachte. Sie grinste, als Etta auftauchte mit dem bei ihr üblichen grimmigen Gesichtsausdruck, der Alicia immer Vergnügen bereitete.
»Es geht dir also besser«, bemerkte Etta. »Du wirst nur noch morgens arbeiten und dich mittags ausruhen. Die Hitze ist erträglicher, sobald die Ernte erst eingebracht ist.«
»Es war eine schwere Zeit für dich, nicht wahr, Etta?«
»Das ist alles noch neu für dich. Aber sorg dich nicht, du bist gesund und widerstandsfähig.« Sie hob mit einem Finger Alicias Kinn an und schaute ihr in die Augen. »Ja, du bist gesund. Du wirst dich hier wohl fühlen, sobald du dich an die Hitze gewöhnt hast.«
»Wie lange bist du schon hier?«
»Wie lange sind die Tildens schon hier?« fragte sie zurück.
Alicia zuckte die Schultern. Sie wußte nicht genau, wann ihre Familie nach Amerika gekommen war.
»Ich bin genauso lange hier. Lord Tilden hat mich freigekauft, kurz bevor sein erster Enkel geboren wurde. Die Herrin hat ständig von dir geredet, als sie ihren ersten Enkelsohn in den Armen hielt. Ja, das ist schon einige Zeit her.«
»Aber du hast deine Strafe abgearbeitet«, bemerkte Alicia. »Warum bist du nicht nach England zurückgekehrt?«
»Mädchen, für mich gibt es kein England mehr. Ich habe keine Familie mehr dort. Die Tildens sind jetzt meine Familie. Newgate ist die einzige Erinnerung, die ich an England habe. Und ich habe kein Bedürfnis, diesen Ort wiederzusehen.«
»War es schlimm, Etta?« fragte Alicia. Sie dachte daran, daß

ihre größte Angst gewesen war, durch die Geschichte mit Geoffrey ins Gefängnis zu kommen.
»Ja. Es war furchtbar. Ein schreckliches Loch. Und ich wäre bestimmt tot, hätte mich Lord Tilden nicht herausgeholt. Sie wollten mich hängen.«
»Wofür?« hörte sich Alicia fragen.
»Großer Gott, hat dir nie jemand etwas über die alte Etta erzählt? Sie haben behauptet, ich hätte meinen Ehemann getötet!«
Alicia starrte Etta mit offenem Mund an. Etta war groß und muskulös. Sie sah aus, als könnte sie ohne weiteres einen gleichgroßen Mann erwürgen. »Aber du hast es nicht getan«, fragte Alicia unsicher.
»Ich hätte es tun sollen«, antwortete Etta und ergriff die Serviette, um sie Alicia auf den Schoß zu legen. »Er war ein nutzloser, alter Esel.«
»Keine Horrorgeschichten, Etta«, sagte Marguerite von der Tür her. Sie trat mit einer Tasse Tee in der Hand ein und setzte sich gegenüber von Alicia an den Tisch. Etta murmelte etwas und ging in die Küche zurück.
»Sie hat es nicht getan«, sagte Alicia zu ihrer Mutter.
Marguerite lächelte nur und seufzte. »Ich glaube, Etta könnte jemanden töten, um sich selbst oder jemanden, den sie liebt, zu verteidigen. Aber ich glaube auch, daß sie es nicht getan hat. Ehrlich gesagt, interessiert es mich auch nicht. Etta ist eine anständige Frau.«
Alicia nickte und begann zu essen.
»Was hast du heute vor?« fragte Marguerite.
»Nichts, Madam. Ich kann Euch helfen, wenn Ihr wollt.«
»Es gibt nichts zu tun für dich, mein Liebes. Aber wenn du mit der Kutsche ausfahren möchtest, so kann ich das veranlassen. Oder hat dich jemand eingeladen?«
»Nicht daß ich wüßte, Madam.«
Marguerites Augen wurden traurig. »Gibt es eigentlich einen Grund dafür, daß du nicht Mutter zu mir sagst?«
»Nein, Madam – verzeiht, Mutter. Aber ich fühle mich noch immer ein bißchen wie ein Gast hier.«

»Das brauchst du nicht. Dies ist jetzt dein Zuhause. Wir sind eine Familie.«
»Danke, Mutter«, sagte sie bekümmert.
»Ich glaube, der Streit mit deinem Vater ist erst einmal beigelegt, Alicia. Du warst ihm gegenüber ein wenig ungerecht. Er wollte nur das Beste für dich.«
»Das weiß ich«, sagte sie ruhig. »Es tut mir sehr leid.«
»Wird Bryson diese Woche zu Besuch kommen?«
Alicia seufzte. »Ich war euch allen gegenüber ein wenig ungerecht«, sagte sie. »Vielleicht sollte ich etwas netter zu Bryson sein.«
»Nur dann, wenn er der Mann ist, den du heiraten möchtest, Alicia. Im Gegensatz zu deinem Vater halte ich im Moment eine Heirat nicht für so wichtig. Aber dein Vater –«
»Er möchte nur mein Bestes.«
»Nein, mein Liebes, das allein ist es nicht. Er versteht nicht, daß es in deinem Leben Dinge gibt, von denen wir nichts wissen, Dinge, die du bestimmt vergessen mußt, bevor du ein neues Leben in Virginia beginnen kannst.«
Alicia schaute nachdenklich vor sich hin. Es gab in der Tat einiges, das sie vergessen mußte, bevor sie sich wieder verlieben konnte – geschweige denn heiraten. Sie fragte sich, ob das überhaupt je der Fall sein würde.
Sie lächelte ihre Mutter an, dankbar für deren Verständnis, und legte ihren Löffel hin, um etwas Tee zu trinken. Sie nahm einen Schluck und stellte die Tasse wieder ab. Dann streckte sie sich ein wenig und seufzte tief.
»Wann wird das Kind zur Welt kommen, Alicia?« fragte Marguerite.
Alicia zuckte zusammen und starrte ihre Mutter erschrocken an.
»Ich habe sechs Kinder zur Welt gebracht und die Geburt zahlreicher Enkel miterlebt. Du erwartest ein Kind, mein Schatz, nicht wahr?«
Alicia brachte kein Wort heraus. Eine Träne lief ihr über die Wange. Sie konnte ihre Mutter nur anstarren.
»Möchtest du mir etwas erzählen?« fragte Marguerite leise.

Alicia senkte den Kopf. Ihrer Mutter erzählen, daß sie mit Lord Seavers einen Handel eingegangen war, um in den Besitz einer Mitgift zu gelangen, auf die sie gar kein Anrecht hatte? Daß sie sich ihm hingegeben hatte, obwohl dies nicht Teil ihrer Abmachung gewesen war und daß sie jetzt nur Leere in sich fühlte und Schmerz?
»Du mußt dich mir nicht anvertrauen, Alicia. Es ist allein deine Angelegenheit.«
Sie schaute auf. »Ich habe Schande über Euch gebracht. Ich kann gehen und –«
»Nein, mein Kind, du hast uns keine Schande gemacht. Und wenn du jetzt fortgehen würdest, dann wäre mein Schmerz doppelt so groß wie vor fünfzehn Jahren.«
»Aber was soll ich tun, Madam?«
»Gibt es einen Mann, den du zur Verantwortung ziehen kannst?«
Alicia schüttelte den Kopf. »Ich weiß zwar, wer der Vater ist, aber...«
»Ich verstehe. Na ja, du hast eine Mitgift und –«
»Ich bin sicher, daß er darüber hocherfreut wäre«, sagte Alicia bitter und versuchte, ihre Tränen zurückzudrängen.
»Alicia, ich würde niemals zulassen, daß du einen grausamen und selbstsüchtigen Mann heiratest. Wenn du ihn nicht liebst, brauchen wir über die Angelegenheit nicht mehr zu sprechen. Dann werde ich eine Ehe mit ihm nicht zulassen. Ich vertraue darauf, daß du weißt, daß Liebe und Leidenschaft nicht immer ein und dasselbe sind. Die Bereitschaft, für dich zu sorgen und dich zu beschützen, kann bei einem Mann der deutlichste Ausdruck seiner Liebe sein.«
»Das *weiß* ich, Madam. Ich weiß es.«
»Dann wirst du auch wissen, was du zu tun hast, Alicia. Da bin ich unbesorgt.«
Aber Alicia schüttelte nur ihren Kopf und ließ ihren Tränen freien Lauf. Sie hatte nicht die geringste Vorstellung, was sie tun sollte: Sollte sie Seavers gegenübertreten und ihm durch eine Heirat erneut den Genuß einer Erbschaft verschaffen? Oder sollte sie Bryson ermutigen und ihm Seavers' Schuld un-

terschieben? Oder sollte sie die Schande der Geburt eines vaterlosen Kindes allein tragen?
»Alicia«, sagte ihre Mutter. »Vielleicht erscheint es dir so, als müßtest du dich sofort entscheiden. Aber das ist nicht notwendig.« Sie schaute ihre Mutter an. »Du kannst jetzt nichts mehr ändern. Also laß dir ruhig Zeit zum Überlegen.«
»Aber Madam, ich –«
»Du hast Zeit, Alicia. Ich rate dir, sie zu nützen. Tu nichts, bevor du nicht alles gründlich durchdacht hast. Ich kann dir versichern, daß ich die einzige bin, die etwas bemerkt hat.«
Marguerite erhob sich von ihrem Sessel und ging zu Alicia. Sie beugte sich zu ihr nieder und küßte sie auf die Wange. »Ich glaube sogar, du hast dich bis jetzt geweigert, es zur Kenntnis zu nehmen.«
»Ich hatte gehofft, mich zu irren«, murmelte Alicia.
»Ich weiß, mein Schatz. Und du kannst mir glauben, du bist nicht das erste Mädchen, dem so etwas passiert.«
Marguerite ging so leise, wie sie gekommen war, aus dem Zimmer. Als Alicia über die Worte ihrer Mutter nachdachte, fiel ihr ein, daß sie weder kritisiert noch gemaßregelt worden war. Aber egal, wie verständnisvoll ihre Mutter auch gewesen sein mochte, sie bezweifelte stark, daß ihr Vater dasselbe Verständnis aufbringen würde. Sie schwor sich, rasch zu einer Entscheidung zu kommen.
Zum gegenwärtigen Zeitpunkt würde sie ein Leben mit Bryson vorziehen, nur um Geoffrey nicht noch einmal zu einer reichen Mitgift zu verhelfen.

Alicia lief den ganzen Tag über gedankenversunken umher, ohne jedoch zu einer Entscheidung zu kommen. Etta brachte ihr am Nachmittag ein erfrischendes Getränk und setzte sich zu ihr auf die Veranda, etwas, das Etta sonst niemals tat.
»Dieser eingebildete Lord ›Wie-ist-doch-noch-sein-Name‹ hat nach dir gefragt, Mädchen. Er wollt' wissen, wie's dir jetzt geht. Ich hab' ihm gesagt, daß du 'ne kräftige Frau bist und daß er sich keine Sorgen machen muß.«
Alicia antwortete nicht, in der Hoffnung, damit das Gespräch zu beenden.

»Dieser eingebildete Lord, dieser ›Wie-ist-doch –‹«
»Lord Seavers, Etta.«
»Ja, Seavers. Er denkt daran, sich hier niederzulassen. Hat 'n Stück Land zugewiesen bekommen und –«
»Er besitzt *hier* Land?« fragte Alicia.
»Ja, das hat er zumindest erzählt. Dieser Junge hat 'ne große Ähnlichkeit mit all' diesen Tilden-Männern: Er denkt nur an Schiffe, Felder und Frauen.« Etta lachte in sich hinein. »Ich glaube, er ist sehr an dir interessiert.«
Alicia stand abrupt auf und strich ihre Röcke glatt. »Und warum sollte das irgend jemanden in Erstaunen versetzen, Etta? Ich bin sicher, daß er gleich bei seiner Ankunft von der Tilden-Erbin mit der reichen Mitgift gehört hat.«
Etta kicherte. »Das Gerede über die Mitgift geht dir nicht aus dem Kopf, nicht wahr?«
»Nein, den anderen geht es nicht aus dem Kopf!« Alicia verließ die Veranda und begann mit weit ausholenden Schritten davonzueilen. Seavers vergrößerte ihre problematische Lage beträchtlich. Sie drehte sich kurz um und sah, wie Etta ihr Glas leertrank und dann zu ihrer Arbeit ins Haus zurückkehrte. Alicia lief weiter herum und versuchte, ihre Gedanken zu ordnen.
Die bewaldete Umgebung des Tilden-Hauses erinnerte sie an die Gegend, in der der Gasthof stand. Der Wald war ihre Zuflucht gewesen, wenn sie sich unsichtbar machen wollte, damit ihr Armand nicht noch zusätzliche Arbeiten aufbürden konnte. Und jetzt hatte sie den Waldweg erreicht, um weiteren Diskussionen über Seavers, ihre Heirat und andere verwirrende Themen zu entgehen. Nachdem sie eine Weile umhergewandert war und dabei Wildblumen gepflückt hatte, fühlte sie sich wieder Manns genug, zum Haus zurückzukehren. Gerade als sie den Rückweg angetreten hatte, erblickte sie Geoffrey und Preston, die um die Ecke kamen und das Haus betraten. Sie erblickten sie im selben Augenblick und blieben sofort stehen.
Alicia zog den Schal enger um ihre Schultern, machte kehrt und wollte zum Fluß hinuntergehen. Doch es war zu spät, Preston rief nach ihr.

Ich drehe mich nicht um, schwor sie sich leise, und machte längere Schritte.
Doch plötzlich hörte sie hinter sich Fußtritte. Sie hörte auch, daß er allein kam, eine Tatsache, die ihre Wut noch verstärkte. Dann fühlte sie seine Hand auf ihrem Arm.
»Laß mich los, sonst –«
»Du solltest dich allein nicht so weit vom Haus entfernen, Liebes«, sagte Preston. »Komm, ich bringe dich zurück.«
»Ich dachte, es wäre –«
»Ich weiß.« Er deutete mit dem Kopf in Richtung Haus. Alicia sah, daß Geoffrey mit Marguerite auf der Veranda stand und in ein Gespräch vertieft war. »Meinst du nicht, daß du mit ihm reden solltest?«
»Nur wenn ich es gar nicht verhindern kann«, sagte sie böse.
»Er ist gekommen, um dich zu sehen«, erwiderte Preston.
»Und wie konntest du das zulassen? Du hast gewußt, daß ich ihn nicht mehr sehen möchte! Warum hast du ihm nicht gesagt, daß er wieder gehen soll?«
Preston packte sie am Arm und schaute ihr in die Augen. »Er ist der Freund der Familie, nicht nur meiner. Und das Land, das er vom König erhalten hat, liegt flußaufwärts. Wenn er sich entscheidet, in Virginia zu bleiben, dann steht ihm unser Haus offen, Alicia.«
»Der verdammte Pirat wird also von meiner gesamten Familie verhätschelt werden. Und das, obwohl ich mich in seiner Gegenwart schlecht fühle.«
Preston nickte. »Ja, solange du deinen Eltern nicht erzählen willst, was der Halunke dir angetan hat.«
»Oh, natürlich«, sagte sie schnippisch und verschränkte die Arme vor der Brust.
»Ich bin sicher, sie werden hinter dir stehen.«
»Was hätte ich deiner Meinung nach mit ihm machen sollen?« fragte sie spöttisch. »Hätte ich ihn kastrieren sollen?«
Preston lachte und legte seinen Arm um ihre Schultern. Sie gingen zum Haus zurück. »Wahrscheinlich würde Vater darauf drängen, daß er dich heiratet. Rechtmäßig natürlich.«
»Würde er sehr böse mit mir sein?« fragte sie ihren Bruder.

»Ich glaube nicht«, erwiderte Preston und zuckte die Schultern.
»Was soll ich bloß tun? Ich kann es ihnen nicht erzählen, und ihn auch nicht zwingen, fortzugehen. Doch kann ich ebensowenig ertragen, mit ihm in ein und demselben Land zu leben!«
»Du *kannst* es ihnen ja erzählen, wenn es notwendig ist.«
»Aber ich will es nicht! Mir gefallen die Dinge so, wie sie jetzt sind: Meine Vergangenheit bleibt allein meine Angelegenheit und ist vergessen. Und die Zukunft kann ich nach meinen Vorstellungen gestalten.«
»Also gut«, sagte Preston.
Sie blieb plötzlich stehen und sah ihn entsetzt an. »Preston, *er* wird ihnen doch nichts erzählen, oder?«
»Ich glaube, er schämt sich bezüglich dieser Angelegenheit noch mehr als du. Nein, ich glaube nicht, daß er ihnen etwas erzählt.« Alicia drehte sich mit einem tiefen Seufzer der Erleichterung um und ging weiter. Sie fand sich damit ab, daß es wohl nicht zu vermeiden sei, Geoffrey so dann und wann zu begegnen. »Aber ich sage dir eines: er ist gekommen, weil er *dich* sehen will!«
»Gut, jetzt hat er mich ja gesehen, also kann er wieder gehen«, erwiderte sie steif. Als sie zur Veranda kamen, trat Geoffrey ihr entgegen und verbeugte sich. Sie nickte ihm zu und wollte schnell weitergehen.
»Ihr schaut schon wieder besser aus, Madam«, sagte er.
»Danke, Sir«, gab sie zurück.
»Ich bin ein wenig enttäuscht deswegen«, sagte er, ohne auf die Anwesenheit ihrer Mutter, die daneben stand, zu achten. Alicia schaute ihn furchtsam an.
»Enttäuscht?« fragte sie.
»Ja. Ich hatte gehofft, wieder an Eurer Seite zu sein, falls Ihr noch einmal in Ohnmacht fallen solltet.«
Alicia schürzte die Lippen. »Ich kann Euch versichern, Mylord, daß ich nicht noch einmal in Ohnmacht fallen werde. Ich vertraue darauf, auf meinen eigenen zwei Füßen dorthin zu gelangen, wo ich hin will.« Dann betrat sie mit raschen, sicheren Schritten das Haus.

Die Schänken im Hafen von Virginia ähnelten den Schänken in London, waren nur nicht so überfüllt und von der Ausstattung her noch neuer. Aber wie in London, wurden sie von jedem Seemann, der in den Hafen kam, und von jeder Dirne aus der Nachbarschaft besucht. Sie waren die geeignetsten Plätze, um etwas über die Bewohner der Kolonie zu erfahren.
Ein großer, dunkelhaariger Mann verbrachte fast einen ganzen Nachmittag in solch einer Hafenschänke und sprach mit verschiedenen Leuten, einschließlich dem Besitzer. Er gab sich als englischer Händler aus, der nach Virginia gekommen war, um Handel zu treiben. Er nannte sich Samuel Tyler. Und er fragte nach den Leuten, die den Schiffshandel beherrschten.
»Ich habe viel über die Tilden-Familie gehört«, sagte er. »Ich habe gehört, daß die Anzahl ihrer Handelsschiffe die Zahl zwanzig bei weitem übersteigt.«
»Mindestens, mein Freund«, erwiderte der Wirt. »Wahrscheinlich sind die Tildens die reichste Familie hier in den Kolonien. Wenn nicht, dann will ich verdammt sein.«
»Sie haben ihr Geld wohl durch den Handel per Schiff erworben?«
»Sie besitzen auch einige hundert Schwarze und bewirtschaften eine beträchtliche Plantage. Und sie vermehren sich wie die Karnickel. Allein im letzten Jahr kamen zwei Enkel. Gebt denen noch weitere zwanzig Jahre, und sie werden die ganze Küste beherrschen und besitzen.«
Tyler hob seinen Bierkrug und nahm einen Schluck. »Wie viele Kinder haben sie?«
»Fünf. Lauter Söhne.«
Tyler nickte und nahm noch einen Schluck.
»Eigentlich sind es sechs Kinder – die Tochter ist gerade erst aus England heimgekehrt. Man sagt, sie hat dort gelebt, seit sie 'n Baby war.« Der Wirt beugte sich zu Tyler herunter. »Es heißt, daß sie das Baby ist, das verlorengegangen war, aber niemand weiß, wo sie die ganze Zeit über gesteckt hat.«
Tyler zog eine Augenbraue hoch und schaute den Wirt an. »Was macht das schon?«
»Es gibt Gerüchte. Gleich nachdem sie aufgetaucht war, hat der

alte Tilden dem Mädchen 'ne riesige Mitgift versprochen. Gerade so, als wolle er damit auslöschen, was sie gewesen ist. Die Leute hier sind sehr ehrbar und gottesfürchtig. Die wollen nicht, daß über das Mädchen geredet wird, gerade als wär' sie 'ne Art zurückgekehrter Engel. Aber die weiß schon, wie man mit Männern umgeht.«

Tyler schaute sich in der Schänke um. Die Gäste waren typisch für solch einen Ort: schmutzige, leichtsinnige Typen, die zuviel tranken und immer auf der Suche nach einer schnellen Liebschaft waren. Er schaute wieder den Mann an, mit dem er gesprochen hatte. »Sicher, ehrbar und gottesfürchtig.«

»Ah«, brummte der Wirt. »Was die Männer hier im Hafen tun, ist nicht wichtig. Aber die Leute, die hier *leben*, halten sich für ehrbar und gottesfürchtig. Und ihre Kinder sind es selbstverständlich auch.«

»Na ja«, erwiderte Tyler. »Wahrscheinlich werden die Tildens sehr froh darüber sein, ihre Tochter wiedergefunden zu haben, wo immer sie auch gelebt haben mag, bevor sie heimgekehrt ist.«

»Muß wohl so sein, wenn sie für sie lügen, sie wie pures Gold behandeln und sie stolz in der ganzen Gegend herumzeigen. Die hab'n Feste für das Mädchen veranstaltet, sie in die Kirche geschleppt und lassen die Männer um sie werben –«

»Um sie werben?« fragte er.

Der Mann runzelte die Stirn. »Die Männer scheinen die anderen Frauen hier vergessen zu haben. Die wollen alle ein Stück von dem Tilden-Erbe. Ich hab' selbst 'ne Tochter verheiratet. Aber ich hab' ihr ganzes Leben lang 'n Auge auf sie gehabt. Ich *weiß*, daß sie 'n ehrbares und reines Mädchen is'. Aber die Tildens scheren sich 'nen Dreck um die Ehrbarkeit. Die stellen sie zur Schau, als sei sie 'n Schmuckstück. Ich sag' Euch, das is' 'ne wahre Schande.«

»So, findet Ihr?«

Der Mann betrachtete Tyler genauer. »Aber das würd' ich nie zu 'nem Tilden sagen, da könnt Ihr Gift drauf nehmen. Und wenn das jemand anderer sagen würde, würd' ich schwören, daß das alles Lügen sind.«

Tyler lachte. »Die Tildens geben Euch Arbeit, nicht wahr?«
»Allerdings. Und ich werd' lernen müssen, meine Zunge im Zaum zu halten, wenn ich die Arbeit behalten will.«
»Keine Angst, Sir. Ich werde das, was Ihr mir anvertraut habt, nicht weitererzählen. Bei mir ist es sicher.«
»Ich hab' immer geglaubt, daß die Tildens gute Leute sind, ehrlich und anständig. Aber es gefällt mir nicht, daß sie lügen. Die versuchen sie so schnell wie möglich unter die Haube zu kriegen, das kann nich' richtig sein. Es geht mich ja eigentlich nichts an, aber trotzdem...«
»Ich weiß schon, wie Ihr das meint. Aber, Sir, Ihr müßt auch verstehen, wie ein Mann und eine Frau sich fühlen, wenn ihr verlorenes Kind nach so langer Zeit endlich wieder heimkehrt.«
»Ja«, erwiderte er zögernd.
»Dann werdet Ihr sicher auch ihre Haltung ein wenig verstehen können, da bin ich mir sicher.«
»Ich hab' niemals behauptet, daß die Tildens eine schlechte Sippe sind, Mr. Tyler. Ich hab' nur gesagt, daß es mir nicht paßt, daß sie ihre Tochter als unschuldiges Wesen ausgeben, ohne zu wissen, wo sie in all den Jahren gewesen ist. Sie könnten die Gerüchte doch aufklären, aber sie glauben, daß sie das nicht nötig haben, weil sie die Tildens sind.«
»Natürlich, Sir«, erwiderte er.
Als er an seinem Bier nippte, breitete sich ein zufriedenes Grinsen über sein Gesicht aus. Der Wirt hatte ihm mehr erzählt, als er erhoffte. So, so. Preston Tilden hat sie also als seine Schwester hierhergebracht. Und die Familie hat sie auch sofort aufgenommen. Gerade so schnell und vertrauensselig, wie Charles sie als Charlotte Bellamy anerkannt hatte. Er fand diese Neuigkeit sehr herzerfrischend.
Aber, so fragte er sich, wer ist dieses Weibsbild in *Wirklichkeit?* Er hatte sie verführt, als sie noch ein Schankmädchen gewesen war, hatte mit ihr getanzt, als sie am Hof des Königs weilte, und würde ihr wohl demnächst in ihrer Rolle als Tochter eines reichen Plantagenbesitzers gegenübertreten.
In England hatte ihm niemand eine Träne nachgeweint. Sein

Bruder, der einzige der Familie, der noch über Geld und Titel verfügte, hatte ihm nicht mehr helfen wollen. Er beschuldigte ihn, genau wie Seavers, seine Verlobte umgebracht zu haben, weil sie kein Erbe erwarten konnte. Und König Charles hatte ihn ebenfalls mit einer ärgerlichen und ungeduldigen Handbewegung abgewiesen, als er ihm die Geschichte erzählen wollte. Alle, von denen Perry sich Unterstützung erwartet hatte, hatten ihn abgewiesen und ihn dazu gezwungen, sein Glück ohne sie zu versuchen.

Er verfügte nur über geringe Geldmittel. Ihm stand keine reiche Braut zur Verfügung, die er heiraten konnte. Er hatte auch keinen Landbesitz als Auszeichnung für seine Kampfestüchtigkeit erhalten, da er niemals gekämpft hatte. Er erhielt keine Bestechungsgelder, da er keinen politischen Einfluß besaß. Denn er kannte kein anderes Geschäft als die Beherrschung der höfischen Etikette.

Ich frage mich, wieviel ist Lord Tilden das Leben seiner Tochter wert? Tausend Pfund? Zehn...?

Wesley Tildens ganzer Stolz war ein großer Tisch, der mehr als dreißig Leuten Platz zum Essen bot. Es hatte fast eineinhalb Jahre gedauert, bis der Tisch endlich fertig war. Er hatte hart gearbeitet, um den Tisch herzustellen, fast ebenso hart wie beim Bau des Hauses. Jede freie Minute hatte er damit verbracht. Auch täglich fiel es Wesley schwer, nach sechs Uhr morgens noch ruhig im Bett liegen zu bleiben. Und er strahlte immer vor Freude, wenn seine Familie und viele Gäste zum Abendessen an einem großen Tisch beisammensaßen.

An diesem Tisch mußte Alicia in diesen Tagen ihre schwersten Prüfungen bestehen. Nicht nur, weil sie immerzu an ihren Zustand denken mußte, sondern auch, weil Bryson ein häufiger Gast war und darüber hinaus auch Geoffrey des öfteren im Hause Tilden speiste.

Sie versuchte, Geoffreys Blicken während des Essens auszuweichen, aber fast jedesmal, wenn sie aufschaute, merkte sie, wie er sie anstarrte. Jedesmal, wenn Wesley Tilden die Tafel aufhob, seufzte sie erleichtert. Endlich konnte sie aufstehen.

»Würde es Euch gefallen, Alicia, draußen mit mir spazierenzugehen?« fragte Bryson sie.
»Danke, Bryson«, antwortete sie ruhig. »Ich glaube nicht. Ich möchte lieber allein sein.«
Er zuckte enttäuscht die Achseln und folgte den anderen Männern in die Bibliothek. Sie blieb bei den Frauen, die sich mit den Kindern beschäftigten, sie fütterten oder mit ihnen spielten, während sich die Männer Wesleys Liköre und Zigarren zu Gemüte führten.
Alicia langweilte sich schnell mit ihrer Handarbeit. Sie fühlte sich innerlich viel zu aufgewühlt, um schlafen zu können, zu unruhig, um still dazusitzen und viel zu verwirrt, um irgendein Gespräch zu führen. Sie entschuldigte sich deshalb und verließ allzu früh den Salon. Sie holte sich aus ihrem Zimmer einen Schal und ging hinaus, um die kühle Nachtluft einzuatmen.
In Virginia schienen die Sterne näher dazusein. Sie strahlten heller. Sicherlich war die Luft hier klarer. Doch egal wie klar, erfrischend, wohlriechend und strahlend die Nacht auch sein mochte, nichts half ihr, sich in ihrer Situation zu entscheiden.
»Die Nachtluft ist erfrischend«, meinte plötzlich Geoffreys Stimme hinter ihr. Sie wirbelte herum, schaute ihn an und machte Anstalten, an ihm vorbeizugehen.
»Alicia, rennt nicht davon. Ich werde Euch so lange folgen, bis Ihr mit mir redet.«
»Es gibt nichts, worüber wir reden müßten.«
Er griff in seine Jackentasche und zog eine Halskette heraus. Sie erkannte sie sofort, und ihr Herz machte vor Freude einen Sprung.
»Das habt Ihr vergessen mitzunehmen«, sagte er.
»Ich hatte kein Recht, es mitzunehmen, Sir. Es gehört den Bellamys.« Sie versuchte noch einmal, an ihm vorüberzugehen.
»Nein, Alicia. Ich bin noch nicht fertig«, sagte er und hielt sie am Arm fest.
»Wenn Ihr mich zwingt zu schreien, wird Euch das schlecht bekommen. Mein Vater kann sehr zornig werden.«
»Ihr werdet nicht schreien, meine Liebe, nur weil ich Euch berühre.«

»Seid Euch da nicht zu sicher, Geoffrey. Ich –«
»Wenn Ihr mich dazu zwingt, dann werde ich öffentlich mein Interesse an Eurem Kind bekunden.«
Alicia starrte ihn entsetzt an.
»Es stimmt, nicht wahr? Es ist unser Kind?«
Alicia entfuhr ein erbitterter Laut. Es war geradezu lächerlich, daß sie selbst als eine der letzten erkannt hatte, daß sie schwanger war. Aber anscheinend hatten ihre Mutter und jetzt auch Geoffrey sofort ihren Zustand erfaßt.
Er lachte leise vor sich hin. »Ihr seid ein bißchen voller geworden. Und Eure Augen strahlen noch viel mehr als früher. Ich bin bereit, die Verantwortung zu übernehmen.«
»Warum wollt Ihr das tun?« fragte sie ernst. »Warum wollt Ihr Euch selbst des Diebstahls, der Lüge...«
»Weil Ihr meine Frau seid und mein Kind unter Eurem Herzen tragt.«
»Nein«, sagte sie steif. »Nein, Mylord, ich bin eine Schauspielerin, die gut dafür bezahlt wurde, die Rolle Eurer Frau zu spielen. Und das Kind, das ich erwarte, muß nicht unbedingt Eures sein.«
Er packte sie am Arm und zog sie zu sich heran. Seine grünen Augen blitzten ärgerlich, und seine Kinnmuskeln waren gespannt. Er legte seine Hand auf ihren Bauch. »Haßt Ihr mich so sehr, daß Ihr Euch selbst verleugnen wollt? Alicia, ich bin gekommen, um die Angelegenheit *in Ordnung* zu bringen!«
»Zu spät«, sagte sie schwer atmend. »Mylord, Ihr seid schon wieder einmal zu spät gekommen.«
»Dann sagt mir jetzt, daß sich Eure Gefühle für mich geändert haben«, sagte er heiser.
Tränen traten ihr in die Augen. Sie biß ihre Zähne fest zusammen. Sie wollte nicht, daß er ihr noch einmal weh tat, und ihm auf keinen Fall ihre Gefühle offenbaren.
»Haben sich *Eure* Gefühle für mich geändert?« fragte sie ihn. »Ihr habt mich doch aufgefordert, da hinzugehen, wo ich will. Ihr habt gesagt, daß unsere Abmachung beendet ist. Hat sich daran etwas geändert?« fragte sie, wobei sie jedes einzelne Wort betonte.

»Ich konnte es nicht ertragen, Euch zu verlieren.«
»Wirklich?« fragte sie, und eine Träne rollte über ihre Wange. »Oder habt Ihr vielleicht gehofft, Eure leere Börse mit einer weiteren Mitgift aufzufüllen?«
»Alicia, nicht...«
»Und mit dieser Mitgift gelingt es Euch vielleicht sogar, zwanzig neue Schiffe zu bauen: eine ganze Flotte, die sogar mit der der Tildens wetteifern könnte.«
»Das einzige, was ich hier zu finden hoffte, war Eure Liebe«, flüsterte er. »Ausschließlich Eure Liebe, Alicia.« Und er riß sie in seine Arme und küßte sie. Sie fühlte einen Schauer über ihren Rücken laufen. Sie schluchzte, als er sie losließ.
»Meine Liebe, Lord Seavers? Ich habe Euch vor langer Zeit meine Liebe angeboten, und Ihr wolltet sie nicht annehmen.«
»Ich war ein Narr.«
»Ist es nicht lediglich ein Zufall, daß Eure Liebe und meine verlorene Familie zur gleichen Zeit auftauchen?«
»Zur Hölle mit Eurer Familie, ich will Euch!«
»Niemals! Denn ich könnte mir nie sicher sein! Ich werde eines Tages heiraten, Lord Seavers, und vielleicht wird der Glückliche mich wegen meines Geldes nehmen, doch dann werde ich es wenigstens wissen. Bei Euch wäre ich mir niemals sicher, ob es nicht wieder nur Lügen, nicht wieder nur ein Abkommen wäre.«
»Ihr gehört mir, Alicia, ob Ihr das wollt oder nicht. Ihr werdet keinen anderen Mann heiraten, solange noch ein Atemzug von Leben in mir steckt!«
»Ihr könnt es nicht verhindern!« schleuderte sie ihm entgegen.
»Doch, das kann ich! Und schon bald werde ich die Süße Eurer Umarmung wieder spüren!«
Ihre Hand rutschte ihr aus, flog empor und landete mit einem harten Knall auf seiner Wange. Es war ein fester Schlag, der ihren Handteller und seine Wange rot anlaufen ließ. Er riß sie wieder an sich und preßte sie fest gegen seinen Körper. Sein Mund fand den ihren, und er kostete die Zartheit ihrer Lippen.

Er schaute sie mit seinen grünen Augen an. Mit diesen grünen Augen, die sie nicht vergessen konnte und die sie bis in ihren Schlaf hinein verfolgten.
»Dieser Kampf dauert schon viel zu lange, Alicia«, sagte er.
»Ihr wißt mit Feuer und Schwert umzugehen, Geoffrey. Ich dagegen weiß, wie man einen solchen Krieg strategisch führt.«
»Ich werde nicht aufgeben.«
»Ihr werdet es eines Tages müssen, Mylord. Ich gehöre keinem Mann.«
»Ihr seid mein!«
»Ich gehöre nur *mir!*«
Er gab sie langsam frei und ließ ihr Zeit, sich zu sammeln. Sie zeigte nicht, daß ihre Beine fast nachzugeben drohten.
»Ja, mein Liebes, du gehörst nur dir. Aber ich werde nicht ruhen, bis du mir versprochen hast, dein Leben mit mir zu teilen.«
»Das wird Euch nicht gelingen, Mylord. Spart Euch Eure Kräfte, um Euer Glück woanders zu versuchen.«
Sie drehte sich um und eilte zum Haus zurück. Auf der Schwelle blieb sie einen Augenblick stehen und betrachtete ihre rote Handfläche. Ein Lächeln breitete sich langsam auf ihrem Gesicht aus. Ohne sich noch einmal umzublicken, eilte sie die Treppen hinauf.
Preston stand gerade in der Tür zur Bibliothek, aus der Rauch und lautes Gelächter drangen. Geoffrey betrat kurz darauf die Halle, doch waren seine Schritte wesentlich langsamer als die Alicias. Preston nickte ihm zu und nahm einen Schluck aus dem Glas, das er in der Hand hielt.
»Hast du auch für mich etwas zu trinken?« fragte Geoffrey.
»Natürlich. Doch wäre es besser, wenn du deinen Drink auf deinem Zimmer zu dir nehmen würdest.« Als Geoffrey ihn verdutzt anschaute, mußte Preston lachen. »Eure Wange, Mylord, trägt die Handschrift meiner Schwester.«
Geoffrey lächelte vergnügt. »Wenn die Versöhnung genauso leidenschaftlich wird, dann hat es sich gelohnt.«

18

Geoffrey ging mit seinem Drink in den Garten zurück. Er berührte mit seinen Fingern die Wange, auf die Alicia ihn geschlagen hatte, und ließ ihre Worte in Gedanken noch einmal Revue passieren. Er versuchte, die Dinge von ihrer Sicht aus zu betrachten.

Er kannte den Großteil ihrer Lebensgeschichte genug, um ihre Handlungsweise zu verstehen. Sie war ein Leben lang ausgenutzt, von einer Familie in die andere geschickt worden. Sie hatte sich ihren Lebensunterhalt auf unterschiedlichste Art selbst verdienen müssen – als Schankmädchen oder in der Rolle der Lady Seavers. Das erste Mal in ihrem Leben konnte sie im Kreise *ihrer* Familie leben. Ihr schuldete sie nur Zuneigung. Vielleicht hatte sie recht, wenn sie gegen ihn kämpfte. Schließlich war auch er einer derjenigen, der sie für seine Zwecke mißbraucht hatte. Und er hatte ihre Angst und ihr Mißtrauen erneut geschürt, da er ihr in der besagten Nacht Liebe und Leidenschaft gestanden und sie dann bei Tageslicht zurückgestoßen hatte.

Er streifte im Dunkel der Nacht um das Haus. Der Brandy hatte sein Herz gewärmt und seinen Kopf gekühlt. Als er beschloß, endlich zu Bett zu gehen, lag das Haus schon dunkel und ruhig da. Er ging die Treppe zu seinem Zimmer hinauf und blieb kurz vor Alicias Tür stehen. Dann trat er unvermittelt ein.

Er betrachtete sie und fühlte, wie sich nach und nach eine tiefe Ruhe in ihm ausbreitete. Ihr Haar war über das Kissen gebreitet und ihre dunklen Wimpern warfen sanfte Schatten auf ihre Wangen. Er hatte sich selbst das Recht verwehrt, ihre Schönheit zu betrachten. Durch seine Dummheit und weil ihre Familie glaubte, sie vor ihm schützen zu müssen, ohne zu wissen, daß er ihr Ehemann war. Er konnte seinem Drang nicht widerstehen, ihre seidige Haut zu berühren. Er streichelte sanft ihre Wangen. Du hast all die Eigenschaften, die ich mir von einer Frau wünsche, dachte er leidenschaftlich. Schönheit, Verstand, Charme und Hingabe. Und mit welchem Mut du kämpfst! Wie stolz und unbeugsam du bist! Nur ein Tor würde deine Tugenden nicht erkennen und ihren Wert nicht schätzen.

Du glaubst, daß ich nur wegen deiner Mitgift gekommen bin, aber da irrst du dich. Ich bin gekommen, um dich zu erobern und zu beschützen. Ich werde dir ein herrschaftliches Haus bauen, und du wirst silberne Schuhe tragen. Dafür werde ich arbeiten – härter als je zuvor ein Mann gearbeitet hat. Ich brauche keine Nahrung, wenn du meinen Hunger mit deinen Lippen stillst. Ich brauche keinen Wein, denn allein dich anzuschauen, läßt meine Sinne schwinden. Alicia, wie kannst du nur an meiner Liebe zweifeln...

Während er im Geiste seine leidenschaftlichen Worte an sie richtete, seufzte sie leise und drehte sich um. Dabei rutschte die Decke vom Bett. Er lächelte, denn er stellte sich vor, wie verärgert sie wäre, wüßte sie, daß er sie im Schlaf, nur mit einem Nachthemd bekleidet, beobachtete! Das Kind, das unter ihrem Herzen heranwuchs, vergrößerte ihre Schönheit noch.

Er beugte sich vorsichtig herab und deckte sie zu. Dann stahl er sich leise aus ihrem Zimmer. Ich kann unmöglich schlafen, dachte er. Ich habe zu lange davon geträumt, sie in meinen Armen zu halten, sie an meiner Seite zu spüren...

Als die Sonne aufging, öffnete Alicia langsam ihre Augen. Bei dem Gedanken an die Visionen und Träume, die sie in der Nacht gehabt hatte, mußte sie lächeln. Sie setzte sich auf und streckte sich genüßlich. Dann schwang sie ihre Beine über die Bettkante. Plötzlich sah sie das Glas auf ihrem Frisiertisch. Stirnrunzelnd erhob sie sich, um es in die Hand zu nehmen.

Als sie den scharfen Geruch des Brandys einsog, verzog sich ihr Gesicht. Sie mußte nicht lange überlegen, wie das Glas hierhergekommen war. Weder Preston noch ihr Vater würden sich in ihr Zimmer schleichen, während sie schlief.

Sie wußte, daß die Männer schon vor geraumer Zeit gefrühstückt und das Haus verlassen hatten, um ihrer jeweiligen Arbeit nachzugehen. Auf dem Weg in die Küche kam sie an der verschlossenen Bibliothek vorbei. Von drinnen hörte sie Geoffreys Stimme.

»Die Briefe überführen ihn nicht, genügen aber, ihn unter Bewachung nach England auszuliefern, wo er dann vor ein Gericht gestellt und sehr wahrscheinlich gehängt werden wird. Das befriedigt zwar meine Rachegelüste nicht, ist aber wohl das Beste, was man zu diesem Zeitpunkt unternehmen kann.«

»Und wo wirst du ihn suchen?« hörte sie Preston fragen.

»Niemand wird sich wundern, mich an den Kais zu sehen. Schließlich werden meine Schiffe in den Hafen gebracht, sobald die Reparaturen ausgeführt und neue Mannschaften angeheuert sind.«

»Dann glaubst du also, ihn dort zu finden? Ich kann mir nicht vorstellen, daß er sich jemals wieder in unsere Nähe traut.«

»Das letzte, was man von ihm gehört hat, war, daß er sich eine Überfahrt in die Kolonien gekauft hat, weil ihm nicht einmal mehr sein Bruder helfen wollte. Ich habe die Absicht, ihn zu finden. Rodney ist schon an den Kais und hält nach ihm Ausschau.«

»In welcher Stimmung befindet sich meine Schwester jetzt?« fragte Preston.

Alicia schlich sich näher und preßte ihr Ohr an die Tür.

»Ich konnte sie noch nicht zur Vernunft bringen.«

Alicia fühlte, wie der Ärger ihr im Gesicht brannte. Sie zur Vernunft bringen! Wie konnte dieser Schurke es wagen, so etwas zu sagen!

»Hast du ihr gesagt, was du getan hast?«

»Ich sagte ihr, daß ich gekommen bin, um alles in Ordnung zu bringen, aber sie will mich nicht erhören. Sie hat auch gute Gründe, mich zu hassen, aber ich kann es nicht länger ertragen, daß sie mir trotzt.« Er räusperte sich. »Es gibt ein Dutzend Möglichkeiten, diesen Streit zwischen uns zu beenden, damit wir uns endlich irgendwo fest niederlassen und heiraten können.«

»Meine Eltern haben eine beachtliche Mitgift für sie bereitgestellt.«

Sie konnte Geoffreys Lachen hören und wurde starr vor Wut. Am liebsten wäre sie jetzt in die Bibliothek gestürzt. Der Gedanke an meine Mitgift bereitet dir Vergnügen, nicht wahr, Lord Seavers? dachte sie. Du glaubst wohl, daß du sie schon in der Tasche hast. Das werden wir noch sehen! Und sie lief eilig ins Speisezimmer.

»Die Mitgift kann nützlich sein, um dem König das Bußgeld zu zahlen, das er mir auferlegt hat«, sagte Geoffrey humorvoll. »Gerade als ich glaubte, er lasse mich ins Gefängnis werfen, bot er mir an, seinen Groll mit Geld zu besänftigen.«
»Eine weise Entscheidung«, sagte Preston. »Vor allem angesichts der Tatsache, daß Tod oder deine Haft seine Kassen nicht mehr mit Geld gefüllt hätten.«
»Es tut gut, endlich wieder die Wahrheit sagen zu können«, seufzte Geoffrey. »Die Monate, die ich mit Lügen leben mußte, haben mich krankgemacht. Ich konnte nicht einmal mehr wahrnehmen, wie sehr ich Alicia liebe.«
»Ich wollte, du hättest mir damals schon alles erzählt.«
»Lügen lassen einen Mann den Glauben an alles verlieren, mein Freund. Aber jetzt ist es vorbei. Ich muß nur noch den Verbrecher fangen und meine Frau zurückgewinnen. Wünsch mir alles Gute.«
»Immer mit der Ruhe, du Gauner«, erwiderte Preston lachend. »Sie wird dich ganz schön zappeln lassen, bevor du ihr Herz erweichen kannst.«

Rodney Prentiss hatte ein kleines Zimmer in der Nähe des Hafens gemietet. Er fragte die Seeleute nach Culver Perry, in England als Lord Perry bekannt. Umsonst, nichts kam dabei heraus. Seine Beschreibung paßte auf viele Männer: groß, blaue Augen, gutaussehend und meist vornehm gekleidet. Abgesehen von der Kleidung, unterschied er sich kaum von anderen Männern. Er hatte weder besondere Merkmale noch seltsame Verhaltensweisen. Und sein Londoner Akzent würde kaum auffallen, da die meisten Siedler ja aus England stammten.
»Wir werden weitersuchen und weiterfragen«, beschloß Geoffrey.
»Und die Briefe?« fragte Rodney.
»Ich habe sie Randolph Hussley übergeben, dem Beauftragten Seiner Majestät in den Kolonien und höchsten Richter. Bei ihm sind sie sicher.«
»Könnten sie von dort eventuell gestohlen werden oder vielleicht sogar gekauft?« erkundigte sich Rodney ängstlich.

»Nein, wohl kaum. Ich muß Alicia wirklich sehr dankbar sein, daß sie in Wirklichkeit eine Tilden ist. Der Name Tilden bedeutet hier etwas.«

Rodney lachte laut. »Und wie geht es der Lady?«

»Schade, daß Ihr hierbleiben müßt und sie nicht sehen könnt. Sie sieht prächtig aus.«

»Und wie hat sie Euch empfangen?«

Geoffrey rieb sich die Wange, auf die sie ihn geschlagen hatte. »Sie macht es mir nicht gerade leicht.«

Rodneys zerfurchtes Gesicht verzog sich zu einem breiten Grinsen. Es machte ihn glücklich zu wissen, daß das Mädchen nichts von ihrer Entschlossenheit verloren hatte, trotz der vielen Schicksalsschläge in ihrem Leben. »Sie wird Euch nicht nehmen.«

»Freut Euch nicht zu früh. Ich finde bestimmt einen Weg, sie zu erobern. Ihr werdet schon sehen.«

»Ich weiß wirklich nicht, womit ich das verdient habe, daß Ihr mich so wenig mögt! Es scheint Euch wohl zu gefallen, wenn ich bestraft werde.«

»Nicht doch, mein Junge. Ich gebe zu, es bereitet mir gewisses Vergnügen, wenn das Mädchen sich nicht nach jeder Eurer Launen richtet, doch sie straft Euch nicht. Sie zeigt Euch lediglich, daß sie wert ist, daß man um sie kämpft.«

Geoffrey dachte einen Augenblick lang nach und nickte dann zustimmend. Ja, all das, was er durchgemacht hatte, war die Sache wert. Aber er konnte es nicht aushalten, daß sie ihn noch länger auf die Probe stellte, und hatte sich vorgenommen, ihr vorerst ihren Willen zu lassen. Doch nun drängte die Zeit. Das Haus mußte gebaut werden, und die Geburt des Kindes rückte näher. Er konnte jederzeit nach England zurückgerufen werden, um dort seine Pflichen zu erfüllen. »Gehen wir und versuchen wir, eine Spur zu finden. Ich habe nicht viel Zeit, da ich mit einem gewissen Mann unbedingt über seine Tochter sprechen muß.«

»Es ist nicht unbedingt notwendig, daß Ihr hierbleibt, junger Herr, wenn Ihr im Tilden-Haus noch etwas zu erledigen habt.«

»Zuerst erledigen wir mal diese Sache. Ich wüßte gerne Genaueres, bevor ich zurückkehre. Ich möchte nur allzu gerne wissen, wo sich der Bastard Perry versteckt hält.«
Aber die Suche blieb erfolglos. Auch Geoffrey konnte nichts erfahren. Nach zwei Tagen kam er beinahe zu dem Schluß, Perry könnte sich gar nicht in Virginia aufhalten, sondern in einem anderen Hafen von Bord gegangen sein. Mit Rodneys Segen kehrte er zum Anwesen der Tildens zurück.
Er fand Wesley Tilden in der Bibliothek, über Rechnungen und Plänen brütend. Im Winterhalbjahr befanden sich die Schiffe der Tildens nicht so oft auf hoher See. Doch mußten in dieser Zeit Vorbereitungen für die nächste Aussaat und den Frühjahrshandel getroffen werden, und auf Wesley Tildens Ratschläge hielt man dabei große Stücke. Obwohl er sich sonst sehr freute, Geoffrey zu sehen, begrüßte er den jungen Mann diesmal nicht gerade herzlich.
Geoffrey betrachtete die ausgerollten Stapel von Papieren, die mit Tinte vollgeschrieben waren, und bemerkte die Frustration im Gesicht des alten Tilden.
»Es scheint so, Mylord, als könntet Ihr trotz Eurer fünf Söhne noch eine weitere helfende Hand gebrauchen.«
»Vielleicht brauche ich gerade wegen meiner fünf Söhne noch jemanden, der mir hilft. Sicher, sie arbeiten hart für mich, aber sie treiben teilweise Geschäfte, die man unmöglich verstehen kann.«
Geoffrey lachte. »Wie würde es Euch gefallen, noch mehr Schiffe zu bekommen, und obendrein einen Mann, der noch etwas vom Geschäft versteht, Mylord?«
»Laßt doch diesen Titel beiseite, Geoffrey. Hier bin ich kein Lord, sondern Farmer und Geschäftsmann.«
»Ihr seid hier aber durchaus als Lord anerkannt, Sir. Doch zurück zu meinem Angebot: mehr Waren, mehr Schiffe, mehr Land...«
»Wenn Ihr Euch als Teilhaber in mein Geschäft einkaufen wollt, mein Junge, so möchte ich Euch keine Steine in den Weg legen. Bevor Euer Vater starb, habe ich ihm versprochen, daß unsere beiden Familien zusammenhalten würden, wenn ein Neubeginn notwendig werden sollte.«

»Seine Majestät hat mir Kaperbriefe ausgestellt, und meine Schiffe stehen dem König für die Kriegführung zur Verfügung. Doch steht es mir frei, meine Handelsgeschäfte dort abzuwickeln, wo ich es wünsche. Allerdings möchte ich mich nicht mit meinen Schiffen in Euer Familienunternehmen einkaufen. Ich plane, mich hier niederzulassen, ganz in der Nähe Eures Anwesens. Nahe genug, um Teil Eurer Familie zu sein.«

»Das klingt ja ganz so, als wärt Ihr auf eine Adoption aus und nicht auf eine Partnerschaft.«

»Das stimmt in gewisser Weise, Sir. Ich möchte Eure Tochter.« Er wählte seine Worte sorgsam. »Ich glaube, daß sie die geeignete Frau für mich ist und mir als Ehefrau treu zur Seite stehen wird.«

Wesley Tilden räusperte sich und ging um den Tisch herum. Er bewunderte und respektierte den jungen Seavers. Aber Alicia lehnte ihn um so erbitterter ab, je mehr er ihr helfen wollte. Etwas in seinem Innersten sagte ihm, daß er große Vorsicht walten lassen mußte.

»Liebt Ihr sie?«

Geoffrey schaute verschämt zu Boden und trat von einem Fuß auf den anderen. Er hatte plötzlich das Gefühl, nicht älter als vierzehn zu sein.

»Ja«, sagte er.

»Seid Ihr da ganz sicher?«

»Ich weiß es genau«, beharrte Geoffrey. Er schaute den alten Mann nicht an. »Ich liebe sie schon sehr lange.«

»Mein Sohn, ich würde vierzehn Tage nicht gerade als sehr lange bezeichnen. Und soweit ich das beurteilen kann, war meine Tochter nicht sehr begeistert.«

»Sir, ich muß gestehen, daß ich bereits in London sehr gut mit Alicia bekannt war. Die Einzelheiten unserer – äh – Freundschaft sind etwas seltsam – ich meine schwer zu erklären.«

Als Geoffrey aufblickte, sah er Wesleys ärgerliches Gesicht.

»Wenn Ihr Euch bemüht, könnt Ihr mir die Sache sicherlich erklären. Davon bin ich überzeugt.«

Geoffrey rieb sich unbehaglich den Nacken. Dann wandte er sich ab und ging im Zimmer auf und ab.

»Mylord«, fing er an. »Ich – äh – verdammt, es ist sehr schwierig. Ich kann Euch keine Einzelheiten erklären. Doch kann ich Euch versichern, daß ich Alicia während unserer Bekanntschaft immer mit äußerstem Respekt behandelt habe. Wenn Ihr Preston fragen wollt, er kann es Euch bestätigen. Wenn Ihr mir nur noch eine Weile Vertrauen schenken könntet. Ich muß erst noch ein paar ganz persönliche Dinge regeln, bevor ich Euch die Einzelheiten in bezug auf die Gefühle gegenüber Eurer Tochter anvertrauen kann.«

Als Geoffrey in die mißtrauischen Augen des Mannes blickte, wich er etwas zurück.

»Mylord, ich war Euch gegenüber immer ehrlich. Ich weiß, daß es Euer dringendstes Bedürfnis ist, Eure Tochter zu beschützen. Ich kann Euch versichern, daß dies auch mein Anliegen ist. Ich liebe sie. Und ich glaube, sie liebt mich, auch wenn sie mich jetzt noch bekämpft.«

»Und warum bekämpft Euch Alicia, Lord Seavers?« fragte Wesley zurück.

Geoffrey holte tief Luft. »Weil ich mit ihren Gefühlen nicht behutsam genug umgegangen bin, Mylord. Ich mußte in den Krieg ziehen, meine Schiffe waren bereit gewesen auszulaufen, und da habe ich sie schlecht behandelt. Ich war nicht zur Stelle, als sie mich dringend gebraucht hätte. Und nun will sie es nicht zulassen, daß ich die Dinge in Ordnung bringe.«

Wesleys Gesichtsausdruck entspannte sich nicht, so sehr er den Jungen auch bewunderte, es gefiel ihm gar nicht, daß seine Tochter durch ihn verletzt worden war.

»Alle Tildens sind sehr stolz und starrköpfig. Alicia ist aus demselben Holz geschnitzt. Ihr werdet sie nicht umstimmen können.«

Geoffrey erhob sich. »Ich werde sie für mich gewinnen, Mylord. Ich liebe sie.« Es tat ihm gut, diese Worte immer wieder zu sagen. »Könntet Ihr mich als Euren Schwiegersohn und Ehemann Alicias akzeptieren?«

»Ich muß erst ihre Meinung dazu hören, mehr kann ich Euch im Augenblick nicht sagen.«

»Es wäre schon eine große Hilfe für mich, wenn Ihr der Angelegenheit wohlwollend gegenüberstehen würdet.«

Wesley lächelte. »Ihr braucht wohl meine Unterstützung, Junge?«
»Das könnte nicht schaden, Mylord!«
Wesley konnte ein Schmunzeln kaum unterdrücken. Er hatte gar nicht gewußt, wieviel Vergnügen es ihm bereiten würde, seinen zukünftigen Schwiegersohn auszufragen. »Und Ihr besitzt Schiffe? Land? Einen Titel?«
Geoffrey nickte bei jeder Frage.
»Habt Ihr Schulden, oder seid Ihr mit dem Gesetz in Konflikt gekommen?«
Geoffrey spannte seine Muskeln an. »Es gibt noch einiges zu regeln für mich, Mylord. Aber ich versichere Euch, es ist nichts von großer Bedeutung.«
»Und welche Erwartungen habt Ihr bezüglich der Mitgift?«
»Keine, Sir! Ich interessiere mich ausschließlich für Alicia, nicht für ihre Mitgift.«
»Sie hat bei ihrer Heirat eine beträchtliche Mitgift zu erwarten. Was sagt Ihr dazu?«
»Ich verfüge über etwas Geld. Selbst wenn ihre Mitgift gering wäre, kann ich die Schuld, die ich in England noch zu begleichen habe, bezahlen und Alicia ein Haus bauen. Ihr Lebensunterhalt wird gesichert sein.«
»Dann kann sie über ihre Mitgift also frei verfügen?«
»Natürlich! Auch ohne daß Ihr darauf besteht.«
»Ihr seid ein sehr gefälliger Bräutigam, Lord Seavers. Ich frage mich, wie meine Tochter es geschafft hat, Euch so gefügig zu machen.«
»Gerade zu der Zeit, da ich fest entschlossen war, mich nicht zu binden, hat sich Alicia in mein Herz geschlichen. Seit sie London ohne eine Nachricht verlassen hat, habe ich mich nur noch wie ein halber Mensch gefühlt. Jetzt, da ich sie wiedergefunden habe, lasse ich sie nicht mehr so leicht entwischen.«
Wesley dachte einen Moment lang nach und schaute Seavers an. »Geht behutsam mit ihr um, solange Ihr hier seid, Geoffrey. Wenn meiner Tochter Eure Anwesenheit schlecht bekommt, dann bin ich gezwungen, Euch fortzuschicken.«
»Ja, Sir.«

»Und denkt daran, Seavers, diesmal kann ich Euch nicht helfen. Wenn Alicia einen anderen Mann zum Gatten will, werde ich ihre Wahl akzeptieren.«
Er räusperte sich. Da er sonst meistens bei seinen Bemühungen Erfolg hatte, fiel es ihm schwer, nun zugeben zu müssen, daß er über diese Sache keine Kontrolle besaß. Er fürchtete, Alicia sonst zu verlieren.
»Das wird nicht geschehen, Mylord. So wie ich sie gelehrt habe, mir zu mißtrauen, kann ich ihr auch hoffentlich beibringen, mir zu vertrauen.«
Wesley runzelte wieder die Stirn. »In Anbetracht der innigen Verbindung, die zwischen unseren Familien herrscht, und Eurer Freundschaft zu meinem Sohn bestehe ich nun nicht darauf, daß Ihr mir die *Einzelheiten* Eurer Verbindung zu Alicia erzählt – zumindest jetzt nicht. Sollte ich jedoch erfahren, daß Ihr –«
»Ich schwöre Euch, Mylord, die ganze Angelegenheit kann in Ordnung gebracht werden, wenn man mir nur die Möglichkeit gibt, Alicias Herz zurückzuerobern.«
Wesley brummte. »Preston vergöttert das Mädchen. Ich nehme an, er würde Euch nicht in diesem Haus dulden, wenn Ihr unkorrekt gehandelt hättet.«
Geoffrey fühlte, wie sich sein Puls beschleunigte, und hoffte, daß Wesley das nicht merken würde. Er befürchtete auch, daß Wesley ihn zu einer echten Heirat mit Alicia zwingen würde, wenn er die Wahrheit über das Heiratsabkommen erführe. Und genau das wollte Geoffrey nicht. Er wollte, daß Alicia aus freien Stücken zu ihm zurückkäme. »Ja, Sir«, sagte er.
»Denkt an meine Warnung, Seavers. Behandelt meine Tochter vorsichtig.«
»Das werde ich tun, Sir.«
Wesley setzte sich wieder an seinen Schreibtisch. Geoffrey verbeugte sich kurz und verließ rasch das Zimmer. Er blieb draußen vor der Bibliothek stehen und seufzte erleichtert. Es wäre nun das beste, die Angelegenheit schnell zu bereinigen; bevor Wesley Tilden die Wahrheit über den Handel zwischen ihm und seiner Tochter erfahren und ihm dafür eine Tracht Prügel verabreichen könnte.

So, sie will also umworben werden, dachte er. Und die Warnung ihres Vaters droht obendrein über meinem Haupt. Ich flehe dich an, Alicia, bezwinge rasch deine Wut. Denn noch bevor der Herbst kommt, wird unser Problem... offensichtlich.

An einem sonnigen Morgen, Alicia saß auf der Veranda und schälte Äpfel für einen Kuchen, kam Geoffrey auf sie zu und verbeugte sich. »Es wäre eine große Ehre für mich, Madam, wenn Ihr heute morgen mit mir spazierengehen würdet.«

»Ein andermal, Lord Seavers. Ich habe zu tun«, erwiderte sie rasch, nahm den Korb mit den Apfelstücken und den Schalen und ging ins Haus.

Beim Abendessen beugte sich Geoffrey über den Tisch und sprach Alicia erneut an. »Alicia, ich bitte Euch um ein Gespräch unter vier Augen. Würdet Ihr morgen mit mir in der Kutsche ausfahren?«

Sie schaute sich um. Die Gesichter der Anwesenden hatten sich alle ihr zugewandt, gespannt auf ihre Antwort.

»Was wollt Ihr mit mir besprechen, Lord Seavers?« fragte sie kühl.

Geoffreys Kinnmuskeln spannten sich an. »Alicia«, sagte er ruhig. »Muß ich öffentlich um Euch werben?«

»Entschuldigt, Lord Seavers, ich möchte Euch nicht im unklaren lassen. Ich bin an Eurer Werbung nicht interessiert.«

Er versuchte, seine Verlegenheit zu verbergen. Die anderen Familienmitglieder aßen weiter. Nur Wesley starrte Alicia stirnrunzelnd an. Als Alicia ihn sah, bedurfte es keiner weiteren Worte. Sie wußte sofort, daß er Geoffreys Werbung billigte und über ihre Zurückhaltung enttäuscht war.

»Darf ich aufstehen, Sir?« fragte ihn Alicia.

Wesley Tilden nickte, und Alicia verließ die schweigende Runde.

An einem regnerischen Abend im Herbst, als zum ersten Mal Feuer im Kamin des Salons angezündet wurde, näherte sich Geoffrey ihr erneut. »Auf ein Wort, Alicia. Kann ich Euch einen Moment sprechen?«

»Ich bitte Euch, davon Abstand zu nehmen, Lord Seavers. Ich

werde zur Zeit so leicht müde und hatte gerade vor, in mein Zimmer hinaufzugehen.«

»Ich muß darauf bestehen, daß Ihr mir einen Moment Eurer kostbaren Zeit widmet. Natürlich nur dann, wenn es Euch gelegen ist«, sagte er fest und bestimmt.

Obwohl sich außer ihnen niemand im Salon aufhielt, entschied Alicia sich dafür, einer Konfrontation auszuweichen. »Vielleicht, Lord Seavers. Ich werde es Euch wissen lassen, wenn ich Zeit für Euch habe. Gute Nacht!«

Sie erhob sich und ging langsam auf die Salontür zu. Sie schritt bewußt bedächtig, wohl wissend, daß er, außer sich vor Wut, im Salon zurückblieb. Nachdem sie die Tür hinter sich geschlossen hatte, lehnte sie sich dagegen und lächelte.

»Es gefällt mir nicht, was du da treibst«, hörte sie Preston plötzlich sagen. Sie schaute ihn erstaunt an.

»Was meinst du damit, Preston?«

»Das weißt du genau. Ich mag nicht, daß du so mit Geoffrey umgehst. Das ist verlogen und grausam.«

»Na und, war er denn aufrichtig und nett zu mir?« fragte sie ihn flüsternd.

Preston beugte sich über sie. »Wenn du dich an ihm rächen willst, dann sage mir, wie lange es dauern wird. Dann kann ich in der Zwischenzeit Geoffrey nur raten, sich nicht länger von dir erniedrigen zu lassen.«

»Ich höre erst auf, wenn ich überzeugt davon bin, daß er mich nicht länger ausnutzen will«, zischte sie ihn an und schaute sich um, um sicherzugehen, daß ja niemand ihre Worte belauscht hatte.

»Und du willst dich überzeugen, indem du dich weigerst, mit ihm zu sprechen? Ihm aus dem Weg gehst und dich ständig mit Leuten umgibst, damit er sich dir ja nicht eröffnen kann? Wirst du deine Rachegefühle befriedigt haben, bevor *sein* Kind geboren ist?«

Alicias Augen funkelten. »Wer weiß eigentlich noch über mein Problem Bescheid? Hat er es etwa der ganzen Familie erzählt?«

»Soweit ich weiß, bin ich der einzige, dem Geoffrey sich anvertraut hat – und das auch nur deshalb, damit ich ihm bei der Lösung eines anderen dringenden Problems beistünde, das ich nicht verstanden hatte. Und ich werde ihm helfen.«

Alicia richtete sich auf und hob entrüstet ihr Kinn.

»Er vergaß wohl, daß es lediglich eines Ehemannes bedürfte, um mein Problem zu lösen, lieber Preston. Es gibt hier genug Männer, die mir liebend gern diese Ehre erweisen würden, angelockt von meiner Mitgift. Lord Seavers ist nicht der einzige.«

»Gib acht, Alicia. Du wirst mit Freundlichkeit mehr erreichen als mit deinem maßlosen Haß.«

Die Tür des Salons öffnete sich. Geoffrey erschien und schaute sie an.

»Laß sie, Preston! Sie soll es so machen, wie sie es für richtig hält. Ich kann warten.«

Alicia schaute ihn überrascht an. Preston ging leise weg. Alicia starrte Geoffrey einige Zeit wortlos an. Dann raffte sie ihre Röcke zusammen und floh die Treppe hinauf. In ihren Augen glänzten Tränen.

»Ich werde warten, Liebste...« sagte Geoffrey zärtlich.

Es überraschte Alicia, Brysons Kutsche auf das Haus zufahren zu sehen. Dennoch empfing sie ihn mit einem freundlichen Willkommenslächeln. In Gedanken wünschte sie sich, Geoffrey wäre jetzt in der Nähe, um zu sehen, daß es auch andere attraktive Männer gab, die sich für sie interessierten. Aber sie hatte ihn heute noch nicht gesehen.

»Bryson, welche Freude!«

»Ich nehme an, daß ich Euch zuerst um Eure Erlaubnis hätte bitten sollen, Alicia. Aber es ist dringend. Ich muß allein mit Euch sprechen.«

»Natürlich, Bryson«, erwiderte sie, verwirrt durch seine schroffe Art und seine drängenden Worte. Gewöhnlich verhielt er sich sehr ehrerbietig und höflich.

»Können wir ein paar Schritte gehen?« bat er sie.

»Ich denke schon. Was beunruhigt Euch so?«

»Meine Ungeduld und mein Wunsch, Euch zu beschützen, Alicia.«

»Mich zu beschützen? Wovor?«

»Vor alldem, was Euch verletzen könnte. Ich bat Euren Vater um seine Erlaubnis, Euch zu heiraten. Er hat die Entscheidung Euch überlassen. Das verstehe ich nicht.«

»Vielleicht schenkt er meinem Urteil blindes Vertrauen«, antwortete sie, obwohl sie wußte, daß das nicht der tatsächliche Grund dafür war. Wesley zürnte, weil sie sich weigerte, ihre weitere Zukunft zu sichern. Er wollte sie verheiraten.

»Das mag schon sein. Aber ich denke, wir sollten sofort heiraten.«

»So, denkt Ihr das?«

»Ja! Bevor die Leute anfangen, über Euch Gerüchte zu verbreiten.«

»Und warum sollten sie das tun?« fragte sie. Einen Moment lang fürchtete sie, ganz Virginia könnte ihren Zustand wahrgenommen haben.

»Ihr seid eigentlich schon über das Heiratsalter für junge Mädchen hinaus. Die Leute fragen sich, warum Ihr nicht heiraten wollt. Ich habe nie einen Hehl daraus gemacht, daß ich Euch gerne zur Frau nehmen würde, auch wenn Ihr bisher nicht zugestimmt habt.« Er blieb stehen und packte sie bei den Schultern.

»Alicia, Ihr wißt, daß ich Euch heiraten möchte.«

»Ja, Bryson, ich weiß.«

»Und nun wohnt dieser Seavers mit Euch unter einem Dach. Einige Leute behaupten, daß Ihr Euch für ihn interessiert.«

Alicia dachte einen Augenblick lang nach. Sie hatte Geoffrey in aller Öffentlichkeit schlecht behandelt und ihn zurückgewiesen. »Ich begreife nicht, wie die Leute so etwas denken können.«

»Schon gut. Ich weiß, daß Ihr nicht –«

»So. Ihr wißt es also?« fragte sie. »Und woher wollt Ihr das so genau wissen?«

Bryson seufzte. Er war sichtlich verärgert, da er nicht so schnell, wie er sich erhofft hatte, zum Ziel kam. »Der springende Punkt ist, daß Eure Vergangenheit so wenig bekannt ist. Auch Eure Familie hüllt sich darüber in Schweigen. Deshalb beginnen die Leute zu reden. Es ist lediglich ihr Neid. Dennoch wäre es am besten, so schnell wie möglich die Gerüchte durch eine passende Heirat im Keim zu ersticken. Und das biete ich Euch.«

Seltsam, dachte sie. Wie viele ungelöste Probleme durch eine Heirat ins Lot gebracht werden könnten. Allein durch das Nachsprechen des Heiratsgelöbnisses könnte die ganze verfahrene Angelegenheit in Ordnung kommen. »Und Ihr möchtet nichts über meine Vergangenheit erfahren?«

»Ich bin bereit, Euch unter allen Umständen zu ehelichen!«

»Unter allen Umständen?« fragte sie, und ihre Augen blitzten. Vielleicht wußte doch schon ganz Virginia, daß sie schwanger war.

»Es macht mir nichts aus, wenn Ihr keine Jungfrau mehr seid.«

»Habt Ihr ein Recht, mich danach zu fragen?«

»Nein! Außerdem erscheint mir das jetzt unwichtig.«

Alicia überlegte kurz, und ihre Augen wurden ganz schmal. »Sagt mir, Bryson, wie wollt Ihr für mich sorgen?«

»Ich habe ein schönes Haus, Alicia. Und ich werde noch viel Geld verdienen. Ihr braucht Euch über Eure Zukunft keine Sorgen zu machen.«

»Ihr interessiert Euch für Mühlen, nicht wahr?«

»Ja. Das ist eines der Projekte, die ich angehen werde.«

»Ich nehme an, meine Mitgift wäre für Euch dabei sehr von Vorteil!«

»Ich möchte nicht, daß Ihr glaubt, ich würde Euch nur wegen Eurer Mitgift heiraten. Ich fühle mich auch sehr zu Euch hingezogen.«

Alicia seufzte. »Das nehme ich auch an.«

»Ihr glaubt mir nicht?« fragte er und blieb stehen.

Auch Alicia blieb stehen und schaute Bryson ernst an. Sie war beinahe überzeugt, daß er es ehrlich meinte. Vielleicht liebte er sie wirklich. Doch hatte er auch nichts gegen ihr Geld einzuwenden, über das er durch ihre Mitgift dann verfügen könnte. Niemand würde etwas dagegen haben. Egal, ob es nun Bryson, Geoffrey oder irgendein anderer Mann war.

»Was glaubt Ihr, welche Möglichkeiten hat ein Mädchen, die Liebe des Mannes, den es heiraten will, zu testen?« fragte sie ihn.
»Alicia, ich will Euch doch nicht in ein entferntes Land entführen, wo Ihr ohne den Schutz Eurer Familie leben müßtet. Ihr habt fünf Brüder und einen Vater. Würde ich Euch bitten, mich zu heiraten und Euch in ein Haus führen, das nur einige Meilen von Eurem Zuhause entfernt liegt, wenn ich vorhätte, Euch auszunützen?«
»Ich glaube kaum...« murmelte sie.
»Natürlich würde ich das nicht. Was also soll ich noch unternehmen, um Euch zu überzeugen, daß ich Euch...«
Doch Alicia hörte den Rest seines Satzes nicht mehr. Mit ihren Gedanken war sie ganz woanders. Seit Geoffrey nach Amerika gekommen war, hatte er genauso sorgsam und unablässig versucht, sie von seiner Liebe zu überzeugen. Aber ihr Zorn auf ihn war so groß gewesen, daß sie ihn gar nicht anhören wollte. Und noch immer war sie so verletzt darüber, daß er sie in England zurückgewiesen hatte, daß sie sich nicht in der Lage sah, die wichtigste aller Fragen zu beantworten: *Wen liebe ich?*
»Bryson«, sagte sie plötzlich, und schaute ihn an. »Küßt mich!«
Er starrte sie einen Augenblick lang erschrocken an. Dann schaute er sich im Garten um, ob sie auch niemand beobachtete. Alicia rümpfte die Nase, als sie seine Gesten bemerkte. Es kam ihr in den Sinn, daß Geoffrey sie wahrscheinlich einfach genommen und ins Gras gelegt hätte, um sein großes Verlangen nach ihr zu stillen.
Beruhigt darüber, daß sie sich allein im Garten befanden, umfaßte nun Bryson Alicias Taille und zog sie näher an sich heran. Vorsichtig preßte er seine Lippen auf die ihren. Sie legte ihre Hände auf seine Schultern und preßte sich etwas enger an ihn. Aber sie fühlte überhaupt nichts. Sie küßte ohne Leidenschaft. Er ließ sie los und seufzte befriedigt. Alicia stöhnte. »Es tut mir leid, Bryson. Ich kann Euch unmöglich heiraten.«
»Unmöglich?« fragte er entgeistert.
»Unmöglich!«

Er schaute sie verzweifelt an. »Alicia, Ihr könntet doch lernen, mich zu lieben, wenn –«
Jetzt plötzlich erschien ihr die Antwort auf diese Frage so einfach, als hätte sie sie schon immer gewußt. »Ich kann Euch unmöglich heiraten, Bryson, weil ich schon verheiratet bin.« Sie wandte sich ab, ging aufs Haus zu und begann zu lächeln. Natürlich, sie war ja verheiratet. Sie hatte zwar unter einem anderen Namen geheiratet, doch war sie es selbst gewesen, die das Ehegelübde ausgesprochen hatte. Vielleicht würde eine zweite Zeremonie unter ihrem richtigen Namen notwendig sein, um ihrer Ehe auch vor dem Gesetz Gültigkeit zu verschaffen. Doch das war nebensächlich und würde sich schon irgendwie regeln lassen.
»Verheiratet mit wem?« rief er hinter ihr her.
»Mit Lord Seavers.«
»Aber Ihr liebt ihn doch nicht!« schrie Bryson empört.
Alicia blieb abrupt stehen, und Bryson stolperte beinahe über sie. Als er sein Gleichgewicht wiedergefunden hatte, schaute sie ihn an, als sei er total verrückt. »Natürlich liebe ich ihn, Bryson. Er hat den ganzen weiten Weg nach Amerika zurückgelegt, nur um mich wiederzufinden.«
»Warum habt Ihr mir das nicht erzählt?« fragte er sie mürrisch. Ein schmollender Ausdruck lag auf seinem Gesicht, der ihn mehr wie ein vierjähriges Kind denn einen erwachsenen Mann aussehen ließ.
Jetzt, da sie es ausgesprochen hatte, konnte sie nicht mehr verstehen, warum sie so lange gezögert hatte. »Ich glaube, ich habe mich wie ein riesengroßer Dummkopf benommen.«
Sie zuckte die Achseln und lächelte. »Es tut mir leid, wenn ich Euch verletzt habe, Bryson. Aber ich hatte Euch immer gesagt, daß Ihr nicht allzu sehr auf meine Zustimmung rechnen solltet. Auf Wiedersehen.« Mit diesen Worten drehte sie sich um und ging ins Haus. Sie ließ einen tief enttäuschten und niedergeschlagenen Bryson zurück, der nun neuen Mut fassen, sich aufraffen und woanders eine Braut finden mußte. Der Drang, nun sofort zu ihren Eltern zu eilen, um sie von ihren Sorgen zu befreien, war sehr groß. Doch dann besann sich Alicia. Sie kam

zu dem Schluß, daß es das beste wäre, zuerst mit Geoffrey über alles zu sprechen. Sie könnten dann zusammen ihr Geheimnis lüften. Vielleicht würde es auch gar nicht notwendig sein, von dem Abkommen, den Lügen und dem Betrug etwas zu erzählen. Vielleicht würde sich die Familie damit zufriedengeben, zu erfahren, daß sie geheiratet hatten, sie dann ein Kind von ihm empfangen und ihren Ehemann nach einem erbitterten Streit einfach verlassen hatte, um ihre Familie aufzusuchen.
Wenn sie mich lieben, werden sie mir erlauben –
Auf einmal spürte sie eine tiefe Ruhe in ihrem Innern. Es war plötzlich nicht mehr wichtig, ob sie die Geschichte glauben würden. Sie liebte Geoffrey... ihr Platz war an seiner Seite. Mit ihm zusammen würde sie das Kind aufziehen. Das war es, was sie wollte.
Alicia wartete auf der Veranda, daß die Männer von der Arbeit zurückkehren würden. Wesley traf als erster ein. Zur Essenszeit fehlten Preston und Geoffrey noch immer. Den ganzen Abend über wartete sie. Doch als es immer später wurde und die beiden immer noch nicht heimgekommen waren, sank ihre Zuversicht. Ihre Mutter war noch mit Handarbeiten beschäftigt, als Alicia ihr Gähnen nicht mehr unterdrücken konnte.
»Normalerweise bleibst du nicht so lange auf«, bemerkte Marguerite nachdenklich.
»Ich warte auf –« begann Alicia. Sie seufzte. »Ich wollte auf Lord Seavers' Rückkehr warten, da ich mit ihm sprechen muß.«
Marguerite lachte leise. »Du kannst ruhig zu Bett gehen, sie werden die Nacht über in Hampton bleiben, da bin ich ganz sicher. Preston würde es nicht riskieren, so spät nachts noch zurückzufahren.«
»Seid Ihr sicher, Madam?«
»Ganz sicher.«
»Warum sind die beiden nach Hampton gefahren?« fragte sich Alicia laut. »Das weiß ich nicht. Da war irgendeine Angelegenheit, die Lord Seavers regeln wollte. Die beiden waren ganz aufgeregt, als sie aufbrachen. Preston sagte noch, daß er nicht wisse, wie lange sie fortbleiben würden.«

Alicia seufzte noch einmal. »Vielleicht sind seine Schiffe endlich im Hafen eingelaufen«, sagte sie, sich des Gesprächs erinnernd, das sie mitgehört hatte. Diese verdammten Schiffe stehen schon wieder zwischen uns, dachte sie erbost.

19

»Es wird sicher gut sein, nachzufragen«, erklärte Rodney den beiden jungen Lords, die ihn begleiteten. Ihre Schritte hallten von den Wänden wider, als sie eilig auf die Schänke zugingen. »Der Wirt scheint sich nicht ganz sicher zu sein, doch kann man davon ausgehen, daß der Mann, mit dem er vor kurzem gesprochen hat, Culver Perry war.«
»Weiß er denn, wo sich der Mann aufhält?« fragte Geoffrey.
»Nein. Aber der Mann hat nach der Tilden-Familie gefragt. Schon das allein ist Grund genug, argwöhnisch zu sein.«
»Jedermann fragt nach den Tildens«, warf Preston ein. »Wir besitzen mehr Schiffe als irgend jemand anderer hier und das größte Handelsgeschäft hier in Virginia. Es ist also nicht so ungewöhnlich, daß ein fremder Geschäftsmann nach uns fragt. Das kann man auch aus den vielen Gästen, die in unserem Haus verkehren, sehen. Manchmal muß Etta mehr Gäste als Familienmitglieder bedienen.«
Rodney blieb stehen, und auch Preston ging nicht weiter. »Aber, mein Junge, kennt Ihr einen englischen Geschäftsmann, der Samuel Tyler heißt?«
»Ich nicht, aber vielleicht mein Vater.«
»Und, spricht Euer Vater normalerweise am Hafen mit ihnen oder geht mit ihnen in eine Schänke?«
»Nein. Das tut er nicht«, gab Preston zu und ging weiter. Rodney hatte recht. Wesley würde einen Geschäftspartner niemals verabschieden, ohne ihn nicht zumindest zum Essen einzuladen. Wenn dieser Tyler nach den Tildens gefragt, aber mit keinem Mitglied der Familie Kontakt aufgenommen hatte, dann war das schon sehr verdächtig.
Der Wirt war etwas überrascht, als die drei Männer in die Schänke stürmten.

»Halt! Halt!« bat der Wirt. »Warum fragt Ihr nach dem Mann? Was hat er denn getan?«
»Er ist ein Mörder«, bemerkte Geoffrey ruhig. »Ein zweifacher Mörder. Seine Opfer waren in beiden Fällen wehrlose Frauen. Erzählt uns jetzt endlich, was der Mann von Euch wissen wollte!«
»Er hat nach der Tilden-Familie gefragt, Sir. Das war alles.«
»Wollte er wissen, wie viele Schiffe wir besitzen?« fragte Preston.
»Ja«, gestand der Wirt. »Und, wie groß die Familie sei und wieviel Geld sie besitzt und wie viele Kinder Lord Tilden hat.«
»Hat er angegeben, ein Händler zu sein?«
»Ja.«
»Aus England?«
»Ja.«
»Mit welchen Waren handelt er? Was wollte er kaufen?«
Der Wirt dachte einen Augenblick lang nach. »Ich glaube, das hat er nich' gesagt.«
»Da haben wir es also mit einem Händler zu tun, der kauft und verkauft. Doch wir wissen nicht, was. Er fragt nach der Tilden-Familie, aber er kommt nicht ins Geschäft mit den Tildens. Gibt es noch irgend etwas anderes, an das Ihr Euch erinnert?«
»Nein«, sagte der Mann. »Er war recht freundlich. Aber da war noch 'n Ring...«
»Was für ein Ring?« fragte Geoffrey.
»Er trug 'nen hübschen Ring. Mit 'nem blauen Stein und 'nem Buchstaben drauf. Ich weiß aber wirklich nich', was für 'n Buchstabe –«
»Ein Siegelring«, sagte Geoffrey zu Preston. »Wie viele Händler gibt es wohl, die sich einen Siegelring an den Finger stekken? Ich glaube, wir haben ihn. Hoffentlich finden wir ihn...«
»Er sah nich' gerade aus wie einer, der Frauen umbringt. Tatsache is', daß er scheinbar großen Respekt vor Frauen hat. Er hat Eure Schwester verteidigt, Mr. Tilden.«
Sie starrten alle den Wirt an.
»Er hat sie verteidigt? Wie?«

»Er schien nichts dabei zu finden, daß sie überall rumgezeigt wird und 'ne Mitgift hat und daß sie all die Jahre ohne Aufsicht irgendwo gelebt hat und ihre Eltern nichts von ihr wußten und all das.«
Geoffrey drehte sich um und schaute Preston an. Aus seinen Augen blickte der Haß. Er ging hinter den beiden anderen her hinaus auf die Straße. Dort blieb er stehen.
»Er glaubt wahrscheinlich, daß er sie gefunden hat«, sagte Geoffrey. »Ich weiß zwar nicht, was er vorhat. Doch bin ich davon überzeugt, daß wir Perry fassen, wenn wir in Alicias Nähe bleiben.«
»Rodney, Ihr sucht den örtlichen Richter auf, informiert ihn über die Angelegenheit und bleibt im Hafen, um nach unserem Freund Ausschau zu halten.«
»Preston, wir kehren auf der Stelle in dein Elternhaus zurück. Egal, ob Alicia nun bereit ist mich anzuhören und meinen Schutz haben will oder nicht, ich werde sie beschützen. Ich werde deinem Vater heute noch die Sache mit der Bellamy-Erbschaft erzählen und die Geschichte, wie Alicia meine Frau geworden ist.«
»Das wird seinen Vorrat an gutem Likör beträchtlich schmälern.«
Geoffrey zuckte mit den Schultern. »Wenn ein König mir mein Vergehen vergeben kann, dann kann es wohl auch ein Wesley Tilden. Du kannst Rodney dankbar dafür sein, daß er mir erzählt hat, wo ich Alicia finden kann. Ich hoffe nur, sie ist nicht nachtragender als der König. Eure Majestät jedenfalls schien meine Notlage zu verstehen – wenigstens in soweit, um mir ein beträchtliches Bußgeld aufzuerlegen und meine Heirat zu legitimieren. Doch war er weniger erfreut darüber, daß in Bellerose eine Tote begraben werden mußte. Er ließ keinen Zweifel darüber, daß er eine ausgesprochene Abscheu gegenüber einem Manne hege, der es fertigbringe, Frauen zu töten.«
»Ich nehme an, wenn du Alicia nur dazu bringen könntest, dich anzuhören, dann –«
»Ich werde ihr sagen, daß sie vor dem Gesetz nicht das Recht hat, einen anderen Ehemann zu nehmen als den, der ihr vom

König zugewiesen wurde. Sie ist meine rechtmäßige Ehefrau. Und sie wird das akzeptieren müssen. Außerdem kann ich es nicht länger ertragen, daß sie gegen mich kämpft. Die Zeit des Wartens ist vorüber.«

»Laßt uns sofort aufbrechen«, erwiderte Preston. »Ich möchte nicht, daß Alicia ohne unseren Schutz zu Hause weilt.«

Geoffrey klopfte Preston auf die Schulter. »Von jetzt ab werde ich nicht mehr von ihrer Seite weichen. Tag und Nacht, ob sie will oder nicht, werde ich sie beschützen. Sie hat lange genug ihren Willen durchgesetzt.«

Die Nachmittagssonne wurde heißer und die Tage schon kürzer. Fleißige Dienstmädchen brachten das Haus der Tildens von oben bis unten auf Hochglanz. Auf den Feldern luden die Erntearbeiter die Baumwollballen und die Tabakbündel auf die bereitstehenden Karren. Sie sollten bald verkauft oder in die Lagerhäuser transportiert werden.

Marguerite war schon früh am Morgen zu einer der Nachbarinnen gefahren, die ein Kind zur Welt gebracht hatte. Brianna saß im Salon und bestickte Prestons Taschentücher mit einem Monogramm. Alicia hoffte, daß man von ihr so etwas nie erwarten würde, da sie dafür viel zu ungeduldig war. Etta flatterte durch die Zimmer und beaufsichtigte die Putzmädchen. Die Männer der Familie hielten sich alle außerhalb des Hauses auf, im Hafen, in den Lagerhäusern oder auf den Feldern.

Alicia setzte sich eine Weile zu Brianna, doch schon nach kurzer Zeit wurde ihr das langweilig. Sie folgte Etta von Zimmer zu Zimmer, aber es gab auch dort nichts zu tun. Kein Gemüse mußte geschält, kein Teig geknetet werden, und es war keiner da, mit dem sie reden konnte.

So setzte sie sich mit einem Fächer auf die Veranda und überlegte, was sie Geoffrey sagen sollte, wenn er zurückkehrte. Sie wollte es ihm nicht zu leicht machen, doch wollte sie seine Ehefrau sein.

Es gibt Dinge, die man einfach nicht ändern kann, dachte sie. Ich werde ihn immer lieben; und wenn er unsere Probleme überwinden wird, so kann ich das auch. Außerdem ist es für alle Beteiligten das beste, wenn ich nicht länger leugne, daß das Kind von ihm ist.

Ein Reiter kam die Allee heraufgeritten. Alicia beobachtete ihn. Es gab nicht viele Leute, die im Frühling oder Sommer zu Pferd unterwegs waren. Ein kleiner schwarzer Junge, der am Rande der Veranda gesessen hatte, sprang auf. Er läutete die Glocke, um dem Haushalt den Gast anzukündigen.

Als der Reiter sich dem Hause näherte, stand Alicia langsam auf. Die Krempe seines Hutes verdeckte teilweise sein Gesicht. Als sie in dem Reiter Culver Perry erkannte, bewahrheiteten sich ihre schlimmsten Befürchtungen.

Er brachte sein Pferd zum Stehen, stieg ab, zog seinen Hut und erklomm die Stufen zur Veranda. Dann verbeugte er sich vor ihr. »Ihr seid so schön wie immer, Alicia«, sagte er sanft.

Etta erschien sofort auf der Veranda wie eine Löwenmutter, die ihre Jungen verteidigen wollte. Wenn Wesley und Marguerite nicht daheim waren, dann fühlte sie sich als Hausherrin. »Sir«, sagte sie zu ihm, »wie heißt Ihr und was wollt Ihr hier?«

»Samuel Tyler«, antwortete er und verbeugte sich vor ihr. »Ich komme aus England, wo ich schon das Vergnügen hatte, Miß Tilden kennenzulernen. Ich hatte ihr versprochen, sie zu besuchen, wenn ich mich einmal in Virginia aufhalten sollte. Und das war früher der Fall, als ich zu hoffen gewagt hatte.«

Etta schaute Alicia scharf an. »Kennst du diesen Mann, mein Kind?«

Alicia bemühte sich, Ruhe zu bewahren. Sie kannte Perry gut genug, um zu wissen, daß er gekommen war, um sie zu erpressen. Es mußte ihr also gelingen, ihn so lange hinzuhalten, bis Geoffrey zurückgekehrt war. Er würde sicher wissen, was zu tun sei. »Ja, Etta, er ist ein alter Freund.«

»Möchtest du, daß ich bei dir bleibe, Mädchen?« fragte Etta.

Alicia lachte leise. »Natürlich nicht, Etta. Geh zurück an deine Arbeit.«

Etta musterte den Mann noch einmal eindringlich und kehrte dann ins Haus zurück. Dann streckte sie noch einmal den Kopf heraus, und rief nach dem kleinen Jungen. »Komm mal her, Junge. Es gibt etwas zu tun für dich.«

Der kleine Junge schaute sie verwirrt an, da es normalerweise seine Aufgabe war, die Glocke zu läuten. Aber er stand widerspruchslos auf und ging ins Haus. Etta packte ihn am Arm und zog ihn quer durchs Haus in die Küche. »Lauf schnell los und suche deinen Herrn. Sag ihm, daß er schnell heimkommen soll, daß es zu Hause Probleme gibt.«
»Is' jemand krank, Etta?«
»Nun renn schon! Und trödle nich'. Hast du verstanden? Lauf, so schnell du kannst!«
Etta schlich sich zur Veranda zurück. Vor der Tür blieb sie stehen. Sie konnte die Unterhaltung der beiden jedoch nicht mitverfolgen, da sie sehr leise sprachen.
»Was wollt Ihr denn noch von mir, Lord Perry?« fragte Alicia erbittert.
»Ich bin nur neugierig, Madam. Ihr habt Euch so viele Erbschaften erschlichen, daß ich mich wirklich frage, wer Euch das beigebracht hat.«
»Dies ist wirklich meine Familie, Sir.«
Perry lachte laut. »Ich bin mir sicher, es war ein leichtes für Euch, da sich Tilden ja oft auf Seavers' Schiffen rumgetrieben und seine ganze freie Zeit mit Euch verbracht hat. Als Ihr hörtet, daß er seine verlorene Schwester sucht, habt Ihr Euch wohl sogleich entschlossen, ihre Stelle einzunehmen.«
Alicia schluchzte leise, verteidigte sich aber nicht gegen seine Anschuldigungen.
»Und die großartige Tilden-Familie weiß natürlich über alles, was Ihr getan habt, Bescheid...«
»Es schien sie nicht zu kümmern, welche Vergangenheit ich habe.«
»Sie wissen also, daß Ihr den König um eine Erbschaft betrogen habt, indem Ihr Euch als Charlotte Bellamy ausgabt.«
»Sie haben mich nicht danach gefragt.«
Er schaute sie von oben bis unten an, wobei seine Augen böse glitzerten.
»Es ist lange her, daß ich glaubte, jemand wie Ihr könnte nützlich sein für mich. Das war, bevor ich wußte, daß Lord Seavers immer noch an Euch hängt.«

In Alicias Gesicht erschien ein winziges Lächeln. »Er ist hier, Lord Perry«, informierte sie ihn.
Perry war über diese Nachricht sehr erstaunt. Er hatte vergessen, nach Seavers zu fragen. Er hatte angenommen, Seavers habe Alicia verlassen, nachdem sie ihre Aufgabe erfüllt hatte. Er zumindest hätte so gehandelt. »Hier? Im Haus der Tildens?«
»Ähm – ja«, stotterte sie.
Perry grinste und zog eine Augenbraue hoch. »Es ist wirklich verblüffend, Alicia. Im einen Augenblick seid Ihr eine perfekte Lügnerin und im nächsten eine ganz miserable.«
»Sagt mir endlich, was Ihr wollt, Culver«, sagte sie hart.
»Tyler, Madam. Samuel Tyler. Tja, auch ich habe eine neue Identität angenommen. Sagt mir, Alicia, was zahlt Ihr mir dafür, daß ich nichts über Euren cleveren Handel mit Seavers erzähle?«
Sie schaute ihn unverwandt an und erinnerte sich selbst immer wieder daran, daß sie ihn hinhalten mußte, bis Geoffrey käme.
»Was wollt Ihr haben? Ich besitze nicht viel Geld.«
Perry lachte laut. »Ihr besitzt ein ganzes Vermögen! Aber jetzt will ich mich fürs erste damit zufriedengeben, daß Ihr mich ein Stückchen bei einem Spaziergang begleitet und mir erzählt, wie Ihr das hier geschafft habt.«
»Ich möchte aber nicht mit Euch spazierengehen.«
»Na, na, meine Liebe, wir sind doch gute alte Freunde. Es gibt für mich nur zwei Möglichkeiten, zu Geld zu kommen: entweder Euer Geheimnis nicht Eurer ›Familie‹ zu erzählen oder das Geheimnis Eurer Familie nicht dem König mitzuteilen. In beiden Fällen gäbe es eine Menge Probleme, falls die Wahrheit ans Licht käme.«
Alicia versuchte gelangweilt dreinzuschauen, fühlte aber ihr Herz heftig klopfen. »Eure ›Geheimnisse‹ sind in London wohl nicht auf großes Interesse gestoßen.«
»Aah, das war in London! Aber die Menschen hier sind nicht in dem Maß an Gerüchte gewöhnt. Sie fragen sicher schon, warum Ihr keinen Ehemann habt. Es wird für die Tildens äu-

ßerst schwer werden, ihr Ansehen in Virginia zu bewahren, wenn erst einmal die Wahrheit über ihre Tochter bekannt ist.«
Sie starrte stumm vor sich hin. Langsam dämmerte ihr, daß dies der Mann sein konnte, den Geoffrey suchte. Sie versuchte, sich an das Gespräch zu erinnern, das sie vor der Bibliothekstür belauscht hatte. *»Die Briefe überführen ihn nicht, genügen aber, ihn unter Bewachung nach England zu bringen, wo er dann vor ein Gericht gestellt und wahrscheinlich gehängt wird...«*
»Charlotte Bellamy«, fragte sie schwach. »Wo ist sie jetzt?«
»Das arme Mädchen ist an der Pest gestorben.«
»An der Pest?«
»Ja. Ich habe sogar noch einiges dafür zahlen müssen, daß man sie mit den anderen Pesttoten weggebracht hat. Unsere Charlotte hat ihr Ende auf einem Karren mit namenlosen Toten gefunden.«
»Ihr habt sie getötet!«
»Wie hart Ihr doch geworden seid, Alicia«, sagte er und schaute suchend die Umgebung ab. »Kommt jetzt mit, ich will hier vom Haus weg.«
»Und Eure Verlobte Andrea. Auch sie habt Ihr getötet!«
Ihre Stimme war lauter geworden. Angst befiel sie. Doch kaum hatte sie das letzte Wort gesprochen, erschien auch schon Etta auf der Veranda.
Perry schaute zwischen den beiden Frauen hin und her. Dann trat er näher auf Alicia zu. »Rühr das Mädchen ja nicht an, du Schurke, sonst wirst du es dein Leben lang bereuen, wenn du überhaupt lebend davonkommst!« drohte ihm Etta.
Ohne auf die Haushälterin zu achten, packte Perry Alicia um die Hüfte und zerrte sie die Treppen hinab zu seinem Pferd. Etta folgte ihm dicht auf den Fersen. Sie warf sich zwischen die beiden und schlug wild auf Perry ein, um ihn dazu zu bringen, Alicia endlich loszulassen. Perry schlug mit der Faust zurück. Die alte Frau fiel zu Boden.
Alicia nahm nun ebenfalls den Kampf auf. Sie zerkratzte ihm das Gesicht mit ihren Nägeln. Wenn er geglaubt hatte, einfach

mit ihr ein Pferd besteigen und wegreiten zu können, so hatte er sich gewaltig geirrt. Sie schlug wild um sich, kratzte und trat, so daß es unmöglich für ihn war, sie besser zu fassen zu kriegen.

Alicia kämpfte so wild, daß sie den Hufschlag näher kommender Pferde nicht hörte. Erst als Perry sich plötzlich umwandte, sah sie Geoffrey und Preston, die, in eine dichte Staubwolke gehüllt, im fliegenden Galopp die Auffahrtsallee heraufritten.

Perry blickte Alicia verächtlich an. »Du Hexe«, brummte er und stieß sie zur Seite.

Er bestieg sein Pferd und versuchte, seinen Verfolgern zu entkommen. Doch im selben Moment kam Wesley Tilden um die Ecke geritten. Seine dichte, weiße Mähne flatterte im Wind, und sein wettergegerbtes Gesicht war wutverzerrt. Er schwang einen dicken Knüppel und hatte schon von weitem gesehen, wie Alicia mit dem Mann auf dem Pferd gekämpft hatte. Das genügte ihm.

Er lenkte sein Pferd an die Seite des Mannes und schlug hart zu. Der vernichtende Schlag fegte Perry aus dem Sattel und zu Boden. Sein Pferd entkam, doch ohne ihn. Tot oder bewußtlos lag er am Boden.

Wesley blickte nun zum Haus hin und sah, daß Alicia Etta gerade auf die Füße half und ihr den Schmutz von den Kleidern klopfte. Gottlob schien niemand verletzt zu sein, deshalb stieg er sofort ab, um den am Boden liegenden Mann zu inspizieren. Gerade als er ihn auf den Rücken drehte, kamen Geoffrey und Preston zum Schauplatz und sprangen eilends von ihren Pferden.

»Wer ist dieser Bastard?« wollte Wesley wissen.

»Erkennt Ihr ihn nicht, Vater? Er heißt Culver Perry.«

»Perry? Lord Perry?«

»Der Graf ist sein Bruder, dieser Mann besitzt keinen Titel mehr. Er war mit Andrea verlobt, kurz bevor sie starb.«

»Ich verwahre Dokumente, die seine Verhaftung sicherstellen, Sir. Wenn Ihr ihn fesselt, werde ich ihn wegschaffen lassen.«

Geoffrey hielt sich nicht länger mit Erklärungen auf, sondern eilte sofort zu Alicia.

»Was, zum Teufel, wollte er von meiner Tochter?« fragte Wesley.
Preston seufzte und nahm seinen Hut ab. »Ich glaube, er wollte sie entführen und Lösegeld verlangen, Vater. Aber ich bin mir nicht sicher, ob er das Geld von Euch oder von Geoffrey gefordert hätte. Das ist eine längere Geschichte.«
Ein schwaches Stöhnen von Perry wurde hörbar. Er bewegte seinen Kopf hin und her. Wesley beobachtete die Auffahrt und sah, wie Geoffrey auf Alicia zurannte, sie an den Armen packte und auf sie einredete. Er konnte jedoch weder hören noch erraten, was Geoffrey ihr zu sagen hatte.
Geoffrey versicherte sich zuallererst, daß Alicia nichts geschehen war, obwohl ihr die Tränen über die Wangen strömten.
»Nun ist alles vorbei, Alicia. Du bist meine Frau, und ich werde dich von jetzt an beschützen.«
»Geoffrey, er wird ihnen alles erzählen«, schluchzte sie. »Er hat Charlotte getötet und deine Schwester, und er wird auch noch –«
»Pst, Alicia, es ist *vorbei.* Bevor ich nach Virginia gekommen bin, habe ich dem König die Wahrheit gestanden. Ich bin nach Salisbury an den Hof geritten, um ihm alles zu beichten und die gerechte Strafe auf mich zu nehmen. Charles hat mir die Zahlung eines Bußgeldes auferlegt. Und er hat mir die Dokumente ausgestellt, die unsere Heirat legitimieren: Meine Heirat mit Alicia Tilden.«
Sie starrte ihn aufmerksam an, während er redete.
»Es ist wirklich alles vorbei, Alicia. Culver Perry kann uns keinen Schaden mehr zufügen. Er wird in England für seine Verbrechen verurteilt werden.«
»Unsere Heirat ist also rechtmäßig?« fragte sie ihn ruhig.
Geoffrey nickte und lächelte. »Ich konnte dich nicht so einfach gehenlassen. Ich konnte keinen Tag länger ohne dich leben... und das wußte ich, lange bevor ich erfuhr, wer du in Wirklichkeit bist.«
»Aber Geoffrey«, sagte sie. »Du hast *mich* nicht gefragt.«
Geoffrey warf seinen Kopf zurück und brach in lautes Lachen aus. Dann nahm er sie auf seine starken Arme und trug sie die Treppen hinauf über die Veranda ins Haus hinein.

Als Wesley Tilden von weitem sehen mußte, daß seine Tochter schon wieder fortgeschleppt wurde, ließ er den bewußtlosen Perry einfach liegen und stürmte mit hastigen Schritten auf das Haus zu.
»Vater«, rief Preston und wollte ihn aufhalten. Aber Wesley blieb nicht stehen. Er hatte noch immer den dicken Knüppel in der Hand. Als er die Veranda erreichte, kam er Aug in Aug vor Etta zum Stehen. Sie hatte die Arme vor ihrer Brust verschränkt und schaute ihn grimmig an. »Ihr kommt nur über meine Leiche ins Haus hinein, Mylord.«
»Was, zum Teufel, geht hier eigentlich vor?« brüllte er.
»Nach dem zu urteilen, was ich gerade gehört habe, 'ne ganze Menge. Und nichts, das Euch jetzt stören müßte, Mylord.«
Wesley drehte sich um und starrte Preston an, der auch etwas verwirrt dreinblickte. Er konnte nur nicken.
»Aber doch nicht zu dieser Tageszeit!« rief Wesley aus.
Preston zuckte die Achseln und lächelte seinen Vater entschuldigend an. »In Wahrheit, Vater, sind sie verheiratet und erwarten ein Kind.«
Er schaute seinen jüngsten Sohn stirnrunzelnd an. »Ich möchte die Geschichte sofort ganz erfahren. Und hoffentlich ist es eine gute Geschichte!«
Preston lachte unbehaglich. Er wußte nun, daß es an ihm war, alles zu erklären. »Gut, Sir. Laßt uns in die Bibliothek gehen und einen Drink nehmen, während Etta ein paar Männer holt, die Perry fesseln.«

Auf dem Land, das Geoffrey Seavers vom König erhalten hatte, lagerte man Ziegelsteine und Holz. Das Haus sollte erst im Frühjahr gebaut werden. Seavers machte es nichts aus, eine Weile unter dem Dach eines anderen Mannes zu leben, solange er nur seine Frau in den Armen halten konnte.
Wenn sich an den langen Abenden die anderen Mitglieder der Tilden-Familie in der Bibliothek versammelten, um Wesleys Liköre zu probieren, oder mit den Kindern im Salon saßen und plauderten, dann schloß Geoffrey vergnügt die Tür von Alicias Zimmer hinter sich und genoß allein ihre Anwesenheit.

»Ich werde dir ein Haus bauen, das noch größer ist, als dieses hier«, sagte er oft. »Ich fürchte nur, daß es noch nicht fertig sein wird, bevor das Kind zur Welt kommt.«
Sie lachte leise und schlang ihre Arme um seinen Nacken. »Ich habe doch schon versucht, dir begreiflich zu machen, daß eine Hütte im Wald vollauf genügt, um glücklich zu werden. Wenn ich nur mit dir zusammen bin. Was immer du auch bauen wirst, du mußt mir nur versprechen, daß du es mit mir teilst.«
Seine Hand liebkoste ihren dicken Bauch. Das Kind unter ihrem Herzen wuchs rasch heran. Es schien sogar, daß Alicia seit der Zeit, da ihre Probleme gelöst waren, sichtlich aufblühte.
»Zuerst hatte ich gehofft, daß es ein Junge wird, Liebling. Doch jetzt möchte ich lieber eine Tochter: eine Tochter mit deinen wilden Locken und deinen leuchtenden Augen. Wir werden sie sicher vor den Männern schützen müssen!«
Sie hob ihren Kopf, um ihn zu küssen. »Auch in den Momenten, als ich glaubte, dich zu hassen, Geoffrey, habe ich mich immer danach gesehnt, dein Kind in meinen Armen zu halten. Ich gebe zu, daß ich Angst hatte, das Kind ohne den Ehemann zur Welt zu bringen. Doch ganz tief in meinem Innersten war ich überglücklich, daß unsere Liebe fruchtbar gewesen ist.«
»Es ist mir völlig egal, ob es ein Junge oder ein Mädchen wird«, beschwichtigte er sie.
»Und wie sollen wir das Kind nennen?« fragte sie schläfrig.
Seine Lippen berührten ihre Augenbrauen. Er hatte die Frage gar nicht gehört. »Ich liebe dich«, flüsterte er.
»Wie wir es auch immer nennen mögen«, sagte sie zärtlich, »laß uns dafür sorgen, daß es in seinem Leben nur einen einzigen Namen hat.«
»Ja, nur einen«, versprach er ihr.

Nin, Anaïs
Das Delta der Venus
Das schönste und direkteste Buch der geheimnisvoll-berühmten Autorin. 327 S. [742]
Djuna oder Das Herz mit den vier Kammern
Dies ist die Charakterstudie einer Leidenschaft, geschrieben in einer Sprache, die analytische Klarheit und poetische Bilder in unnachahmlicher Weise vereint. 208 S. [1270]
Die verborgenen Früchte
128 S. mit 15 Abb. [806]

Susann, Jacqueline
Diese eine Liebe
Das Schicksal einer Frau, der das Leben alles gewährt und die doch das Glück nicht halten kann. 128 S. [575]
Die Liebesmaschine
Der erfolgreich verfilmte Weltbestseller. 426 S. [815]
Das Tal der Puppen
Ein hochdramatischer Roman über die gnadenlose Welt des Showgeschäfts. Erfolgreich verfilmt. 368 S. [238]

Nicolson, Catherine
Unter dem Pfirsichmond
Jung, attraktiv und ehrgeizig, will Corrie es mit der Welt aufnehmen, will ihr Talent entwickeln und als Sängerin berühmt werden. Mutig geht sie ihren Weg, mit Phantasie, aber auch mit beharrlichem Eigensinn, um ihr Leben zu meistern, um Erfüllung zu finden. 352 S. [1356]

Rogers, Rosemary
Die Sinnliche
Der Roman von Liebe und Leidenschaft unter Napoleon. 416 S. [1212]
Letzte Liebe, Letzte Liebe
Virginia und Steve – schön, reich, jung und verliebt – sind der glanzvolle Mittelpunkt des gesellschaftlichen Lebens in New Orleans. Doch das Schicksal reißt die Glücklichen auseinander. 320 S. [1271]
Die Blonde
»Blondinen bevorzugt« – unter diesem Gebot steht das Leben der reichen und schönen, aber glücklosen Anne. Als Männerfalle verschrien und als Seelchen verschlissen, kämpft sie verzweifelt darum, Mensch zu sein. 384 S. [1157]
Die Unbesiegbare
Ein weiblicher, von Leidenschaft geprägter Roman – vor dem historischen Hintergrund der gesellschaftlichen Entwicklung des jungen amerikanischen Kontinents. 576 S. [784]
Wildnis der Liebe
Eine titanische Familienfehde, Liebe, Haß und Leidenschaften von nicht alltäglichen Menschen. 377 S. [1008]

Cunningham, E.V.
Club der Geschiedenen
Eine knallharte, packende Story, die Einblick gewährt in aufschlußreiche, nicht immer erfreuliche, amerikanische Ehe- und Scheidungspraktiken. 192 S. [1398]

García, Consuelo
Auf der Suche nach Liebe
Consuelo García hat in ihren persönlichen Erzählungen die Suche des Menschen nach Liebe eingefangen: die Liebe der Frau zum Mann, die Liebe einer Mutter zu ihrem Kind, die Liebe, die sich in der beglückenden Erfahrung der Sexualität äußert, aber auch eine allumfassendere Liebe zu den Mitmenschen und zum eigenen Körper... 192 S. [1417]

Romane